岁月风尘

尹学芸 著

图书在版编目（CIP）数据

岁月风尘 / 尹学芸著. -- 天津：百花文艺出版社，2019.8（2020.4重印）

ISBN 978-7-5306-7717-9

Ⅰ. ①岁… Ⅱ. ①尹… Ⅲ. ①长篇小说-中国-当代 Ⅳ. ①I247.5

中国版本图书馆CIP数据核字(2019)第125013号

岁月风尘

SUIYUE FENGCHEN

尹学芸 著

选题策划：汪惠仁　　**版式设计**：郭亚红

责任编辑：徐福伟　齐红霞　　**封面设计**：任　彦

营销专员：马晨晨

出版发行：百花文艺出版社

地址：天津市和平区西康路 35 号　**邮编**：300051

电话传真：+86-22-23332651（发行部）

+86-22-23332656（总编室）

+86-22-23332478（邮购部）

主页：http://www.baihuawenyi.com

印刷：山东临沂新华印刷物流集团有限责任公司

开本：900×1300 毫米　1/32

字数：242 千字

印张：12.25

版次：2019 年 8 月第 1 版

印次：2020 年 4 月第 2 次印刷

定价：49.80 元

如有印装质量问题，请与山东临沂新华印刷物流集团有限责任公司联系调换

地址：山东省临沂市高新技术产业开发区新华路 1 号

电话：(0539)2925659

邮编：276017

在苦难的历程中,我们学会了爱护别人和我们自己。没有人知道我们是谁,但我们自己知道自己,这就够了。

—— 献给父亲

第一部

一

陈远临死的时候拉着儿媳章若儿的手说:“若儿,我能求你一件事吗?”

嗓音沙哑得已发不出声音,但从陈远嚅动的嘴唇和焦渴的眼神中,章若儿猜出了问的是这话。章若儿拍了拍陈远的大手,含笑点了点头。漫说是一件,就是十件八件章若儿也绝不会含糊。嫁到陈家十年,章若儿与陈远已有了一种类似父女的关系。公爹深夜的一声咳嗽都能牵动章若儿的心。

陈远忽然清晰地一字一顿地说:“让怀宇纳个小儿吧!”

一侧的陈怀宇浑身一震,情不自禁地皱起眉头怨气冲天地喊了一声:“爸!”

陈远把浑身的力气都集中到了那双手上,他没有看见儿媳章若儿的一双小手在自己的那双大手里已经由白变红。一双眼球似乎要脱离眼眶，里面布满了死亡的阴影。他根本无暇顾及儿子说了什么，儿子说了什么都不重要，重要的是儿媳，是这个叫章若儿的女人，是这个像亲生闺女但终究不是亲生闺女的人。这种场面陈远已经演习了若干年，自从他知道章若儿生不出一男半女，知道儿子儿媳婚前有约，摒弃一切陈规陋习，陈远就始终期待着这一天。这一天太过久远和漫长，陈远等得心力交瘁。他知道章若儿不会跟一个快要死的人一般见识，除此之外，他别无办法。这当然是章若儿极不情愿的，陈远想，新派也不是这么个新法，新派也不能让人绝后。陈远蓄谋已久的日子终于到了，当举着招魂幡的小鬼迈进门槛时，陈远终于说出了那句话。陈远的两只大眼一眨不眨地盯着章若儿，这最后的时间他拿捏得恰到好处。章若儿潸然流下了两行长泪。她没有理会丈夫陈怀宇，而是朝公爹深深地点了点头。一丝微笑像条蚯蚓爬上了陈远的嘴角，然后僵死在了那张脸上，陈远闭眼的动作十分缓慢，仿佛两扇打开了太久的门，关上它们是一件力不从心的事。

四月的雨水打湿了墙上挂着的那把胡琴，因为久不动它，胡琴在陈怀宇的手里显得古里古怪。胡琴曾经是父亲的心爱之物，每天晨起或黄昏，都有一段行云流水般的曲调响彻陈家大院。父亲是一个讲究意境的人，他让村里最好的木匠设计了一个别致的琴凳，凳面呈凸形，三只脚都壮实得有些过分，通体雕刻着花鸟鱼虫。父亲从不在卧室和客厅拉琴，父亲喜欢在庭院的凤尾竹下或石榴树旁。父亲的琴拉得好听，可惜陈怀宇不懂。

陈怀宇尽了最大的努力也没弄明白父亲手下流出来的乐曲是怎么回事。事实证明父亲让陈怀宇不懂的地方实在是太多了，父亲从不流露对儿媳章若儿的不满，从不把没有孙男娣女的事当回事。为此章若儿心底存下的那份感激比山还厚。

难道这一切都是假象？

陈怀宇望着蒙满灰尘的胡琴呆呆地想。父亲把自己的心事掩藏了十年而且掩藏得滴水不漏？父亲活着是不愿意让章若儿为难还是不愿意让自己为难？父亲估算到了自己的百年之日会来得这样早？陈怀宇调整了一下琴弦，想像父亲一样随便拉出来个曲目，胡琴发出了硬邦邦的“吱嘎”声，把陈怀宇吓了一跳，陈怀宇没有想到胡琴还能发出这么难听的声音。陈怀宇有些惊恐地想，父亲没了什么都不一样了，父亲走了却把魂魄留下了，父亲真不枉做父亲啊。

结婚十年，陈怀宇只能用两个字形容自己的婚姻生活：幸福。他和章若儿是自由恋爱结的婚，在偏远的乡村，自由恋爱而成婚姻几近神话。那时，他正在通州的一所师范学校求学，一次集会时，认识了低他一年级的章若儿。陈怀宇几乎在认识章若儿的同时就爱上了她。章若儿美丽的脸庞总有一种忧戚，一双杏眼饱含汁水，似乎随时都能洒下杏花雨。陈怀宇经常呆呆地想，世上还有如此让人挂心的女子，不知有怎样的遭际命运。女生寝室外面有株大柳树，陈怀宇手持一卷诗书在树下吟诵的场景看傻了许多人，日复一日，月复一月。女学生们不知道他是谁，为了谁，直到有一天，章若儿从寝室跑出来站到了柳树下，同学们才明白是怎么回事。

章若儿是通州府大户人家姨太太的女儿，母亲早丧。舅舅供她上学，可这学她上得提心吊胆，总怕有一天会出意外。一天临近傍晚，一挂马车来拉她的行李铺盖，车夫见面给她道喜，说家里把她许给了京城一个玩罐王八的阔少，三天之后就是喜期。章若儿急急来找陈怀宇商量对策，校园内外却遍找不到。车夫抱着铺盖放到车厢里，一声一声催得紧。章若儿就要上车了，却见身着蓝布长衫的陈怀宇匆匆朝这边走来。他是从校园外面的五道庙子赶来的，和几个要好的同学在那里商谈革命与政治，共同发下誓愿：弃笔从戎，奔赴杀场，解民众于倒悬。他们孩子气地以水当酒，并把庙里的陈年老灰撒到碗里，作为天地凭证。别人都喝了，陈怀宇在关键时刻却犹豫了。“等一等，容我问问章小姐。”他放下水碗匆匆赶回了学校，却见章若儿一跃从车上跳下。章若儿对陈怀宇说：“两条路。跟你走，或者我这一走此生永不再见。” 陈怀宇一下急出了眼泪：“就不能宽限些时日吗？”章若儿扭过头去，背后就是那辆马车，驾辕的白马不安地踏着马蹄。车夫蹲在轱辘旁抽烟，眼里是看杂耍一样的轻慢。章若儿说：“你问他宽不宽限。”车夫懒洋洋地站起身，从车帮的叉套里抽下马鞭，放下了车闸。陈怀宇什么也没说，用手一牵，章若儿跟他走了。

西边的那片晚霞悄然消失了，只有轻烟般缥缈的一只雁影，是一只孤雁。陈怀宇注意它已经很久了，它寻寻觅觅地在空中盘旋，偶尔发出一声悲鸣。陈怀宇的心空了，革命与政治激发起的热情被清凉的晚风抽走了。他拥紧了怀里的章若儿，感受到了她像风中的柳叶一样单薄。他想，这就是命运了。命运在他需要选择的时候送来了章若儿。革命需要他，可爱情不更需要他？也许还是父亲说得对，宏图大志和远大理想有时更像过眼烟云。父亲希望他去从事乡村教育，让那些吃不起饭的孩子也能认识几个字。陈怀宇一直认为这是将来的事，可将来又在哪里呢？陈怀宇忽然有些感伤，几个小时前的那个激动人心的场面一下子变得遥不可及。他与盟兄李景阳和另外几个同窗好友共同发下的誓愿，言犹在耳，没想到事情变得这样快，章若儿一句话，就改变了他的航程。陈怀宇百感交集，在痛苦和悲壮中吻了章若儿。陈怀宇的“背叛”行为遭到了同窗好友的一致声讨，只有盟兄李景阳一声不吭。当大家再也无话可讲时，李景阳站起身来说：“怀宇，照顾好章小姐，你就是为国出力了。革命的事就交给我们吧。”

陈怀宇一躬到底，抬起头来已经是满面泪水。

章若儿没有拿到毕业证书，那个玩罐王八的京少总来骚扰。她索性提前退学，同陈怀宇来到了他的家乡柳树堡。章若儿的到来使陈家大院喜庆了好长时间。对这个自己送上门来而且不带一份陪嫁的媳妇，陈家人都表现出了极大的热情和尊重。章若儿说话温和，举止得体，对谁都是一张笑脸，她是打心眼里爱这方水土。两三年的时间，章若儿就成了整个家庭的中心，不论大事小事，人们都习惯向她讨个主意，章若儿总能把事情办得圆满，让上上下下都无话可说。陈怀宇的学堂开课那天，只有家境好的子弟三五人，章若儿一家一家地说，一个一个地请，最后连放牛的孩子都来了。村里的那份喜庆和热闹，自从盘古开天地都没有过。

只是章若儿不能生养，柳树堡都为之叹息。

十年就这样过去了。章若儿从一个单薄的女孩变成了丰腴的少妇。十九岁到二十九岁的韶华在这里打个结，公爹陈远撒手尘寰。原来他有心事，只是到临死才肯说出口。“我能求你一件事吗？让怀宇纳个小儿吧！”他的眉头皱成了蒜疙瘩，吐出的每一个字都透着不耐烦。

天渐渐黑了，绵绵雨水仍是无尽无休的样子。青灰色的瓦垄成了一道一道的小溪，在窗前结成了一片水帘。陈怀宇把胡琴重又挂好，遥遥打量着卧房。这里与卧房成夹角，一片烛光的影子在窗上腾挪。陈怀宇好生纳闷，这可是一件久违了的事。在陈怀宇的印象中，只有新婚的洞房如此明亮如此灿烂过。陈怀宇记得很清楚，当时洞房里家人只点了六根红蜡，取“六六大顺”之意。凡事都不挑剔的章若儿却执意要再点上六根。于是洞房里像升起了一个小太阳，烛光把屋子的四壁都照得雪亮。“我喜欢。”章若儿低声呢喃，“我做梦都想着有这么一天，被一片烛光包围，和自己的男人一起告别以往的岁月。过去这个男人没有名字。我不知道他姓甚名谁，长相如何，直到你出现在那株柳树下，我才坚定了信念。从此我的枕边总要空出你的位置。冬天我为臆想中的你盖好被子，夏天我手里的扇子摇啊摇啊，只为心里有一个熟睡的你……”

陈怀宇听见自己的喉结咕噜响了一声。

一股巨大的力量像轰然作响的瀑布一样席卷了他。其实他看见了门楣上悬挂着的油布雨伞，但张伞是一件多麻烦的事啊！陈怀宇冲进了雨中，清凉的雨滴落在他滚烫的皮肤上，烫得吱吱有声。他裹挟着一股凉气闯进卧房,却被眼前的情景惊呆了。

一身缟素的章若儿盘坐在炕上,端庄的一张脸上隐忍着忧戚。泪痕十分明显,虽然微笑已经像浮雕似的显露了。“若儿。”陈怀宇仓促地叫了声,一下僵住了。

“父亲说得很对。”章若儿抬头看着他,轻轻说,“父亲去世了两个月,我想了两个月。今天坐在这片烛光里,我都想明白了。过去我们认真地玩了儿戏,因为那时我们是两个大孩子。现在不同了,父亲故去,我们自己就成了大人。我们理应按照父亲的吩咐去做,你说呢?”

陈怀宇一时没有回过神来,他茫然地问:“我说?我说什么?”

章若儿拉他在自己的身边坐下,说:“这么快就把父亲的遗嘱忘了?”

“我想都懒得去想。”陈怀宇颓然说,“我只是有些奇怪,他哪里来的怪念头。”

“一定要认真想。”章若儿说,“这不是一件小事。”

“怎么,你当真了?”陈怀宇说得有气无力。

“当不得真吗?”章若儿幽幽看着他,“父亲在生命的最后一刻留下的遗愿,当不得真吗?”

“当不得。”陈怀宇站起身,果断地说,“这件事在我的心中连一片影子都没有留下。父亲如果为自己的事留下遗嘱,再难办的事也要办,可父亲是一个多开明多重道义的人啊,他从不干涉我们的事。你进陈家的门已有十年,难道还没有体会吗?我们完全可以当父亲什么也没说。或父亲神志昏迷时说的这话。父亲在天国里也会为给你出了难题而不安的。何况父亲那么了解我们。我们恩爱异常，我们摒弃一切旧的、传统的、世俗的东西，与这个社会制度势若水火，我们没有能力改变什么，但我们独善其身，绝不同流合污。这些难道你都不记得了吗？”

章若儿注视着眼前腾跃的烛火，什么也没说。这情景酷似十年前的那个夜晚，但十年毕竟是一段不短的岁月。章若儿发现自己在这十年里有了明显的变化。十年前烛光里的章若儿还只像一颗葡萄，酸甜只是一兜水儿，而十年后章若儿发现自己更像一只熟透了的石榴，薄薄的皮里面长的是饱满结实的籽。

章若儿知道自己应该怎么做。

二

陈怀义从那家兴隆客栈出来，才发现自己的雪青马丢了。陈怀义捶了捶昏沉沉的头，顺着墙根儿蹲了下来。太阳刚爬上东山顶，稀薄的晨雾笼罩着山上的丛林。山是青黛色的，比平原的颜色要深。山倒下去也就变成平原了。可那些石头怎么办呢？那些鬼模鬼样的石头实在太多了，也不知它们在山上住了几千年。陈怀义胡乱想了一会儿，感觉脑子稍微清醒了一些，大声嚷嚷道：“店家，店家！我的雪青马丢了！”

店家是一个驼背老人。他从西侧那间暗角中的房子跳了出来，理也没理陈怀义就朝马棚跑去。驼背腿脚敏捷，与他的年龄极不相称。一瞬间，陈怀义的心底升起了一团希望。他想驼背也许是武林高人，对鸡鸣狗盗之辈会有通天魔法。直到看见驼背如丧考妣般的灰头土脸，陈怀义才凉了手脚。他听见驼背小声嘀咕：“店里从来没有丢过东西，怪只怪客官的马太好了。这样好的马，在这大山里太稀罕。”他兀自摇了摇头。

早有三五个人围拢了来。他们东一嘴西一嘴地问陈怀义从哪里来、往哪里去，陈怀义老老实实地报出了柳树堡的名字。那些人面面相觑，都不知道柳树堡在哪里。陈怀义有些不以为然，比比画画地说：“通州往东，蓟州往南，大青河边的柳树堡，你们没听说过？”还是驼背接过了话茬儿：“柳树堡有柳树对不对？”陈怀义赶忙点头称“对”。驼背又说：“柳树堡有男有女对不对？”陈怀义刚要应声，人们“哄”地发出一阵笑，驼背也笑了。陈怀义涨红了脸，他一把薅住驼背的脖领子，吼：“是不是你让人把马偷走了？”

“不是。”驼背吊在了陈怀义的手上，仍然不紧不慢地说，“夜里我起了三趟，雪青马都好好地在吃料。我还想呢，东山那拨土匪踩道儿不会踩到这儿来吧，我这小店从来不住带足盘缠的。可巧就出事了。客官也不用急，马是找不回来了，我这里有一头骡子赔给你。骡子比马脚力好，你一个人出门在外，有头牲口总比没有强。我看客官还有个大口袋，里面装的是高粱还是谷子？”

陈怀义的那声“小麦”刚要脱口而出，猛然想起刚才的事，连忙闭紧了嘴巴。陈怀义想，这些人连小麦长什么样可能都没见过，看这山上山下，连抔好土都看不见，说不定有人会为一袋麦子谋财害命。陈怀义的脊梁骨有些发冷，他让驼背牵来了那头骡子，骡子又瘦又老，他没好气地拍了拍骡子的屁股，回头对驼背说：“店钱我也不交了，雪青马是我借来的，我得还人家马钱。”驼背连连点头，问：“客官远道而来到底要去哪里？”陈怀义低头想了想，想不出。驼背启发说：“往北是蘑菇岭，东西是大小燕麦山。”陈怀义说：“就去蘑菇岭。”驼背道：“也不知去蘑菇岭谁家？”陈怀义想了想说：“实不相瞒，我家哥哥想找个丫头。要十八岁左右，聪明伶俐……”驼背说：“是老姚家了。”喊：“石蛋，石蛋！送客爷去蘑菇岭，过了鬼见愁就回来。”陈怀义试探着问：“也不知这里的丫头是个啥价钱？”人群里有人说：“啥价钱不价钱的，到山外能有口饭吃，再遇到一个好人家，就是那丫头的造化。”陈怀义把骡子收拾妥帖，早有一个十多岁的小光头在前边等着。陈怀义别了众人，便与小光头上路了。

山路又窄又陡，小光头远远走在前边。陈怀义三步一站五步一停，不时用袖子抹抹流进眼里的汗水。喘气难，说话更难。陈怀义几次站下来想打骡子的主意，骡子像看透了他的心事似的非常不友好。陈怀义说：“你，能不能，等等我，咱们歇一歇？”小光头在路边的一块石头上蹲了下来，随手揪下一片草叶放进嘴里，一阵嘟嘟嘟的哨音响了起来。陈怀义舔了舔干裂的嘴唇，羡慕地想，这山里人原来个个都像武林高手。看见小光头猴子样敏捷地攀上了一棵苹果树，一只小手伸得老长去捉一个青苹果，陈怀义立刻有了精神，紧跑两步喊：“小兄弟，小兄弟，给我也摘两个！”

正午的时候陈怀义到了“鬼见愁”。小路紧贴在悬崖边上，陈怀义看了一眼就天旋地转起来。他一摊泥样地堆在一块大石头上，望着深幽幽的谷底直咽唾沫。小光头这回离他很近，青光光的头皮上冒着汗珠儿。这时陈怀义才发现小光头是赤着脚的，脚板上像鞋底一样长着厚厚的一层茧。陈怀义假装亲切地问：“小兄弟，你叫啥名来着？”“石蛋。”陈怀义的脸上堆起笑，可那笑纹突突突地直打战。小光头忽然警觉起来，他“出溜”下了大石头，站到几步远的地方，伸出一个指头点着陈怀义道：“你过不过鬼见愁？你不过我可要走了！”陈怀义连忙说：“过，过。咋个过法呢？”小光头说：“我在前面拉着骡子。骡子看见人走的地方它才敢走。你在后边扛着粮食口袋，前面拐弯儿那个地方骡子得往上蹦，背着粮食它蹦不起来。你懂吗？”陈怀义连连点头，他把鞋壳里的沙子往外倒了倒，把裤腰带紧了紧，把粮食口袋背到了身上。小光头把骡子缰绳攥到手里，小心翼翼地下到崖上，头也不回地说：“第一步你一定要迈稳，把粮食口袋朝外，小心别让崖壁上的石头碰破鼻子。别低头，脚下要试探着走。过了鬼见愁你就把口袋使劲往石头上顶，千万别让它滑下去，它滑下去你也掉下去了。掉到下边你连骨头渣子都找不到……”

陈怀义没有言语，事实上他连应声都不会了。

陈怀义的神经已经绷到了极点。他总感觉身体和口袋一起在向外倾斜。所以他拼命贴紧崖壁，鼻子左碰右撞，他连痛感都没有。小光头和骡子已经到了安全地带，把骡子牵到山榆树旁。看陈怀义蜗牛似的半天才挪出半步远，絮絮叨叨地说：“没本事你去蘑菇岭干什么？那地方连水都没有，山蛙撒泡尿都够那里的人洗回脸。我们这里没有要紧的事谁也不会去那儿，只有山外来的人才不知凶险。那年一个皮货商就是从这里连人带马一起摔下去的，那马也是一匹好马，可是一看见鬼见愁就吓得四蹄发抖……”

“小祖宗，不要说啦……”

陈怀义爬上了“鬼见愁”，人像没了一丝筋骨，说话都带了几分哭腔。陈怀义跪倒在一块石头上，连着磕了几个响头。小光头说：“大叔大叔快起来，这礼太重了，我受不起。”陈怀义翻着白眼说：“你当我谢你呀？我谢天呢！”小光头立刻噘起了嘴巴，一甩脚丫就跳到了崖下，说：“你谢天吧，我走了。”脚步比兔子还快，眨眼就没了踪影。陈怀义索性在石头上躺了下来，汗水早已湿透了衣服，山风一吹，就穿透了骨头。陈怀义闭上了眼睛，云影和鸟影忽悠忽悠地在脸上飘过，陈怀义发现自己困了。翻过身，朝粮食口袋上倚了倚，陈怀义开始做关于柳树堡的梦。

梦是从门前的那棵大柳树做起的。

柳树堡的先人辈辈有栽种柳树的习惯。关于习惯的由来有许多种说法，但最主要的一点都与水有关。因为柳树堡紧临大青河，大青河一发脾气，柳树堡的人就赶紧往柳树上跑。这是大多数人赞同的一种说法，当然也有分歧。但并不影响柳树堡的人祖祖辈辈栽种柳树。陈怀义与陈怀宇是一爷之孙，父亲那辈分家时，老宅院分给了陈怀义的父亲。陈怀宇的父亲陈远年轻的时候与人合伙在关外做生意。发了横财，回家置了一大片田产。

所以，陈家大院与陈怀义无关。

堂嫂章若儿从大柳树后走过来，陈怀义一家老小正在吃晚饭。章若儿是来给孩子送糕点的，还带来两套新衣服。章若儿坐了片刻，起身对陈怀义说："那边有点事，你哥叫你过去一趟。"陈怀义跟在章若儿身后走进了陈家大院。他先去马棚看那匹雪青马，用手在马槽里拌了拌草料。雪青马是陈怀宇的坐骑，但陈怀义也喜欢。他走进了中厅。迎面是大伯父的一张画像，真人似的。刚在一把椅子上坐下，章若儿就亲自端了茶来。她说陈怀宇有急事刚刚出门儿，家里有点事不知能不能劳烦兄弟。

"你大伯临死的时候留下了话儿，让你哥再娶一房。你哥死活不肯，可老爷子是拉着我的手说的，我不应，老爷子就合不上那双眼。这话不敢往外传，村里会有人把姑娘送了来。收下不好，不收也不好。这话到你这儿就打住，嫂子没拿你当外人……想让你从外边买一个回来。三里五村的不要，越远越好，最好到深山里去买……要十八岁左右的，大一些不怕，但要聪明伶俐，忠厚诚实。腿要直，牙要白，头发要黑，但不能太漂亮。你知道漂亮的含义是什么吗？"

陈怀义摇了摇头。

"你也是过来人了，我就打开天窗说亮话吧。让男人看了一眼就忘不了的人不要。眼睛不要太大，大眼睛勾魂。嘴唇不要太薄，薄嘴唇容易搬弄是非。我只给你三斗麦子当见面礼，其余的事你自己想办法。"章若儿说这番话时，完全不似平日的温婉谦和。

"人家讨价还价怎么办？"陈怀义赔着小心问。

章若儿干脆地说："不要讨价还价的。"

陈怀义鼓了鼓勇气，说："我想骑哥的那匹雪青马……"

可是雪青马却丢了，陈怀义别提多么沮丧了。可又想，与刚才性命攸关时比，丢匹雪青马算得了什么！陈怀义认为自己的梦做完了，起身撒了一泡长长的尿。阳光依然炫目，但远处的山峦已经有了浓重的暗影。陈怀义草草收拾了一下就上路了，走出老远，才发现粮食口袋依然背在自己的背上，而骡子悠闲地踱着方步。

姚老大用新鲜的山梨和陈年的核桃招待了这位山外来客。蘑菇岭很少有外人来，蘑菇岭一年四季都静无声息。只有风吹林响，只有兽吼虫鸣。蘑菇岭的人都姓姚，从姚老大一直排到姚老十一。但大家不住在同一座山上，这坡那坡的都有。姚老大一共有四个儿子，都像门扇一样高大，都像石板一样结实。他们每天都到很远的地方去劳作，割山柴，采松子，捡蘑菇，打野物。他们采集的果实吃也吃不完，卖也卖不掉，就任凭它们发霉、虫蛀。然后就倒进山谷里。姚老大绝不允许他的四个儿子闲着，怕他们闲坏了身子骨。只有大雪封山的日子才允许他们躺上整整一个白天。四个儿子都沉默寡言，他们回到家里除了吃饭就是睡觉，彼此很少交谈些什么。他们都喜欢妹妹百灵，每天都有一件礼物送给她。有时是一块好看的石头，有时是一朵罕见的花。

姚老大日复一日地编草鞋，他的草鞋已排了长长的两大串，挂在屋檐底下。姚老大很少去想这些草鞋能不能派上用场，他每天尽心尽力地又拧又编，是因为他实在干不动别的活儿了。陈怀义的到来让姚老大手足无措。尤其看到那整整一口袋的粮食，姚老大似乎要笑傻了。

陈怀义紧张的心情慢慢消失了，透过姚老大，他把蘑菇岭全部装在了心里。他皱起眉头在姚老大的院子里走了走，他看见了什么？什么也没看见。院子里到处摆放着杂物，你简直不能称它们为“东西”，你也确实叫不出它们的名字。姚老大显然还不知道陈怀义此行的目的，他不时瞟瞟那口袋粮食，客人说那粮食是小麦，姚老大已经闻到小麦香喷喷的气味了。只是不知客人都想换些什么。皮毛没有了。灵芝没有了。蘑菇、木耳不值几个大钱，不是还有两块像金子的石头吗？石头在百灵手里收着，正好给客人看看，到底是金子还是石头。想到这里，姚老大高声喊百灵，把你手里的石头拿出来。屋里一个清脆的声音应了，窸窸窣窣的脚步声传出来了，陈怀义都不会呼吸了。两只眼睛瞪圆了盯着门口。百灵出来了。腿直，牙白，头发黑，眼睛不大，厚嘟嘟的一张小嘴，这样的是不是叫漂亮呢？陈怀义认真地想了一想，不叫。人跟头发差不多一样黑。如果与堂嫂章若儿站在一起，一个是白面一个是锅底。陈怀义暗自笑了，同时又有些愤愤。蘑菇岭实在太难找了，还有鬼见愁，还有雪青马，还有小光头和驼背店家，他们通通让陈怀义心里不舒服。如果百灵腿弯、牙黑、头发黄，陈怀义真想从“鬼见愁”上跳下去了。否则，陈怀义还有什么脸面去见堂嫂呢！想到这里，陈怀义一把抓住了姚老大的手，语无伦次地讲起了大清河、柳树堡、陈家大院和与之相关的许多事情，姚老大越听越糊涂，最后总算明白了他的百灵要去大户人家做姨太太。姚老大一屁股坐在地上，说百灵啊百灵，你在蘑菇岭总算熬到头了。我做梦都想能有个山外人把你接走。山外是神仙过的日子，你飞得远远的、高高的吧……

掌灯时分，陈怀宇才从外面归来。章若儿沏好酽茶端进卧房，陈怀宇已经鼾声大作。他是去一户人家喝满月酒，并早早为孩子起了名字。那些名字都被他用毛笔写在了宣纸上，一排一排，像排兵布阵一样。可那上面的名字，却没有一个属于自己的孩子。章若儿在一把椅子上坐了下来，心目沉沉。谁知道章若儿心中的苦恼呢？柳树堡的人不知道，他们只知道章若儿是陈家大院的少奶奶，和蔼可亲又慷慨大方，大把的钱可以拿出去办学堂。死去的陈远也不知道。他只知道这个自己找上门来的媳妇是个新派人物，她想的、做的都和别人不一样。丈夫陈怀宇也同样不知道。无数个不眠之夜，章若儿摸着自己扁平的小腹叹息时，陈怀宇总要问为什么。为什么呢？章若儿说不出口，说得出口章若儿也怕激活丈夫的想象。所以这里始终有一个雷区，一对恩爱夫妻始终避免谈论一个最应该谈论的话题，这里又有多少正常因素可言呢？

她还没来得及想起陈怀义，陈怀义就已经来到了大门前。他这一次出行异常顺利，几乎称得上凯旋，他很得意。章若儿在廊下看见老家人胡安一边穿衣服一边提着灯笼往大门那边赶。章若儿心里一阵狂跳，仿佛一个巨大的秘密。她返回屋子点亮了所有的灯，然后忐忑地迎到屋外，晚风送来了园子里玫瑰花的香气，那都是章若儿的杰作，在菜园边上辟出了一块玫瑰园。章若儿深深吸了吸鼻子，微笑便像花香一样弥漫了。她疾步走下台阶，不等陈怀义的声音落地，便牵住了百灵那只冰凉的小手。

陈怀义急不可待地想告诉章若儿那匹又瘦又老的骡子为

什么代替了漂亮的雪青马，为此他编了一路的故事，把土匪抢走(而不是偷)雪青马的经过构思得惊险而又离奇。可章若儿一点想听的心思也没有。她微笑着注视百灵。与她在心中描绘的女孩怎么那么仿佛呢？章若儿饶有兴致地想。不高、不矮、不胖、不瘦、不丑、不俊，哪儿哪儿都吻合得天衣无缝。只是皮肤太黑了些，可年轻不比皮肤的颜色更重要？

第二天早晨，章若儿与陈怀宇携手走出了卧房。一夜充足的睡眠使陈怀宇精神焕发。他昨晚多贪了几杯人家的满月酒，回来都已经是三更天了。章若儿虽然一夜没怎么合眼，可一种巨大的兴奋令她有些不能自持。她半是撒娇地倚着丈夫走到了屋外，见园子里的花丛中有一个穿学生装的靓丽女孩。

那么美丽的一对长眉秀目，那么红艳欲滴的两片嘴唇，那么圆润饱满的两只耳轮。这都可以不算什么，那女孩的肌肤怎么如玉蚌一样晶莹润滑呢？章若儿骤然感觉浑身一冷，被一种巨大的不幸攫住了。她不相信这是昨天晚上她见过的女孩，那个女孩黑得就像非洲人！她不安地看了一眼丈夫，见丈夫神采奕奕的脸孔愈加明媚起来。他紧走两步来到了女孩面前，饶有兴致地问："你是谁？"

女孩把一朵玫瑰递了过来，脸颊像花儿一样燃烧了。她羞怯地看着面前的两个人，眉里眼里都是醉人的颜色。她低低说了句什么，章若儿没有听到。但丈夫陈怀宇的一句话送进了她的耳朵：

"你能到我的书房去坐一会儿吗？"

三

哦,百灵,你叫百灵。名如其人。看见你我的眼睛怎么变得明亮,我的心怎么如此感动呢?!让我好好想一想,你身上到底有什么如此打动我。是纯净,是天然,是美好,是一切能感动人的所有。我像在梦里一样有一种亦真亦幻的感觉。站在玫瑰丛里,你就是一幅画,站在书房里你就是一首诗。我知道你是谁,你是章若儿的远房表妹。你是堂弟骑着我的雪青马从遥远的北方接来的。若儿这两天总在念叨你,说你要来了,就要来了。怎么可能引起我的注意呢,我没有见过你。在这之前我甚至从没有听说过你。你那么突然那么神奇地来到了我的面前。我不知怎样走完了园子到书房的这段路,说来好笑的是,我竟然总在想自己该迈右脚还是该迈左脚。我把花插进了花瓶里。我往瓶里注水时手居然在抖!正是早晨最清新的时刻,连空气中飞翔的尘埃都有色彩。我手忙脚乱的样子自己都觉得好笑。你不过是个小姑娘,按理,你应该叫我一声"表姐夫"。

若儿,我不知道如何才能向你讲清楚这一切,我知道,我的慌乱都落在了你的眼睛里。我不知如何面对你,不知该怎样向你解释。也许,你让堂弟去接百灵的时候我的灵魂就在雪青马的马背上了。所以,去接百灵的不是堂弟而是我。所以我对百灵的情愫才浓烈得如此化不开。我不想求得你的宽恕,因为这本身无法宽恕;我不想掩盖自己的罪孽,因为这本身不是罪孽。我突然明白了爱情是没有终极的,它看似来得偶然其实未必是偶然,我们无法对它设防是因为它防不胜防。换了你是我,你怎么办？是看着爱情随日月而去，还是截住它把它放进口袋里？

你能理解我吗？

你后悔接来你的表妹吗？哦，是的，你一定后悔了。我看见了你脸上的忧戚和悲伤像雨后的雾一样蔓延开来。这种忧戚在师范读书的时候就在你的脸上，后来许多年里隐匿了。而今，轻而易举又浮现了。我看见了你紧锁的眉心里面有一种真正的隐忍。可你的嘴角在笑。我知道你很想怒不可遏地对我说句什么。只是你不说，你从没大声对我说过话。要知道我宁愿被你骂得狗血喷头也不要看见你虚饰出来的微笑。你知道你的微笑是一种真正意义上的残忍吗？它像刀子一样能把人切割得体无完肤。当你气度优雅地从我面前走过时，我感到了羞愧难当，突然感觉到了在你的面前我是那么卑污。我是谁？还是你的丈夫吗？

柳树堡的秋天是一个真正令人感伤的季节，仿佛只是一夜之间，满村碧绿的树冠就变成了一片金黄。其实，这是真正壮观真正好看的柳树堡，成百上千辈分不同的柳树昂然屹立，翘首苍穹。秋天的天格外蓝，秋天大青河的水格外绿，秋天的柳树堡色彩斑斓，像一幅况味久远的油画，有着广阔的背景和深厚的底蕴。又仿佛是一夜之间的事，金黄色的树冠不见了，一抹姜黄洗劫了柳树堡。曾经是蛾眉粉黛般的柳叶终于经受不起秋风的蛊惑，意象不明地飘零而去。于是，柳树堡一下子诞生了许多光头巨人。它们终日沉郁着面孔矗立在尘霾下，为村庄凭空增添了几缕寒气。

百灵一早起来又去了园子。那是菜畦旁边的一块三角地带，被章若儿种满了玫瑰。玫瑰园的情景令她怅然若失。曾经红红火火、争奇斗艳的一园秀色忽然就变成了落花流水，泥土上都有了鲜红的颜色。百灵蹲下身去，眼前出现的却是蘑菇岭。黑森森的丛林，数也数不完种类的奇花异草，听也听不完的各种翠鸟的鸣叫。百灵想起它们就灵魂出窍。那是多么迷人的一组画面啊，百灵像山里的鬼怪精灵一般出没在它们之间。百灵每天都是快乐的。百灵没有不快乐的理由。那么丰厚的大山滋润着百灵，那么多熟悉的朋友被百灵热爱着，百灵有不快乐的理由吗？

百灵是一个爱清洁的女孩，她最喜欢做的事是洗脸，只是山上没有水，百灵期望洗脸的日子像期望整个夏季一样漫长。百灵喜欢夏天，因为夏天有充足的雨水。逢到下雨的日子，百灵会把盆盆罐罐都摆到院子里。百灵会在大雨里淋上整整一天的时间。多么爽气多么怡人的雨水浴呀！可惜夏天的时间太短，一个不留神，秋风就吹来了。秋天的蘑菇岭到处是红艳艳的果实。百灵看不厌蘑菇岭，百灵愿意像爹一样在蘑菇岭住上一辈子。可是爹不同意。百灵从打记事起就没看见爹的眼睛晴朗过。他总是那么忧郁地注视着百灵，心事比石头还要沉重。也就是从懂事那一天起，百灵就知道了自己迟早有一天要离开爹，离开蘑菇岭。知道迟早会有一个山外来的人把她接走。每天爹总是和太阳一起起床，然后和太阳一起来到山顶那块最高的大石头上，手搭凉棚久久地朝远方望着。百灵当然知道爹的心思，爹是在打量那条唯一进山的路上有没有人，爹把唯一的希望就寄托在那条小路上。日子从百灵的脸上像风一样刮了过去，转眼百灵过了十八岁，爹盼来了一个又一个山外的人，却没有一个能把百灵接走。爹的脸日益灰暗日益苍凉，他一日比一日笨拙地编着草鞋，已经快要没有信心了。

来接百灵的人终于来了。

那天晚上，百灵跟在太太身后来到了后院的偏房里，一只热气腾腾的大木盆正在等着她。当百灵从澡盆里站起身来，站到一块椭圆形的镜子面前，百灵吓了一大跳。

“那里面有人！”百灵像受惊的鸟儿一样叫道。

百灵每天早起都来玫瑰园，虽然玫瑰园凋残得日甚一日。可是生活好像就是从这里开始的。自从来到陈家的第一个早晨跟男人走进了书房，百灵就体会到了生活的另一种况味。百灵还不知道世界上有“爱情”两个字，她的身心就被爱情包围了。陈怀宇说的许多呓语百灵听不懂，但百灵爱听，百灵是一个命相好的人，不嫁则已，一嫁就嫁了个称心如意。

百灵很知足。

章若儿比平日稍稍起来晚些。百灵进去请安时，章若儿正盘腿坐在炕上。章若儿一下一下梳着自己长及胸前的头发，偏着头，百灵只看见了满头黑发的一个侧影。章若儿的头发像梳了几个时辰那样漫长。当她终于盘好头发，插好簪子，缓缓转过一张脸，百灵看见了一张乌青的面孔像是落满了灰尘的纸。眉骨高高突起，有着大而黑的眼晕。百灵低低地叫了声：“大姐。”大姐没有应。百灵僵在那里。一缕阳光透过窗棂的缝隙射进来，打在了百灵的身上，窄窄的亮亮的一条斜线，像极了锋利的剑刃。百灵的背上有了虚虚的汗。她用更低的声音说：“大姐气色不好，没事我回房了。大姐歇着吧。”

章若儿尖声笑了起来，声音颤颤的，震得屋顶上的灰吊子扑扑直落。“歇？我还歇？一宿把我的头都给躺扁了。三更天的时候我起夜，看见你房里的灯还亮着，你不歇倒叫我歇？”

百灵说：“我也是三更天起的夜。”

章若儿长长地“噢”了一声，点点头道：“我起夜从来不点灯。怀宇虽不是外人，可到底是男人。女人家那点私事还要男人看，到底是没读过书的。”

百灵的脸早已红到了脖子根。

“你来陈家也有三年了吧？”

百灵说：“大姐，是两年零八个月。”

“这么久了你咋没个动静呢？当初让你和老爷圆房是想让你快一点给陈家生个一男半女。老爷倒不怎么看重这件事，是老太爷先前留下的话。老太爷临死的时候拉着我的手说：‘若儿……’”

章若儿忽然噤了声，她不安地欠起屁股望了望窗外，其实窗外什么也没有。章若儿的脸上升起了一团烟雾，这使她的眉眼看上去影影绰绰。她神秘地向百灵招了招手，把百灵拉到离自己极近的地方，嘴附在百灵的耳旁说：“你和老爷昨晚都干啥了？”

百灵不解地望着太太。

太太说：“从头儿说。”

太太又说：“说细致点儿。”

陈怀宇从学校回来已经很晚了。他的学校人手少，学生多，上长课、短课的都有。上长课的学生大都来自附近村里有些资财的家庭。他们吃得齐三顿饭，一年四季有换洗衣服。也有穿绸着缎的少爷，人在学堂里上课，马车在门外候着。上短课的都是村里贫寒人家的孩子，他们时来时不来。穿着补丁摞补丁的衣服，仰着营养不足的小脸，隔三岔五来上一节课。他们都是免交各种费用的，连笔和纸都是学校供给。起初学堂开学时还有三五个女生，是章若儿费尽口舌招来的。几个月后，女生就蔫蔫儿地一个也不来了。陈怀宇也没再找，穷人家的孩子十几岁就已经是小主妇了，她们每天都有干不完的活儿。

几天前，省城里来的一个年轻人找到了陈怀宇，想在学校谋个事做。陈怀宇很为难。学校里人手是缺，可经济上也很拮据，再者，这个自称徐朝宗的青年来历不明，陈怀宇即便想收留他，也缺少足够的勇气。徐朝宗一脸的恳求也没能打动陈怀宇。徐朝宗冷不丁问了句："你认识李景阳吗？还有马飞、张旗、邢大海。"太久违了，光听名字就足以让陈怀宇落泪。但陈怀宇没接话茬儿，他等着这个叫徐朝宗的人说出根由。"北伐时我们都被编在机械旅二团，直奉大战时马飞、张旗牺牲了，邢大海掉了一条腿。之后我和李景阳开了小差……"

陈怀宇沉着脸问："这是哪年的事？"

徐朝宗并未正面回答。"民国几年，内战打得人无路可走，一腔救国热情灰飞烟灭。我劝李景阳去省城发展，另寻救国之门。可是景阳兄记挂着一家老小，回家乡上甸去了。我在省城辗转了几年，做过搬运工、教书先生，也做过几天烟酒生意，最后吃了一场冤枉官司。景阳兄提起过你，是无意中提的，我却记住了。若兄这里不方便也无须勉强。我走就是。"说着提起了箱子。

陈怀宇慌忙上前阻拦，“穷乡僻壤只怕委屈了徐先生。我这里是私人办学，收的多半是穷人家的孩子，漫说学杂费用，就是笔墨纸砚也需学校供给，所以先生的薪水……”

徐朝宗爽快地说：“只要三顿粗茶淡饭即可。兄为国民教育倾注家私，我哪里还在乎什么薪水。”

两人击掌，顿时觉得声气相通。

陈怀宇安排徐朝宗在自己的校长室住下。徐朝宗有许多新的思想令陈怀宇耳目一新。两人经常抵掌相谈。陈怀宇渐渐视徐朝宗为知己。这天，陈怀宇置了些酒菜，摆放在月光底下，两人推杯换盏，喝得热血沸腾，又喝得大放悲声。陈怀宇道出了难言之隐。他说他心里只装得下一个女人，没有百灵的时候他只爱章若儿一个，那时把章若儿视作圣母。可自从百灵进了陈家，陈怀宇又只爱百灵。他曾百般努力做出还爱章若儿的样子，却无论如何也做不到。陈怀宇羡慕别人妻妾成群尚能如鱼得水，可他只有两个女人却搞得阖家不安。他让徐朝宗出个主意，怎样才能让两个女人爱而又爱两个女人？

徐朝宗忽然冷了脸。他闷头喝了一杯酒，许久才说：“我实在无能为力。我连婚都不曾结，哪里有主意对付两个女人呢？况国难当头，山河破碎，内战烽火不止，又有列强入侵，四万万人民生活于水火，作为七尺男儿报国无门倒也罢了，可也别整日风花雪月、儿女私情。国将不国，家又何为？我见兄也是顶天立地一大丈夫，才说出肺腑之言。兄要怪则怪，兄要不怪就请喝了这杯酒。”

陈怀宇什么也没说，举起酒杯一饮而尽。他想，倒退十年他说话也是徐朝宗的腔调，岁月真是一块上好的磨刀石，打磨掉的除了岁月本身，还有一切可以打磨的东西。

但徐朝宗的话毕竟还是在陈怀宇的心中留下了些什么。陈怀宇的嘴里有一种焦苦的味道。远远看见家人胡安来接他，月华如水，胡安手里的灯火如豆。摸着床边陈怀宇就打起了呼噜，百灵拽来枕头塞到陈怀宇的颈下，然后展开一床被子轻轻盖好，百灵也和衣而卧。

窗外同样有一轮又圆又大的月亮被百灵注视着。百灵想，蘑菇岭上的月亮一定会比这更大更圆。爹在有月亮的夜晚一般不睡觉，他会在院子里坐到露水湿了头发。

“就这些？”章若儿眉眼不抬地问。

百灵应了一声。

章若儿霍地坐起身来说：“你没有给怀宇脱掉衣服？你没有给他去煮醒酒汤？世上可没有像你这样做二房的，把男人撇在一边，自己倒睡个安稳。我的话说完了，明儿你再来，我可不要听见今天这套话。你和怀宇怎么着，是你们的事，可也是我的事。别忘了是我派人去蘑菇岭把你换来的，依着老爷一夫一妻的想法，你就在蘑菇岭待一辈子吧！”

百灵走到屋外出了一阵子长气。外面天气晴好，可百灵总觉得胸口里堵得慌。翻肠搅肚的有一股热气涌上喉头，许多污秽一并喷出。百灵每天去给章若儿请安成了最头疼的事。不去不行，去了又没有好脸色。章若儿不知什么时候起嘴里多了一支尺把长的大烟袋，紫红色的烟袋杆，玄色的烟袋锅儿，一缕青烟缠缠绕绕地往上冒。她的额头上经常有一片青紫色的印子炫耀着，大包大包的草药摆放在显眼的地方。百灵总是规规矩矩站在那里，“从怀宇进房开始说。”百灵总是尽量说得详尽，可章若儿还是不满意。“就这些？”章若儿不屑地哼着鼻子，又是她和怀宇如何如何。百灵只当她关心陈怀宇的缘故，谁料章若儿话锋一转，幸灾乐祸地说：“我都看见了。”

百灵不知她看见了什么。章若儿说：“你那颗痣长在哪里了？他那颗痣又长在哪里了？合起来那两颗痣是一颗痣，有这样的说法不？”

百灵用双手蒙住了脸。

章若儿又说：“这会子又怕起羞来了，羞的哪门子。都怪你见天跟我避重就轻。我还当把怀宇撂在了干岸上。你不急我可急。想当初是我应承了老爷子的临终遗嘱，要给陈家添丁进口。我别的本事没有，就是忠孝两全。”

百灵说：“大姐不该去看。”

章若儿说：“不看我哪知道你黑灯瞎火，怀宇不喜欢。原先我们那个时候，屋里要点十几根蜡烛，明火执仗。怀宇兴头上来，一宿要点两三次。哟，你脸红什么，又不是刚从蘑菇岭上下来，什么阵仗没见过。做都做得，说倒说不得了？”

一天晚上，陈怀宇刚要拥百灵上床。百灵条件反射般地朝窗上看了一眼，一个巨大的人头影在窗上一晃就消失了。百灵身上的毛发都耸了起来。她借故不舒服逃离了陈怀宇，陈怀宇惊讶地问：“你怎么啦？”

百灵半是哭腔说：“求求你到大姐屋里去吧，大姐憋屈得都要发疯了。”

陈怀宇颓然说:“你又不是不知道,不是我不到她房里,是她不要我去。”

百灵说:“如果你还像过去那样待她,大姐怎么会不要你?”

陈怀宇说:“不一样了。过去没有你,她心里没有结。现在我也做不出过去的样子了。”

百灵小声说:“你们两个,都只当没有我不成?”

陈怀宇怜爱地拍了拍百灵的脸:“傻孩子,净说不着边际的话。当没有你,你就没有了?我和她之间的事,你不用多操心。况且我回得去她也一定不容我,你不了解她。她把你接进陈家,原只为做个生育的工具,有一点点感情都会让她受不了。不过这都和你没关系,你凡事忍让些,也许再过个三年两年,会顺过劲儿来,那时就什么波折也没有了。”

百灵用力想了想,还是有些想不透彻。“你说的那些话,我有些懂,有些不懂。只是我想,大姐终归是女人,是女人总会需要男人的。如果你出门在外,三年五年不归倒还罢了,可你天天在她眼皮子底下,你们又曾经那么要好,她如何受得了呢?大姐的心思我也能想明白,光等下去也不是事儿,还是你多和她亲近些,对我,对这个家都有好处。”

陈怀宇勉强笑了笑,说:“你原来还有这么多的想法,平时我倒是一点没看出来。”

百灵说:“我劝你今天就去大姐屋里,看看大姐给不给你机会。大姐这阵子身子不好,郎中走马灯似的换,光药方子就有一寸厚。看起来倒没有什么大病,心病还得心药治,你说呢?”

陈怀宇叹气说:“我已经有些怕和她见面了。”

百灵说:“我也怕。可该见面还得见。你总不见得躲她一辈子。”

陈怀宇说:“那我明天再去。”

百灵说:“不如就今天去吧,也许今天正是机会呢。”

四

陈怀宇在百灵的催促下走出了房门。百灵住在西跨院,窗前摇曳着一簇凤尾竹。陈老太爷绕梁三日的乐曲大多是从这里响彻陈家大院的。凤尾竹细密的叶子坚韧而柔软,润滑的骨骼泛着清冷幽亮的光。天空是女人抹着灶灰的脸,灰白的底色上荡着几缕薄薄的浮云。胡安就住在偏厦子里,偏厦子里的灯还亮着,可章若儿的窗上却漆黑一团。陈怀宇猛然想起已经有许多日子没见到章若儿窗上有灯光了。不该掌灯的时候不掌,该掌灯的时候也不掌。章若儿是一个多喜欢明亮的人啊!陈怀宇的心底忽然涌起一阵歉疚,许多往事一股脑地涌上心头。他想,也许真的是他做错了什么,他原能够把事情处理得更妥帖更圆满的。他与百灵的一见钟情伤害了章若儿。陈怀宇加快脚步来到那扇熟悉的房门前,一下子呆住了。

房间里有声音。房间里有男人的声音。说些什么听不真切,但房间里有男人的声音是肯定的。陈怀宇不由得倒吸了一口凉气,身上所有的毛发都直立起来。他紧张和愤怒得全身颤抖,一脚踹开了房门。眼前瞬间明朗,他握紧拳头冲了进去。

屋里的灯忽然亮了。

章若儿水白的裸体跪在床上,脸上寒气袭人。深陷下去的眼窝儿里看不见瞳孔,只是两只深不见底的黑洞。

她的腿边躺着一个人,那人小得不成比例。陈怀宇凑近一看才发现那是个布人。扁平的一张脸上甚至看不出眉眼,但男性特征却一目了然。陈怀宇觉得应该干些什么,可一阵恶心令他不能自持。他大叫一声,转身就走。摔门的声响划破了夜空,连大青河里的打鱼人都听见了。

第一场冬雪悄然来到了柳树堡。大雪覆盖了许多需要掩埋的东西,柳树堡变得洁净和美丽。最美丽的还要数那些银装素裹的柳树,它们像戴着天然冰雪的华冠,又像怒放的肥硕而娇美的雪莲,盛开在柳树堡的角角落落。陈怀宇差不多是柳树堡第一个早起的人,他一宿没睡。他在书房的太师椅上坐了整整一宿。书房内同样没掌灯,只有浓黑的夜色在他眼前流动。万籁俱寂,万物皆死,活着的只有那架古老的时钟,空洞而纷杂地迈着脚步。陈怀宇发现自己变成了空心人,没有意识,没有思想,属于健全人的种种感觉他全没有。有的只是混沌纷扬的一种情绪,像置身于飞满羽毛的一片空间。后来窗纸渐渐有些发白,陈怀宇以为是天要亮了的缘故,可打点的钟声告诉他才刚过寅时。陈怀宇费了好大的力气才想起是天在下雪。陈怀宇甚至听见了雪片在彼此撞击和摩擦中产生了奇异的声响。

陈怀宇是柳树堡起得最早的人。平展展的街面像虚幻出来的一个童话,有着不切实际的想象。陈怀宇在雪地上东倒西歪地走,什么都视而不见,什么都听而不闻。陈怀宇重重地摔了一跤,爬起来一看,绊倒他的是一只僵死的猫尸体。是一只大猫,雪把它的头尾盖得严严实实。陈怀宇继续往前走,突然发现有脚印向村西、村北、村南延伸而去,只是没有向村东——村里的。陈怀宇闭了闭眼睛,让眼睛更清明些,让脑袋更灵醒些。不错,那脚印还在,有五六个人,不,七八个人。脚窝深浅均匀,里面铺着薄薄的一层雪粉。陈怀宇忽然有了兴致,他掐起指头算了算,这些脚印踩出的时间最短不少于一个时辰,因为一个小时之前雪就停了。但也绝不会超过两个时辰,雪窝里薄薄的雪粉证明了这一点。推断给陈怀宇灰暗的心情撬开了一道缝儿,他抬眼望去,又一个惊人的发现震撼了他,脚步来自那所学校,那所属于他自己的,他视若生命的学校!

他想不出有什么理由可以解释这些脚印。那些在深夜出没学校的会是什么人呢?只有一种解释:盗贼。这年头盗贼比牛毛还多,可陈怀宇又告诉自己这不像盗贼的脚印,脚印很齐整,很从容。脚印只有出,没有进,证明这些人走进学校是在下雪之前。雪一共下了三四个时辰,盗贼不会有耐性滞留这么长的时间。而且学校能有什么可偷的呢?陈怀宇百思不得其解,他在雪地里怔住了,虽然他非常想知道谜底,可他分明又有些怕,他怕再发现什么让他不好接受的事。

学校仍然沉睡在淡青色的天光中。如果没有那些脚印,学校在白雪的覆盖下该是多么美丽啊。可那些脚印让一切都变得乱糟糟,一如陈怀宇此时的心情。陈怀宇心绪不宁地走进学校,见脚印通通通向自己的那间校长室。陈怀宇松了一口气,但随之又产生了更大的疑惑。徐朝宗一直住在这里,他是省城的人,在这里无亲无友,有什么理由能让一些陌生的人在深夜来找他，而又在黎明前离去呢？

陈怀宇打开了房门。室内陈设依旧，一点改变也没有。一张桌，几把椅，桌上一方砚台，两个笔筒，昨晚在大红纸上写下的两个酣畅淋漓的“囍”字仍然摆放在桌上，仿佛墨迹未干。这是村里有人家要结亲了，不管是男娶还是女嫁，都少不得陈怀宇的一句祝福。徐朝宗在床上睡得正香，却是在不应该睡得香的时刻。陈怀宇感觉到自己发出了一声冷笑。他感觉到了徐朝宗有事瞒着他。他和徐朝宗经常抵掌相谈，他把自己的隐私都告诉了他，徐朝宗却有事瞒着他！陈怀宇冷眼看着这个来自省城的年轻人，他自己说二十七岁了，可看上去却要比实际年龄小。他白净，朝气，甚至……鬼气。这都是他看上去年轻的主要因素。也许更重要的是他不为家室所累……他还没有结婚。陈怀宇的心中剧痛了一下。他想不出能有什么理由让这个二十七岁的青年不结婚，而又有什么理由让三十三岁的陈怀宇结婚两次。陈怀宇很茫然。他在一把椅子上坐了下来。静下心来他才发现屋子里的空气很有些味道，杂七杂八。汗酸味儿，劣质烟草味儿，甚至还有生人味……陌生人的气味。陈怀宇想打开窗子，让早晨清新的空气流进来。可是看看徐朝宗单薄的衣着，他又改变了主意。徐朝宗仍在酣睡。嘴角忽然有一丝笑意。他梦见了什么？

徐朝宗醒了，笑意和歉意一同挤到了他的脸上。他麻利地跳下床来，拿起课本。

“夜里下雪了。”陈怀宇为自己倒了一杯水，又倒了一杯水递到了徐朝宗的手里。徐朝宗应了一声，并没有对下雪表现出太多的好奇。

“昨晚睡得晚？”陈怀宇故作随便地问了句，但眼睛却做出洞悉一切的样子，他不想纵容他撒谎。

一丝不安在徐朝宗的眼里一闪就不见了。他明媚地笑了笑，露出了一口光洁的白牙，“咱们找个时间详谈好吗？”

“不必了。”陈怀宇冷冷地说，“你的课我会安排别人。你今天的任务就是把你自己的事讲清楚。”

徐朝宗回到自己的床上坐下，看着陈怀宇一字一句地说：“我会把关于我的事告诉你的，即使你不问，我也会找一个适当的时机对你说。我相信你是一个好人，是一个值得信任的人。如果我没有看错的话，你还是一个把民众的利益放在自己利益之上的人。”

徐朝宗满脸笑意。

陈怀宇在脑子里把徐朝宗的话想了一遍。他听懂了那话里的意思，但对这种语言的表达方式感到陌生。

“只是我不能把事情的全部都告诉你。因为这不是我一个人的事，而是四万万人民的事。我们也在从事一种事业，就像你的国民教育一样，是一种崇高而伟大的事业。与之不同之处就是你用财富，而我们是用热血。但我们又有相同的目标，都是为了让穷苦的人过上好日子。请原谅我不能把我的真实身份告诉你，不是我不想告诉，是纪律不允许我这样做。总有一天你会明白的。我们的大门向每一个真正的中国人敞开着，只要你爱国，只要你把民族的利益看作自己的利益，并发誓用鲜血和生命保护它，都可以加入到我们队伍里来。你明白我的意思了吗？”

怀宇的脸都白了,他赶紧摇了摇手:“不谈了,不谈了。这是你们党派之间的事,与我无关。我只知道教书育人,柳树堡从来也没有过什么党,柳树堡一直风平浪静。我可不想惹那杀身之祸。我不说撵你走,但也希望我们之间的合作就此结束。”

徐朝宗惊呆了,他没想到陈怀宇会说出这样的话。他自认为了解陈怀宇,陈怀宇是一个有民族责任感的人!他们抵掌相谈了多次,他的许多主张和救国救民的倡议陈怀宇深表赞同和理解。陈怀宇曾经是那样一个充满希望的人,怎么朗朗乾坤忽然就乌云遮日了呢?

徐朝宗轻声说:“我看错你了。”

陈怀宇心中一紧,没有说话。

徐朝宗说:“我为你而来,也将因你而去。”

陈怀宇嗫嚅说:“别,别误会。你的事,我不会告诉任何人。”

徐朝宗轻蔑地说:“刀搁脖子上也不说吗?”

江湖郎中韩万春走进了陈家大院,他是陈怀宇访遍蓟州城访来的。为了章若儿的病,陈怀宇已经殚精竭虑。章若儿得的是一种奇怪的病,身上长一块一块的鱼鳞片,大小与铜钱差不多。从斑块缝隙冒出一种液体,有异味。不疼不痒,人却一丝力气也没有。内服外敷的药都用过了,却一点作用也不起。韩郎中看了章若儿一眼就退了出去。陈怀宇焦急地问:“咋样?”郎中不答,却指着大腹便便的百灵说:“太太怀的是位少爷。”陈怀宇不满地说:“我问你病人咋样。”郎中把收拾好的褡裢扛到肩上,只留下了四个字:准备后事。

百灵跪倒在床上，用新棉花擦拭着太太身上分泌出来的体液。百灵擦得很辛苦，因为她无法坐下来，她坐下来腹部就像扣着一口锅似的哪儿也够不着。百灵是怀孕四个月才知道自己有身孕的。胎儿动弹的时候百灵甚至怀疑自己有了病。眼下百灵已经要做母亲了。一个成熟的婴儿随时准备瓜熟蒂落。可是陈家却一点喜庆的气氛也没有，如果陈老太爷在世，真不知做何感想。自从染病，章若儿就再也没有对任何人说过话。她每天无言地望着屋顶，有时眼角会有两滴清泪。她不拒绝任何人爱抚她，也没有任何表示。她每天安静地望着房间中的小小世界，眼神空洞无物。

一九三二年的秋天，百灵逆产一名男婴，取名兆林。这天正好是章若儿的忌日，所以每年兆林的生日这天都要随母亲去给那位从未见过面的大娘上坟。母亲总要述说生他之种种不易。兆林渐渐长大了，是一个沉郁而聪明的男孩。兆林像他的父亲一样没有做惊天动地的大事的欲望。他每天安静地读书习字，也想像他的父亲一样长大做个教书先生，赢得全村人的爱戴。

陈兆林，就是我的父亲。

第二部

一

一九四〇年的春天很不安分，一支杂牌队伍在上甸、下甸驻扎了很长时间依然没有要走的意思。村里没有了一只鸡，也没有了一只狗，有伤风化的事却层出不穷。上甸、下甸都坐落在大青河的臂弯里，三面环水。这里是大青河的上游，水域很宽。沿着大青河的河堤往前走三十里是蓟州城，往后走三十里是柳树堡。河堤上长满了柴榆树和野桑树。因为虫灾的缘故，树上没有一片叶子是整齐的，只剩下了细细的筋脉像蚕丝织在那里。而榆树的叶片上都是各色网眼儿，它们通体是花花搭搭的锈色。大青河水终日缓缓流淌，春天湛蓝，秋天碧绿。水里倒映着蓝天的影子，羊群样的一团白云在水里悠然地走。

我的姥爷李景阳就居住在上甸，当然这是许多年以后的叫法。可许多年以后的叫法并不影响许多年以前他就是我的姥爷。虽然那时我还只是一朵蒲公英，在天空飘着。若干年后我会变成一粒种子，从土里冒出芽来，叫他一声。

一九四〇年的春天对于地主李景阳来说是一个灾难性的年头。这一年的春天，他所居住的这个叫上甸的村庄进驻了一支杂牌部队。这支队伍有人有枪有车有马，穿杂色衣服说杂种语言。为首的司令官姓冯，名品一，操山西、山东混合口音。四名姨太太，南腔北调声音各异。起初，司令部设在李姓族长李光绪的家。李光绪那时已深染顽疾，小便之处每天血水滴答不止。与冯品一站定面谈十余分钟，脚下的花岗石台阶上就有血水奔涌至冯品一的足尖，这让冯品一不寒而栗。冯品一陡然撤步抽身的时候踉跄了一下，险些摔倒。冯品一白了一张脸。出来送茶的女人看见冯品一摸了摸腰下悬着的剑柄。女人一声惨叫，手里端着的盘碗碎在了地上。冯品一摸着剑柄走了。李光绪毫无水色的眼睛追逐着冯品一的背影，直到看不见了，才呼出了一口长气。

李光绪的尸体是几个杂牌军抬出去的。埋哪儿了，不知道。那段时间村里的任何人都不可以随便走动。所以，本应该轰轰烈烈的李族长的死，却像一个穿胞衣的婴儿。

司令部迁到了李景阳家。李光绪家的台阶上流淌着血水，成群的蚂蚁在那里蚕食，这情景令杂牌军司令冯品一震惊不已。其实打李光绪死，冯品一就再没有迈进他家门槛，但那些爬来爬去的蚂蚁始终都在冯品一的眼前蠕动。冯品一没有了食欲和性欲，一腔肝火烧着了他的眉毛和头发。他每天怒气冲冲地在李景阳家进进出出，一双马靴踩碎了李家人的心。

其实在这之前李景阳家就已经不平静了，李家大女儿李勋与人私奔了。这在族人眼里是一件不可思议的事。李景阳始终也没弄明白，一向稳重谦和、知书达理的勋如何能做出那种大逆不道的事情来。勋年方一十八岁，生得花容月貌。她更有一手漂亮的女工，描龙像龙，绣凤像凤。男人姓齐，名仲澍，家就住在下甸。赤条条无牵挂的一个人，眉目清秀，是破落人家的子弟。齐仲澍曾经托了媒人上门提亲，被李景阳骂了出去。李景阳无论如何也没想到勋会与男人离家出走。当几天以后从邻县一个废弃的瓜棚里把人捉回来时，李景阳已经无可选择了。

按照族规，勋只能被溺死。族里上上下下几百双眼睛都在看着他。

后半夜下了些小雨。李景阳撑着油布雨伞穿越了长满夹竹桃的庭院，来到了院北角的一间贮藏室。这里堆积着许多布匹和粮食。李景阳开动锁的声音惊醒了被绑在柱子上的齐仲澍。齐仲澍本能地问了句："谁？"李景阳不语。两个男人面对面依然看不清对方的眉眼，但能感觉到对方的呼吸。齐仲澍期待着的送信的女孩出现的梦想被打碎了，他猜出了来人是谁。"岳父。"齐仲澍说。李景阳的心头暖了一下，这个称谓令他感到了亲切。但他马上意识到他来这里的目的并不是来认亲的。"你明天可以替勋去死。"李景阳说。在等待对方做出反应的一刹那李景阳做着各种各样的猜测。"你们能放过勋？"这声音已经能使李景阳激动了。他几乎毫不掩饰自己的激动，甚至有几分兴奋地宣告:“也能放过你,只要你运气好。”

李景阳重新走进小雨时没有张伞,而任凭清凉的雨丝湿润了头发。如果他能坚持一下就好了。李景阳想,那是个聪明人,虽然一贫如洗。此时此刻李景阳已经不恨他的女儿了。勋能躲过这场劫难是他后半生值得欣慰的事。

事情按照李景阳的设想发展着。在族人的众目睽睽下,装进麻袋里的不是勋而是齐仲澍。在村南大青河的上空,齐仲澍画了一道美丽的弧。

齐仲澍没死。因为扎麻袋时结了一个虚扣儿。齐仲澍三蹬两蹬就从麻袋里蹬了出来,游向了对岸。齐仲澍坐在岸边的草地上看着族长和一行人走上了大堤,齐仲澍高声嚷了句:“去你妈的!”

李光绪愤然在一株野桑树底下浇了许多带血的尿水。

上甸和下甸像模像样地给勋和齐仲澍办了婚礼。条件只有一个,勋从此不能说自己是上甸人。勋的父母不能承认自己是勋的父母。勋在任何时候都不能踏上上甸的土地半步。否则,等待勋的依然是族规家法。这是一九三九年春天的事。

李景阳把正房中最敞亮的三间腾给了杂牌军司令冯品一。对此冯品一没有任何表示。当李景阳提出把三间西厢房腾给四个姨太太时,冯品一摆了摆手,说:“算了。”李景阳弄不懂冯品一是真的“算了”还是只说说而已。因为四位姨太太始终没搬进来,李荃也就始终没搬出去。荃是李景阳的小女儿,刚满十五岁。但她的身量几乎和姐姐一般高。荃属于那种不像女孩的女孩。任何女孩应该做的事全都与荃无缘。因此李景阳几乎不把荃当女儿看,荃干出什么有失体统的事都不足为怪。

在勋与齐仲澍离家出走的那段日子,李景阳把全家闹得鸡犬不宁。李景阳觉得家里一定有人知道勋与齐仲澍有约,单只把他蒙在鼓里。李景阳审了这个审那个,只独独没有审问荃。他在一些事情上常常忽略荃的存在。可荃恰恰是一个他不应该忽略的人。荃有许多新奇的想法和古怪的动机,只是李景阳不知道。荃早就知道姐姐的木箱里有一些神秘的东西存在着。其中有一把白绫面的旧折扇,扇骨上题有很俊逸的诗文。荃连想也不用想就知道那扇子是位白面书生的。荃与姐姐到大青河的河堤上散步时见过他。那还是仲夏的一个黄昏时分,荃与姐姐走到了下甸村后,看见有一个青年在垂钓。青年的手里捧着厚厚的一卷书,许久都没有看一眼水面。勋说:“鱼儿也许咬钩了。”荃没有言语。荃素来对这些事不感兴趣。勋又提高声音说:“也许是条大鱼呢。我看见水漂儿下沉了!”果然是条大鱼。青年举起活蹦乱跳的鱼儿朝岸上挥了挥,重又抱起了书卷。

荃说:“我不相信你有那样好的眼力。隔着那么远,你会看见水漂儿下沉?”

勋有些骄傲地说:“我当然看得见。我还知道他钓鱼不是因为悠闲是为了糊口。他贫寒但不寒酸。”

荃有些惊讶姐姐能这样讲话。在她的印象里,姐姐永远是笑不露齿、话不高声的。荃想,这是因为姐姐大了的缘故,人长大了总会有点什么不一样。

齐仲澍托来说亲的媒人被父亲骂走了。勋表面上不说什么,暗地里却把眼泪流成了河。荃对父亲骂走媒人和姐姐流成河的眼泪都很漠然。她想，父亲和姐姐完全都可以不这么做。虽然她也知道上甸、下甸不得通婚是写进族规的，在有史可查的年代，两个村庄曾因儿女私情发生过械斗，据说死伤了很多人。“可是有什么事不可以更改呢？”荃自己纳闷。

那天晚上，荃觉出了姐姐的不同寻常。姐姐无论干什么事都愣神。拿着剪刀去剪灯芯时甚至让灯火烧了手。荃见不得姐姐这样，早早回屋睡了。就在她似睡非睡的时候，姐姐一脸严肃地走了进来。荃从来没有见过姐姐这么严肃的一张脸。面色苍白，但神情坚定。荃预感到有什么事就要发生了。果然勋拿出了一只绣荷包，对荃说：“你敢给我送出去吗？”

荃惊讶地说：“现在？大门钥匙在父亲手里，我飞也飞不出去呀！”

勋说：“不走大门。从后面的院墙翻出去。”

荃兴奋起来。她很愿意帮姐姐这点忙，尤其愿意自己冒些风险。至于姐姐在信中写了什么，把信送给什么人，和由此引起的一切后果都不在荃考虑的范围以内。她一骨碌爬起来，选了一身黑绸布的裤袄穿上，又在腰里束了一根带子。还把长长的头发绾成一个结。荃干净利落站在那里，越发像一个飘逸的女侠或剑客。勋不禁微笑了，她对妹妹感到满意，勋说：“把信交给下甸一个叫齐仲澍的人。他家与关帝庙只有一墙之隔，院门外有一棵老槐树，你知道那个地方吗？”荃不耐烦地说：“两个村子离得这样近，我怎么会不知道。”勋放了心，叮嘱她把信交给齐仲澍以后别急着走，等他交给你一样东西。“如果我被家里人发现了怎么办？”荃多少有些担心。勋说：“挨打受罚的事我去。但你无论如何不能把信交给家里人。我已经把合包缝死了,任谁有天大的本事也发现不了它。”

勋提着一只方脚凳拉着妹妹走过了长长的一条甬路。后院栽了许多植物,一种混合的香气在银白色的月光下弥漫。姐妹俩脚步轻盈地穿过,在院墙底下停了下来。

勋说:“就是这里。去年刮大风把墙帽刮跑了,始终说修总也没修。你上去以后别直接往下跳,那样会崴了脚。你背转身去顺着墙皮往下溜。注意手要抓牢,跌下去会摔断骨头。听见没有?”

荃说:“我回来怎么办呢?下去不成问题,上来可是件麻烦事。”

勋说:“我预备了一条绳子,就在墙外边耷拉着。回来你一动它我就知道。我会死命把你拽上来。”

荃点了点头,认为办法可行。她麻利地蹬上方凳,纵身一跃就上了墙头。荃转过身来,黑白分明的大眼睛熠熠放光,比天上的星星还要明亮。荃轻车熟路般地一闪就不见了,连一丝犹豫和胆怯都没有。

勋想,荃将来也许能做大事情。

荃顺着一条僻静的小路出了上甸。上甸村与下甸村几乎首尾相连,中间只隔着几米宽的一道河床。河床只在夏季雨水多的季节积蓄一些水。河床上有细细的一层沙,踩在脚下柔柔的、软软的。荃几步就跳了过去,踏上了下甸的土地。下甸的土地有一种特有的气味。他们善养各种牲畜。荃对下甸并不陌生,每年都与大人一起去关帝庙进香。荃喜欢关帝庙,关公威武雄壮的样子荃百看不厌。

荃毫不费力就找到了那棵槐树。望见那歪歪斜斜的一道柴门,荃本来平静的一颗心突然狂跳起来。她紧紧捏住那只绣荷包,一只指甲深深嵌进了绒布里。她这时才有些惶悚和胆怯,不知道那道柴门到底关着什么。不知打开柴门意味着什么。但那些都是一瞬间的情绪,她抽起来一拎,就把柴门撇一边去了,柴门发出了窸窸窣窣的响声。荃迈开大步走进了院子,见齐仲澍正倚在房门的暗影里注视自己。

齐仲澍说:“你进来怎么也不打声招呼?”

荃不语,站定了注视着齐仲澍,她发现她不喜欢这个人,话听上去有些酸。齐仲澍的爷爷曾是远近闻名的秀才,他家人的活法与旁人不一样。那只绣荷包就在荃的手里攥着,但荃不想马上给他。齐仲澍有些被荃的样子镇住了,说话换了口吻:“你找我有事吗?”

荃不说话。

齐仲澍忽然想起了什么,“你是……”

他不知道怎样称呼荃,但从他惊喜的目光中荃知道他猜出了自己。齐仲澍飞快地走下了台阶,探头朝荃的身后望去,他显然希望荃的后面还有一个人。

荃这才递上了那只绣荷包,绣荷包热乎乎的,像刚出锅的馒头。

齐仲澍跑进屋去就把荃忘了。两三行字的一张纸齐仲澍不知看了多少遍。荃在夜色里实在站得不耐烦,使劲跺了跺脚,齐仲澍赶紧跑了出来,依然不知对荃说些什么好。荃问:“东西呢？”齐仲澍遂又跑进房里，拿出一支毛笔递到了荃的手里。荃有些不相信地问：“带给她？”

齐仲澍点了点头。

荃转身就走出了那个院子。

荃知道齐仲澍在远远的地方尾随着自己。荃有些不屑一顾，但也有几分暖意。荃甚至想，也许姐姐的眼光不错。荃还第一次想到了关于自己，未来有一个虚幻的男人在等待着她。她凝眸一看，才发现是另一个齐仲澍。

荃情不自禁地笑了。

荃攀着那根绳子没怎么费力就骑到了墙上，以致荃突然怀疑自己的天赋到底是什么，当把那支毛笔交到姐姐手里时，姐姐很响亮地在荃的脸上亲了一口。荃一边抹着脸颊一边感到莫名其妙，一支毛笔到底意味着什么？

勋背转过身拔开笔帽，从里面抽出个纸卷。

第二天早晨，勋不见了踪影，荃才恍然大悟。

李景阳闹翻全家的时候荃就在自己的卧房里坐着，对外边发生的一切充耳不闻。姐姐被捉拿回来以后所面临的凶险使父亲焦躁不宁，荃却一丝也没往心里去。她不相信那些咋咋呼呼的事会发生。

她相信父亲。

二

荃的愤怒来源于李景阳和冯品一的几句对话，当时李景阳正在院子里踱步。自从杂牌军驻扎上旬以来,他们就再也没有迈出过大门口。李景阳每天都在院子里转来转去,活像一只装在笼子里的困兽。四名卫兵笔管条直地立在门口,倒像是在守卫着李景阳。这天冯品一走进大门的时候本来是目不斜视的,可当李景阳撞到他的眼里,冯品一忽然有了些想法。他走到离李景阳五步远的地方站定,微笑着问:

"这里从来没有屯过兵吗?"

李景阳说:"是。"

冯品一问:"为什么?"

李景阳答:"三面环水。"

"我驻扎在这里对吗?"

"对。"

"为什么?"

"这里安全。"

冯品一仰天大笑,又很快收住了笑声。他用马鞭端起了李景阳的下巴,说:"聪明,不愧是我的儿子。"

李景阳的难堪被荃看了个满眼。荃此时正在屋脊上站着,别人看不见她,她却看得见所有的人。荃不是勋。荃不会女工,不会描红,虽然颇认识几个字,却永远看不见她摸书本。杂牌军的到来简直断了荃所有的活路。荃就是这样想的,与其让她一天天闷在屋里还不如要了她的命!于是荃从后面的院墙爬上了房顶。站在高高的屋脊上,荃的心像鸟儿一样长了翅膀。荃从来也没站在这么高的地方俯瞰过村庄、河流以及更远处的风景。村庄显得瘦小,河流显得瘦小,远处的风景烟雾蒙蒙。而站在屋脊上的荃却像顶天立地一样。荃就是在这种良好的心境中看见杂牌军司令冯品一走进了院子。冯品一是一个矮小的男人，长得方头方脑。站在李景阳的面前，足足低了个头。也许就是这种仰视的感觉让杂牌军司令心生异议。冯品一有一张阔大的脸，上面开着几朵大而无当的天花。那些花没有叶儿，不浇水也不会凋谢。荃在自己的想象中咧开了嘴巴，然后便看见了院子里发生的这一幕。四十几岁的冯品一面对同样四十几岁的李景阳，开始了几句对话。然后冯品一仰天大笑，用马鞭托起了李景阳的下巴，冯品一说："聪明，不愧是我的儿子。"

荃的心登时有了抽搐的感觉。她摸到了几片瓦。那几片瓦就躺在荃的脚边，它们还是修房子时多出来的几块，一直闲置。荃爬上屋脊时根本就没有看见它们，它们也许撞到过荃的眼睛，但荃确实没有看见。冯品一的马鞭举起的一刹那，它们被荃随手摸到了。荃把它们高高举过头顶，几片瓦便带着风声从天而降。

院子里的人都被吓了一跳。

冯品一本能地闪了一下，几片瓦擦着他的肩、臂摔在了地上。冯品一大喊一声："有刺客！"随手掏出了枪。几名卫兵都跑到了院子里，哗啦啦地拉动了枪栓。黑洞洞的枪口对准了屋脊上的荃，只等着冯品一一声令下。

李景阳闭上了眼睛，淋漓的冷汗从毛孔中淌了出来。他没想到荃会在房顶上站着，荃的身量那么高，她不是靶子是什么！荃的胆子比天都大，她居然敢砸冯品一！

李景阳知道自己救不了女儿，他心里翻涌着许多哀求冯品一的话，可他一句也没说。他不想在女儿面前再出丑，他知道荃的那几片瓦是为他砸的。

他只是拒绝看见眼前悲惨的一幕，该来的总要来的。李景阳心里说，第一个是女儿，第二个就是李景阳自己。李景阳闭着眼睛却看见了眼前一片金光闪烁，他知道那是灵魂离开了肉体。

荃飒爽英姿站在房顶上，居高临下的感觉让她显得从容而伟岸。但冯品一抬起的那只手慢慢放下了。

他看清了屋脊上站着的人是李景阳的小女儿，看清了摔在地上的不过是几片瓦。他自打进驻到李家就觉出了荃的不同寻常，如果她不是小姑娘的话，他甚至想带她走。

冯品一突然笑了笑，招呼荃下来。

荃走过来时大义凛然。

冯品一一把揪住了荃的头发，同时把枪口顶到了荃的下巴底下，让她高高仰着头。冯品一还没见过这般不怕死的小姑娘，他想试试她的胆量。

荃对枪的迷恋就开始于那一瞬，在此之前，她从来没有这么近距离地接触过它。荃用眼睛的余光打量着乌黑的枪口，全然忘了眼前生死攸关。

荃说："你能给我一支枪吗？"

冯品一愣住了。

荃说："旧的也行。"

又说："只要能打得响。"

冯品一的麻子脸气得铁青，他用枪管砸了下荃的肩膀，恼怒地对李景阳说:“给她准备嫁妆,我要娶她做第五房姨太太!”

冯品一说完,大步朝正房走去。军靴里咕叽咕叽地充满了水声,像藏着两窝蛤蟆。

一九四〇年的春天对于下甸的新媳妇勋来说也是灾难性的。因为杂牌军的侵入,勋与齐仲澍恩爱平静的日子被打碎了。勋的家里住着一个姓孔的营长和他的卫兵。孔营长在若干天里吃掉了勋家所有能吃的东西。为此孔营长很得意,经常拍着肚皮看着勋为做每一顿饭发愁。这支队伍分散住在上甸、下甸的角角落落,住在谁家就吃在谁家。他们实在是饿坏了也馋坏了。他们是在兴隆山上下来的,大大小小打了许多次仗,但总也没能捞到什么油水。他们渴望在战争中发些财,然后回到家乡娶老婆种地去。

勋家只有少量的玉米面和高粱面,孔营长吃得很不耐烦。当勋再也没有东西可做的时候,孔营长高兴了。他做了许多鼠夹捕食老鼠,还做了一只弹弓打麻雀和乌鸦。乌鸦真是多得出奇,经常染黑半面天空。孔营长捕来猎物就扔到院子里,让勋收拾。勋哆哆嗦嗦地半闭着眼睛给乌鸦拔毛,给老鼠破肚。恶心得呕吐不止。烧熟以后,孔营长叫来仲澍一起吃,起初仲澍怎么也不敢下嘴,后来竟和孔营长一样吃得热火朝天。吃完两人就躺在炕上聊闲篇儿,一聊就聊很长时间。勋曾留意在墙根儿下听他们说些啥,但听不真切。勋也好想问问仲澍,但仲澍从此就被孔营长黏住了。孔营长无论干什么都带着他,连睡觉也不放他回来。

下甸从来也没有如此安静过。不论白天还是夜晚,下甸总静寂如坟场一般。下甸人关在自己的屋里说话也学会了悄声附耳。他们管那些兵叫“杂种”,那些兵也真像杂种一样干了许多伤天害理的事。下甸人虽然足不出户,但仍有消息像风一样传来。张家的媳妇被杂种睡了,李家的姑娘被杂种糟蹋了。赵家的牛被杂种剥了皮,赵老汉情急之下上了吊。下甸人生活在一种深深的恐惧里。

勋庆幸家里住进了好人,孔营长是粗些,但心眼儿不坏。他的卫兵是一个十六七岁的小伙子,亲亲热热地叫勋“大姐”。勋问他为什么当兵,小伙子说:“活不下去呗!活得下去谁跑出来当兵呀,整天脑袋别在裤腰带上。今天一张嘴能吃饭,明天就说不定做了刀下鬼。这种事我见得多了。”

小伙子说他家住在山西,一个叫桃花园的地方。说是叫桃花园,却连桃树的影子也没有。山上都是红粉粉的土,甭说树,连草都不长。小伙子说大姐给我说个媳妇我就不走了。这地方多好,土肥,水清,还能吃面食,还有像大姐这么水灵的人。小伙子忽然压低声音说:“大姐对我好,有件事情我不能不告诉大姐。大姐小心点,我们营长要打大姐的主意呢!”

勋手里的剪刀啪地落在了地上。她手里正补仲澍的一件旧布衫。她只当孔营长是好人,没想到假象蒙住了她的双眼。她不知怎样应付眼前的险恶。倘若夜深人静时孔营长破门而入,她如何敌得过他的虎背熊腰呢?

偏偏仲澍一天没回家了。勋不知仲澍去了哪里。想到孔营长也许会因此而害了仲澍,勋止不住啼哭起来。卫兵不知所措地站在勋的面前，轻轻打了自己一个嘴巴。天刚一擦黑，孔营长和齐仲澍双双回来了。勋留意看了眼两人的脸，孔营长面无表情，齐仲澍的脸上却写满了疲惫。孔营长用眼色示意卫兵拉齐仲澍出去，却把勋留了下来。勋不动声色，却把剪刀牢牢地握在手里。孔营长不说话，摊开手掌，上面有两枚银圆。

“拿着。”孔营长说。

勋没动，眼里满是轻蔑。

孔营长也不勉强，把银圆放到了墙柜上。“弟妹，我叫你一声弟妹。”孔营长说，“有件事只能对不起你了。司令需要一位副官，选来选去就选到了齐老弟身上。你们的事我也耳闻了一些，从心里说我是不忍拆散你们。可司令把事情派到了我的头上，我是一点办法也没有。是我打了包票司令才肯放他回来，否则你连郎君的面都见不着。”

勋的心一点一点往下沉去，直沉到了看不见底的地方。勋一点也没想到事情会是这样。勋一点心理准备也没有。她不知如何应答孔营长，她的脑袋里乱成了一团麻。好长时间勋就那样一动不动，孔营长悄悄退了出去，但并没有放仲澍回来。挨到子夜时分孔营长冷着面孔对仲澍说：“给你半个时辰，去吧。”

仲澍的脸已经变成了青灰的颜色，他从心底里厌恶这个与他称兄道弟的人。他们曾经像朋友一样谈过许多话，可忽然之间人就变成了狗，不但吃光了主人的东西，临走还咬了主人一口。

想到勋从此孤苦无依的样子，齐仲澍跪在了孔营长面前，羞愤和悲痛已经使他泣不成声了。

“我不走。你可以打死我，但我不走。她是舍弃了家里的富有跟了我这个穷光蛋的，不论发生了任何事，都不会成为我离开她的理由。我一直是把你当作兄长看的，我没想到你会害我至此。既然生不能生，我只求速速一死。看在我们相识一场的分儿上，我只求你一件事。勋是与家庭决裂出来的，我死以后，你好歹把她送回家里去，让她的父母收留她。她不能一个人住在下甸，兵荒马乱的年月，她一个人住在这里我死都合不上眼。”

孔营长面色青紫，牙帮骨像刀锉一样咯咯有声。他咆哮道：“死！就知道死！这年月死个人还不像死个臭虫似的？我说你的脑袋瓜子怎么转不开磨呢！司令不过是需要一个副官，需要一个识文断字的人，这样好的差使别人还得不到呢！下甸有什么好待的？除了地皮任啥也没有了。还有长长的一段春荒呢，你们两口子捆在一起饿死不成？当兵没有别的好，有饭吃，有衣穿。你跟着司令吃香的喝辣的，当炮灰的事我们去，还有比这更划算的吗？退一万步说，你舍不得家，就先跟着去，过上一两年你开了小差，那时队伍不定拉到哪个省了，谁还回这里捉你不成?！只怕到时赶你走你都不走了。这年头谁是爷？手里有枪的才是爷，你回去和弟妹好好想想我的话，想得通，跟我走。想不通，你提着我的脑袋去见司令。行不？”

门忽然开了，勋神色从容地站在了房门口。仲澍连忙站起身来，吃惊地看着勋，勋冷静而坚定地说：“你去吧！别牵挂我。孔营长说得对，与其我们捆在一起饿死，还不如你去谋一条生路。孔营长的两块银圆我收下，不管于公于私都收下。只是仲澍记住这份恩情。有这两块银圆我就饿不死，我就能等着你回来。

仲澍，别让孔营长为难了！”

屋里的人都僵住了，他们都吃惊地大张着嘴巴望着勋。孔营长最先反应过来，拊掌大笑道：“女中丈夫，不愧是女中丈夫！有弟妹这番话，有我吃的，我绝不让兄弟饿着。枪子打过来，我用身子挡着，绝不让它伤着兄弟一根汗毛。”孔营长诡异地挤了下眼睛，说：“队伍马上就要开拔了，一个时辰以后，队伍在隔壁的关帝庙集合。你们快去说说话儿，晚了就来不及了。”

孔营长噔噔噔走了出去。卫兵迟疑了一下，跟了出去。孔营长对卫兵使了个眼色，卫兵心领神会，蹲在了屋外的暗影里。勋轻轻叹了口气，拉住了仲澍的手，把他牵回到了自己的房里，轻轻掩上了房门。

李景阳与太太一直面对面坐着。

屋里没敢点灯，黑夜像一团破布丝丝缕缕散发着一股难闻的腥气。黑夜还能堵塞听觉，让耳朵发出轰鸣。自从大女儿勋以那样一种方式出嫁，他们夫妇俩就经常这样相对而坐。坐着，却什么也不说。他们都非常疼爱女儿，他们的苦衷女儿却一点也不懂。勋不懂，荃就更不懂。他们经常这样落寞地坐在黑暗里，仿佛整个世界都消失了，只剩下了这间房，只剩下了他们俩。太太经常无声地啜泣，眼泪落下时发出噗噗的响声。李景阳一点表示也没有，他知道他安慰不了太太。他心里也隐忍着太多的悲痛和太深的苦难。屈辱像老鼠一样啮噬着他，他时常能感觉到自己的身心都处在牙齿的咀嚼中，和周围的世界一样变得破碎不堪。

他手里没有枪，他手里有枪的时候又不知道该打谁。他是直奉大战后逃回来的。这个国家总是那么混乱，那么令人绝望。梦魇像幽灵一样尾随着他。在古北口那个狭长的地带，一排一排的人倒下了，鲜血像河水一样往低处流。任何一个坑洼都变得平坦。天空、飞鸟还有庄稼都变成了血的颜色。想起那场肉搏李景阳就心如刀割。对手是一个女孩样的男孩子，细眉大眼。那把上着刺刀的步枪于他是那么沉重！男孩把枪拿起来放下，放下又拿起，像摆弄玩具一样。他显然连害怕都忘了。后来男孩撞上了李景阳，他甚至对李景阳笑了一下。忽然有一种悲怆涌上了李景阳的心头。这些人都是父母的儿子和姐妹的丈夫啊！每一次刺刀见红都会有人为之悲痛欲绝，他们也许就是你的邻居、亲友或邻居的亲友、亲友的邻居，那么眼下的厮杀又究竟是为了什么?!

李景阳忽然有一种愿望，他想和小男孩谈点什么，坐下来安安静静地谈。家住哪里，姓甚名谁？李景阳心中温暖起来，就见背后的一把刺刀刺穿了男孩的前心。男孩没来得及吭一声就一头栽倒了。男孩微微侧了头，军帽甩到了几米开外。长长的头发遮住了眉眼，但微笑还在脸上挂着，冒着热气。涌泉一样喷出的血液模糊了眼前的一切。李景阳一头栽倒了。

短暂的革命生涯就此结束。李景阳长途跋涉回到了家乡。但战争和死亡的幽灵也同他一起回了故里。他无法像自己的父母一样眼里只有土地。一年一年就这样过去了，李景阳时常用“国破山河在”安慰自己，但他也知道那颗苦难的灵魂是任何东西也安慰不了的。

院子里忽然传来了嘈杂的脚步声，李景阳心中一紧，预感到有什么祸端就要发生了。自从冯品一说要娶荃做第五房姨太太，那把尖刀就再也没有离开过他的袖口。李景阳想，我低声下气忍辱负重是为了家，为了女儿。如果连女儿都保不住，我可要舍下一身剐了。几天来，李景阳寸步不离荃的左右，夜里不定出去多少趟，摸摸荃的房门是否拴牢，荃依然是一副没心没肺的样子。傻呆呆地坐着，也不知道她想些啥。有一天，李景阳问她："如果冯品一真要你跟他走，你怎么办？"荃连神儿都没有收回来，直着眼睛摇头道："不可能。"这话有些让人费解，李景阳又叹了口气，还是问道："怎么不可能？"荃这回看着父亲的眼睛说："他的生命会因此没有保障。"

这话让李景阳哭笑不得。李景阳不愿意就这个问题再和女儿讨论下去了。他觉得女儿实在是智商太低，考虑问题要绕上十万八千里。

他已经做了最坏的打算。他想，荃不是勋。冯品一也不是齐仲澍。如果冯品一执意要带荃走，他只能拼个鱼死网破。

他绝不会让女儿做土匪的姨太太。

天快亮的时候李景阳忽然觉出了某种异样。每天这个时候冯品一已经起了床，一双马靴踝在地上咯吱咯吱响。清晨冯品一的脚步声格外刺耳，他似乎在提醒人们一夜与之相关的美梦都将破灭。冯品一很少说话，他的两只脚似乎把什么都说尽了。

这个清晨安静得有些过分。李景阳侧耳细听多时，依然毫无收获。李景阳下了床，先去察看了女儿的房门，隔着厚厚的门板李景阳听见了女儿特有的香柔的呼吸。李景阳又小心翼翼地往门外走，隔着门缝儿往院子里窥视了一眼，没有看见笔管条直的卫兵。院子里一片狼藉，像硝烟未散的战场。李景阳猛然拉开房门，冲进院子里，又噔噔噔走进了正房，四壁皆空，屋中冯品一的东西都没有了。床上地下胡乱堆放着许多破鞋袜、烂衬衣，一只磨损厉害的小皮箱翻开着，里面空空如也，一只弹夹显然是被遗忘的，弹夹里装满了子弹。李景阳拿起了弹夹，惊奇地发现底下放着一支手枪，一支真正的、簇新的勃朗宁手枪！李景阳的呼吸急促起来。他解出了一种意味。弹夹和手枪不会是遗忘的，一定是故意留下的！荃曾经在冯品一的枪口下说："你能给我一支枪吗？"又说："旧的也行。""只要能打响。"荃在生死攸关的时候讲出的话如同儿戏。如今土匪司令冯品一也游戏了一把。李景阳说不清自己心里是怎样一种滋味。冯品一曾经声称要娶荃做第五房姨太太。李景阳日日提心夜夜设防，如今他居然一声不吭地走了，看来他只是开了一个玩笑，可这种玩笑于李景阳来说是多么残酷！李景阳已经准备鱼死网破，准备用生命保卫女儿，虽然他知道他即使牺牲掉生命也什么都保卫不了。可作为父亲，他还能做些什么呢？眼泪像虫儿一样悄然爬出了眼眶。李景阳从来也没有像眼下这般脆弱过。他把手枪拿在手里，一种熟稔的感觉油然而生。他渴望扣动扳机，在天地之间炸出一溜脆响，渴望复仇的子弹平复他心中的痛恨和屈辱。"你能给我一支枪吗？"荃的声音自天外飘进他的耳畔，他猛然意识到了什么。荃已经起床了，在父亲的视线里进进出出。李景阳清晰地看见了荃把一面镜子放在了窗台上，退后几步，身影消失了，但一只长长的手臂伸了出来，拇指和食指打开，其余手指闭拢,弯成了手枪的样子,对着镜子"叭勾叭勾"进行点射。李景阳惊讶到了极点。这会是他的女儿吗?荃对枪的向往是一种多么危险的倾向啊!李景阳不再有任何想法了,他把枪和子弹胡乱挟到腋下,打开了通往后院的房门。目前最紧急的事情就是无论如何不能让荃看见枪和子弹,否则也许会有意想不到的麻烦。

李景阳来不及细想,就匆匆走进了后院。枪有时会意味着这个人的身份不明,尤其是这样一把手枪,意想不到的灾难也许会因它而来。李景阳环顾了一下四周,眼睛落在了墙角的一簇金银花上。金银花正艰难而执着地往墙头上攀爬。李景阳找到了一把铁锹,在金银花架下挖了一个深深的洞穴,把枪和子弹用油纸包好,严严实实地埋了起来。又撒了一些落叶做伪装,这才长长松了口气。

街上有了嘈杂的脚步声和盆碗的敲击声。一个洪亮的高声喊:"杂种走喽……"

三

李庄的枪声整整响了一夜。隔着大青河水,子弹爆裂的声音像带着水音儿一样尖锐而又刺耳。深夜是枪声最密集的时候。有一段时间甚至连短暂的空隙都没有,这让人透不过气来。天快亮时,枪声渐渐稀落下来,只偶尔爆出一声响,那响声在寂静的黎明中却又成百倍地被夸张了。孩子被惊吓醒了,瞪着惊恐的眼睛啼哭不止。太阳被惊吓醒了,早早溜出了地平线。一丝风也没有，天地万物都如静止般一动不动。

荃早早地就在大门外的台阶上坐着。她只穿了一件月白色的水袖衫，襟边和袖口沿着一抹桃红。肘弯顶在支起的膝盖上，一只手托着腮，另一只手也托着腮。荃在这里已经坐了很久了，花岗岩石级发散出的凉气侵入了肌体，像气流一般在体内回旋着，荃不觉得，荃什么也不觉得。荃偶尔掠一掠额头的长发，你会发现荃的脸上的微笑相当迷人。就像看书看到了精彩的章节，就像触动了内心隐秘而美好的情感。谁也不知道荃在想什么，只有荃自己知道她是在倾听远处传来的枪声。枪声使荃沉迷于一种幻想，她想象枪声是出自她之手，她把枪口对准冯品一的脑袋说："我可以打死你。"

荃内心的得意像气泡一样膨胀开来。她在想象这颗子弹从哪里射进冯品一的脑袋。是从眉心？是从耳朵？或者干脆就从头顶？从头顶射击是一件比较麻烦的事，虽然冯品一身材矮小，也肯定不好摆布。思绪在这里打了结，荃又开始想象冯品一面对枪口的丑态。冯品一会大汗淋漓，会"扑通"一声跪倒，会磕头如捣蒜，求荃留他一条狗命。荃的嘴角浮出一丝冷笑，她瞧不起这样的男人。荃坚定地扣动了扳机，没有听见惨叫没有看见鲜血眼前当然什么也没有，只有冻惊的鼻子里孕育着一个响亮的喷嚏。荃失望极了，真的失望极了，就像错过了一个千载难逢的机会。荃把头埋在臂弯里，痛心得想哭。

街上吵嚷的声音惊扰了她，她动也没动，可耳朵却不由自主地转了方向。她听见一个沙哑的声音说："……太吓人了！我还以为大青河里漂过来一群木头，走近一看才知道是人，都是人。一排一排,一队一队。用绳子绑着,用铁丝穿着。有的连衣服都没有穿,像被剥了皮一样白。有的仰面朝天,有的面朝水里,像挟寨子一样。最宽的那截水面都给挤满了,河水浮游浮游的,都是人的血……”

有人问:“出了啥事?”

那人答:“没听见夜里响了一宿枪?是李庄的人遭难了。听说西华镇丢了一个日本鬼子,后来在李庄的田里被发现了,日本人就在昨天晚上包围了李庄……可怜的李庄,死人都被放了木排……”

“那些浮尸现在漂到哪儿了?”

“刚才是在村北看见的,现在该漂到村东了……”

“走,快去看看……”

一片纷杂的脚步声走远了。荃也站了起来,撒腿往村东跑去。河堤上沉默地站着许多人,许多男人和女人。他们都那样站着,谁也没有一句话。荃拣个人缝儿钻了进去,往河里看了一眼,只一眼,荃忙背转身去,用双手蒙住了眼睛。

太阳升起来了,给灰蒙蒙的天空镀上一层虚幻的光。那光亮很不真实,似是而非,似非而是。一群乌鸦像乌云一样席卷过来,它们在低空盘旋,聒噪的叫声敲击着人们的耳鼓,更增添了悲惨和凄凉景象。荃走下了河堤。荃没有吃早饭也没有吃午饭。

荃坐在床上,却把自己完整地蒙在了被子里。荃的一双眼睛始终大睁着。当刘寡妇走进房门,轻轻掀开荃的被角时,险些吓出一溜跟头。

她以为荃睡着了。

刘寡妇是个媒婆，她出入谁家，谁家的闺女就离倒霉不远了。

荃困难地扭过身来，看也没看刘寡妇一眼。她很不高兴这时有人来打扰，尤其像刘寡妇这样的人。按照辈分，荃应该叫她婶婶，可荃永远也没叫过。荃不喜欢这个人，甚至不愿意多看她一眼。刘寡妇已经是四十几岁的人了，仍然穿着色彩俗丽的衣服，脸上搽着厚厚的一层脂粉。她在荃的身边坐下，仔细端详着荃的面孔，笑嘻嘻地说："二小姐真是越来越漂亮了。要是走到庙会上，我一准认不出来。很多年前我就想，将来姑娘找个人家儿不图房子不图地，只图一个好女婿……"

荃把一张脸侧向窗外，那里能看到前边门楼下的台阶上有两只麻雀在觅食。那两只麻雀一大一小，分头啄啄拣拣，但很快又会聚拢，仰着小小的尖尖的脸，大声说着一些荃听不懂的语言。荃看得出了神，刘寡妇的话一句也没有听到耳朵里去，但荃知道刘寡妇是来干什么的，刘寡妇一进门荃就知道。荃斜着眼睛问："我想找个日本人，你办得到吗？"

刘寡妇吃惊地站了起来，嘴张了张，却没有说出话来。过了好半天，刘寡妇才不相信地问："你，要找个日本人？"

荃悠悠地点了点头。

刘寡妇眼珠一转，故作欢喜说："可是让你说着了。那次我上西华镇走亲戚，还真认识了一个日本人……"

荃说："就是他了。你到西华镇找到他，对他说我要给他放木排，找一根铁丝从他的前心穿进去，从他的后背拉出来，把他放到大青河里，我在上甸的村东等他，问他干不干。"

刘寡妇脸上的笑渐渐地风干了，只剩下了很厚的一层脂粉贴在那儿。她突然发现她有些怕荃，怕荃的两只眼睛，大大的，黑黑的，深不见底。刘寡妇再也不敢说什么，磕磕绊绊就往门外走，一边走一边哭丧着脸说："我说我管不了李家姑娘的事，你们非要把我找了来，我不管就得罪人，我想管又没人稀罕……"

荃抻开被子躺在了床上，她心里并不好受。

那些"木排"在村南的坝子上搁浅了。

村南有相对比较窄的一段水面。上甸人要渡大青河通常是坐一只渡船，每到枯水季节渡船就派不上用场，于是就在河底筑起了一道坝，供人们往来使用。谁也没有想到那些用人体扎成的"木排"会在那里搁浅。上甸人以为他们早已顺水漂到下游去了。这天晚上，许多人都闻到了空气里有一种腐烂的气息，比往日多的乌鸦像旋转的风车布满了天空。但是谁也没有想起去看一眼大青河，人们甚至避免说起"大青河"这三个字。转天早晨，一个放羊的老汉敲开了李景阳家的门，结结巴巴地说："不好了，不好了，上甸这回要遭大难了。"李景阳想请老汉进去详谈，老汉慌忙摆着手说："你快去大青河里看看吧，这回可没有咱的活路了……"

李景阳心里没了底，他撇下老汉独自上了大青河。一河碧水早已没了先前的模样，看一眼就让人心里打冷战。李景阳把族里的人召集到李家祠堂，简要说了情况。李景阳说："我把大家找来是想快些有个解决问题的办法。事情不能再拖了。这些尸体腐烂以后会滋生很多的细菌。上甸已经面临灾难了。大家说，怎么办？”

有人说：“弄两条船，用木棍把那些尸首推过坝子去。这是最简便的方法。”

没有人赞同，也没有人反对。

李景阳说：“我有个主意，只是不知道行得通行不通。”

大伙都期待地看着李景阳。

李景阳沉重地说：“有人告诉我说李庄人被日本人放了‘木排’，我一宿也没睡，李庄离上甸不远，李庄有我们的许多亲友。如果李庄人的尸首像从下甸过来一样也从我们这里过去，我就什么也不说了。可如今他们停了下来，在我们筑起的坝子上停了下来。我们就不能不为他们做点什么。日本人惨无人道，因为他们是日本人。如果我们对李庄人坐视不管，我们对得起良心吗？李庄人是谁？是乡亲，是兄弟，如果我们让兄弟死无葬身之地，成为孤魂野鬼，我们上甸人成了什么了？”

一个老者站了起来，说：“你是族长，你说咋办我们咋办。”

这个提议有了赞同的回声。李景阳胸有成竹地说：“要我说，就把他们全部打捞上来。家里有给老人预备棺椁的，暂时捐献出来，有富余芦席的也先拿出来，我们把这些人尽可能地掩埋好。你们说这样行吗？”

村南的大青河水已经说不清是一种什么颜色。又红又黄又绿又黑，在太阳的照射下，咕嘟咕嘟冒着气泡。一股恶劣的气味一下子就被人吸到了肺里，于是翻江倒海般的呕吐声响成了一片。起初谁也不敢第一个下河，脚刚一踏到河边，那种惊惧的不可名状的感觉就抽紧了每一根神经。跃跃欲试的人们都灰着脸向后退去。李景阳最后一个来,他的身后跟着个人,腋下挟着一个硕大的记账簿,他是李景阳请来验尸的,年龄、特征、服饰、身量都要编成序号,预备将来有人上坟用。抱着芦席抬着棺木的人在陆陆续续朝这边走。李景阳苍黑了脸,他一声不吭就跳下去,河水浸透了衣服,有一种特别的感觉令他起了一身鸡皮疙瘩。他拽住了第一个死人的手,用了用力气,死人纹丝不动。李景阳仔细一看,才发现死人腰间的麻绳有牛舌饼那么粗,他和后边的人拴成了一串糖葫芦。李景阳取出早已准备好的牛耳尖刀,斩断了绳索,尸首浮出了水面,李景阳把他往岸上推去,岸上的人在陆陆续续地往水里走,虽然脸上的惊惧还没有退,可他们已经感觉到站在岸上比站在水里更不好受。

中午时分,打捞结束。共四十一具尸首。李景阳往河岸上走的时候,脚下被什么绊了一下,李景阳用脚往上钩了钩,一个七八岁模样的孩子浮出了水面。孩子赤裸着身体,瘦瘦的、瘪瘪的,背上有一道半尺长的刀伤。翻开的皮肉已经没有了一丝血,骨头白生生地顶在了外面。李景阳忽然湿了眼角。他又想起了许多年前的那场肉搏,那个他无法证实的女孩似的男孩。男孩不好意思地摆弄着手里的枪。男孩为什么不打呢?如果男孩知道下一分钟会有一把刺刀从他的后背捅进前胸,男孩为什么不打呢?李景阳的心中忽然刀割般地疼。他把孩子抱在怀里,缓缓往岸上走去。岸上没有了芦席,也没有棺材,李景阳脱下了自己的外衣包住了孩子,把他一直送到了墓地。

河套地势最高的那块土地上,竖起了四十二座坟冢。

李景阳接过了记账人的账簿,只见序号一的下面写着:

男，四十岁左右。方脸，腮上有胡须。额上有一豆粒大疤痕。赤膊，胸上有毛，脐上五指左右有一朱砂痣。不见私处，想是失于东洋人之手……

四

西华镇国泰商行老板汪碧云家的大管家带着公子汪寒吉来上甸求亲了。汪家的马车进了上甸，人们不用问也知道他们是去族长李景阳家，否则，谁有那么大的脸面让西华镇的首富屈驾呢？事先李景阳并不知情，面对马车和礼品毫无反应。

汪管家是一个又瘦又矮的老头，留着一把花白的山羊胡子。他看人时喜欢从额头上往下看，所以他的头总是垂得低低的。汪公子完全是少爷派头。头发抿得光光，皮鞋擦得亮亮。圆鼓鼓的眼睛不时转上一个圆周，其实他什么也没看。汪公子喝茶也喝得讲究。端起盖碗来不喝，先端详，仿佛在检查碗边有没有不洁的地方。喝起茶来又不张嘴，总使人担心茶水会顺着嘴角流到他雪白的西装上。

李景阳说：“我和汪家素无来往，这样重的礼不知为了什么？”

汪总管摇头晃脑地说：“我家老爷一直仰慕先生大名，曾多次想来拜见，都因公务缠身不能成行。这次特派我家少爷前来见礼，冒昧得很，还望先生多多见谅。”

汪公子频频颔首。

李景阳说:“有话就请直说吧,也省得把我蒙在鼓里。”

汪总管报账似的说:“我家少爷今年一十七岁,自幼勤奋好学,通五音,晓六律,懂诗书,知礼法,无所不会无所不能。听说府上有一位小姐……”

李景阳说:“出嫁了。”

汪总管说:“您是指金蝉脱壳的那位?”

李景阳皱了皱眉头。

汪总管说:“我说的是府上的二小姐……自从刘媒婆回了我家少爷,少爷就开始茶饭不思。我家老爷、太太都觉得怪道。少爷没被人回过,大家闺秀和小家碧玉都争着递帖子,少爷就两个字,不见……”

汪寒吉连连点头,起身欠了下屁股:“大伯休怪侄儿冒昧,听说荃小姐想找个日本人?”

李景阳的眉毛一下子立了起来,他怒气冲冲说:“是谁在造谣生事,说出来我要把他的脑袋拧下来!”

汪寒吉和管家相视一笑,几乎同声说:“刘媒婆。”

李景阳的心里有了底。他想,也许是荃真的与刘媒婆胡乱说了什么。刘媒婆一个月前来给荃提亲,说的就是这位汪家三公子。当时李景阳没有答应也没有不答应。从心里讲李景阳愿意让荃早早出嫁,兵荒马乱的年月,嫁了人心里踏实。这是其一;其二,荃远没有姐姐勋恪守闺训。勋尚且如此,真不敢想象荃会做出怎样让人吃惊的事情来。起初,李景阳对西华镇汪家的婚事还有几分幻想。首富不首富的不说,西华镇离上甸不远,荃嫁到那里会有许多方便。可李庄的那一夜枪声惊醒了他,李景阳想起汪碧云一向做的是日本人的生意,他与日本人交往过密是人人得见的事实。李景阳不会让女儿做土匪的姨太太,更不会让荃做汉奸的儿媳妇。所以刘媒婆第二次上门时李景阳一口回绝了。刘媒婆借口去看看荃,李景阳没法儿不依。好在李景阳了解荃的脾气,知道刘媒婆去了也赚不到什么便宜。

没想到汪公子会找上门来,这事多少有些出人意料。自古以来说亲都靠媒人的嘴,像眼下这种局面,只在戏文里见过。李景阳微微一笑,说:"刘媒婆一向巧言令色,舌如弹簧,她的话不信也罢。她确实来府上提过亲,不过,小女自幼指腹为婚,实在不能应承此事,公子也是识大体的人,应该知道一女不嫁二夫的古训。"

"这……"汪公子着起急来。汪总管紧着问:"不知所许谁家?西华镇离上甸不远,怎么一向没有耳闻?"

李景阳略一思忖,答道:"离此六十里有一个柳树堡,我的同窗盟弟住在那里……"

汪寒吉说:"可不可以请荃小姐出来让我们见上一面?"

李景阳说:"李家没有这个规矩。"

汪寒吉说:"如果我非见不可呢?"

李景阳站起身来,喊了声:"送客!"遂拂袖而去。

汪寒吉猛地甩了下头发,把头仰得高高的,走到了院子里。汪总管小声问:"那些礼品怎么办?"

汪寒吉气急败坏地说:"拉走,他会有收的那一天!"

李景阳再也不敢对荃的婚事掉以轻心了。他决定给荃找一个妥靠、本分的人家，也可以收收荃的野性子。她十五岁，已经不算小了。那天，李景阳不经意间提到了盟弟陈怀宇。原只想糊弄汪家那一老一少。因为他不敢说附近村上任何一家，那样很容易露出破绽。但静下心来，李景阳发现荃所能嫁的人家其实非常少。就她这野马横行的性子，一般人家断不可能接纳。汪碧云那样的人家去不得，一些赤贫人家又不能去。李景阳忘不了有一次见到大女儿勋的情景。虽然隔着十几步远，勋瘦弱不堪的样子简直令他心痛欲碎。勋挽着一只菜篮，里面却空空如也。这年头挖野菜也不是件容易的事，穷人实在是太多了。勋的衣服补丁摞着补丁，一张脸绿汪汪的。李景阳断定一定是野菜吃得太多的缘故。父女俩的中间地带就是上甸与下甸的那道河床，他们谁也没有往前跨一步。勋只是对父亲笑了一笑，就转身飘飘地走了。晚上，李景阳嘱咐家人为勋送去一口袋粮食，又被勋原封不动地退了回来。家人捎来话说，勋不收下粮食是不想让父亲牵挂她。这次不收，以后也永远不收。勋说她活得下去，让父亲尽管放心。

李景阳这才知道，该死的杂牌军掳走了齐仲澍。荃躲过去的劫难却落在了勋的头上。勋表现出来的那种坚毅很令李景阳欣慰。李景阳想，这才是他的女儿，李景阳的女儿就应该这个样子。

荃无论如何也不能再嫁赤贫人家，有了这个想法以后，李景阳发现自己差不多陷入了绝境。他没法给荃安排一个恰如其分的归宿。于是柳树堡几乎成了他所有的希望。荃嫁到那种人家可以了却他的牵挂，他完全可以相信陈怀宇会像对待女儿一样地对待荃。只是许多年音信阻隔，他对陈家的情况一无所知，不知陈家有无年貌相当又未及婚配的儿郎。想到这里，李景阳恨不能生出一对翅膀来。他怕事情巧合到在他拖延的几天里而恰恰使荃失去机会。他一天也不能再等，匆匆准备一下就出发了。

李家的马车驶出上甸时村庄还在沉睡。天空灰蒙蒙的，晨曦还在云影后面隐匿着。李家的马车一直朝南走，出了小豆庄，直奔崔家集。这是一条绕远的路，是想绕过西华镇，西华镇有日本人的炮楼。行前，李景阳嘱咐把式老宽用那匹长着软缎般绒毛的黑马，解去马身上的一切饰物。李景阳解释，我们这次出门要起早贪黑，任何响动都可能引起麻烦。天空的颜色淡了下来，路两旁的树木和庄稼清晰可辨。庄稼大多是高粱、玉米和黍子，长得不尽如人意，虫害灾难般地威胁它们。这几年的虫害真是多得出奇。李景阳想，就像从天而降的日本人一样，一眨眼的工夫他们就在你的土地上站住了脚，吃你碗里的饭，喝你井里的水，他们比主人更像主人。他们有着古怪的脾气。到村里来，他们会把糖果撒在地上，让那些从来不知道糖果是何物的孩子去抢。他们会大笑着拍着孩子脏兮兮的脸，表现出一种令人畏惧的"亲善"。可他们杀起人来就像砍瓜切菜一样，不分男女，也不分长幼，中国人的脑袋仿佛生来就是日本战刀的试验品，掉不掉只是迟早的事。

天光大亮时，李家的马车已经跑出了老远的路，房舍和村落显得陌生起来。老宽长长地伸了个懒腰，身上的筋骨发出了嘎巴嘎巴的响声。老宽忽然想起一个问题："路上如果遇到有人搭车咱拉不拉？”

李景阳没有言语。

老宽自顾自地说：“我说不拉。知道他是好人还是坏人呢，如果到僻静的地方他给咱一个冷不防，咱可就吃大亏了。”

李景阳仍然没有言语。

老宽又说：“不拉有时也不行。有一回我赶车去西华镇，马正跑得欢实呢，有一个人从高粱地里闪出来，要搭车。那人歪戴着帽，斜楞着眼儿，一看就不是好人堆里的。我没让马停下，反而在空中甩了三鞭子。马跑得更快了。可后面的子弹比马跑得快。我三绕两绕拐到了小豆庄村后的那条路上，转一个大弯子才回家。那次可真把我吓坏了，都过去一个月了，耳朵眼儿里还啾啾地有子弹声呢。”

李景阳说：“老宽，你想没想到过将来什么样？”

老宽不吱声了，老半天才回一句：“我这辈子给你赶车，下辈子还给你赶车。”

李景阳轻轻笑了，说：“我是说这世道，乱糟糟的就这样下去了？日本人在中国是无根之水，我总觉得他们长不了。可又看不出谁能整治他们。有时候我会这么想，也不知有朝一日这日本人走了以后世道会变成什么样？”

老宽说：“这还不是明摆着的事，日本人没来之前什么样，日本人走了还什么样呗。”

李景阳倒吸了一口气。老宽的回答是他没有想到的，他突然没了说话的欲望。

老宽神秘地把脑袋伸了过来，小声说：“你听说过燕山游击队吗？”

李景阳只是点了点头。

“姚飞飞呢？”

李景阳看着他。

老宽郑重其事地说：“我见过她。”

李景阳浑身一震，盯着老宽的脸。

老宽说：“那天是西华镇大集，日本的那个什么小队长骑着高头大马在大集上兜风。我见过他可不是一次了，每次大集他都耀武扬威地在人群中走一圈。他那匹大洋马仿佛通人性似的让它往哪边走它就往哪边走……”

李景阳等不及了：“你说姚飞飞。”

老宽答：“那天正是腊月集，镇上人很多。快晌午的时候，那个小队长刚要从镇西往回返，我眼见着一个女人从挎着的篮子里拿出手枪，向山口连发三枪，那女人身穿蓝布袄，头上扎一条深紫色的头巾，一双眼睛又大又圆。扁身子，个不高，但跑起来像旋风似的。当时我就想这人肯定就是姚飞飞，否则，哪有女人恁大胆敢来西华镇杀鬼子？鬼子死了，集也炸了，赶集的人往四处跑，我就跟在那女人身后，出了西华镇。我一留神，敢情不止那女子一人，还有四五个男的，都像燕山游击队的人。他们虽然穿着庄稼人的衣服，可那眼神到底不一样，我一眼就看出他们是玩枪杆子的。”

李景阳想了想，说：“是姚飞飞，我见过她的画像，跟你说的差不多。”

老宽说：“也不知这游击队能不能成气候，从西华镇回来那一宿我也没睡，吓是吓着了，可我也想，连姚飞飞那样的女人都带队打日本，小鬼子还能有消停日子？”

李景阳问：“如果再见到姚飞飞，你能认出她吗？”

老宽说：“能，咋不能呢！那天我特意多看了两眼，姚飞飞的模样记得是一清二楚。”

李景阳说：“听说那天西华镇的岗楼里抓了二十多个嫌疑犯。”

老宽说：“鬼子也是瞎抓，哪里有那么多像姚飞飞的人。姚飞飞来无影去无踪，鬼子拿她一点辙没有。那天我真想一咬牙，也跟姚飞飞走，可一想您的事还没办呢，就又回来了。”

李景阳故意说：“你跟她干啥去？”

老宽说：“打日本啊。”

离柳树堡越来越近的时候李景阳才开始不安起来。他不知这次唐突造访会有什么结果。其实他的心底一直有一种叫“恐惧”的东西存在着，只是在拼命地抑制，不给自己想象的空间和时间。他来柳树堡是有道理的。他待陈怀宇曾经像亲兄弟一样。可他来柳树堡又毫无道理，他们若干年不通音信，对彼此的情况真是一无所知，忽然就为了女儿的终身大事而来，世上真会有那么巧的缘分等着他？那李荃得有多么大的造化啊！

李景阳在求学期间来过柳树堡。那是暑假的最后几天，陈怀宇与李景阳相约一起返回学校前在柳树堡小住几日。李景阳早早晚晚都爱在村里走，爱闻空气里一股奇怪的味道。那是柳树身上发出来的，它们健硕而又生机勃勃。转眼已是许多年过去了，柳树堡还会是当年的样子吗？李景阳对当年的陈家大院还记忆犹新，凤尾竹、石榴树，还有大伯陈远拉的一手好胡琴，那是个讲究意境的人，置身其中总有一种如梦如幻的感觉。如今这种梦幻感轻易就回来了。李景阳闭上了眼睛，脸上盈盈现出一丝笑意。李景阳忽然发现自己忘却了一个人，一个有古典风韵的俏丽佳人，也属于那座深宅大院。印象中的章若儿纤弱、端庄、高贵，肤色像瓷器一样有着玉质的光泽。岁月能改变一切，但不可能改变章若儿什么，章若儿生来就是改变别人的。

李家的马车驶进柳树堡时已是黄昏。村庄里静悄悄的，只有夕阳淡淡的光线影儿般地投射。李景阳的目光去寻找那些柳树。印象中的那些柳树没有了。李景阳有些狐疑，这还是原先的那个柳树堡吗？或者原先的柳树堡原本就是这个样子？过去的那些景象只是在梦里？沿路有许多破败的房屋，像久无人居的样子。走了半条街，仍像误入空城一样。老宽首先把车停了下来，扭过头来说："这情景有些不对。"李景阳跳下马车，四处一打量，就看见一个灰头灰脑的小孩在土堆上玩土，李景阳走过去刚要说话，小孩受了惊吓扭身便跑，裤子掉了下来，露出半边屁股。李景阳苦笑着摇了摇头，朝老宽挥了挥手，马车继续朝前走。李景阳这才发现柳树堡是一个损失惨重的村庄。烧毁的民居随处可见，到处都可以看见柳树巨大的树墩。这些被人们视若生命的柳树不会毁于柳树堡人之手，那么，是什么样的灾难使柳树堡的人们舍弃了生命中重要的一部分呢？

终于看见了陈家大院，夕阳中，陈家大院以完整而具体的形象出现在李景阳的面前。李景阳喜出望外，三步并作两步跑了过去。那两扇木门还在印象里，青砖碧瓦的门楼也与当年相仿佛。李景阳似乎找到了他当年的那种感觉。

李景阳叩响了房门。

过了许久,才有一个苍老的声音问道:“谁呀?”

李景阳想了想,说:“我从上甸来,是陈怀宇先生的同学。”

大门“吱扭”一声开启了一道缝,一双警惕的眼睛把李景阳打量了个遍,这才缓缓打开了大门。李景阳依稀记得老家人胡安,但胡安苍老得实在是无从辨认。家人在主人就在,这个想法鼓舞了李景阳,他走进了陈家大院,才发信陈家大院已经面目全非。

李景阳走在空寂的院落里感受到了陈家的衰败和颓废。瓦灰色的燕子在天空中飞,房舍的残破超乎想象。耳房的屋角显然是被炮弹削去了,那创伤依然明明白白地写在那里,甬路的砖缝里生满了木耳草。园子里的花丛中生长着太多的野生植物,甚至有牵牛花的庞大家族争奇斗艳。李景阳黯然。这许多年里,陈家大院不知发生了怎样的变故。李景阳的脚步走过了时间和空间的岁月风尘,在现实中的一九四二年的秋天停了下来。

一位妇人远远地迎了过来。李景阳想也没想,便大声喊了句:“章女士!”

妇人愣了一下,随即红着脸说:“先生看错人了。”

李景阳有些惶惑,觉得面前站着的应该是那位章若儿,虽然形容一点也看不出来。可不是章若儿还能是谁呢?她理所当然是这所宅院的女主人啊!

看着李景阳不解的眼神,妇人不易觉察地叹了口气,说:

“您说的是章若儿吧，她不在已有十年了。我知道您是谁了……您是不是从上甸来的？”

李景阳高兴地说：“是呀。”

妇人又说：“常听怀宇提起，说你们曾经像亲兄弟一样。怀宇老说去看您，可总也没去成。”

夫人不安地捻着衣角。

“我叫百灵。”她自我介绍说。

五

蘑菇岭的百灵来到柳树堡已经快十五年，又是一段不长不短的日子过去了。百灵从蘑菇岭的丫头变成了柳树堡的妇人，她早习惯了这里的一切。她从没回过蘑菇岭，她不知道蘑菇岭在哪儿，感觉那个地方仿佛在天上，父亲和几个哥哥都生活在云里雾里，要想见上一面，是比登天还难的事。思念在心的一个角落埋藏着，只有等到雨天，那个地方才能抽出长长的丝线来。百灵会把家里的盆盆罐罐都摆到院子里，接天上的雨水，百灵会用收集起来的雨水洗澡，让家里人莫名其妙。雨水会有那么好吗？它比大青河的水还清冽吗？百灵心里的话从不对任何人说，感觉中她依稀记得自己是陈家用三斗麦子换来的。

陈家早已不是过去的陈家。除了老家人胡安，所有的长短工都辞退了。看看百灵那双粗糙的手就知道，她早已不是陈家的少奶奶。她像柳树堡的任何一个女人一样，要做各种各样的活计。蘑菇岭像梦一样渐行渐远，站在大青河的河堤上遥遥望去，只能望见一片云彩。

陈怀宇从书房出来，就提着衣襟一路小跑。头戴瓜皮帽的兆林把头伸出来问："爸，爸！第三课还研习不？"陈怀宇脚步不停只摆了摆手，权当作回答。兆林不满意地嘟囔道："还宁可湿衣不可乱步呢，父亲这样走岂不全没了章法？"

两个男人紧紧抱在了一起。

兆林在后面看呆了，印象中父亲从没如此激动过。

两个男人分开后又彼此注视了良久，陈怀宇这才想起喊兆林过来，说："兆林，快给大伯父行礼。"

兆林跑过去刚要跪下磕头，被李景阳拦下了。李景阳看见兆林只觉得眼前一亮，兆林长着圆鼓鼓的额头和一双聪眉慧目，是一个人见人爱的孩子。李景阳问："兆林几岁了？"

兆林响亮地说："回大伯父，虚岁十一了。"

李景阳对陈怀宇说："兄弟好福气，看兆林生得聪慧英武，气度不凡，将来一定有大作为。"

兆林说："我将来要当教书先生。"

李景阳赞许地笑了笑。

陈怀宇喟然一声长叹，说："生逢乱世，能苟且偷生，且衣食温饱也就知足了，哪里还想什么大作为。"

李景阳说："兆林还小，哪里就如此悲观。"

陈怀宇脑袋摇得像拨浪鼓似的，说："我们也曾有过这个年纪。我们的父辈也曾有过相同的希望，可结果又怎样呢？眼前的国家是一个腐烂的毒疮，里面除了生些蛆虫还能生些什么？睁眼看看我们的周围，除了强盗还是强盗。抢人钱财，霸人妻女，强占土地。中国的，外国的，相互勾结，鱼肉乡里，好端端的人都变成狗，而且是癞皮狗。他变成狗是为了咬人，你变成狗是为了活命。人都活到了如此境地，真是生不如死，可死又何为？”陈怀宇说不下去了，豆大的泪珠顺着他清癯的面颊流下来。李景阳也不觉湿了眼角。百灵见状赶紧说：“快去屋里坐吧，兄长奔波了一天，一定是又饿又累。怀宇别只顾说话，招呼客人要紧。”

陈怀宇也不擦眼泪，拥着李景阳就往屋里走。李景阳侧目看见了陈怀宇脸上的泪水像虫儿在爬，而且爬到了他的心里。

李景阳用半天的时间了解了陈家大院这些年所经受的风风雨雨。陈家为兴办学堂曾支付数以万金，不单是柳树堡，惠及周围五邻八村，受教育者已逾千人。学堂理应姓陈，这是毋庸置疑的事实，陈怀宇一直小心谨慎，与各色人等周旋，就为保住自己的这点心血。前年春上，莫名就有一顶“通匪”的帽子戴在了陈怀宇的头上。陈怀宇度过了六个月的铁窗生涯，受了皮肉之苦不说，还拿出了大半家私进行打点，人是回来了，可学校却早换了招牌，成了“治安所”。原先的教员一个也不在了。陈怀宇气血攻心得了一场大病。病愈后他把学校搬到了书房，学生只有一个，那就是儿子陈兆林……

李景阳暗自思忖，陈怀宇的劫难也是始于春天，应该是杂牌军进驻上甸、下甸的时间。想起那个春天李景阳就胸闷气短，断没想到那段时间陈怀宇正在受牢狱之苦。

李景阳在陈家大院一共住了三天，该谈的谈了，不该谈的也谈了，可那桩沉甸甸的心事一直没有说出口。兆林还小，陈怀宇又是那样疲惫，李景阳实在是于心不忍，倘若荃有姐姐的一半灵秀和贤惠都可以另当别论。可荃那个浑不凛的野小子性格，哪里适合陈家。李景阳空落落而回，一路走得晦暗而又惆怅，在黄庄和崔家集两地碰上了路卡，马车被查了个底朝天。老宽说尽了好话赔尽了笑脸都没管用，还是李景阳把随身携带的钱物全都交了出来，方才放行。车到渔山嘴，黑夜像烟雾一样弥漫开来，远远近近的一切都被烟雾笼罩了。老宽忽然把车停了下来，小声说："老爷，前面有人。"

李景阳也一下子警觉起来，睁大眼睛却没看见人在哪儿。老宽说："不在路上，在左边的玉米地里。"果然，那片玉米摇摇晃晃。老宽想调转车头，被李景阳拦住了。此时天色已晚，若绕路走就得通过西华镇，走那条路更危险。李景阳告诉老宽甩开鞭子，以最快的速度冲过去。马车路过那片玉米地时，两人都睁大眼睛仔细搜寻。看见了有一个人横卧在玉米地里，一只手臂已经伸到外边。他显然是想从地里爬出来，可已经是力不从心了。李景阳的脑海里滑过了一系列念头，他喊老宽停车，老宽不解地看着李景阳。李景阳说："沿路处处设卡，会不会在找什么人？"老宽一拍大腿，却没有说出话来。两人跳下车，小心翼翼地走了过去，见那人已经处于昏迷状态。老宽动手把他翻了过来，那人脸上身上都是血，但翕动的鼻翼证明他还活着。老宽说："老爷拿个主意吧。"李景阳说："这会是个什么人呢？"老宽茫然地摇头，忽又提醒道："老爷刚才不是说沿路设卡吗？"李景阳点了点头，表示他记得刚才说的话。那人的腿脚忽然一阵抽搐，玉米叶子又发出了哗啦啦的响声。李景阳下了决心，说："不管他是什么人,先救他一命。”两人猫下腰去,把人整个抬了起来,顺到马车里,李景阳无处可坐,只得坐到车帮上。夜色沉沉,马车像游鱼一样驶进夜的深海里。星光下那人在李景阳的眼前模糊成一团。

三天以后的一个早晨,京东特委交通员安庆在李家后院的一间贮藏室里睁开了眼睛。这里僻静得没有任何声音,所以安庆好半天不知道自己是在阳世还是在阴间。房间里有一扇小得不能再小的窗,一线阳光从那方小窗子直射进来,斜斜地打在了安庆的脸上。屋顶上结着厚厚的蜘蛛网,蛛网精妙得如一座城池,伟大的蜘蛛像帝王一样安坐在那里。安庆松了一口气,自言自语道:“只要不是阎王爷那里就好。”安庆说话带一点外乡口音,这使蹲在门外的老宽只听清了“阎王爷”这三个字。老宽站了起来,有些激动。三天三夜的守护终于有了结果。老宽想一步迈进屋里,把憋了他三天的谜底弄个水落石出。但老宽告诉自己千万别毛躁,得先搞清这个人的身份。这都是李景阳千叮咛万嘱咐的。想到这里,老宽装了一袋烟,一边吧嗒着嘴巴一边推开了房门。安庆对老宽笑了笑,老宽却不笑。老宽在一只小木凳上坐了下来。

“大哥,这是什么地方?”安庆问。

老宽吧嗒着嘴垂着眼皮。

安庆又说:“谢谢你救了我。”

老宽把烟袋嘴从嘴里拿开,故意压低声音说:“我可当不起你的恩人。就你那天血呼啦的样儿,吓也把我吓死了,你救救我还差不多。”

安庆奇怪地问:“那是谁救了我？”

老宽说:“人家不让说。”

安庆更奇怪了:“这是为什么？”

老宽说:“怕你不是好人！”

安庆宽容地笑了笑,问:“这里是什么地方？离蓟州城有多远？”

老宽闭紧了嘴巴,眯着眼睛看房顶上的蜘蛛网。

安庆着急了,他想坐起来,可一条伤腿怎么也不给劲儿,豆粒儿大的汗珠从额头上往下滚。老宽坐不住了,慌忙说:“你别动,你别动,大夫说子弹伤着了骨头,你得静养。”安庆无奈地叹了口气。老宽又说:“这里是上甸,离蓟州城有六十里。你是我家老爷救的。老爷救你是看你可怜,可不知道你是好人还是坏人。老爷现在正怕着呢。”

老宽说完又坐回木凳上,重重吸了一口烟。他故意不看安庆,可眼睛的余光一刻也没有离开安庆的脸。安庆的心里忽然亮堂了一下,他把老宽的心思早已猜出了八九分。安庆问:“你家老爷是不是李景阳？”

老宽吃惊得张大了嘴巴,结结巴巴地问:“你,咋知道？”

安庆轻轻地笑了,说:“如果这里是上甸,救我回来的一定是李景阳。”

老宽高兴地说:“先生料事如神哪。”

安庆说:“是你家老爷名声在外。”

老宽高兴傻了,张着大嘴巴只是笑。仿佛别人褒奖李景阳也有他的一份功劳。安庆看在眼里,又说:“我还知道救我的人里一定也有你。如果我没猜错的话,你一准是车老板。”

老宽腾地站了起来,说:“你歇着,我去去就来。”说完,慌里慌张地夺门而去。

安庆沉沉地闭上了眼睛,他不再为自己的处境担心了。他算准了自己昏迷的地方是在渔山嘴附近,如果不是有过路的马车,他一准到不了上甸。常年在这一带奔走,他知道上甸有李景阳这么个人,而且也知道关于李景阳的一些事。安庆想,李景阳是猜得出自己的身份的,否则他不会在天黑以后还救一个身上有枪伤的人,这可是掉脑袋的事。从老宽脸上安庆也读懂了许多东西。老宽的那些算计都写在脸上。他想,李景阳明明是派老宽来探虚实的,可老宽恰恰暴露了自己。他们渴望了解安庆。他们在安庆的身上寄予了某些希望,可又无法得到证实。安庆等着那个叫李景阳的人,他相信过不了多久,李景阳会出现在自己面前。

李景阳迈着匆匆的脚步朝这边走来。这三天里他一直寝食难安。刚才老宽说了一大堆慌里慌张的话,李景阳理了又理,仍然没有理出头绪。李景阳知道老宽失败了,只是老宽自己不觉得。老宽到底也没弄清楚那是一个什么人。就自以为弄清楚地回来了。于是这几天耗尽心思的盘算和琢磨都失去了意义,李景阳想,是该自己出面了。李景阳走进了那个狭小的天地。这是一年中李景阳第二次来到这里。不同的是第一次进来时是两年前春天的一个雨夜,屋角的柱子上绑着一个叫齐仲澍的年轻人,而今天同样一个年轻人身份不明地躺在这里。李景阳渴望了解他,那种渴望连他自己都有些说不清楚。

他希望这是一个怎样的人呢?

那种彼此间的注视仿佛有四分之一世纪那么漫长。还是安庆打破了僵局。“谢谢你。”安庆说。

李景阳没有反应,他沉默着。

“谢谢。”安庆像是在自言自语。

“也许我可以帮你什么忙。”李景阳说,“除了我和老宽没有任何人知道你在这儿,当然还有一个郎中,但那是一个可靠的人,我敢用性命担保。”

安庆沉默着。

李景阳又说:“我只是告诉你我可以帮你的忙,如果你确实需要帮的话。”

安庆点了点头。

安庆用标准的本地口音叙述了那天发生的事。他说他从芦台来,身份是一个账房先生。沿路设卡的事他早有耳闻,所以他一直没有走大路,而是在庄稼地里穿行。在渔山嘴附近他被流弹打伤了,虽没伤及要害,可知道自己失血过多,若不是遇见李景阳,也许早就没命了。“好像是燕山游击队的人下山了。”安庆轻声慢语说,“他们在西华镇附近和日伪军交了火。我看见燕山游击队的人在往西撤,他们大概有二十几个人,个个身手矫健。”

“先生不是本地人。”李景阳打断了他的话。

安庆顿了顿:“你怎么看出来的?”

李景阳指了指他衣襟上纽扣的位置:“本地人的盘扣不是这样的结法。”

安庆问有什么分别。李景阳说，你这种疙瘩像独头蒜，是胶东地区女人的做派。安庆说李景阳好眼力，连这样细微的差别也看得出来。这的确是一个胶东女人的手工，只不过来自于一个裁缝铺子。

李景阳无话可说了。

安庆说："你既救了我，就是恩人，有什么想问的尽管问，我在可能的情况下知无不言。对了，我姓安，单名一个庆字。你可以叫我安庆。"

"安庆。"李景阳琢磨了一下。"我只想知道你们是不是打鬼子的？"李景阳又说。

安庆苍白的面色泛出一丝笑意，他看了李景阳一眼，缓缓地说："这年月，除了打鬼子，还有什么能够让人甘愿流血呢？"

李景阳长舒了一口气。

李景阳每天都去后院看安庆。李景阳去看安庆时，老宽一准在前院台阶上坐着，手里捣鼓着一些活计。老宽手里的活计都很琐碎，有时粗针大线地缝一只套包，或用自己粗大的手编皮鞭子。老宽坐的地方正好对着荃的窗，荃偶尔会出来看一眼，荃对这一切都不感兴趣。她知道父亲刚从柳树堡回来，她对那个遥远的村庄充满了好奇。她问老宽，柳树堡什么样，那些柳树什么样，是不是像云罗伞盖一样把天空都遮满了？老宽的头摇得像拨浪鼓，他说那座村庄什么都没有，炮火把一座一座的房屋都烧成了焦炭。荃问，是日本人烧的？老宽说，不是日本人还能有谁？荃不说话了。她去马棚看那匹黑马，拍着马的脸，荃说可惜你不能骑，整天拉车你不觉得委屈吗？

她的思绪又飘远了。

第七天，安庆终于决定让李景阳替自己去做一件事。

“你去蓟州城里城隍庙附近的‘回春堂’药店，找一个姓杜的老板，告诉他表弟得了霍乱，住在表哥家里。八月十五那天有云遮月，他们如果想看月亮可就得提前。”

李景阳问：“就这些？”

安庆点了点头，“如果有人问你表哥家在哪里，记住千万不要说，就说表弟病好了以后会主动回家的。马车要停在城外，随身带两套衣服。去回春堂时最好穿得像老宽那样。最主要的就是提防身后，如果感觉到身后有形迹可疑的人就去对面的酒楼，到那里去喝杯酒。”

李景阳说：“我不认识杜老板。”

安庆说：“左耳挟着香烟的人就是。”

李景阳说：“如果杜老板不在怎么办呢？”

安庆说：“那就是有意外了。速速回来，什么也不要说。”

李景阳从县城回来带了一包“三七”交给安庆。李景阳不知道“三七”意味着什么，但他看出安庆很高兴。安庆紧紧握了握李景阳的手，说：“表哥，谢谢你。”

李景阳愣了一下，随即释然。

三个月以后，安庆已经能随意走动，只是腿还有点瘸。在这三个月里，只有保安队十余人来李宅骚扰过。远近都有枪炮声，但上甸一直安然无恙。安庆暗暗称奇。上甸离西华镇如此之近，却是一座世外桃源。

“我以后还要来。”安庆临走时说。

六

李景阳在秋末的一个早晨接到了一份请柬。请柬是西华镇的首富国泰商行老板汪碧云派手下送来的。来送请柬的是一个冷面人,一句话也不说,把请柬放到桌上扭头就走。请柬沉甸甸的,李景阳用手掂了掂,没看出什么凶险,汪碧云只说要“叙叙旧”,李景阳十分清楚,他和汪碧云之间没有任何“旧”好叙,他们只是照过几次面,像任何一对陌生的人一样,只知道对方名姓而已,任何实际意义上的交往都谈不上。李景阳拿不准汪碧云是不是冲着公子求亲的事来的,李景阳知道,那迟早是一个导火索,李景阳只是觉得有些奇怪,凭着汪家富甲一方的权势,除了娶不来皇家的公主,还有什么样人家的女儿娶不到手呢?难道真如那位管家说的就因为李家回了亲事就回出了毛病?

李家上上下下陷入了一片恐慌。太太在一座玉观音面前上香,磕头如捣蒜。只有荃表现出了少有的沉郁,她静静地坐在那里,什么也不说。李景阳感到纳罕,这仿佛不是他印象中的荃,李景阳走了过去,想轻松地对女儿说这不过是份请柬,汪碧云请他去也未必是因为他们把汪公子轰出了门。还没等李景阳说话,荃先开口了。荃说:“其实我应该和你一起去。”

李景阳笑着说:“人家并没有请你啊?”

荃说:“如果刀搁在你的脖子上你就应下汪家的亲事。”

李景阳一愣,说:“怎么,我的女儿想嫁人了?”

荃走过来站在父亲的面前,拨弄着他的衣襟说:“我嫁给谁不重要,你保住性命才重要。记住我的话。”

李景阳鼻子一酸,点了点头。话说得有些硬,可这已经是相当柔软了。

汪家大院差不多占了西华镇一半的地亩。有百余间房舍。汪碧云一共有多少房姨太太恐怕他自己都未必清楚。宅院坐落在镇东,与镇西的日本炮楼遥相呼应。西华镇自古就是商贸重镇,商甲云集,声名远播。

李景阳跟一个冷面人穿越了无数个花墙、庭院才见到汪碧云。虽然事先有过想象,汪家的排场和奢华还是吓了李景阳一跳。整个汪家大院里卫兵人众,丫鬟如云,穿着通通如戏里人物,色彩俗丽,款式夸张。李景阳的心中一阵一阵地惊悸,他想,茎如何能嫁到这种地方来。能到这种地方讨生活的除了戏子就只能是娼妓。她们见多识广,谙熟各种女人与男人的戏法。

李景阳被径直请到了酒席宴上。空荡荡的大屋子里只有他和汪碧云两个人。汪碧云肥大的身躯填满了一把椅子。酒杯是斟满的,亮闪闪的纯银餐具有着古怪的光泽。汪碧云端起了第一杯酒,说:“这杯酒李兄先喝下去,别问为什么。”

李景阳说:“我从不喝无名之酒。”

汪碧云不耐烦:“连我的无名之酒也不喝吗?”

李景阳全然声色不动。他想,论财,论势,论什么他都没法儿与汪碧云比。既然知道是一盘必输无疑的棋,那还有什么可怕的呢?

“我仰慕李先生。”汪碧云不得已改了称呼,“一个人一生能做一件漂亮的事就不错了。可您半生却做了两件。”

李景阳疑惑地问:“哪两件?”

汪碧云掰着指头说:“这第一件就是你家大女儿的婚事,本来应该是狼烟烽火,可在你的手上却是翻手为云。”

李景阳冷冷地说:“我们已经脱离了父女关系。”

汪碧云不以为然地说:“这只是暂时的。”

李景阳问:“你这话什么意思?”

汪碧云摇晃着一根指头说:“你记住我的话,这是暂时的。”

“这第二件呢?”李景阳有些好奇地问。

“当然是李庄那件事。你们打捞尸首那天连日本人都惊动了。本来他们是要寻衅闹事的,到最后才改变了主意。”

李景阳故意不问为什么,他不想知道此事与汪碧云有关。

汪碧云继续说:“是我无意说了一句话。我说,中国人讲究入土为安。”

“你今天就是为了跟我说这些?”

“当然还有更重要的,景阳兄能否喝了这杯酒呢?”

李景阳说:“还是师出无名。”

汪碧云说:“我喜欢你的脾气,痛快。直说了吧。我想建一个北方最大的军需厂,生产军需生活用品,想占用你村南的八十亩土地。”

李景阳猛地站了起来。

汪碧云说:“坐下,坐下。你听听我的条件。我用高价收购你的土地八十亩,你用四十亩地的价钱入股,然后取百分之四十的红利。如何?”

李景阳说:“汪先生做的是日本人的生意？”

汪碧云说:“不错。”

李景阳说:“李某与经商无缘,还望汪先生多多原谅。”

汪碧云说:“你这是回绝了？”

李景阳说:“不是我非要回绝，如果汪先生是在和我商量，我是这话。如果汪先生不是在和我商量,我则无话。”

汪碧云一声冷笑,说:“景阳兄是想让我当恶人。”

李景阳不语。

汪碧云说:“景阳兄真会做人。先生是好人做到家,让我恶人做到家。好在这件事不是我说了算,先生可去宪兵队,与他们说说。”

李景阳站了起来,其实他的腿一点力气也没有,可他努力克制着,不让自己哆嗦。

汪碧云忽然爆发了一阵大笑,说:“先生的态度是我意料之中的。我已与老黑队长协商好了。我说,在上甸建厂的不行,那里交通不便。何况李景阳是我的儿女亲家,他不看重钱,只看重土地。日本人这点面子还是给我的！”

李景阳只能沉默。

汪碧云又说:“我两次救景阳兄于危难,先生还不该和我喝了这杯酒？”

李景阳勉强端起了酒杯,说:“只是我不明白你怎么敢欺瞒日本人？”

汪碧云说:“我没有欺瞒。”

李景阳说:“我们不是儿女亲家。”

汪碧云说："景阳兄连这个也要在乎？莫非怕我们汪家玷污了你的名声？"

李景阳说："小女已许配他人……"

汪碧云说："你这话只能糊弄三岁娃娃。"

李景阳说："先生实是不知……我本来不想讲，是先生逼我太甚。我女儿不适宜进汪家，进了汪家以后你和公子都要后悔……"

汪碧云只是冷笑。

李景阳说："我女儿只能去那种粗茶淡饭人家……"

汪碧云仍是冷笑。

李景阳说："不知汪先生缘何非要与我结亲？"

汪碧云提高声音说："方圆百里以内让我看入眼的能有几人？只是我没想到的是，你李景阳居然不给我面子！"

"汪先生……"

"不必说了！"汪碧云一招手，有人将一个精致的锡壶放在了桌上。汪碧云说："这是一壶马尿……"

汪碧云乜斜着李景阳。

李景阳呆住了。他终于明白了刚才所有的铺垫都是托词，这才是这场鸿门宴的底牌。汪碧云就是想羞辱他。

李景阳心一横，喝下了那壶"酒"。

汪碧云仰天大笑，喊："送客！"

汪家的汽车出了西华镇就停了下来。冷面人下来打开了车门，李景阳从车里爬了出来。李景阳不坐汪家的汽车就出不了西华镇，而坐上汪家的汽车李景阳就成了行尸走肉。夜色中汽车像甲壳虫一样走远了,李景阳把半边脸枕到泥土上,泪水奔流,两只手深深嵌进了泥土。李景阳沉沉的呜咽声传到了泥土深处,土地像遭受强击似的有了回声。李景阳感觉自己像虫儿一样顺着土地的缝隙沉到了地底,然后又与土地成了一个浑然的整体……

老宽在镇外已经等了多时了。汪家的汽车前脚走,老宽赶着马车就跟了上去。老宽看见了趴在地上的李景阳,李景阳的嘴里啃满了泥土。

李景阳说老宽,我不想回家了,我心里难受死了。我从来也没有这么难受过。你知道我做了什么事吗?我喝了他事先用马尿勾兑的酒。那股腥臊味熏没了我做人的筋骨。我好想连肠胃一起吐出来,可我却不能吐,那些马尿早已渗进了我筋脉和血管,那一瞬间我就知道我完了。人没了筋骨还剩下什么呢?就是案板上的一团肉!老宽我求你把我放在半路上吧,找一个土坑把我埋起来。我实在不愿意天亮时别人再看见我,不愿意别人闻到我身上的马臊味……

这些声音都在胸腔里,李景阳知道老宽听不见。马车停在了家门前,李景阳下了车,一家人都围拢了来。李景阳朝众人挥了挥手,疲惫地说:“都歇着去吧,我想单独待一会儿。”

众人都各自回了房里。只有荃站在暗影里一动没动。看看原本英气勃勃的父亲忽然矮下了半截,荃很伤心。她走出了灯光的暗影,双膝跪倒在父亲的脚下,叫了一声:“爸。”李景阳吃惊地抬起头,看见了女儿的脸上写满了歉疚与不安。尤其是那一双水汪汪的大眼睛,是怎样的通达情理和善解人意啊!李景阳惊奇地发现荃长大了,荃从一个无事生非的小姑娘忽然就懂事了。荃的双膝跪倒也令李景阳感动。记忆中荃从没为任何事情服过软儿。荃的腰背总是挺得直直的,为她的自以为是辩护。

李景阳猛然看见了心底的一线光亮,原来那里黑暗得如一处洞窟,现在,这线光亮一下子就把他的心房照亮了。他想,他承受了屈辱却换回了女儿,难道还有什么比这更重要吗?想到这里,李景阳一把拉起了荃,轻声说:“没事了。别担心,一切都过去了。”荃的大眼睛忽闪了一下,忽然问:“我从此可以不嫁人了?”

还没等李景阳回味出荃话里的意思,荃忽然紧握了一下父亲的手,说:“有人!”荃异样敏捷地躲在了八仙桌的身后,同时把一只铜烛台紧紧握在手里,房门无声地开了,一个巨大的人头影自门而窗最后投到了墙壁上。李景阳冷静地站起身来,他看见了一个人,一个女人。剪着齐耳短发,穿着旧的襟袄;一双又大又圆的眼睛机敏异常。她几乎是和夜里的风一同飘进来的。脚下没有一丝声音。李景阳连自己也没有想到他会轻声问:“你是谁?”

李景阳心里的声音从女人嘴里吐了出来:“我是姚飞飞。”

李景阳忽然有些慌乱,他匆忙之中撞翻了一只脚凳。他想离姚飞飞近些再近些,看看这个传奇人物是否生着三头六臂。

“李景阳。”姚飞飞的嗓子有点粗。

李景阳连忙点了点头,心里甚至有一些感动,瞧,姚飞飞也知道自己的名字。证明他们已经是老相识了,虽然没有见过面,可他们不是曾经属于一个阵营吗?李景阳想起那次去县城,那串灯谜似的谶语足足让他背诵了一路。李景阳忽然恍然大悟，也许他前脚走出回春堂，姚飞飞派去的人后脚就跟了去，然后有了一次意想不到的行动，结局当然是大获全胜。李景阳几乎按捺不住自己的欲望，他想把灯谜复述一遍，他相信灯谜肯定也装在了姚飞飞的脑袋里。如果此时揭开这个秘密，该是一件多么令人激动的事啊！

“知道我们是干什么的吗？”姚飞飞的口吻像是面对着一个小孩子。

李景阳比画了一个“八”字。

姚飞飞补充说：“我们是八路军领导的燕山抗日游击队。是与鬼子真刀真枪对着干的。你是愿意日本人打我们还是愿意我们打日本人？”

李景阳微微一笑，说：“当然愿意你们打日本人。”

“我知道你是有觉悟的。”姚飞飞一挥手，“不像南闵庄的南老大和西华镇的汪碧云，给鬼子当狗做帮凶。你愿意为抗日救国出些力量吗？”

李景阳热切地说：“愿意，当然愿意。我没有枪，没有子弹，但我有粮食布匹。需要我做什么你们尽管说，只要我能做到的，一定不遗余力。”

姚飞飞忽然羞涩起来，这使她看上去就像个小姑娘，与她的虎虎声名毫不搭界。她略显迟疑，但还是说了下去：“天气马上就要冷了，游击队在山上的日子会更加艰难。鬼子在山里搞集家并村，实行‘三光’政策，老百姓衣食不足，游击队的供给成了大问题。所以我们想请李先生筹措三百套棉衣，送到县城西关的敬轩斋画房……”

李景阳脱口而出:“不是……药店?”

姚飞飞皱了皱眉头,说:“你找一位马老板马先生。”

李景阳看着姚飞飞。

姚飞飞说:“你会拿到马老板出的凭据,好好保存,以后由人民政府负责偿还。”

李景阳还是有些失望。

姚飞飞敏感地问:“有什么困难吗?”

李景阳摇了摇头。

姚飞飞说:“李先生是富人但不是坏人,我们会记住这一点。”

姚飞飞说完,人就像影子一样不见了。东西厢房的瓦垄上传来了细碎的声音,像有猫在奔跑。李景阳长长地呼出了一口气,他走到了院子里,单臂举起了一个石礅。他从来没有感觉到像现在这么有力气。

姚飞飞做梦也没想到她被人跟踪了。她带人走到大青河堤上时开始清点人数。她发现队伍里多了一个人。姚飞飞在黑暗中准确地抓住了荃的肩膀,硬邦邦的枪口顶了上去。“你是谁?”

荃说:“我是李景阳的女儿。我要革命,我要跟你们走。”

荃对自己说出“革命”这两个字感到振奋和惊奇。

姚飞飞说:“我们不要女的。”

荃说:“你不也是女的吗?”

姚飞飞生气地说:“你怎么能跟我比?我双手能打枪,你能干什么?”

“我也能双手打枪的。”荃热切地说，“你能给我一支枪吗？”

姚飞飞把枪口顶在了手心里，让荃握了一下。姚飞飞这时已经看清了荃清秀的面孔上有一双很有神采的眼睛，比星星都亮。姚飞飞竟有些感动，伸手拍了拍荃的脸，说：“走吧。”

荃追在姚飞飞的屁股后头问：“你能给我一支枪吗？”

七

勋在整个春天里都吃那种叫燕春苗的东西，吃得一张脸绿汪汪的。燕春苗有着长长的藤蔓和嫩白的根条，一片一片地长，采不尽也挖不绝。下甸人多亏了它才度过了一个又一个的苦春。下甸比不得上甸，上甸赤贫人家很少，他们大多有各种手艺，或懂些经商之道。下甸则多的是饲养家禽家畜的人家，家禽家畜被杂牌军吃光以后，大伤了元气。所以上甸和下甸的贫寒不是一个意义层面上的，上甸人即使到了揭不开锅的地步，坑洼角落里也总还有几文积蓄，用作活命。下甸的赤贫人家占十之八九，杂牌军走后，真正意义上的春荒几乎比瘟疫还要可怕。人们瞪着明显睡眠不足的眼睛到处寻找可食之物。孩子日夜哀号，老人投井上吊。下甸人举家外逃，人走屋空的不在少数。村里比杂牌军驻扎时还要安静。也有相好的姐妹邀勋一同出去讨饭，被勋婉言谢绝了。饥饿也像毒蛇一样蚕食着勋的每一根神经，但勋不能走，勋要等着仲澍。勋每天外出挖野菜时都要把浸湿的手帕或衣服晾到院子里，显示刚走不久的样子。她要告诉仲澍家里有人，她在等他。依靠燕春苗的养分，勋和下甸人活了过来。到了麦收时节，勋的二亩薄地有了收成。勋像其他农人一样站在农历五月的骄阳底下一把一把地拔小麦，一趟一趟地背回家。勋用剪刀一颗一颗地剪掉麦穗头，然后匀匀地摊在院子里，进行打轧和脱粒。

勋干这些活计的时候始终是有条不紊，显出了良好的素质和天然的禀赋。勋忙碌的时候是愉快的，她时常哼唱着一支歌，是仲澍教的乡间小曲，有“麦子黄黄，娶新嫁娘”的句子，勋很喜欢。勋闲暇的时候就去翻看仲澍收藏的旧书典籍，默默咏诵着一些古老而美丽的诗句。傍晚是勋最最忙碌的时候，勋把仲澍的破旧衣衫缝了又缝，补了又补。实在不能缝补的勋就用剪刀断开它们，在门板上打了厚厚的一层夹纸。勋想为仲澍做双鞋。勋的手工在上甸、下甸都无人能比，同样一些材料在勋的手里总能生出意想不到的效果。勋的炕上常有来取经的姑娘和媳妇，她们来这里学会了不少东西，但也有些东西她们永远学不会。勋的灵巧有一种天造地设的成分，光是看着活计在勋的手中运作就是一件望尘莫及的事。

勋粘鞋底那天来了许多人，她们大都是未出闺门的女儿，对未来有着朦胧而热切的向往。她们是呼朋唤友结伴来的，只有彼此证明她们是来勋这里，她们的父母才肯放行。她们坐在勋的土炕上是羞涩而沉默的。她们交流看法时悄声耳语，仿佛生怕惊扰了谁。她们看勋手里的剪刀，也看勋的脸。看勋的脸，也看勋手里的剪刀。她们就这样一上一下地看来看去，心里翻涌着一股复杂的情绪。灯光下，勋白皙的皮肤像施了一层淡粉，两只杏眼总含着一丝笑意。她慢声细语地为她手下的活计做注释。担心暗影里的姑娘看不清楚,不时挑挑灯花,让火苗跳跃得更旺盛些,或者抬高手臂,做着繁杂的示范。姑娘们眼中的勋无疑有些神秘。生为女儿,婚姻理应是一次机遇、一次转折,谁不想步入个好人家从此衣食不愁呢?她们之中注定有人要卖身为奴或卖身为妾,那是迫不得已,贫困像一条沉重的锁链紧紧捆绑着她们,她们必须做出些牺牲,为父兄,为家庭。大多数姑娘却注定走向贫困,那种贫困绵绵无期长无尽头,就像母亲或祖母苦皱的脸,从没有希望、舒展和晴朗。她们羡慕眼前这个女人,这个看似单薄的女人有着怎样超乎寻常的力量啊!人们忘不了勋出嫁那一刻的光彩和辉煌,拥挤的人群把彩轿挤得七扭八歪,下甸像过节日般的热闹和喜庆,争先目睹勋的娇容。下甸人自豪他们娶来了李景阳的女儿,这个貌如天仙的李家女儿是多么纯洁多么尊贵啊!她爱上了贫寒人家的子弟就义无反顾地嫁了来,那一刻,许多下甸的女儿感动得热泪盈眶。如今,杂牌军吃光了村里所有能吃的东西又掳走了齐仲澍,这个显然与众不同的女人却越发与众相同起来。她的勤勉和辛劳有口皆碑,她一个人既做女人的活计又做男人的事情。她从不在哪里坐一坐、歇一歇,如果女人堆里有她,她手里一准做着针线。这是一个清清爽爽、利利落落的女人,她从不大声吼叫,从不哭丧面孔,她从千金之躯变成了村姑民妇仿佛没有过程。就像仙女下凡,只需摇身一变。可勋毕竟不是仙女,生活中的种种苦难和煎熬都需要她承受。她的坚毅和刚强,由表及里的诚笃与善良,又是哪一个仙女能够比拟呢?

勋在下甸人的心目中的声望和地位不言而喻。人们由勋而理解了齐仲澍。齐仲澍并不怎么与下甸人来往，他总是孤傲地捧着书本，寂寥地游离于人群之外。可由于勋的缘故，关心齐仲澍的人多了起来。勋无论走到哪里，都有人询问齐仲澍可有消息。勋总是含笑回道："还没有。"但勋的表情分明在告诉别人："会有的。"于是，询问的人则有了几分宽慰。人们在勋笑意盈盈的脸上感觉到了齐仲澍不过是走几天亲戚。人们相信勋，甚至相信齐仲澍。外出走几天亲戚又有什么要紧的呢？快回来了。是的，快回来了。今天不回来准是有什么事耽搁了。那么明天呢？后天呢？有这么好的媳妇等在家里，会有外出不归的男人吗？

送走最后一个姑娘，勋用净水洗了脸。水缸里有一个月亮，勋用木瓢舀水时轻易就给捣碎了。勋有些难过。她等了许久缸里的水才平稳了些，但月亮西移了。月亮也不是好月亮，有些水白，有些乌涂。它在勋的注视下很快钻进了云层里。勋只呼了一口气，她想对月亮说些什么，说些什么呢？勋还没有想好，但月亮已经不耐烦了。它钻进云层就再也不出来了。它不想听勋的心事，但勋的心事又能对谁说呢？勋搬了一个板凳坐在院子里，傻傻地等。夜凉了，风硬了，月亮悄悄闪出了云层，往外窥视了一眼，又倏然不见了。这回月亮像待嫁的新娘一样再也不肯露出头脸。月亮走了。月亮去了哪里呢？

勋轻轻叹了口气。勋的叹息像水波一样浮动，空气撞击着胸上的肋骨，生疼。勋缓缓走回了房里，脱鞋上炕，把油灯端到了窗台上。勋开始焐被。照例把仲澍的被平平展展焐在外边，两只鸳鸯枕挨得很近。勋躺下身去，没有解衣没有熄灯，两只眼睛直直地端详着炕梢的一只纸盒，里面是未粘完的一双鞋底。勋想，这样做活计是太慢了些，做完一双鞋怕要半年的时间吧？可不这样慢又有什么办法呢？姑娘们要学，要看，每一个步骤都有人问上无数遍。其实大多数的姑娘是会做针线活儿的，即使她们不会，她们的母亲和姐姐也会。她们是没有必要到勋这里来的。可她们非要来，开始是一两个与勋相熟的人，后来人渐渐多了起来，经常有勋不认识的新面孔换来换去。忽而把勋的小屋填满。勋呆呆地想心事。勋的心事想得很长，丝丝缕缕，像线绳拧成的渔网，有孔，有结。窗缝儿渗进来的风吹灭了灯火，黑暗像墨一样铺散。勋侧卧着面向仲澍的被，把仲澍的枕头紧紧拥在怀里。

勋从不想仲澍回不回来的问题，勋每天都在想仲澍什么时间回来。六个月了，仲澍没有音信。仲澍走的时候树木刚圆了叶子。而今，一阵凉似一阵的风把皮肉都吹紧了。仲澍怎么还不回来呢？勋又把目光落在鞋底上，在勋的目光抚摸下鞋底变成了一双完整的鞋子，在炕上蹦蹦跳跳。在梦里，仲澍就是在这个时候破门而入。仲澍的脚板底下是一双踩烂的鞋子，仲澍多么需要一双新鞋啊！勋猛然坐起身来，第一件事就是给灯添油，把灯花拨亮，然后把纸盒端过来放到油灯底下，把那只未曾粘完的鞋底拿在手里，勋往油灯跟前凑了凑。勋听到了一种声音，轻轻地。像鸟啄在敲击木头，离勋很近，只隔着薄薄的一层窗纸。勋侧耳细听，那声音时隐时现，极有规律。砰砰砰，三下。砰砰砰，又是三下。勋心跳起来，她意识到了外边有人。天哪，她忘记了闩紧大门。“大姐，你睡了吗？”是一个男人的声音，虚着嗓子，但把每个字都吐得很清楚。勋使劲咬着抖动的嘴唇，不能答，一张嘴就要哭出声来。外边又说:“大姐你看不见我吧,我看得见你,你的身子就在窗上映着呢。你不用怕,我不是坏人。我每天从你家门前过,都见你家大门拴得紧紧的,今天却是四敞大开。我寻思着给大姐提个醒儿,也免得丢失什么东西。大姐你在听我说话吗?”

勋这才稍稍镇静了些:“你是谁?”

窗外不答。勋等得没耐性儿,遂又问:“你到底是谁?你告诉我知道,我也好等天明以后谢承你。”

窗外仍然没有马上回答,停了片刻,避重就轻地说:“大姐说说看,我想早些知道怎样谢我。”

勋心想,这是遇到了难缠的,是个泼皮也未可知。清了清嗓子,勋大大方方地说:“我送给你一块银圆。”又很快加了句,“是用仲澍换来的。”

“我不要!”窗外的人出人意料地斩钉截铁地说,“我要你的银圆干什么?慢说你送一块,就是你屋里堆成金山银山我也不要!”

这倒奇怪了。勋问:“那你要什么?”

窗外提高了一点声音,负气似的说:“我要帮大姐干些活儿。大姐闷的时候我要陪大姐说说话。”

“我不闷。”勋冷冷地说,“你走吧,谢谢你今晚的好意,我心领了。银圆明儿一早放在关帝庙门口的石礅上,你到那里去取。”

院子里响起了脚步声。勋连忙趴在窗缝儿往外看,黑乎乎的什么也看不见。脚步声消失了。勋连忙下炕穿鞋,轻轻打开了堂屋的门，院子里确实没有了人影。勋心惊胆战地跑到大门口，“咣当”一声关上门。门外又有声音细细地传了来：“大姐，我说过我不要你的银圆，大姐若真的放出来，会被人捡了去。大姐可不要疑心是我。”勋这回没有答话，拴好大门跑进了房里，“噗”地吹灭了油灯。

勋去井台汲水要走整整两条街。勋喜欢早早地起，早早地去，趁着村里人还没有起床就把水挑回来。勋对那副榆木扁担总有些生畏，搁到肩上身子就和木桶一齐摇摆。勋走三步一小歇，走五步一大歇，自己都觉得难为情。每逢听到有脚步声传来，勋的心里就七上八下。勋怕撞上人，撞上人会让勋觉得难堪。勋希望有朝一日也像村里最有力气的女人一样，挺着腰背走路。这一天还很遥远。勋的肩膀娇嫩得摸不得，虽然做了厚厚的一块棉垫绑在扁担上，肩膀还是磨肿了。

有人先她一步站在了井台旁。勋认得是那个叫晚生的青年人，家就住在水井附近。他没挑来水桶，足见他不是来挑水的。勋微笑着冲晚生点点头，晚生方才见到勋的样子，顺手摘下扁担钩上的木桶。晚生边摇辘辘边说：“听说昨晚来个稀罕人没有？就在村南的那片场院里。小孩去捉蛐蛐发现的。原没以为那是人，麦秸一鼓一鼓的。有个孩子胆大，说，许是只獾呢。当下用根树枝往里捅，却是人的声音骂出来。孩子们一哄而上，以为有人跟他们逗着玩儿，三扒两扒就给扒了出来，竟真的是个人，只有一条腿，另一条腿整个烂掉了，臭得比狗屎还难闻。孩子们问他是谁，他呜呜哭着说叫孙顺。有一个稍懂事的孩子看他面熟，匆匆跑回村里，敲开了孙寡妇的门，问是不是她的儿子。孙寡妇说，我儿出去多半年了，发大财去了。小孩说村南有个人一条腿，不知是不是你儿。”

晚生已经把扁担放在了肩头，他在前头走，勋在后头跟着。晚生又说：“孙寡妇来到村南的场院里，见到了孙顺，说这哪里是我的儿子。我的儿子是黄白净子，站起来有我俩这么高。这么个怪物也想给我做儿子，瞧他牛头马脸的样儿，不是个疯子就是个傻子……

“孙顺哇哇号起来。他说他在外边受够了气，原想死也死到家乡来，没承想老娘也不认他，早知这样还不如挨颗枪子儿呢。他千里迢迢爬回下甸干什么！孙寡妇终于听出了眉目，她呼天抢地说，儿，你真是我儿？你不是跟着杂牌军发财去了吗？你不说让老娘等着穿金戴银吗？”

晚生已经走到了勋的院子里，晚生再走两步就到了那只水缸跟前。勋忽然发出了一声尖叫：“你等等！”晚生脚步有些慌，水洒了出来。晚生连忙放下肩上的扁担，勋的脸孔通红，像着起火来一般。勋走到离晚生近得不能再近的地方，瞪圆眼睛问：“你刚才说的是什么？杂牌军？”

晚生说：“我就是为了这个才一早在井沿等你。村里人都知道孙顺走了，可怎么走的、去了哪里谁也不知道。其实孙顺也是跟着杂牌军一起南撤的。孙顺的家里住着杂牌军的火头军，火头军与孙顺谈得来，就鼓动孙顺跟他一起走。”

勋边往后退着边说：“快告诉我孙顺家在哪儿。”

晚生说：“村西。傍着大青河。他家是草房，门口有块老石头。”

晚生话音未落，勋已经冲出了院子。晚生把水桶拎起来，把水倒进了水缸里。然后到勋的屋里转了一圈儿。看到炕上地上到处整整齐齐。一只油灯在窗台上摆着，一只纸盒里放着粘完的一双鞋底。晚生在炕沿上坐了坐，走出了勋的家，随手给勋关好了门。

勋一直朝村西跑。路上零星遇见几个早起的人，都停下脚步看勋。人们已经习惯了勋的礼数。可今天勋什么也顾不得了。勋往村西跑的时候耳旁呼呼生起风来，不像跑，倒像飞。勋脸色苍白，汗水湿了衣衫。勋佝偻着腰身来到孙家门口，啪啪地拍着房门。

孙寡妇显然才从炕上爬起来，头没梳，脸没洗，边走边扣大襟的纽扣。她认识勋，下甸没有人不认识勋，只是对勋这么早上门来表示吃惊。勋气喘吁吁地问："孙大哥在家吗？"孙寡妇问："哪个孙大哥？"勋说："昨晚回来的那个……"孙寡妇立刻红了眼圈儿，边往屋里走边说："亏得你还叫他大哥，那还像个人吗……"

勋先孙寡妇一步迈进了屋里。就像陡然走进一处洞穴，屋里黑得异常，一股恶臭能熏翻人的五脏六腑。勋摸着走到炕沿，凑近一看，孙顺在炕梢卧着，人还未清洗干净。脸上黑一块白一块，像刚从灶里爬出来的。那只伤腿只剩下了尺把长，焦黑的一段，像一截刚熄了火的树桩。待勋的眼睛与孙顺的眼睛撞到一处，孙顺龇了龇牙，把勋吓了一跳。孙顺轻佻说："这是谁家的小媳妇，这么俊俏，这样早早地来是找我的？"勋脸红了一下，正色说："孙大哥不认识我。孙大哥要认识我就不这样说话了。"孙顺收敛了些，但还是觍着脸说："认得倒是认得，只是不知道你是谁家的媳妇。"孙寡妇忽然恍然大悟，说："你们仲澍不也是跟着杂牌军走的吗？"勋赶忙说："是呀是呀，去了这么长时间一直也没音信，所以我来跟孙大哥打听打听，孙大哥见着仲澍了吗？"

孙顺忽然撂下脸来，半天没有说话。勋的那颗心提到了嗓子眼儿，不敢不问也不敢再问。还是孙寡妇接过话茬儿："人家兄弟媳妇问你话呢，好歹你倒给人家一个准信儿呀！"

孙顺忽然火了起来，大着嗓子说："我给什么给，他齐仲澍是谁我又是谁？他是给司令提夜壶的。每天鸡鸭鱼肉侍候着，哪里没有枪响就往哪里跑。哪像我们这些当炮灰的，整天冲呀！杀呀！今儿个张嘴能吃一口饭，明儿个想吃饭就不一定找着嘴了。去了两个月我就想溜号，可哪里溜得了呢。把人看得死严死严的，连睡觉都有人在旁边守着。饭吃不饱，军饷拿不到，整天让人撵得跟兔子似的。我只得装死，打摆子，发痄子，不吃不喝。部队再开拔就没人管我了。我撒腿就往家跑，以为捡回一条命呢，谁知半路上又碰见日本人的飞机扔炸弹，炸得人肉满天飞。正好扫着了我的边儿，把我的一条腿炸没了踪影。我找呀找呀，想好歹捡回来死了也好有个囫囵尸首。腿脚有的是，可就是没有我的。我只得一条腿回来了。"

孙顺断断续续说了很多事。他说他们这支部队自打离开上甸就没过过好日子。原本想途经河北打回山西去，可哪条路也行不通。仗每天都在打，可每天都打得稀里糊涂。碰上日本人就跟日本人打，碰上八路就跟八路打。姓冯的司令说打了胜仗就能发财，开始弟兄们还信，后来他就是说山上有石头大家也不信了。早晚这支队伍的人不是死光了就是跑光了，跟着这支队伍真是倒八辈子霉了。

孙顺的身上源源不断地散发着恶臭，勋心如刀绞。她转向孙寡妇说："婶，烧锅热水吧，我给孙大哥擦擦身子。"孙寡妇惊慌起来，说："他这个样子，哪能让你个弟媳妇料理呢？"勋说："不碍事。孙大哥伤成了这个样子，就别再计较是非了。"孙寡妇还在磨蹭，孙顺大声说："你倒是去呀！"

孙寡妇浑身一抖，低着头出去了。勋在炕沿上坐了下来，说："孙大哥，你受苦了。"孙顺也红了眼圈儿。勋小心翼翼地说："仲澍在外边也没照应你。"孙顺说："他照应什么，我又不是三岁孩子。"勋说："仲澍没有与你提起过回家的事？"孙顺摇了摇头，说："我几乎见不到他。见到他也是他跟在司令的身后，连说话的工夫也没有。"勋不再说什么，愣愣地望着房顶。孙顺说："他在外边倒是蛮好，换了我我就不回来。"勋问："你认识孔营长吗？"孙顺说："早死了。他手下的几个人想逃跑，合伙把他弄死了。"勋再也无话，起身走到外间，见孙寡妇不知在忙些什么，勋于是在灶前蹲下身去，大把的柴加了上去，火"砰"的一声着起来，锅里的水很快有了响声。

勋让孙顺顺到炕沿上来。孙顺消消停停爬起身，一挪一挪地往外蹭，一条腿垂到了地上，另一条腿冲锋炮一样架在炕沿上。汤汤水水的浓血不住地往外浸。勋一时不知从哪里下手为好。孙顺说："我都不知道这辈子洗没洗过脸，也难怪老娘认不得我。"勋有了主意，勋把浸湿的毛巾蒙在了孙顺的脸上，然后一点一点清理孙顺脸上的污垢。先从额头开始，额头有一块结了痂的疤，紫红色的血痂像打上去的一块补丁。勋轻手轻脚把血痂揭了下来，里面是铜板大一块粉红色的皮肉。勋把血痂拿给孙顺看，孙顺说：“我这也算是福大命大，老天有眼，让我生生活着回来了。”勋不觉想起了仲澍，不知仲澍在天的哪一方。孙顺又说：“有一次仲澍跟着司令到各营去巡视，巡到我们营的时候，仲澍偷着塞了我一包东西。我看也没敢看就装进了裤兜。借着跑茅房的机会拆开一看，把我乐颠了，原来是一包洋烟。”

孙顺哈哈笑起来，震得勋手里的毛巾一抖一抖的。勋连忙问：“这是啥时候的事？”

孙顺说：“老鼻子时间了。自从想溜号，我老想跟仲澍通个气，好做伴一起回家。可仲澍忙，司令鞍前马后的事都是他的。有一回仲澍倒是来找过我，看得出他心里不痛快，但有什么事他没说。我记得那天仲澍对我说，这支杂牌军长不了，早晚非得让人包了饺子不可。我问仲澍可有啥打算，仲澍说得走，到个能出息的地方。我听不惯仲澍这话，就没答言。”

勋说：“仲澍是杂牌军掳走的，仲澍肯定是想回来的。”

孙顺说：“我是自愿走的，还想不发财不回来呢。这不也回来了。外边的事说清楚也清楚，说不清楚也不清楚。这年头死个人比死个蚂蚁还容易，这家我也是不回来不后悔。几千里地，拼着性命回来了，值吗？不值，肯定不值。我这是没了一条腿，要是哪儿也不缺不少我还得走。还是外面天地大，打仗也让人痛快。枪响了，人倒了，血像长虫一样满地乱爬，开始是慌得心里打战，后来就什么想法也没有了。杀人呀，你不杀他他就杀你。你杀了他他就不能杀你。就这么简单。”

勋一盆一盆地换净水，给他擦了前胸又擦后背，总算把孙顺清理出一个人模样。勋换最后一盆水时，手腕忽然被孙顺攥住了。

孙顺一双眼睛直勾勾地盯住勋，颤声说："我干净了是吗？我还有几分人模样是吗？"勋大惊失色，恼怒地想甩开孙顺的手，无奈孙顺的手钳得非常紧。孙顺又说："我还从来没有碰过女人。好妹子，让我碰一碰，只碰一碰。"门帘呼扇一闪，孙寡妇探了下头，又缩了回去。勋恼怒地看着孙顺，使劲一挣，水泼洒到了地上。

孙顺只是不放开勋，他脸上的皮肉慢慢僵死了，欲火烧着了他的一双眼睛，像血色飞红的两枚流弹，毫无道理可言。勋抖手丢了脸盆，另只手拔下了头上的银簪子，紧紧握着，一字一顿地说："我不求你放开我，想怎么样你尽可以动手，但我这把簪子注定要伤着一个人，不是你，就是我。"

一丝懊恼爬上了孙顺的眉梢。孙顺握着勋的那只手松动了一下，但随之又攥紧了。孙顺说："你吓不倒我，我什么阵势没见过，还怕你个簪子不成？我死了没人找你索命，你死了可要永远归我了。我就把你放在这儿，和我并排躺着，到阴间咱们就是名正言顺的夫妻了。"孙顺淫邪地笑出声来。

勋咬了咬牙，那只握着银簪的手出其不意地扎在握着自己的那只手腕儿上。孙顺发出了一声惨叫，那只手张开了。勋头也不回就往外走。门外听声儿的孙寡妇躲闪不及，被勋撞了个趔趄。孙寡妇为遮脸，扯开嗓门说："天杀的呀，我这日子没法儿过了……"

勋一连三天没有出门。一连三个晚上没有点灯。勋就那样静静地躺着，什么也不想。人们只当勋病了，三三两两过来问候一声。大家约好都不谈仲澍的事，他们知道勋一定在为仲澍的事伤心。

第三天傍晚，一个老婆婆颤颤巍巍走了进来。勋连忙坐起身，随手拢了拢额上的头发。勋没有说话，勋知道即使说话老婆婆也听不见。老婆婆苍白的几根毛发都长到了后脑，圆鼓鼓的脑顶盖像扣上去了一个肉色瓦盆。老婆婆在炕沿坐了下来，伸手摸了摸勋的头，说："不凉。不凉就好。不凉就不会坐下大病。我由十八岁守寡，那时还兴大辫子，我就对那痨病秧子说，你就安心地走吧，把大辫子留给我，我就守着它过。我也没有个一儿半女，日子过得比你难。房子都让大伯子占去了。他们也赶我走。我往哪里走？我娘家可是好人家，从没有寡妇嫁人的例儿。后来大伯子死了媳妇，想用着我给他拉扯孩子了。我管是管，大伯子得跪下给我谢罪。我死了得给我立贞节牌坊。只是我一直没死，倒把他们一个一个给熬死了。"老婆婆呵呵笑了起来，露出了满口粉红的牙床。她又伸手摸了摸勋的头，嘴里叨叨着"不凉，不凉……"蹒跚地往门外走。勋突然冲着老婆婆的背影喊了声："仲澍还活着……"

八

勋用了大半年的时间把仲澍的第二双鞋做好了。勋做得很慢。勋想每年给仲澍做一双鞋。做得齐齐整整，漂漂亮亮。勋有一天做了一个梦，梦见仲澍骑着一匹大红马回家了。勋很高兴，仲澍骑的不是白马也不是黑马，而是骑着大红马回家。这是好兆头。勋的心情终于像秋日的天空一样开朗起来，她又和从前一样忙碌了。那天有人偶然跟她提起孙顺，说孙顺死了。勋没有搭腔，既不问为什么死的，也不问死于什么时候。说的人无趣，话题只得就此打住。但是后来还是有人告诉勋，说孙顺用菜刀割去了自己的尘根，然后在水缸里溺死了。

这已经是几个月以后的事了。午后的太阳暖融融地照着，勋的身子仍然一阵一阵地发冷。她把那支银簪子拿在手里，左看，右看，越发觉得那不是支簪子。勋索性在墙角挖了一个坑，把簪子埋了起来。埋下以后勋又觉得恍惚。勋在台阶上坐了下来，台阶被太阳晒得温热。勋把身子歪在墙壁上，睡着了。

与此同时，一个中年男人急匆匆地走进了下甸。他是从村南那条路进的村。村南的路口围着许多人，他们正在议论远处小豆庄的那片烟火。那片烟火已经持续一段时间了，刚开始还是午饭前的事，只有烟囱粗的一股黑烟翻卷着升上天去，后来小豆庄就变成了一片火海，人喊狗叫的声音似隐隐可闻。下甸人竖着耳朵等枪响，似乎只有枪声才能说明那里发生了什么事。但小豆庄一直很安静。下甸人的脸都成了蜡黄的颜色，仿佛那火会跑了八里路烧到下甸来。小豆庄肯定是烧死人了，下甸人嘴里不说，但心里都有相同的想法。下甸人既为远离灾难庆幸，又为未来惊恐。

中年人走向下甸时下甸的村口围着许多人。中年人走进村里时忽然一个人都没有了。中年人知道这是怎么回事。中年人不是庄稼人，如果是庄稼人下甸人肯定会跑过来问长问短，打听小豆庄的烟火是怎么回事，中年人就是从那个方向来的。但中年人不是庄稼人，这年头除了庄稼人以外是没有什么人可以信任的。下甸人四散而去，关闭了房门。他们害怕中年人会说“讨口水喝”之类的话，让你无从拒绝，然后一切灾祸都会从此开始。下甸人拒绝中年人，但并不拒绝关心中年人。下甸人无数双眼睛跟随中年人的脚步往村北走，在一个岔路口驻足，然后向关帝庙走去。

下甸人长舒了一口气，原来是给关老爷进香的。

商人刘和走过关帝庙，在那棵老槐树下停住了脚步。村里这类树木很多，但都没有这棵槐树老。他在树下伫立了良久，这才折身寻找那副门板。门板是虚掩着的。刘和迈进了一只脚，随之又迈进了另一只脚。刘和的出现惊扰了那个歪在墙壁上的女人。刘和不等女人问话，就细声细气地开口说：“请问这是齐仲澍先生的家吗？”

勋本来想站起身来，这话却又把勋定住了，勋想应而又不能应。勋咽了口唾沫，又疑心自己并没有听清来人的话。勋问：“你说你找谁？”

刘和说：“你就是齐太太吧？”

勋对这个称呼感到陌生。

刘和慌起来，仰起脸来看。“老槐树，关帝庙。不错，是这里呀。”刘和走近了些，把头长长地伸向勋，不相信似的问：“这里没有一个叫齐仲澍的？”

勋这才慌了，说：“齐仲澍是我丈夫。您是……”

来人说自己叫刘和，是南边小豆庄的，一直在锦阳那边做生意。最近吃了一场官司，差一点人财两空。是齐长官救了我。听说我要回家，齐长官托我带了些钱物……”

勋说：“你说的是我家仲澍？”

刘和点头，说：“是。这回若不是齐长官我连脑袋都保不住。”刘和边说边解开马褂的纽襻，露出腰上系着的红围腰。红围腰通通用线缝死了，刘和好半天才撕扯开来，里面是三十块现大洋和一块细花洋布。

勋失望地说：“仲澍没捎封信来？”

刘和说：“捎是捎来了，只是信被我装在了上马子里，路上给弄丢了。您知道外面兵荒马乱……”

勋的眼泪扑簌簌落了下来。

刘和不安地说：“我没把钱物和信放在一起，是想能有一样捎回来……”

勋赶忙说：“我没有怨您的意思，我这是高兴的。只是仲澍是让杂牌军掳走的，说好的三五个月就回来，咋一去就不想回家了呢？”

刘和说，齐长官的部队可不是什么杂牌军，是响当当的正规军。他在杂牌军待的时间不长，就开了小差。齐长官说，杂牌军的司令对他好，可他觉得在那里混不出前程，就带着手下的几个人投奔了国军，因为文武双全，他在一年之内连升三级。

勋不好意思地抹抹眼泪，说：“前程不前程的倒不稀罕，只要在外边平安就好。”

刘和说：“平安着呢。大大小小的仗齐长官打了不少，可连根汗毛都没有伤着。”

勋这才想起问候刘和家里，不料刘和黯然起来。刘和说家里出了什么灾祸还不知道呢，他都有点不敢回家了。刘和从几里地以外的地方就看见了那片烟火，而且正是自己的老家小豆庄的方向。小豆庄和大豆庄相隔不远，刘和一直怀着某种希望。再走近些，刘和看见一支人马从小豆庄村里开了出去，前面是穿黄衣服的日本人，头上的钢盔在太阳底下泛着寒光。他们走得趾高气扬，嘴里呜呜哇哇唱着什么歌。后面是一些中国人，一水的黑衣黑裤，像群乌鸦似的。刘和硬了硬心肠，就先奔下甸来了。勋急起来，说："还是快些回家去看看吧。只要人没出事就好。房子烧了可以再盖，钱不够就先用这些。"勋说着又把洋钱通通包裹起来，不由分说就塞给了刘和。刘和坚辞不要，他说如果用得着这些钱他会过来取。"反正小豆庄离下甸也不远。"刘和说。

勋往外送刘和，一直送到了村口，勋问刘和还去不去锦阳，刘和说去。但要个把月以后。勋说："刘大哥临走再请过来一趟，我要给仲澍捎些东西。"刘和略显踌躇，说那个时候队伍可能开拔了。"我会千方百计找到他。"刘和爽快地说，对勋挥了挥手，脚步匆匆地朝前走去。没走多远，刘和又转回身来，从内衣兜里翻出一个手绢包，打开是一个纸包。"瞧我这记性，"刘和说，"齐长官千叮咛万嘱咐的话我都忘记了。他说一路凶多吉少，钱物丢了都不算什么，但一定要把照片带回家。"说着把一张三寸大的照片双手捧送到勋的面前。勋又惊又喜，接过照片就背转过身去，把应有的礼节都忘了。

勋都不会走路了。勋把照片贴在胸前，傻傻地笑，傻傻地流泪。村里有人陆续朝勋这里走，勋把照片举得高高的，逢人就说：“是我家仲澍，是我家仲澍。”仲澍的照片在村人手中传来传去，看过的人都像勋一样脸上洋溢着幸福的笑。照片上的仲澍身穿一身戎装，英俊漂亮，还有一股说不出的豪迈。仲澍的脸白白净净，眼睛又大又亮，只是一丝笑也没有。仲澍刻板地看着面前一张张笑歪了的脸。笑够了也看够了，有人又问勋仲澍是不是当官了，看着仲澍穿的制服是一个当官的样子。勋仍然不能回答。在勋的感觉中只要照片上的人是仲澍就够了，其他的一切都不是勋所要关心的。

勋把那块细花洋布缝成了一件夹袄。勋每天晚上临睡前穿一小会儿。那个时候勋大都在给仲澍做鞋。勋故意做得很慢。要托商人刘和带给仲澍的鞋，勋早已包裹好了，放在了柜子里。底子钉的是水草花的图案，鞋垫上绣着两朵并蒂莲。勋已经划算好了，勋每年给仲澍做一双鞋但每天都要做一点点，勋把全部情感都化作了针针线线。在灯将熄灭的前几分钟里勋会把衣服叠好放好，勋舍不得压出褶皱。然后在微弱的光线里铺好两床被。仲澍的被照例铺在外边，只不同的是被子里边多了一张照片。勋不时拿出来看一看亲一亲，然后再把照片放回被子里。有照片陪伴着勋睡得安稳多了。勋甚至梦见了仲澍被一群大红马簇拥着回家来。仲澍骄傲地指着马群说：“这些都是我的坐骑。”勋也骑了一匹大红马，和仲澍并排着走。勋问仲澍要去哪里，仲澍响亮地说：“奔前程去呀！”勋在梦里咯咯咯地笑出了声。

一个半月过去了，商人刘和没有再来下甸，天气日渐凉了，西北风常常在深夜越过屋脊，打着响亮的呼哨。勋着急了。勋给仲澍做的是单鞋，勋怕鞋子捎到仲澍手里仲澍又不能穿，反而成为累赘。勋又想到商人刘和如果回锦阳也不路过下甸，他要拐个大弯才行，这无疑要耽搁行程。种种想法促成了勋的小豆庄之行。勋挽着一只包裹提着两斤点心上路了。勋没有去过小豆庄，但站在大青河的河堤上能影影绰绰看见小豆庄村里的树木。勋顺着田间踩出的小路一路走了去。秋霜打蔫了路边的草，觅食的雁雀此起彼落。勋走得脚步匆忙，不一会儿的工夫额上和后背就汗津津的。

勋踏上了小豆庄的土地。小豆庄的凄惨和荒凉已超出了勋的想象，到处都是残垣断壁。勋有些不知所措，走进了一家院子，大声问："屋里有人吗？"

一个小媳妇走了出来，问："你找谁呀？"

勋说："我想去刘和家，不认得路，麻烦给指点一下。"

小媳妇打量了勋，又问："你找他家有什么事？"

勋耐着性儿回答："我和他家是亲戚。"

"什么亲戚？"

勋随口编："他是我表兄。"

小媳妇又问："你是哪个村的？"

勋这时在想恐怕这就是刘和的家，否则人家为啥问得这样详细？一个想法突然闯进了勋的脑子，勋顿时慌了，赶忙问："我表兄是不是回锦阳了？"

小媳妇叹了口气，有些怜悯地说："下甸离豆庄这样近，你家亲戚出了事你会不知道？"

勋呆住了。

小媳妇凑过来，小声说："看来你是真不知道。刘家大大小小十一口都让日本人给活埋了，说他家通匪……刘和那天晚来一步，算是躲过了这一难。可人却疯了，不吃不喝，光是疯跑，这一跑就跑进大青河里去了……"

勋手里的包裹和点心无声地落在地上。过了好久，她发出了一声长号："仲澍呀！你也不回来看看，家里发生了多大的灾祸呀……"

九

驻西华镇的守军截获了一个情报，燕山游击队队长姚飞飞与铃铛要来西华镇赶集，意图未明。队长老黑慌了手脚，他怀疑姚飞飞与铃铛此次又是为了谋杀而来。根据以往的经验，游击队小股出动原因大都如此，而队长姚飞飞亲自率队出现只能说明此事干系重大。于是大街小巷张贴了许多张两人的画像。姚飞飞是张圆脸，一双重眉虎目，像一个威武的男子。而铃铛则纯粹是一个英俊小生，骑一匹白马，穿一身皇军制服。这幅画像颇让日本人费难，他们不想把他画成这个样子。铃铛出道较晚，可却很有威名。他们唯一的一次照面就是那次遭遇战，老黑率部把游击队包围在白草洼，距全歼游击队只一步之遥。忽然在包围圈内跃起一支队伍，全副武装成皇军模样，大摇大摆地骑马而来。为首一匹白马像风一样快，眨眼就冲到了皇军的阵前。皇军正等待老黑发出冲锋的号令。哪知这一骑白马迎面撞来，让老黑慌了手脚。他唯恐伤了自家人,举着望远镜,抻长脖子打量来客。没容看得仔细,这一队人马呼啸而过,随后枪声在背后响起,原来小股部队已经突围成功。

事后老黑和几个部下追悔莫及。他们眼睁睁地看着那一人一骑冲过来时心中都产生过怀疑,可在那紧要关头没有任何人采取行动,结果吃了个哑巴亏。更不可思议的是那个叫铃铛的中国人,两军阵前竟敢率众以此种办法突围,真研究不透这到底属于什么战术。过去对铃铛还只是耳闻,这回可是让日本人开了眼界。老黑不用查问也知道,十个日本人最少有九个提起铃铛来得心惊胆战。

眼下, 老黑怀疑燕山游击队这二员虎将是冲着自己来的。上次铃铛没有在近处开枪,让自己保全了性命,是因为顾忌身后的队伍。他勒住缰绳时曾有个虚假的动作,要翻身下马,让老黑笃信他是自己人。于是蠢事升级,那些士兵都来不及调转枪口。

老黑一边严令加强防范,一边用电话指示汪碧云,密令保安队分成若干个小组化装成便衣混进赶集的人群中明察暗访,有发现游击队踪迹者赏大洋五百,捉到姚飞飞或铃铛者,赏大洋一千。

汪碧云放下电话才骂了句老黑的娘。想当初保安司令这枚大印是老黑亲自送到汪府的。汪碧云知道这是日本人在糊弄自己,可也不得不接受这顶“高帽”。汪碧云做的是日本人的生意,汪碧云做生意是有保留的。他只求生意能赚钱,并不想把自己卖给日本人。后来才发现他只赚钱的想法是多么的肤浅而又可笑。他与日本人在经济与政治上的利益是完全一致的。兴则同兴，亡则同亡，他无法在自己身边画一条河，把日本人隔于彼岸。所以，当初接过保安司令大印时汪碧云郑重声明，只挂虚衔，不理军务。老黑一一答应。可在关键时刻老黑总能够提醒汪碧云，你的那些所谓声明算不得数。汪碧云很是气恼，但也不敢延误军机。何况姚飞飞和铃铛来西华镇无论如何是天底下头等大事。弄不好也许是来取自己项上人头的。

汪碧云把保安队的人都撒了出去，让他们海里捞针一样去街上寻找一切可疑之人。他知道日本人是指望不上的，自从酒井死后，日本人撒尿也要三五成群地去。你想让他们混迹于老百姓中间，他们还没走出宪兵队呢，腿肚子早朝前了。那些保安队的人汪碧云也信不过，那都是些吃便宜饭贪便宜钱的人，肯卖力气的人没有几个。只不过有他们在其中搅和着显得人多势众，万一发现游击队的踪影，多一个人总比少一个人强。

街上照例有许多赶早市的人。他们拥入西华镇时有许多打算。人群之中穷苦人居多，他们大都衣不蔽体，用手里一些可怜的物品换些粮食。西华镇有许多诱惑，有绸缎庄，有胭脂房，有祥瑞戏院，有彩云酒楼，还有一家上些品位的烟花馆。南来北往的客商多了，有记不起西华镇的，但没有人忘得了大烟铺，州城府县常有富家子弟乘兴而来，昂扬而去。大烟铺与汪府只一墙之隔。

西华镇的所有商家店铺都姓汪，大烟铺也不例外。这一天西华镇的集市上祥和宁静。虽然人群中多了许多獐头鼠目的人,但却没有像往昔那样发生骚乱。近中午,大烟铺的两个伙计托着烤漆烟盘出来了,人群自动闪开了一条道,都知道这是去给汪碧云送汤药了。两个穿长布衫的伙计敲门,进汪府。前边的伙计矮墩墩,后面的伙计细高挑。他们都用帕子包了头,看上去清爽干练。两人进了汪府如入无人之境,喧嚣都被一堵大墙阻隔了。汪碧云正在厅房跟老黑通电话,一回头,前后各有一个硬邦邦的家伙顶了上去。后边的这一个,顺手就把他腰里的枪摸到了手。汪碧云心说不好,顿感五脏六腑都挪了位。虚汗从肉滚滚的额头和颈项流了下来。汪碧云这才发现这两张脸都面熟,一个女人男相,一副重眉,一双环眼,鼻头和嘴唇都是肉嘟嘟的。另一个齿白唇红,活像画中的公子。

汪碧云跌坐在椅子上。

汪碧云努力使自己平静,说出话来带着长长的尾音:“我知道你们是谁,你们是燕山游击队。真是幸会幸会,我早就想拜访你们,只是与你们无法联络。你们千万别误会,我可不是坏人。日本人的所作所为与我毫无关系。我只做买卖,赚日本人的钱。我赚钱就是想抗日,请你们相信我……”

没有人答话。汪碧云注意到那两个人彼此递了个眼色。汪碧云说:“如果没猜错的话你就是姚飞飞……”

姚飞飞说:“你猜得不错。”

汪碧云受了鼓舞,扭身对着另一个人:“你是铃铛?”

铃铛厌恶地哼了一声。

姚飞飞说:“我们知道你一直想抗日……”

汪碧云赶紧表白:“我找不到组织呀!”

这话让姚飞飞有些忍俊不禁。她莞尔一笑，环视着四周说："知道我们来干什么吗？"

汪碧云讪笑着说："我没经过这阵势，都给吓糊涂了。外面都是宪兵队和保安团的人，你们是怎么进来的？"见两人都警觉地不想跟他废话，汪碧云赶紧说："二位今天来一定有要紧的事，只要我汪碧云能做到的，你们尽管开口，我绝无二话！"他刚要站起来，铃铛后边的枪口示意他别动。

姚飞飞说："我们有可靠情报，西华镇的仓库里囤了一批军火。我们知道汪先生一向爱国，还望汪先生在为自己打算的同时也为抗日出些力。"

汪碧云心下一松，原来他们是为军火来的。只要不是来取性命，什么都好商量。他做出了为难的样子，说："军火不在我的贸易范畴，不过我可以想些办法。只是不知道你们需要多少。"

姚飞飞说："有多少要多少。"

汪碧云有些发狠地说："我也豁出去了。不过你们得记着我为抗日出力的事，到时可别翻脸不认账。"

腰后又是一顶，汪碧云赶紧收敛了。汪碧云说："时间地点由你们定。"

姚飞飞说："今晚十时你把礼物送过龙山山口，那里有人接应。"

汪碧云赶紧说："好，那就龙山山口。不瞒二位，我手里正好有一批轻重武器，是想武装我的自卫队的，既然抗日需要，我一起捐给你们。"

姚飞飞说："希望你说话算话，否则这个地方我们会再来。"

汪碧云拍着胸脯说:“请二位放心,我一定说到做到!”

姚飞飞说:“我们信服汪先生,不会拿身家性命当儿戏!”

姚飞飞与铃铛迅速退了出去。外面的阳光明晃晃,汪碧云觑着眼睛朝两人消失的方向看,疑心自己刚才做了个梦。

一个想法在汪碧云的大脑里翻腾,他既不想得罪游击队,也不想得罪老黑。游击队一向神出鬼没,汪家不能成为活靶子。当然更不能得罪老黑,这账都是明摆着的。

一顶黑呢小轿从汪家大院的后门向西而去。这是一条僻静的小路,平时很少有人走。汪碧云撩起轿帘左顾右盼,不时催促快些,再快些。轿夫的脚步像飞起来一样,后面荡起了老高的烟尘。离那座巨型碉堡近了,更近了。汪碧云想,我两边都不得罪,这盘棋究竟怎么下,就看你老黑的了。

从西华镇往西走十五里地就是龙山山口。汪家的五挂马车天没黑就动身了。车夫每人发了一套黑行头,连驾车的马都是红马或黑马。领班的贾三对一切步骤已经烂熟于心。他不时喝一口酒,两只眼睛像两盏红灯笼。不过他肯定没醉,他不时机敏地观察四周,不放过任何可疑的人和物。汪碧云任何事都不瞒他,姚飞飞怎么来,怎么走;他去老黑宪兵队,怎么去,怎么回。老黑当然把他大骂了一顿,无论有何种理由,让姚飞飞与铃铛走出汪家大院就不可饶恕。汪碧云仰着脸让老黑骂。这是他意料之中的,老黑总有骂够的时候,因为时间毕竟不多了。汪碧云的如意算盘是,自己送武器,老黑打埋伏,游击队打接应,各司其事,谁胜东西归谁。但他对老黑有保留,老黑问车上装些什么,汪碧云说,只是装些柴草、树枝之类。老黑高兴地笑了。他转身面向地图，指指点点地说：“我们要绕到游击队的背后，切断通往龙山的一切要道。宪兵大队与保安中队全部投入战斗。这次争取不让任何一个游击队队员跑掉。”

老黑率领大队人马出了西华镇一直往南，上了通蓟公路以后又折向西，在龙山山口地带扎下了埋伏。为了防止游击队向西逃窜，在公路沿线也像撒豆一样布下了伏兵。游击队不会放过任何得到武器的机会，当然这次更不会例外。老黑与游击队交手几年，基本上掌握了他们的规律。老黑等得很耐心。十时整，五辆马车进入了指定位置。夜色沉静得并无半点声音，只有远方偶尔有几只狗在叫，说明这夜还是活的。老黑的夜光表滴滴答答，游击队却始终没有动静。忽然，山口方向有一堆篝火熊熊燃烧起来。老黑低低发出了一声吼，声音里有抑制不住的激动和欣喜。老黑睁大了眼睛，想借着跳动的火光发现些什么。老黑的眼睛一眨不眨，眼睛瞪得又酸又涩。夜空下，连游击队的影子也没有。老黑推断游击队不会轻易出动，他们会像鱼儿一样让猫等得不耐烦，然后才突然跃出水面。老黑无声地笑了。他相信这种耐力较量会有一个令人满意的结果。他等待着，但随之传来的惊天动地的爆炸声把他的笑容炸碎了，老黑的一声长吼把夜空撕开了一个大洞。天地都跟着抖了几抖。老黑直挺挺地扑倒在地上。他知道这是西华镇的老巢，让人给端了。

西华镇在地动山摇中被火光照得亮如白昼。

这差不多是十点二十分发生的事。老黑在这个时间正像老猫一样匍匐在龙山口的外围，异想天开地做歼灭游击队的美梦。汪碧云却心慌意乱地在庭院里团团乱转。一天里发生的意想不到的事太多了。汪碧云不得不对自己的判断产生了怀疑。龙山方向迟迟没有枪声，汪碧云想不通为什么。枪声突兀地在他的头顶上响了起来，汪碧云吓了一跳，手下的一个小队长匆匆跑了过来，说西华镇到处都是游击队。汪碧云才知道中计了。

铃铛最后一个离开西华镇。当满载着武器弹药的大队人马消失在夜色深处时，她不由得看了一眼汪家大院。汪家像沉睡的困兽一样毫无动静。但它的沉睡肯定是表面上的。铃铛轻蔑地想。

铃铛转身跑出了西华镇。夜色中，大队人马已没了踪影。

十

西华镇大捷以后，姚飞飞率领的这支抗日游击队在燕山深处的鬼头崖上进行了较长时间的休整。这里是游击队的大本营。朝阳的山坡上有许多蜂窝似的洞，里面塞着烂茅草和破棉絮，这就是游击队的“家”，家当十分可怜。但也有奢侈品。一架曾经响过后来又不响的电唱机，里面曾有过女人妖冶的歌声。一架不知如何摆弄的照相机，还有各色衣帽服饰等等。这是燕山山脉最险要的一处峻岭，崖高数十丈，伸手能抓到天上的云彩，这里离山下最近的村庄也要走整整一天的路程，要翻越两座大山和两座小山，要过两道深谷。丛林密匝，野物成群。

姚飞飞和另外的两个女游击队队员日复一日地缝补衣裳。

有些衣裳损破得太厉害，根本就无法缝补，它们理所当然地做补丁，被裁到了另外的衣服上。姚飞飞总是有些心绪不宁，她不时望一眼通往山下的那条小路，希望能看见交通员老李熟悉的身影，希望能早一些知道联合县委对下一步工作的部署。可整整三个月过去了，老李连音信都没有。游击队也不敢贸然下山，因为对山外的情况一无所知。鬼子的“扫荡”和封山越来越频繁，越来越残酷，姚飞飞只能两眼空空地望着远方的那片平原，心里翻涌着一股难言的焦虑和惆怅。

阴山面有一块巨大的天然平台。边角的松树上吊着一只萝卜，铃铛握着手枪的那只手久久地瞄向它，铃铛并不开枪。铃铛只是喜欢握住枪，喜欢枪对准一个目标，仅此而已，铃铛第一次练射击就是萝卜当靶子。红萝卜像只灯笼挂在树枝上，子弹一发接一发地呼啸而去，萝卜像秋千荡来荡去，打静物和打动物都难，但铃铛的持之以恒很快地就过了这道关卡，她能在标准的射程之内把萝卜打成空心圆。在燕山游击队里，枪打飞鸟百发百中的大有人在，可能把萝卜打成空心圆的只有铃铛一个人。

这天，姚飞飞终于忍无可忍，她在鬼头崖上召开了会议。姚飞飞说：“我们不能再这样等下去了，我们的枪都要生锈了。”又有谁愿意这样一天一天地待在鬼头崖呢？寂寞像秋日的荒草一样芜杂而烦闷。“我分析老李同志肯定是遇到了不测，否则他不会连续这么长时间没有消息。这就意味着我们与组织的联系中断了。”

副队长郑玉章说：“我们傻等下去肯定不是办法，老李要是真的遇到不测，组织上就是想找到我们也难。所以现在的办法其实只有一个，那就是派人下山与组织取得联系。”

姚飞飞说：“这也是我想对大家说的话。只是派谁下山，下山以后又当如何，都是十分要紧的事。大家说说看，派谁做这项工作合适？”

指导员李福林说：“我建议把任务布置到每个人的头上，大家群策群力共同想办法。”

姚飞飞说：“此次下山非同小可，我们还是应该有个总体把握。”

郑玉章说：“队长心里八成有人了。”

姚飞飞抿嘴笑了，说：“我还是想听听大家的意见。”

郑玉章说：“这个人的目标不要过大，但遇事要沉着冷静。最重要的一点就是政治上要百分之百地可靠。”

李福林说：“我倒也想起了一个人。”

姚飞飞说：“大家先不要说出口。我们先照老李的意见布置任务，等看看结果再说。”

傍晚的时候游击队队员们一起坐在山后的那个平台上。山风冷冷地刮了来，大家穿起了五花八门的衣裳，看起来非常可笑。会议开始了。毛遂自荐者十分踊跃，想出的办法也千奇百怪，但始终没让姚飞飞舒展眉头。有些办法是好，但过于冒险，这让姚飞飞不满意。完成任务的标志就是带着上级组织的指示平安归来，否则任何牺牲都没有意义。正在一筹莫展的时候鬼头崖上出现一个人，头发参差不齐，蹭着满脸的锅灰。她傻傻地对着众人笑，晚阳只在那座山包上有一抹金黄，亮晶晶的一线口水从嘴边直垂下来。她摸起一块石头在嘴里啃,极香甜的一副表情。

姚飞飞击掌道:“铃铛,就是你了!”

李福林担心地说:“好是好,就是扮相太俊俏了。”

姚飞飞端详了一会儿,说:“肯不肯再做些牺牲?”

铃铛说:“说吧。”

姚飞飞说:“老李说得对,天底下哪有这么俊俏的傻子啊?要让你变得丑一些倒有一个办法,就是把眉毛拔掉。”

铃铛突然用双手护住了脸。

姚飞飞看着她,说:“舍不得?”

铃铛横躺在姚飞飞放平的腿上,一副任人宰割的模样。姚飞飞左右端详着迟迟不忍下手,咂着嘴说:“连我都舍不得,多好看的两道小眉毛,像是画上去的。”铃铛说:“队长,拔吧。再好看它也是摆设,我们连生死都置之度外,牺牲两道眉毛算什么。”药箱也是缴获的日本鬼子的,里面有把精巧的小镊子。姚飞飞说:“我可要动手了。”铃铛闭上了眼睛。

铃铛一骨碌就从十几米高的山坡上滚了下来。她的脸上涂满了鼻血,额上有一个青紫的大包。伪军的巡逻队正好走到这里,他们一直朝铃铛这里跑来。铃铛摇摇晃晃站起身,喊着“饿呀”,迎面朝伪军走去。那些人赶紧闪开了。其中一个伪军捣了铃铛一枪托,铃铛放开喉咙哭:“妈呀,打死我了……”

铃铛出山了。走在通往县城的公路上一副睡不醒的样子,她捡了一只玉米骨头,又黑又绿,上面有为数不多的玉米粒。遇有人注意，她会把玉米骨头往人家嘴里塞，一路招了许多拳脚。一个老太太看她可怜，抢过玉米骨头扔远了。从自己的篮子里取出一块发糕。老太太关心地问："傻小子，你这是打哪儿来？"铃铛想了想，说："燕子窝。"老太太乐了，说："你又不是燕子，咋能从燕子窝来呢？那边有个燕家庄，你是不是打那儿来？"

铃铛赶紧点了点头。

老太太又说："兵荒马乱的年月哪儿能放个傻子出来，你爸呢？"

铃铛说："打棺材。"

"是木匠。"老太太自己解释说，"村里一准死了人，还是个阔人，要不谁打得起棺材。"

几辆自行车在前面吱嘎一声停下了，几个军警模样的人围了过来，说要例行检查。铃铛吓得手里的发糕落在了地上，赶紧躲在了老太太的身后。老太太说："傻小子，不用怕，他们是人，又不是狗。"

为首的一个军警大声呵斥："我们只不过是例行检查，你怎么拐弯抹角骂人？"

老太太理直气壮地说："你们吓坏了我孙子！有啥好检查的？我是进城看闺女，我闺女坐月子生孩子，我送几块发糕给她催奶，有啥好查的？"

其中一个军警一脚把老太太的篮子踢飞了。篮子飞出去有七八步远，咣当一声篮子底着地了，里面的发糕一点也没撒出去。铃铛赶忙跑过去把篮子提了回来，交到老太太手里。那些人骑车走远了，老太太得意地说："瞧见没有，这些人怕不得，你越怕他们越欺负你。”又伸手拍了拍铃铛的脸，说，“瞧把我孙子吓的，尿裤子没有？”

铃铛假装不好意思地低下了头。

老太太开怀大笑道：“不傻的，知好歹嘛，怎么刚才就啃个臭玉米骨头呢？”

进城的路口有两道岗，查证和验身都很严格。不时有人被拉出人群，被等在一边的日本人带走。铃铛情不自禁地拉住了老太太的手，老太太叹了一口气，拿一块脏兮兮的手绢蘸着唾沫给铃铛擦鼻血。血早已风干了，碎屑像尘埃一样飞落下来。有个伪军喊：“你们还磨蹭什么？还进不进城？”老太太赶紧拉着铃铛往里走，一直走到了两个日本兵面前。铃铛故意往他们身上蹭，日本兵一看铃铛的尊容，赶紧把她们轰走了。

进了城，老太太一不留神，就不见了傻小子。铃铛一个人遛遛逛逛，很快就找到了敬轩斋，这里经营字画。这是他们仅知道的一个联络点，铃铛的心跳突然加快了，她清清楚楚看见一个头戴礼帽身穿长衫的人板板正正地从那扇紫色的房门里走了出来，然后与自己擦肩而过。也许这个人就是马老板？铃铛被自己的想法弄得心慌意乱起来，情不自禁地跟在那人身后走了几步。那人觉察到了，猛地一回头，铃铛连忙做出一脸傻笑，那人皱着眉头走了。

铃铛继续朝前走，离敬轩斋只有几步路了，她故意放慢了脚步。抬头一看，铃铛的心被冻住了。

那扇紫色的大门上贴着封条。

这本来是意料之中的，可铃铛的心里还是非常难受。她咧开嘴大声哭起来："妈呀，肚子饿呀……"

她想引起别人的注意，她希望注意她的人之中有她要找的人。

铃铛在城门洞子里缩了一宿。同在这里过夜的有六七个人。铃铛在黑暗中偷偷打量他们，那个年龄偏大的人明显是精神失常，他正襟危坐在那里，嘴里却一刻不闲着，咕哝的都是铃铛听不懂的言语。铃铛的左边是一个伤残人，他只有一只脚，另一只脚用破烂东西包成了一个大团。他不时用身体的各个部位去接触铃铛，做得很有心计。铃铛的头顶上挨着一块石头，她把石头搬下来放到了她和伤残人之间。伤残人恶毒地骂了句什么，铃铛才明白伤残人挨近自己是为了取暖。但那块石头仍固执地摆放在那里，为铃铛守卫着一小块领土。铃铛的右边是两个生意人，他们每人都有一个很大的包裹。他们小声嘀咕着什么，铃铛伸长耳朵去听，却一句也没有听来。不远处有一个女疯子，不时低吟浅唱，既有念白又有韵脚，一个人兴致正浓。两个生意人不时起身朝女疯子看，女疯子渐渐没了声息。铃铛一觉就睡到了天明时分，睁眼一看，见女疯子赤身裸体睡在了门洞口，而生意人早已不知去向。铃铛蒙了。夜里究竟发生了什么事？她怎么一点动静也没听到？铃铛跑到了门洞外边，这才注意到远处的旮旯团着一团东西，跑过去一看，正是女疯子的衣服。铃铛费尽力气才给女疯子套在身上，女疯子并没有醒。

铃铛无限屈辱地离开了那个城门洞。

铃铛应该回山了，这是姚飞飞千叮咛万嘱咐的。很显然联络站已遭敌人破坏，老李不是遇难就是被捕了。城里肯定还有其他的关系，只是游击队不知道。那么铃铛留在这里已经没有什么意义了。但铃铛又不甘心这样走，千辛万苦地来，两手空空地走？走后又如何呢？只有回到鬼头崖上眼巴巴地等。等不到山外来人，游击队自己就憋疯了。铃铛打定主意，不走。

她在街上转来转去，见到能吃的东西就随手抓一把，被人追得满街跑。铃铛又看见了昨天的那个人，急匆匆地从一家店铺里走了出来。他穿了一件中式制服，头发黑又亮。他走路的姿势有点外八字，铃铛一眼就认出了他。他是从左边的康复堂药店出来的，手里提着一串纸包。而昨天他是从敬轩斋画房右边的一个茶叶店里出来的。那家茶叶店的门面很小，就像敬轩斋与另一个店铺之间夹了一个塞儿。所以昨天铃铛看走了眼。看样子敬轩斋已经被查封很长时间了，门面上蒙着一层土。铃铛打定主意要到门前看一眼，看能不能发现蛛丝马迹。铃铛让自己狠狠跌了一跤，然后捧着出了血的膝盖坐在了敬轩斋门前的台阶上。没有发现什么，什么也没有发现。忽然有一个人走了过来，把几枚硬币放到了铃铛的手心里。铃铛的心狂跳起来，是那人，那个昨天戴礼帽，今天穿制服的人。只是手里没了那串纸包。他把纸包放在哪了呢？铃铛正在想，那个人突然急促地说："小兄弟饿坏了吧，那边有个烧饼店，快去买几个烧饼。"铃铛抓起钱就走，那个人在身后跟着。当铃铛极香地咽下一口烧饼后，才发现一支日本人的巡逻队大摇大摆地从那边走过。铃铛惊出了一身冷汗，再找那人，那人不见了。铃铛陡然有了信心，一口气吃了五个烧饼。他想，联络站虽然被破坏了，组织上一定会安排人等在这里，因为游击队迟早会派人下山的。铃铛一下子轻松了很多,他相信有人在暗中观察自己。自己这次下山一定能圆满完成任务。铃铛狠狠地打了个饱嗝,她寄希望于明天,她觉得明天应该是一个有收获的日子。

她在城北民宅的一个草棚里睡了宿好觉,然后去城东的一个早点铺子买了早点,老板嫌恶地看了她一眼,极不情愿地接过了钱。铃铛边吃边往城西走。街上的人逐渐多了起来,穿各色服饰的人都有。铃铛注意到人群中总有那么一种人的眼睛不看路,光在来来往往的行人身上打转转。铃铛努力绕开他们,一段路来来往往地走,查看身后是不是有尾巴。铃铛远远就看见敬轩斋附近停着一辆人力车,一个男人从车上走了下来,走进了对面的福祥布庄。那男人穿了一套银色西服,在人群中很打眼。铃铛走了过去,看稀罕一样围着人力车转来转去。忽然有一个人长长地“咦”了一声。是个花枝招展的女人,正细细打量自己。女人离铃铛很近,长长的一枚指甲几乎要戳到铃铛的脸上。铃铛有些慌了,虽然几年没见,但媒婆刘寡妇除了更加风骚以外一点变化也没有。刘寡妇先是惊喜,然后又狐疑地自言自语说:“怎么这么像李家二小姐呢?”她拉住了铃铛的手,铃铛做出一脸惊恐状,几次想甩脱都没有成功。就在这时有人喊“小弟,小弟”挤进了人群。铃铛一看来人,咧开嘴哭了:“大哥,这个娘姨抢我……”

大哥问道:“你这是从哪来?”

铃铛说:“从表婶家来。”

大哥又问:“咋不回家呢?”

铃铛说:“找不到路。”

“幸亏让大哥看见,否则让人拐走了都不知道。”说完这话,大哥有意看了刘媒婆一眼,刘媒婆抖着手里的花手绢说:“笑话,谁会拐一个傻子。”说着钻进了人群。大哥握紧铃铛的手说:“我们回家吧。”

铃铛眼泪汪汪地说:“回家。”

大哥招手要了一辆人力车,铃铛这才发现另有一辆人力车在后面跟着。大哥小声说:“我们的人,都是来接应你的。”

路上,大哥告诉铃铛他们在这里已经等得快没耐性了。老李暴露以后,敬轩斋就被查封了。敌人一直在监视这里,已经有三个人被捕,其中一个也是傻子。大哥握着铃铛的手,用一只手臂揽着铃铛的头,让铃铛脏兮兮的小脸贴着自己。一种奇怪的感觉令铃铛觉得脸上热烘烘的。她用异样的目光看了大哥一眼,然后装作无意识地把头从大哥的臂弯里挣了出来。

在城东一家贸易货栈的后院,有三间低矮的小平房。联合县委书记徐朝宗与县委一班人已经等在了那里。大哥牵着铃铛的手在后院出现,徐朝宗等人就大步迎了过来。铃铛的样子让大汉徐朝宗红了眼圈儿。他说:“刘风去街口买只烧鸡,要快。宋则同志带铃铛去洗个澡,铃铛总算到家了,让他干净干净。”

大哥宋则拥着铃铛一直朝后走去。宋则边走边说:“我们连热水都预备下了。你第一天进城那天我们就向徐书记做了汇报,徐书记说,那个傻小子如果真是山里的小铃铛,我们就请他吃烧鸡。”

铃铛吃惊地说:“你们知道我?”

宋则说:“山里的情况我们还是掌握一些,知道跟傻小子年龄差不多的只有你一个人。”

两人走到屋里，宋则麻利地倒了两盆水，然后动手帮铃铛脱衣服。铃铛起初还没意识到什么，站在高高大大的宋则面前，铃铛真的像凡事都等着照应的小弟弟。铃铛忽然有了一种情绪，有些紧张地说：“我是不是很丑？下山之前队长把我的眉毛拔去了，她说我这样更像傻小子。”

宋则注意地看了他一眼，说：“不丑呀，我看你跟戏里的小生差不多。”

衣服划下肩膀，宋则忽然像遭了蛇咬般地缩回了手，惊骇地变了脸色：“你，你是……”

铃铛的脸“腾”地红了，双臂护胸蹲下身去，羞愧得无地自容。

宋则“噔噔噔”地跑走了。徐朝宗等人都被宋则的脸色吓了一跳。徐朝宗已经在拔枪了，宋则才结结巴巴地说：“铃铛……是女的！”

徐朝宗不满地说：“女的又不是老虎，怎么把你吓成这个样子……你说什么，铃铛是女的？”

一群人面面相觑。徐朝宗把手一挥，说：“过去看看，难道真的是第二个姚飞飞？”

十一

一个月黑之夜，燕山游击队的大队人马悄然无声地离开了鬼头崖。他们沿着山脊一直往东走，然后在桃花寺附近下了山。

内线的同志一直等在那里接应。队伍天明时分赶到了大青河畔一个叫半月桥的村庄，许多户人家的房门敞开着，许多张笑脸热乎乎地把游击队队员迎进了家里。村外布置了警戒哨，游击队队员们吃完了饭，唠够了家常，分头睡在了老乡家的炕头上。

天一黑下来，行军又开始了。他们此行的目的地是柳树堡。这次行动是根据联合县委的指示做大规模的转移，他们将配合八路军的正规部队在敌人的外围“剥栗子”。这一年的抗日战争已经接近尾声，全国各大战场捷报频传。只是游击队队员们不知道，他们得到的新闻永远是旧闻。他们习惯了游击生涯就像习惯了天底下任何一件事情。他们习惯了风餐露宿，习惯了流血牺牲，习惯了胜利也习惯了失败。他们像燕山山脉的一棵树或一块石头一样坚定不移。没有什么能改变他们。他们的骨血已经和那片山脉连在了一起。

燕山游击队到达柳树堡的时间是黎明时分。在村西那座废弃的学堂里，八路军十三团的同志已经等在了那里。这里已经成了八路军的大本营，整个战役将从这里向西推进。游击队借住在陈家大院的几间配房里，白天无事可做，游击队队员们就到园子里去清除杂草。陈家大院已经荒芜大半，显然是主人鞭长莫及。铃铛踏进这里就有一种熟稔的感觉。她在很小的时候就听父亲谈到过柳树堡的陈家大院。只不过眼下的情景与父亲描述的反差太大了，到处都是颓败和荒凉。胡琴声没有了，玫瑰园没有了。还有那些在父亲口中壮观得无法形容的柳树，都到哪里去了呢？

柳树堡失去的每一棵柳树都有一部血泪史。第一棵柳树被伐倒是以白家七口人的生命为代价的。那时日本人想在高桥一带建炮楼，点名要崔庄的砖瓦和柳树堡的木头。崔庄的砖瓦在附近很有名，可柳树堡的柳树哪能建得了什么炮楼呢？它们实在是太有年头了。柳树堡的人已经习惯了把它们当作祖先，习惯了在祖先的庇护下繁衍生息。可那些木头还是被源源不断地砍伐运走，柳树堡人为保护这些树木付出了高昂的代价。那些巨大树桩白森森的茬口触目惊心，像祖先未寒的尸骨。人们不得不把那些树桩掩埋起来，这样看上去更像一座坟丘。当转年春天一捧柳芽破土而出的时候，柳树堡人更不忍目睹。他们相信那是祖先从地府发出的一声诘问。流泪和流血都可以不算什么，柳树堡人忍受的却是心灵与肉体的双重煎熬。他们终于走过了那些岁月，那些悲伤而沉重的岁月是那么不堪回首。

那些手上沾满柳树堡人鲜血的人占据了村西的学堂。自从学堂不再姓陈，就失去了它原有的面目和意义。八路军十三团攻打这支汉奸队伍时是严格保密的，一群黑压压手持棍棒的村民先冲了上去。部队被迫提前行动。为了把损失减少到最低限度，他们不得不在村南放了一条生路，却不给敌人负隅顽抗的机会。战斗打得拖拖拉拉，战线拉到了村南十余里的地方。

陈家大院显得熟稔，而陈家人却显得陌生。铃铛不愿意相信那位战战兢兢的人就是父亲口中的陈怀宇。他脸上的笑总是那么难堪，他的眼睛一刻也不敢离开你的脸，他总在千方百计捕捉什么，他诚惶诚恐站在你面前的样子让你许久都不能长舒一口气。他不知道自己应该干些什么，细细长长的两只手一会儿搅在一起一会儿团进衣袖里，游击队员们在园子里拔草他就在附近转来转去，穿着一件打着补丁的长衫，身形像要飘起来一样。

陈兆林已经长成了一个方头俊脸的小伙子，他终日在书房用功，很少出来晒太阳。他对枪的畏惧溢于言表，总像看见蛇一样远远地绕开。有一次，姚飞飞企图把枪放进陈兆林的手里，陈兆林像兔子一样逃开了。

这个家里唯一忙碌的人是百灵，这个面容姣好的妇人有着年轻的体态。她总是不停地干这干那。她把劈好的劈柴和磨好的豆腐通通端到游击队这边来，她和善而亲切地对人笑，让你不忍回绝。

铃铛在书房前与陈怀宇走成了对面。陈怀宇远远就停下脚步，侧过身去给铃铛让路。铃铛的心里，总有一根神经被陈怀宇牵动着，就像自己与陈家有着血缘之亲。铃铛远远停了脚步，漆黑的一双眸子注视着这个应该被她称为“叔父”的人。陈怀宇立刻不知所措，苍白的面色上落下了灰扑扑的云朵。铃铛轻声问：“你很害怕，是吗？”

陈怀宇不知如何回答。

铃铛说：“你的害怕没道理。只有敌人才害怕我们，只有对中国人民犯下罪恶的人才怕我们。我相信你没有做过对不起良心的事，对吗？”

陈怀宇望着铃铛，心里如同敲着一面鼓。他几乎听不清铃铛在说什么。

铃铛又说：“我不想看见你这个样子，你的样子令我难受。”

陈怀宇这回听懂了铃铛的话，他张了张嘴巴，却没有发出声音。

铃铛问:“知道我是谁吗?”

陈怀宇说:“游击队。”

铃铛说:“我是上甸人,我的父亲是李景阳。”

陈怀宇忽然睁大了眼睛,旋风一样卷了过来。他拉着铃铛的手臂直奔书房,把正在用功的兆林吓了一跳。

陈怀宇说:“兆林,快,快给大伯父家的兄长磕头。”

兆林不明不白地刚要下跪,被铃铛上前拦住了。铃铛说:“革命不兴这个。”

兆林端详着铃铛,说:“难怪我看你面熟,你和大伯父长得有些像。”

铃铛高兴地说:“是吗?”

兆林说:“兄长穿戴像个男人,可我看你像个女的。”

陈怀宇呵斥道:“不许胡说!”可随即他又狐疑:“据我所知,景阳兄没有这样小的儿子呀。”

兆林高兴地说:“那你就是女兄长,你走路的样子可真神气!”

在那间古朴陈旧的书房里,陈怀宇小心翼翼地把压在心头多年的愁绪讲了出来。他从陈家投资兴办的那座学堂开始讲起,讲他教育救国的初衷和打算。讲他收留了一个从省城来的年轻人。讲那一年的那场大雪。他晨起在学校门前发现了那片繁杂的脚印。那个叫徐朝宗的人是他最早接触的共产党人,他对徐朝宗的思想主张和政治信仰都深表赞同和理解,可当徐朝宗提出要与他携手为事业奋斗终生时,他胆怯了,退缩了。他只想不卷入任何党派，保住陈家辛辛苦苦筹建的那座学堂。可是学堂最终也没有保住。徐朝宗拂袖而去，学堂被保安团霸占了。

“我对抗日无功却于抗日有过。”陈怀宇哀叹着，“徐朝宗雄心勃勃而来，却因为我的缘故前功尽弃。徐朝宗这一走就再也没回来，我知道我无论怎样做都弥补不了曾经犯下的过失。我想知道这算什么性质的问题？如果共产党得了天下，像我这样的人会不会遭报应？”

铃铛把陈怀宇的话听了进去。她知道，陈怀宇误解了徐朝宗。徐朝宗不会前功尽弃，他不过是换个地方闹革命。铃铛此时不知道怎样才能安慰这个心事重重的人。她所知道的党的纲领和原则都非常少，除了手里的那支枪，她好像什么都还没来得及领悟。假如眼下陈怀宇知道他昔日撵走的人已经当了联合县委书记，陈怀宇会更加不安，更加惶惶不可终日。

铃铛紧张地思索着，她的目光透过窗纸落在了陈家那庞大的院落上。陈家太庞大了，大得可以住进许多人。陈家荒芜的土地太多了，与其闲置着这些土地和房屋，不如把村里没有房住、没有地种的人家请进来。革命的目的就是消灭阶级，消灭差异，最终实现人人平等。如果人人平等是革命的最终目的，陈怀宇这样做就是理所应当的。

陈怀宇听了铃铛的一席话眼里冒出光来。其实这些房屋地产早已成了他的累赘。几年前最后一个用人嫁掉了，陈家就结束了使奴唤婢的生活。日子窘迫到添只碗都嫌多的地步。陈家大院早已是徒有虚名。

姚飞飞与铃铛同住在正房的东屋，这里是当年章若儿的房间,虽然许多年过去了,房间里还照原来的样子摆放着。一把梳子,或一只灯碗都没有动。百灵每天都去清扫并为章若儿的遗像上炷香,十几年从没间断。姚飞飞到屋里看了一眼转身就往外走,她不喜欢遗像上那个美丽得无可挑剔的女人,更不喜欢房间里的陈年旧味。但铃铛对这里的一切却迷恋,姚飞飞只得跟着铃铛一起搬了进来。屋里章若儿的印记仍很明显。樟木箱子上放着叠得整整齐齐的丝绸睡衣,用了一半的粉底盒子打开来仍香气扑鼻。铃铛喜欢墙上挂着的那个女人,在香烟缭绕中,女人的眼睛和嘴巴都有一种想要说话的愿望。她想说些什么呢?

许多年前陈家如火如荼的故事已经隐去了,铃铛再有想象力也想象不到在陈家女人身上曾经发生了怎样令人心碎的悲欢。铃铛有些悸动,那种悸动有些模糊。铃铛还从没想过男人女人之间的事,可置身这间屋子,思绪不由自主地就滑了过去。这里曾经是一个男人与两个女人的家庭。不知两个女人各扮演了什么角色。凭直觉铃铛感到墙上挂着的是个失败的女人,她的脸上写满了忧伤。

姚飞飞的烦躁不安已经有些日子了。她在夜里毫无缘由地长吁短叹,把熟睡中的铃铛吵醒。姚飞飞有时会问铃铛,你说这仗什么时候能打完?铃铛认真地说,快了。姚飞飞说,我倒希望这仗永远打下去,直到我壮烈牺牲的那一天。铃铛惊讶极了,她不知道姚飞飞为什么会有这样的想法。姚飞飞已经二十九岁了,在山上整整打了八年游击。她手下的游击队队员来了又走,走了又来,牺牲了一批又一批,姚飞飞也是九死一生。可姚飞飞也还是个女人，铃铛想。什么时候姚飞飞才能像一个真正的女人那样过属于自己的日子呢？要等仗打完了，日本鬼子从中国滚回老家了，会有一个高高大大的男人把姚飞飞娶走。喇叭吹，花轿摇。一拜天地，二拜高堂。只是不知道新郎是谁。转过脸来，对，转过脸来。铃铛吓得失声叫了出来，那人是宋则！

“做白日梦哪？”姚飞飞闭着眼睛问。

铃铛的心突突直跳。她说：“我梦见你嫁人了。”

姚飞飞蹬了铃铛一脚，说：“人小鬼大，还没蚂蚱大，嫁哪家子人。”

铃铛把脸埋进被子里，偷偷地笑了。

十二

交通员安庆又一次来到上甸是一九四七年的春天。那一年的雨水出奇多。淅淅沥沥的总也没完没了。天空总是灰蒙着一张脸，那些萌动的春意还没有露头就被雨水夹枪带棒地打了回去。人们迟迟脱不下穿了一冬的破棉袄，冻红的鼻头一天到晚像一只新鲜的水萝卜。春寒好像比“三九”更令人难以忍受。“三九”再怎么冷也是应该的，人们有充分的心理准备。春寒却令人感到伤心和绝望。仿佛春天只是一场骗局。

安庆踏着泥泞走进上甸实在是苦不堪言。他提着皮箱的一只手不停地倒来换去。他用力地拔动着一双腿，皮鞋还是像被钉住一样不时陷进泥窝窝。泥污像亲人一样不失时机地扑溅到他的身上。安庆的身后还跟着他的一位朋友，朋友显然比他走得轻松和内行。安庆对自己狼狈不堪的样子非常不满意。他赌着气一句话也不说，只顾稀里哗啦地往前走，竟把朋友落下了一段距离。

李景阳在房前的院子里热烈拥抱了安庆。几年不见，他们彼此都有了显著的变化。安庆微微有些胖了，长脸变成了长圆脸；而李景阳却明显有些见老，两鬓的头发盖上了一层白毛霜雪。安庆只介绍了一声“这是我的朋友”，却没有介绍朋友姓甚名谁。“他在省城读大学，学的是机械制造专业。”李景阳不由得有些肃然起敬，他觉得这位朋友面熟，可又想不起在哪里见过。李景阳点了点头，朋友躬了躬腰身，李景阳和安庆手拉着手进了客厅。分宾主落座，李景阳不知该说什么好，不知什么该问什么不该问。安庆说：“我还是叫你表兄吧，这样顺口。”李景阳感动得点了点头。安庆打开皮箱，请出了一座玉面观音，说：“这是出土的唐代文物，拿到国外去可以说是价值连城。今天我把它送给表兄，以表达我对表兄的感念之情。”

李景阳说：“何提‘感念’二字呢，表弟这样说话就见外了。当初我也不过是做了应该做的。倘若见死不救，还是人吗？”

安庆说：“时局混乱，人心不古。岂止是见死不救，落井下石、置人死地而后快者大有人在。那次我虎口脱险多亏遇见表兄，倘若是位利欲熏心的小人，还不拉着我去论功请赏？”

两个人都哈哈大笑。那位朋友忽然问了句：“荃小姐一直没来娘家住？”

李景阳愣住了。他几乎猜出了来人是谁，但这怎么可能呢？那位汪寒吉汪公子会是交通员安庆的朋友？

“那时我少不更事，冒犯了李家，还请老伯多原谅。这些年人在乡外，常常忆及往事，每每想到来李府造次，都感到羞愧万分。”

李景阳慢慢站了起来，他盯住汪寒吉看了又看，仍然不相信地问：“你是汪碧云的儿子？”

汪寒吉点了点头。

李景阳发起抖来，他指着那座玉面观音说：“你收回去，我不要你的礼物。”

安庆说：“这却是为何？我为送表兄什么礼物颇费思量——既不能一文不值，也不能铜臭味十足。最重要的一点还是要表明我对李家上下人的情谊。表兄不可不收。”

李景阳像冷面金刚一样一言不发。

汪寒吉细着嗓子说：“我知道老伯对汪家怀有很深的成见，家父也确实做过许多不近情理之事，但这与安先生和礼物毫无关系。家父纵有一千个不是，但在关键时刻举起了抗日的大旗。老黑等人死于父亲的枪口之下，难道这还不能说明问题？”

李景阳只在鼻孔里发出了一声哼。

安庆觉得无趣起来，只得把玉面观音又收回箱里。本来他还有许多话想说，但一看见李景阳的脸色，就全没了说话的欲望。

“我还会再来的。”安庆有些无奈地说。

李景阳本来想安排马车送两人一程，看着安庆泥痕斑斑的背影，李景阳还是有些过意不去。不管怎么说安庆是来看自己的，还带了这么贵重的礼物，足见他是真心的。至于他交什么朋友，难道是他李景阳应当或能够过问的吗？安庆说不定是带着什么任务与汪寒吉交上朋友的。汪寒吉在外求学几年，说不定也有了某些变化。汪寒吉的乡音倒是改了不少，说起话来字正腔圆。不管怎么说今天是他李景阳失礼了，想那汪寒吉初来李家求婚也就是十六七岁的年纪，李家不但不应亲事，还把汪寒吉连人带马轰了出去。汪寒吉既肯再度登门，而且彬彬有礼，也就算不计前嫌了，何苦把汪碧云的账算到这两个人头上呢？

李景阳刚要喊老宽套车，但在最后一刻改变了主意。他发现自己一直忽略了一个问题，那就是交通员安庆到底是什么身份。安庆在他家养伤的那一个月，什么都谈，只是没有谈过自己。因为那时全民都在抗日，所以安庆的身份不必细究，眼下不同了，日本人早已完蛋了，西华镇的上空飘起了青天白日旗，汪碧云和他的属下摇身一变都成了响当当的国民党，这世道就好像风筝在天空翻了几个跟头，风筝还是风筝，只是牵线的人变了。

很显然安庆和姚飞飞不是一码事。那次李景阳筹措的棉衣送到敬轩斋画房，见到马老板是一个不足四十岁的年轻人。马老板执意给李景阳写了欠账单，满脸感激地握住李景阳的手，久久都不松开。而那次去回春堂就不同了，杜老板是一个有些肥胖的人，他仄着耳朵听完了李景阳的话，只扔给了李景阳一包“三七”，什么也没说，什么也没问。李景阳当时还不觉什么，现在回过头来一想，就有一种委屈的感觉。自己冒着危险给人做事，却不知道那人是干什么的，天底下还有这等让人占尽便宜的事吗？

李景阳的心情像天空一样灰蒙蒙的。自从二女儿李荃离家出走，李景阳一直也没得到她的消息。但他知道荃是跟着姚飞飞的，荃那么喜欢枪，不跟着姚飞飞还能跟着谁呢？为了荃的失踪，李景阳大张旗鼓地准备嫁妆，并在某一天早晨排排场场地把女儿"嫁"掉了，为此他后悔了好长时间，他想将来万一荃回来怎么办，革命成功了，鬼子赶跑了，天下太平了，荃很可能重新回到这个家。像过去一样，做一个待字闺中的女儿。如果真是这样，荃的婚姻将遇到多少障碍，又怎么能向所有的人说清呢？李景阳看似聪明，其实办了一件多么愚蠢的事。可不这样又当如何呢？李家凭空少了一个女儿，无论如何是一件不好交代的事。女游击队队长姚飞飞在这一带的名声又太大，人们很容易产生某种联想。既然姚飞飞能做到的事，李家的女儿为什么就做不到呢？荃从小就有些和别人不一样，淘，爱玩男孩子的戏法，三四岁了还顶着一个光头，她痛恨长头发，还愿意手拿棍棒乱舞。李景阳不止一次地想到女儿李荃肯定是投错了胎，她原本是个男孩子，模样和性情都是按照男孩子的样子打磨的，却在投胎转世的时候站错了队，站到了女孩子队伍中来了。每每想到这些李景阳就觉得好笑。他是喜欢女儿的，虽然从小到大李荃没少给他惹麻烦，虽然李荃对女工简直是一窍不通，但她毕竟有她的独到之处。

比如，她就敢偷偷跟人去打日本人。日本人是多么凶顽、多么惨无人道啊！荃就敢跟着姚飞飞去打他们。换成别人，行吗？

李景阳想到这些心里就有了慰藉。李家也出了抗日的人，也有了为国家和民族分忧的人。不管她干得如何，要紧的是她加入了那支队伍。

当然也日日提心吊胆，荃一走就没有消息，好在关于燕山游击队的消息总传来。那次在西华镇端鬼子的老窝，是一件多么鼓舞人心的事啊！事后老黑与汪碧云撕破了脸，汪碧云借机敲掉了老黑。李景阳特意跑到西华镇去看西洋景，膏药旗不见了。李景阳兴高采烈地想，这里也有女儿的一份功劳。抗日队伍中因为有女儿的加盟才那么快就把鬼子赶出了中国。只是女儿连个口信儿都没捎来过，她这一去就天马行空。李景阳与安庆坐对面，几次都想聊关于燕山游击队的话题，都是话到嘴边又咽了回去。

他想，还是不去送安庆和汪寒吉的好。不管怎么说，汪寒吉是汪碧云的儿子，而安庆又是汪寒吉的朋友。李家的马车不应该停在汪家的大门前。即使汪碧云收拾了日本人，汪碧云也还是汪碧云。李景阳不可能忘掉汪碧云的那壶马尿，那股腥臊味在他的后半生里随处都可以闻到。

十三

京东特委接见游击队负责人的那一天是一个应该载入史册的日子。这一天天气晴好，丽阳高照，忽然就有点点桃花钻出了花蕾，让人产生了一种眩晕感。姚飞飞带领郑玉章、李福林和铃铛下了山，他们都为能见到京东特委负责人而一夜没有睡好。姚飞飞扮作回娘家的小媳妇，远远走在前边，右臂上挽着一只包裹，里面包了些碎布头和兔子皮毛。她后面跟着扮成小伙计模样的铃铛。铃铛手里提着一只篮子,里面大大小小的纸包里包着干树叶和烂草根冒充中草药。后面的郑玉章是一个出家人的模样,身上的僧衣打了无数个补丁。李福林则打扮成了要饭花子，背着的上马子里放着几块形色各异的窝头或玉米饼子。他们是从老虎岭一带下的山,在县城西十几里路远的地方兜了一个大圈子,然后才拐上通往上甸的路。

谁也不知道为什么要把会议地点选在李家祠堂的地下室里。姚飞飞不知道,铃铛就更不知道。来送消息的是头一次露面的交通员老吴。老吴来到鬼头崖时人整个累晕了,脸色蜡黄,嘴里大口喷着热气,甭说对联络暗号,他连一个字都说不上来。老吴是放哨的两个哨兵架回来的。姚飞飞亲自给他端了碗水,老吴才慢慢缓过劲儿来,说:“这地方实在太难找了。”姚飞飞没有搭话,她想听的不是这些。“我从表婶家来。”老吴有气无力地说。

“表婶家的桃花开了吗?”姚飞飞问。

“开了,一夜大风给吹跑了。”

姚飞飞这才握住了老吴的手,说:“同志,你辛苦了。我们要炖一只松鸡招待你。”

老吴说:“不麻烦同志们了。我这次来是送一个重要的会议通知的。京东特委书记要在四月十八日——也就是后天夜里十点,接见部分游击队负责同志,并点名燕山游击队的姚飞飞和铃铛同志参加。地点在大青河边上甸村的李家祠堂地下室。”

姚飞飞本能地问:“为什么选择在那里?上甸村虽然远离县城,可离西华镇不过八里地,西华镇屯集着国民党的一个团。”

老吴说："这就不是你我所能关心的了。重要的是你们必须准时出席会议，不能让特委的同志久等。这是联合县委的徐书记再三嘱咐的。"

老吴说什么也不肯等已经炖在锅里的松鸡，他说还有要紧的事情等着他去办。姚飞飞不便多问，只好给老吴带了些炒面，就派两个队员送老吴下山了。老吴临走从贴身口袋里摸出一支钢笔递到姚飞飞的面前，说这是教育部主任宋则委托他转交给铃铛同志的。

姚飞飞没有接，而是转身把铃铛推到前面来，姚飞飞笑着说："大哥给铃铛下聘礼了，铃铛还不快谢谢老吴？"

刘寡妇坐着县党部张绍森的汽车一大早就来到了上甸。刘寡妇回到家却没有开自家门前的那把锁，而是东家走西家串地分些小礼物。刘寡妇后面还跟着一个面孔黑黑的人，刘寡妇进谁家，他就在谁家门口外边转悠。刘寡妇解释说，这是保护她安全的。上甸人觉得好笑，刘寡妇有什么好保护的，像她那样特殊馋懒的人，白送给庄户人都不敢要。保护那辆汽车倒可能是真的。那汽车可真亮，一只牛鼻子配两只青蛙眼，跟西华镇汪家的汽车一样气派。也有人问刘寡妇怎么忽然想起回上甸了，刘寡妇一拍大腿，说："想家不是?! 在先跟个孙拐子，只当就是个拐子吧，谁知道还是个汉奸，叭一声吃了颗枪子儿。想家也没脸回呀。这回好了，绍森是正规军里出来的，对我又好，我说用汽车，绍森说用吧，用到多久都行。

有人问："你和张绍森是不是明媒正娶？"

刘寡妇说:“他想明媒正娶我还不干呢！跟孙拐子一场我算跟怕了，明媒正娶有什么好，他有屎有尿都能扣到你身上。我现在是无事一身轻。他张绍森什么时候倒霉了，我拍拍屁股走人，连些荤腥都不沾。”

汽车最后停在了李景阳家门口，刘寡妇下了汽车就扯开嗓子喊老嫂子。李太太瘫痪在床已经好几年了自然不能迎出来。李景阳正在修剪一盆花，见来人是刘媒婆，动也没有动。

刘寡妇看在眼里，皱起眉头说:“看意思大哥是不愿意我登李家的门了。”

李景阳头也不抬说:“我派人在门口拦你了？”

刘寡妇自己找了把椅子盘腿坐上去，梗着脖子说:“拦倒是没拦，可比让人拦了还难受——二小姐一直没来住娘家？”

李景阳浑身一震，他不得不把目光集中到刘寡妇那张粉脸上。李景阳放下剪刀，边用毛巾擦手边说:“唔，倒有一段时间了。”

刘寡妇说:“有一天我看见二小姐了。”

李景阳这一惊非同小可，冲到嘴边的问话没有说出口，李景阳拿起桌边的一本书，用衣袖擦了擦书上并不存在的灰尘，慢条斯理地说:“是吗？”

刘寡妇说:“我看见二小姐正在县城的大街上，二小姐身上那个脏呀，穿的衣服那个破呀，真是比叫花子都不如。我寻思，这是二小姐家遭啥难了！正想把她拉到僻静处好好问问，却来了个大男人把她拉走了——”

李景阳手里的书“啪”地合上了。

刘寡妇又说："却原来我是认错人啦，那人原来是个傻小子，不过长得可是与二小姐一模一样，您是没见，您要是看见心里也得吓得一扑通一扑通的。"

李景阳说："你这话怎么倒着说。"

刘寡妇说："逗您玩呗。我大老远地来看您，您却像门神一样地板着脸，不知道的还以为我刘月仙欠你二百吊钱呢。"

李景阳终于笑了笑，说："你如今也算是国民党的人了？"

刘寡妇"呸"了一声说："狗屎。谁稀罕！我信奉的是自由党，谁给我自由我信奉谁。"

说着话，人已走到了屋外。李景阳连忙送了出来。刘寡妇满意地说："跟我甭这样客气，大哥请留步吧。"

汽车放了一串响屁，就噌地蹿了出去。刘寡妇那张灿若桃花的脸在玻璃窗上闪了一闪，人和车就一起消失得没了踪影。

李景阳的两只手紧紧握在了一起。他毫无理由地相信，那个傻小子一定是他的女儿。

下午，一个外地来的锔锅匠在上甸村里滞留了很久。他拖着长音的吆喝像西斜的日影一样韵味十足。他把上甸的街街巷巷都走遍了，也没兜来一份生意。锔锅人毫不气馁，在村中心的老椿树下摆开了龙门阵，当即招来了许多孩子。

这是一个非常有趣的锔锅匠，他会变许多戏法。明明看见他把一只铁球放到嘴里咽下肚去，又奇迹般地吐了出来。他还能把手里的鸡蛋变没了，还能把一段红绸布变成一朵花。孩子们拍掌大笑，锔锅匠就鼓动他们回家去拿坏了的盆盆碗碗。孩子们大多空手而归，不是家里没有，是实在没有钱修补。锔锅匠说，今天修锅补碗不收钱，谁家有多少尽管拿来。这回孩子们一哄而散，像报告特大喜讯似的飞奔而去。当孩子们抱着自家的盆碗一路慢慢走来时，远远就看见老椿树下没了人。家什也没有了。孩子们跑了几条街巷甚至跑到村外去找，仍是没有。锔锅匠像个小蚂蚁一样失踪得干干净净，连个影子都没有留下。

真是怪道。上甸的许多人都是这样说。

姚飞飞等人摸进上甸，在村口遇见了联合县委警卫队的同志在站岗。大家心潮澎湃起来，真像嫁出去太久的女儿突然回到了娘家，心中的那份激动无可言表。警卫队队长是一个叫丁彪的小伙子，姚飞飞刚报完自己的姓名，丁彪跑过去就拉住了姚飞飞的手："姚队长，真是太想念你们了！特委县委的领导和其他游击队的同志都已经到齐了，就等你们燕山游击队了。"

姚飞飞一路拉着铃铛的手，她怕铃铛一撒欢跑回家里。铃铛被一股巨大的幸福包围着，她没想到家乡也成了革命阵营的一部分，父亲也在为自己的事业工作，这是多么令人感动的事啊！李家祠堂地下室的大门长年紧锁着，仅有的一把钥匙就在父亲的手里。那么也是父亲开启了那扇大门迎接了来自四面八方的同志们。铃铛心里像蜜那样甜。她和姚飞飞已经商量好了，散会以后无论如何也要回家待上哪怕一分钟，就一分钟，让父母亲好好看一看自己。除此以外还有什么呢？没有了。真的没有了吗？铃铛的脸上有一种温热的感觉。当然有，那支钢笔就在贴身的衣兜里插着。那只衣兜紧挨着心脏，心脏每跳动一次都能和那支钢笔相撞，那是多么美妙的一种感觉！衣兜是铃铛亲手缝上去的。铃铛从不拿针线，这在燕山游击队里是有名的，但铃铛偷偷为自己缝了一只衣兜，专门用来放大哥宋则的那支钢笔。钢笔不是秘密，但衣兜是秘密。铃铛经常能感觉到宋则那只长长的手臂揽着自己的肩，肩上沉甸甸有一种分量。自己脏兮兮的小脸贴在宋则宽厚的胸上。还有宋则为自己解衣扣的那两只手，真是羞死人了。宋则往外走的时候差一点撞在门框上，险些让联合县委的领导闹出误会，以为铃铛是个小密探呢。铃铛吃烧鸡的时候大家问长问短，忽然就有人问宋则怎么知道铃铛是女的，宋则羞得头都抬不起来。

来到铃铛留宿的那间屋里，宋则还为铃铛铺好了床被。他直起腰身，一双眼睛却无处放。宋则有些为难地说："铃铛同志，对不起。"

铃铛小声说："说对不起的应当是我。"

宋则说："山上有个姚飞飞就够让我们钦佩的了，没想到还有一个小铃铛。"

铃铛得意地笑了。她女扮男装的事是姚飞飞的主意。

宋则有些迟疑地说："明天早上我要出门儿，赶不上送你了。我们再见面不知要等到什么时候。"

铃铛脸上的笑忽然就被稀释掉了。她听到自己那颗失望的心发出了"咚"的一声响，好像什么东西沉落了。铃铛伸出一只手说："保重。"宋则紧紧握了上去，说："都保重。"铃铛热切地说："我们还会见面的。不是吗？"

走进那间幽暗的地下室，铃铛把父母、宋则都忘记了。她晕头转向地被人拥来抱去,两只手都被握得生疼。人们说话都像在轻声耳语,但那种气氛实在是太热烈太火爆了。每个人脸上的笑都像开得最绚丽的花,每个人的眼睛都亮得像星星。特委书记李干和县委书记徐朝宗也加入了拥抱和喜庆的人群。他们和许多人都是头一次见面,但相熟得就像老朋友。不用别人介绍,他们就能叫出许多人的名字。尤其是燕山游击队的同志一出现,李干首先几步上前握住了姚飞飞的手,然后紧紧地把她拥在怀里。铃铛的眼睛湿了一回又一回。她终于忍不住低声啜泣起来。一双温湿的手悄悄地捉住了她的手,铃铛浑身一抖,敏感地觉察到了这双手的与众不同。铃铛回身一看,幽暗的灯光下,大哥宋则的脸生动而明朗,一双眼睛满含笑意地望着自己。铃铛情不自禁地投入了宋则的怀抱。宋则像哄孩子一般轻轻拍了拍铃铛的背,附在铃铛的耳旁悄声说:“我爱你!”

铃铛险些晕倒，但她告诉自己别忘了来这里的责任和使命。她不想在这种纯洁的氛围里掺杂些个人的、自私的东西。她很快离开了宋则,当特委书记李干浑厚的声音响彻整个地下室时,铃铛一下子就被吸引住了。

“……全国马上就要解放了。同志们,一个崭新的中国就要在我们的手上诞生了!”

李景阳搬了一个板凳坐在了院子里。房内没有点灯,眼前黑洞洞的像戴着副眼罩儿，只有仰脸看天时眼前才清晰一些。天上的星星真是多得出奇,密密麻麻层层叠叠,数也数不清。他坐在这里是想离那座地下室近一些,他想听清楚地下室那边都在谈些什么。声音没有像李景阳期望的那样透过地表传过来，但李景阳分明听到了一种铿锵有力的声音，足以惊天动地。那是一份宣言，是对这个污浊世界的一份宣言，那股神秘的力量将如熊熊烈火一样席卷各个角落。这是一群神奇的人，他们经常衣衫褴褛食不果腹，但他们的信念比钢铁还要坚硬。他们与石头碰撞都会产生火花。李景阳觉得自己有理由相信这些人，相信他们能创造一个新世界。

当凉意不得不使李景阳添件衣服时，他站了起来。他是预备回房的，但走了两步他又反身朝门外走去。他的心里隐隐有些不清净，他需要走一走，看一看。上甸彻底沉睡了，一丝灯火一点声息也没有。李景阳努力放轻脚步，身形像要飘起来一样。他没有路过李家祠堂，而是从村北的一条小巷直奔大青河。站在河堤上他听到了急湍湍的流水声，听到了鱼儿跃出水面的哗啦声，还听到了远方一声凄凉的呼喊从大青河的上空飘了过来，那喊声空泛而无助。李景阳打了一个寒战，仿佛身体接触了冰冷的河水一般。就在这时，李景阳听见有什么东西从岸上滚落到了水里。的确是滚落到水里的声音。不是流水声，不是鱼儿跃出水面的哗啦声，而是个什么东西被无意蹬落到了水里，“咕叽”的一声响，而且并不是很远。李景阳的心忽然被揪紧了，他赶忙隐藏在一棵大树后面，睁大眼睛朝河岸望去。那是一段相对比较陡的河岸，因为涨水的缘故，河水与大堤形成了剑拔弩张的态势。响声就是从那里传过来的。李景阳的目光一寸一寸地向前搜索，他发现了眼前的一些景物仿佛在移动，在朝自己这个方向移动。他终于看清了那是一些人，是一支长蛇一样逶迤在河边的队伍。队伍行进得很慢,像小心翼翼的龟在爬。但那队伍是行进着的，而且诡秘地选择了一条不易让人发觉的路。因为三面环着大青河的汹涌河水,这个方向没有警戒哨。李景阳的脑子里发出了轰的一声响。他知道最可怕的事情发生了。他趺趺撞撞地奔下了河堤，却怎么也找不到来时的那条小巷了。他的心仿佛比他的腿走得还快,仿佛有十面战鼓在那个弹丸之地一齐敲响。他的腿在抖,在摆。他的筋络和血脉在瞬间僵硬和凝固。几分钟的路像走了几个世纪一样漫长。突然,村南一声尖锐的枪响让整个上甸都为之一抖。枪声滑落了,黑暗像潮水一样翻腾和奔涌起来。李景阳看见了人们鱼贯走出了地下室,看见了这支镇定自若的队伍像处变不惊的丛林一样。李景阳忽然感到浑身有了力量。虽然这个时候他的力量已经全无用处,但李景阳仍然很高兴。他以最快的速度跑回家里,摸到了后院的那片植物园,在那片金银花架下急切地翻找起来。他是在找那支手枪。那支杂牌军司令冯品一留下的勃朗宁手枪几乎走出了他的记忆,可今天他却轻而易举地想了起来。李景阳已经有许多年不摸枪了,但握住枪的那种感觉仍然使他激动。可无论怎样急,那个油纸包就是找不到。李景阳手里的铁锹越来越不听使唤,剧烈的枪声已经铺天盖地响了起来。李景阳丢了铁锹来到了外面,在一只碾盘上坐了下来。子弹呼啸着从头顶上经过,他没有想到要去躲一躲避一避。他又想起了那次肉搏,一把刺刀从女孩似的男孩的背后刺向了前胸。鲜血跨越了二十几年的时光喷溅到了李景阳的眼前,李景阳感受到那股温热甜腥的气息。他控制不住自己想哭的欲望。李景阳哭了。

黎明时分,丁彪率领的警卫队三十余人在上甸的东南方向打开了一个缺口,他们掩护特委和县委的同志从打开的缺口往外冲,谁知又落入了敌人的第二道包围圈。伤亡随时都在发生。敌人的第二道防线火力更密集。徐朝宗红了眼睛,他指示丁彪无论如何要把特委的同志护送出去,要不惜一切代价。丁彪咬了咬牙,率先冲进了密封般的火力网。李干的脸变得铁青,他的枪里已经没有子弹了。危急的情势使他不得不采取了极端措施。他命令警务人员把所有的文件都付之一炬,然后对徐朝宗说:“这里不存在保护谁与不保护谁的问题了,谁冲出去谁就为革命保存了一份力量。你们不要管特委的同志,尤其不要管我,我们会努力跟上突围的队伍。如果实在跟不上,你们千万不要再回头接应。敌人这次来势凶猛,一定要减少不必要的牺牲。听明白没有?”

徐朝宗含着眼泪说:“如果特委书记牺牲了,就是我这个县委书记不称职呀!”

李干大声说:“糊涂观念!大家都牺牲了你这个县委书记才称职吗?都给我往前冲,谁也不许回头,趁着我们屁股后头还没咬着敌人,一分钟的时间也是宝贵的。同志们,冲啊!”

突围的队伍一共分成四组,姚飞飞率领的第四小组在上甸的西南方向遇上了劲敌。他们是最早与敌人接上火的。姚飞飞的双枪充分派上了用场,她左右逢源,一路遥遥领先。铃铛紧随其后,她告诫自己一定要百发百中,不要浪费一粒子弹。冲破第一道防线后,姚飞飞发现大股人马并没有跟上来。她们趴在一个土埂后面，被火力封锁得连头都抬不起来。铃铛看准了一个空当，说："我们冲过去还是有可能的。"姚飞飞拧着眉头说："那些人怎么办呢？"铃铛二话没说反身就往回冲，被姚飞飞一把拉住了。姚飞飞冷静地说："你背不动他们，还得他们自己一步一步往前走。"铃铛说："你们之中有人已经负伤了。"姚飞飞迟疑了一下，说："那我们一道去碰碰运气。"姚飞飞与铃铛一前一后又冲回了那道土埂。这时候从四面八方包围上来的敌人已经清晰可辨了。

姚飞飞徒劳地带领受伤的和没受伤的人们做了最后一次冲锋，然后被铺天盖地的枪弹齐齐地射中了。姚飞飞捂住受伤的腹部打完了枪内的最后一发子弹，鲜血把半面天空都给染红了。

铃铛在情急之下滚下了一道土坎儿。这是上甸与下甸之间的那条河道。铃铛在土坎的掩护下几步跨出了上甸的地界，跑进了下甸。呐喊声像子弹一样在后面紧追不舍。铃铛三拐两拐就看见了关帝庙，模糊的记忆逐渐明晰起来。铃铛准确地敲响了勋的房门。里面传来了勋惊慌的问话："谁？你是谁？"

铃铛急促地说："我，李荃。"

勋赶紧起身来到屋外，把闩紧的大门打开了。"荃？你是荃？"勋睁大眼睛问。

荃身上的鲜血让勋与外边的枪声有了联系。勋赶忙跑回屋去准备了自己的衣裤，仍然不相信地问："你怎么会是这个样子？"

荃没有时间回答，她把脱下的血衣团成一个团塞进灶膛，四处环视，目光落到炕上铺着的平平展展的两床被子上。荃跳上炕去把手枪塞到被脚下面，钻进了勋为仲澍焐的被窝。

荃说："姐你也快躺上来，就装作什么事也没发生。"

勋问："如果有人问你是谁，我该怎么说？"

荃说："实话实说，我是你妹妹。"

勋说："可你的头发太短了。"

荃扯过一块头巾围在了头上，说："就说我有病，寒热病。"

连多一秒钟的时间也没有，大门轰的一声被人撞开了，一片杂沓的脚步声由远而近，有五六个人同时闯进了屋里。刺刀明晃晃的。

其中一人掀开了荃的被子。

一张照片从荃盖的被子里飞了出来。照片上是一个戎装整齐的军人。那人"啪"地打了敬礼，然后才问："这是谁？"

勋哆嗦着回答："我丈夫。"

那人狐疑，拉荃头上的围巾。勋忙说："她是我妹妹，得了寒热病……"

没人耐心听什么，为首的一挥手说："我们走！"

脚步声远去了。勋赤着脚跑到门外看了看，重又把大门闩紧了。勋欢喜地跑了回来，说："没事了，他们都走了！"

勋愣住了。照片在荃的手里被撕成了碎片。

荃青灰色的面孔上寒气袭人，愤怒使荃的五官移了位。勋没有时间想这是为什么，她痛心地惊叫一声扑向荃，想夺回荃手中的那些纸片。荃的那只拳头慢慢握紧了，勋无论怎样努力都没有掰开。勋哭了。

勋说:“荃,你不能这样。你撕碎的不是一张照片,是我的一颗心。你知道这些年我是怎么熬过来的吗?我等啊盼啊,等是空等,盼是空盼,我只有这一张照片,它比我的命还宝贵。我不把它看成照片,我把它看成一个人,一个大活人!我每天都对它说话,它每天都听我说话。你今天不分青红皂白把它撕碎了,我不知道为什么,但为了什么你也不该撕了它。你可以给这房子点把火,但你不应该撕了我的照片!”

荃说:“亏你还说得出这种话,这哪里像我的姐姐!你不知道外面发生了什么事吧?好,我来告诉你。我们开会的时候被敌人包围了,是里三层外三层的包围。我们根本就不可能冲出去。你没有看见鲜血,你不知道鲜血是怎么一回事!我如果不是滚下那道土坎,你就永远见不到我这个妹妹了。包围我们的人是谁呢?就是刚才来的那些人,你也看到了,他们和齐仲澍穿的是同样的衣服,做的是同样伤天害理的事。”

勋说:“仲澍和他们那些人不一样!仲澍没有伤害你们!”

荃说:“可他此刻正在伤害我们的同志。”

勋说:“可不管怎么说他是我的丈夫、你的姐夫。你这样做真是太不讲情面了!更何况还是那张照片救了你。”

荃说:“你这样说,只能使我感到耻辱。如果我知道齐仲澍以这种方式救我,我情愿去死。”

勋怔了一下,不解地望着荃。

荃说:“离开他。否则你会后悔一辈子。”

勋坚定地说:“不!”

曙光微露的时候，李景阳在那只碾盘上已经坐成了一座雕塑。枪声已经平息了，李景阳却浑然不觉。眼睛的前方始终涌动着一片红色。你的血，他的血，无数人的血交织在一起，像正在涨水的大青河一样缓缓吞噬了两岸的土地。李景阳什么都不能想，什么都不敢想，他只能这样坐着。无数发子弹从他的头顶呼啸而过，却没有伤着他的一根汗毛。夜色最先从他的头顶上褪去了，李景阳的脸忽然间苍老得吓人。当许多端着枪的人围拢过来时，李景阳只是轻蔑地看了一眼。

李景阳最不愿意见到的一个人此刻却站在了他的面前。

“景阳兄，几年不见，别来无恙乎？”

李景阳狠狠地吐了口唾沫。

汪碧云哈哈大笑，说：“景阳兄还是那个脾气。书归正传，我得在贵村抓几个通共分子回去交差，只是不知道抓谁最合适。”

李景阳站了起来，说：“我，只有我一个人与共产党有瓜葛。其他的人都与此事无关。”

汪碧云说：“知道你会这样做的。只是作为老朋友，我怎么可能对你下手呢！我们还有一壶水酒的交情呢。”

李景阳跳起来骂：“汪碧云，我×你八辈祖宗！”

汪碧云说：“骂得好！这话我爱听。不过今天跟我走的肯定不是你。共产党有什么好，都是些穷棒子。你和他们掺和在一起是要吃亏的。今天我是提醒你，以后不许做这样的傻事了。听见了没有？”

汪碧云一挥手，被五花大绑的几个上甸村村民一一从李景阳的眼前走过，李景阳愤怒地喊：“此事与他们无关！放开他们！

放开他们！我跟你们走！”

汪碧云冷笑着说：“你还是留在上甸吧！但愿上甸的那些人能放过你。你不是愿意成全别人吗？这回我也成全你。不过你得记住我的这份恩情。换成别人早就该人头落地了。你活着就要感谢我，是我给了你一条命。明白吗？”

李景阳再也说不出话来。他看见自己的心一滴一滴在往下淌血。他用双手捂住了胸口，血却从指缝漾了出来。李景阳又闻到了那股甜腥的气息在空气中弥漫着。他明白地告诉自己，这是他李景阳的血。李景阳望着天空哈哈大笑起来，不伤而流血，这是多么不可思议的事啊！

十四

勋打了一碗糨糊，把照片一点一点地粘了起来。勋的眼泪一刻也没有停止过，这到底是怎么了？怎么会有这样的事情发生呢？荃穿着仲澍的一套破旧的衣衫走了，勋怎么也拦不住，勋跪在地上求过荃，求荃看在父母养育一场的分儿上别再舞刀弄枪。勋说了哭，哭了说，荃连一丝表示也没有，仿佛勋的肺腑之言连耳旁风都不如。荃就那样走了，临走只说了一句话：“我真后悔当初帮了你。”

上甸、下甸的人们正在掩埋村南留下的横七竖八的尸体。勋去看了一眼，勋几乎要理解荃的所作所为了。那些体无完肤的人是荃的“同志”，勋不理解“同志”一词怎么解释，但勋触摸到了那是比亲情和血缘更亲更近的一层关系。勋不敢责怪荃了，即使在心里也不敢，虽然勋认定荃撕碎了照片就是撕碎了自己的那颗心，可是与村南躺着的那些男人和女人比，自己这颗心又算得了什么呢？勋也不敢责怪仲澍，假如仲澍真的做了什么有悖常理的事，也一定是身不由己。勋有理由相信仲澍的所作所为都是为了自己。勋已经为仲澍做好了第七双鞋，勋无论如何也不能想象仲澍从此不再回来，那是要了她的命的事。

勋用仲澍捎来的那些钱去买纸钱，是背着筐去的，一共走了两个杂货店。勋哭肿的那张脸打消了许多人想与她说话的念头。人们同情地看着勋，感受着勋心中深重的不幸。勋背着盛满纸钱的草筐径直向村南方向走去。许多人欲说不能，许多人欲言又止。勋蹒跚着步履走到那一座座新坟前，勋不知道他们姓甚名谁、家住哪里，可他们从此要常住这里了。勋应该来看看他们。就是为了荃，勋也应该来看看他们。

他们走时大多衣不蔽体，火光跳动的时候，勋看见了无数双亮闪闪的眼睛。勋哭他们也哭。勋知道他们是想给家里人捎个话儿，告诉家人他们回不去了，从此不要再等他们了。只是他们说不出话，他们就那样眼巴巴地看着勋，看着勋从一座坟走到另一座坟。勋的哭声已经嘶哑了，眼里已经没有了泪。可哀哀的哭声还是不由自主。勋烧最后一锭纸钱时天彻底黑了，勋从来没有像现在这样精疲力竭，勋在坟边倚了下来，她想睡，大脑里爬满了瞌睡虫。勋想，睡着以后也不知道能不能再醒过来，不醒也好。勋第一次设想仲澍就在另一个世界等着自己呢。勋迈过那道门槛就能与仲澍见面，就能与仲澍长相厮守。仲澍已经在那边盖了房，铺了床，仲澍笑吟吟地冲她招手……

“大姐,大姐!”

是仲澍在喊吗?仲澍比勋小三个月,曾经管勋叫过大姐。可听声音又分明不是仲澍。勋告诉自己等那个声音再次响起时听个分明。声音果然响起了,“大姐!大姐!”勋猛然坐起了身,却把那个人吓了一跳。勋看清了是那个叫晚生的青年人,晚生给勋挑过许多次水,勋想对晚生说点什么,张了张嘴,却发不出任何声音。晚生凑近勋的脸问:“大姐,你没事吧?”

勋摇了摇头。

晚生说:“人死也死了,你别太难过了。自己的身体要紧。”

勋垂下了头。勋想,人都死了,要这身体有什么用呢?

晚生说:“大家以为你还不知道呢。其实上甸、下甸这么近,哪里有不透风的墙?你去买纸时我就一直跟在你身后,我原以为你当真去上甸呢,没想到你到这里来烧纸。”

勋抓住了晚生的手,勋还是说不出话来,但勋拼命抖着晚生的手。

晚生吃惊地说:“你当真不知道你母亲去世的事?下午出殡了,只有四个抬棺木的人去了墓地。我过去想帮些忙,可你家里真是无忙可帮。你父亲的意思我懂,人死在这个年月,还有什么可讲究的呢?上甸那边也在掩埋这些人的尸体,那边比这边人多,所以伤心是伤不过来的。你父亲知道我是下甸的还特意让我转告你要保重自己。天凉了,你这样子要受病的。”晚生端着勋的腋下,想把她扶起来,可勋的腿脚却不听使唤。晚生一弓身就把勋背到了背上,走出了那片坟茔。

晚生为勋做了一碗热面汤,晚生做这些的时候熟稔得像是在家里。属于勋的意识和感觉慢慢复苏了，勋感觉到了窘，她挣扎着坐了起来，却不知道对晚生说什么好。晚生说："你慢慢吃，我出去一下。"屋里的灯火忽闪了一下，晚生消失了。勋又像置身于坟场一样感觉到了荒芜和清冷。勋打了一个寒战。勋把那碗热面汤咽下肚去时感觉出身上有了一丝气力。她不知道晚生去干什么了，她有点担心晚生这一去就不再回来了，她从来没有像今天这样孤寂这样渴望有人陪伴。有人敲了三声窗棂。"大姐，你的草筐我找回来了。你睡了吗？"勋没有应声。晚生又说："大姐睡了我就不进去了，草筐我放在院子里了，大门我先带好，大姐想着插上就行了。"晚生侧耳听了听，屋里没有动静。晚生轻手轻脚地走出了院子，在大门外又站了良久。

勋发了几天高烧，半面脸肿得又红又亮。晚生从西华镇买了几包草药，用砖头在院子里搭了一个小炉灶，把一只瓦罐坐了上去。晚生还把妹妹月菊叫来帮忙，夜里月菊就和勋睡在一起。勋一直在昏睡，经常说一些莫名其妙的话，把月菊吓得不敢合眼。勋醒来时也是愣愣的，眼睛望着屋顶，无论月菊说些什么她都不应。

一天夜里，月菊醒来的时候忽然不见了勋，月菊屋里屋外都找遍了，也没有见到勋的影子。月菊慌了，赶忙跑回家找来晚生。晚生心里一冷，撒腿就往河堤上跑，月菊在后面跟着。晚生沿着河边从下甸走到上甸，依然没有看见勋。晚生反而安稳了，下了河堤直奔李家而去。晚生从远远的地方就看见李家门前团着一个黑影，走近一看，果然是勋。她抱着两只瘦肩，在那里瑟瑟地抖。晚生连忙脱下自己的衣裳披在勋的身上，这样晚生就打了赤膊。晚生抖着牙齿问:“怎么不敲门?你坐在这里干什么?”勋望着晚生说:“我不敢。我已经不是李家的女儿了。”晚生说:“谁说你不是李家的女儿?你父亲前几天还和我提起你。他很惦念你。”勋说:“我还是不敢。”晚生问:“为什么?”勋说:“我这个样子会吓坏父亲。”晚生说:“那我们就改日再来好吗?”勋顺从地站起身来,摸了摸自家门上的那两个铜环。勋说:“我真是有些后悔。父母生养了我一场,我连孝都不能戴,我怎么走到今天这步田地,天底下有我这样做女儿的吗?”晚生说:“不是你做得不好,是这世道不好。难的不是你一个人,那天死了许多人,又有谁给他们戴孝呢?”勋想了想说:“还是不一样,那些人是外乡人。他们的家人肯定还不知道。”晚生说:“是呀,他们的家人虽然不知道,但你给他们烧了纸钱,他们肯定觉得非常安慰。”

月菊又陪了勋两天。月菊坐在勋的炕上绣一只花肚兜儿,勋为仲澍一针一线地纳着鞋底,勋问月菊:“晚生这两天咋没见过来?”

月菊说:“哥到大姨家了。大姨家有一根椿木,能给我打两只木箱。”

勋问:“打木箱干啥?”

月菊脸一红,说:“人家快要成亲了。”

勋问:“人家是谁?”

月菊用肚兜盖住了脸。

勋说:“是月菊呀。我还当月菊是小姑娘呢,敢情也要嫁人了。”

月菊的针扎了手，一朵红艳艳的血珠冒了出来。月菊吮了去，血珠依然往外冒。勋说："这是好事情，成亲以后你的日子会红红火火。"勋顿了一顿，说："不像我。"

月菊问："知道我哥为啥不成亲吗？"

勋摇了摇头。

月菊说："我妈为了他的事都快急疯了。说了一个他不同意。又说了一个他还是不同意。我妈问他到底想找个啥样的，哥气也不吭一声，还说他的事不要妈管，他说他一辈子不娶亲，别人也管不着。"

勋说："晚生还有这样犟的脾气？我倒没看出来。"

月菊说："我哥也是个菩萨心肠的人，见不得谁受苦。把你从坟地背回来的那天他一夜没睡。哥对我说，你知道一个人伤心能到什么份儿上吗？我说不知道。哥说，我知道。哭出的眼泪是血，咽下的唾沫也是血。我问他是咋知道的？他说一看见你，他就知道。"

勋沉默了。

月菊怯怯地看了勋一眼。

勋说："月菊，成亲以后千万别让男人离开你。生要生在一起，死要死在一块儿。"

月菊点了点头。

勋仍然不放心，说："生在一块儿你才知道他干了什么、没干什么。"

月菊狐疑："你这话是什么意思？"

勋说："什么意思也没有，我只要你记住我这话，记得牢牢的，一生一世都不要忘记。”

那是怎样一种灾难、一种损失啊！那是怎样一种痛彻肺腑的经历和感受啊！荃从始至终没有掉一滴眼泪。荃向调查组陈述事情的经过时两只眼睛烧得通红，但荃没掉一滴眼泪。她不时习惯性地去摸腰里的枪。她人在这里，但心已经在一片厮杀的战场上了。鲜血洇出了唇线，在嘴角处曲曲拐拐地往下流。荃用袖子抹了一把。荃对调查组的老丁说：“别把游击队交给我，我只想复仇。我不能连累任何人！”

老丁严肃地说：“铃铛同志，你这样说话是不负责任。你以为仇只是你一个人的吗？你以为以你个人的力量就能为所有牺牲和被俘的同志报仇吗？你的心情我们非常理解，谁的心里都不好受，可越是在这种时候越是要沉着冷静。一味地蛮干下去只会给我们的事业造成更大的损失，我们的血已经流得太多了。我们再也经不起这样的流血、这样的牺牲了！铃铛同志，你懂得我的意思吗？”

荃望着老丁。

老丁又说：“种种迹象都表明这是敌人一次有预谋的行动。我们一开始就走进了敌人设下的一个圈套，包括敌人马不停蹄地把被俘的同志转移到热河，根本就不给我们营救的时间。从这一点也能看出敌人把事情布置得十分周密。我们复仇要紧，但把事情的真相搞清楚尤其要紧。否则我们的一举一动都在敌人严密的监视下，仇报不了，还会有更多的流血和更大的牺牲！”

荃沉默了。

老丁说："燕山游击队能不能像在姚飞飞的领导时那样成为一支出色的队伍，关键在你，俗话说鸟无头不飞。"

铃铛说："好吧。"

老丁说："这样回答组织上不会满意。"

铃铛站了起来，大声说："服从命令，听从指挥！"

老丁满意地说："这才像一个战士的样子。姚飞飞在时，燕山游击队是最优秀的；姚飞飞不在了，燕山游击队也应该是最优秀的。"

铃铛说："请组织放心！"

老丁握紧了铃铛的手，说："保重！"

李景阳日复一日地在后院的园子里徘徊，手拿着一把铁锹。他把整座园子几乎翻遍了，但都没找到他想找的东西。怎么就找不到了呢？李景阳坐下来回想那个早晨，一九四〇年春天的那个早晨，李景阳又惊又喜地发现那支杂牌部队撤离了上甸，司令冯品一却留下了一支手枪。李景阳那时面对手枪的恐惧时至今日仍无法言表，李景阳又看见女儿李荃对着人头像进行点射的那只手。李景阳是多么惊讶女儿会有如此的举动啊！当时他唯一的想法就是把枪藏起来，藏在女儿无论如何都不会发现的地方。他无法想象女儿手里当真有支枪会怎么样。他几乎是慌不择路地跑到了后院，把那支手枪和子弹一起埋在了金银花下。他以为这样女儿就远离了危险，就不会再有接触枪的机会和条件。哪里想到荃也像姐姐一样离家出走了。勋是为了男人，荃却单单为了枪，女儿都是好女儿，差之毫厘却谬以千里。李景阳现在也难以想象,荃走出这步需要多大的决心和勇气。荃没有当逃兵,荃像姚飞飞一样成了燕山山脉上的一块石头。李景阳想起这些才感到一丝慰藉,才能把他从那种深重不幸的境遇中拉出来。

眼下李景阳渴望找到那支手枪,他已经朦朦胧胧地有些想法。他需要那支手枪做些事情,就像那天面对着汪碧云,他连鱼死网破都做不到,汪碧云终于不当汉奸了,他与日本人“亲善”够了又杀了日本人,汪碧云是多么扬眉吐气!天下还是汪家的天下,汪家再也不会夹着尾巴向谁求亲了!汪碧云抓走了上甸六个无辜的乡民,然后残忍地杀害了他们。但他独独不抓应该抓的人,他与李景阳的那种较量用心是多么险恶!

可是那支枪却无论如何也找不到。李景阳坐在园子里,心是空的,眼也是空的,他已经不会难受了。自从安庆告诉他一个大规模的会议要在上甸召开,李景阳的那颗心就一刻也没安静过。那间地下室他扫了又扫,他早早打开了那扇铁门使之通风。他问过安庆来开会的都是些什么人,但安庆笑而不答,李景阳就知道了这是一个应该严守的秘密。那一天李景阳多么愉悦呀!尽管他对一切都一无所知,但他知道会议是为正义而召开的,知道来开会的人是与汪碧云截然相反的人,这就够了!最重要的还是他终于知道了交通员安庆的真实身份。他几年前舍生忘死的救助行为没有错!李景阳的内心充满了自豪!可灾难怎么像凭空出现的乌鸦一样说到就到呢?汪碧云的一千余人与张绍森的两千余人合起来包围了小小的上甸,他们在村口、村南和更远的地方撒下了三层网,他们封锁哪里,哪里就连一只鸟都休想飞出去。这究竟是怎么啦?如此残酷、如此惨烈的事情怎么就这样轻而易举地发生了? 太太也在枪炮声中惊惧而亡,面对死亡李景阳已经是欲哭无泪了。他只剩下了一个念头:找到那支枪。仿佛那支枪能平复他心中流血的伤口。他日复一日地寻找下去,找到那支手枪成了他生活乃至生命中唯一的一件事。

李景阳就这样坚持不懈地找了下去。他经常忘记身边曾发生的一切,园子里悄悄地换了季节,李景阳却浑然不知,直到有一天,满园的植物都变成了一把枯草,李景阳才发出一声长叹:“这又是怎么啦? ”

勋要为晚生说一门亲事,这个想法在她的脑子里盘算许久了。勋没机会认识外乡外村的姑娘,勋的目光就一直在与她交往的那些姑娘身上打转。那些姑娘大多都已定了亲,虽然从没有见过未婚夫的面,但“婆家”这个概念却早已根深蒂固。也有一两个没许下人家的,勋又看不入眼。日子在等待和期望中一天天地过去了。直到有一天一个叫香玉的姑娘到勋这里来,勋觉得眼前一亮。香玉是那种出人意料的女孩,她坐在那里并非与众不同,只是她灵动的眸子偶尔一转,你才会发现她的心里有一个敞亮的世界,香玉爱说笑话,那张乖巧的嘴巴随便吐出点什么都会让人忍俊不禁。自从认识了勋后,香玉是来得次数最多的一个, 她经常在勋做事做得最专注的时候蒙住勋的眼睛,或冷不防地从勋的门后跳出来。勋和香玉在一起总是很开心。她们为了一点什么事都能笑上好半天。勋每天都在心里衡量着这两个人。香玉、晚生,勋打心眼里觉得这两个人有一种天生的缘分。

勋先把事情对香玉说了。勋预备香玉同意后再找她父母。勋还有另一种想法,她不想在这件事情上让晚生受委屈。

香玉在心底对勋是有几分崇拜的,尤其看重勋不凡的情感经历。香玉幻想着有一天也能找一个自己想找的人,即便像勋一样只过几个月的恩爱生活都行。

勋与香玉的想法一拍即合。

勋已经有许多天没有见到晚生了。晚生经常许久不来照面,然后又突然出现在勋的面前。勋对晚生的心思已经有几分明了,但勋不让自己往下想。勋觉得自己欠着晚生的。晚生即便有一些不寻常的想法也可以原谅。

冬日的黄昏,勋又在井台上看见了晚生。晚生袖着手远远站着,并不走过来。勋觉得有些奇怪,晚生像大病初愈似的憔悴。勋有些担心,问:“你怎么了?”晚生边后退边说:“你别走过来!”勋只得站住了,想了想,说:“你到我家里来一趟,我有事情要对你说。”

晚生真的病了。晚生自己也没想到病势那样沉重。开始只是有些精神恍惚四肢乏力,后来竟像走火入魔一般黑白颠倒昏睡不起。晚生对母亲说自己活不长了,哪一天万一有个三长两短,母亲也千万别难过。这话把母亲闹糊涂了,晚生仿佛非常明白自己病在哪里,只是不说。直到有一天月菊的丈夫出了事,晚生才突然灵醒了。月菊嫁过去就是为了给丈夫冲喜。原只说是小病小灾,月菊过门儿才知道丈夫早已病入膏肓。结婚还不到四个月丈夫就死了。这件事把全家都给吓傻了,报丧的还没走全家就哭成了一团。当时晚生正做白日梦,忽然坐起身说:“别哭了,快去看看妹妹。”说完,从炕上跳了下来。晚生给了全家一个惊喜,因为在这之前晚生已经不会说合乎情理的话了。晚生走了二十多里路去妹妹家奔丧。回来以后,晚生就对母亲说:“别惦记我,我的病好了。”

又对父亲说:“我明天就出去找活干。把月菊接回家,我养活她。”

他没想到勋今天会来挑水。看见勋的背影晚生的心里“腾”地烧着了一把火,许多日子的克制和抵御像火旁的干柴一样眨眼就变成了一捧草灰。晚生什么也不敢对勋说,勋对晚生来说太圣洁太高贵。但晚生总可以看一看勋吧,晚生是为勋死去活来的,虽然勋一无所知,但晚生总可以看一看勋吧!晚生没想到勋会邀请他去家里。晚生的心里忽然被什么东西点亮了,他不敢想那是勋给了他某种暗示,可除此之外又会有什么解释呢?勋总是那么刚强那么坚韧,再苦都不说苦,再难也不求人,勋会有什么事情非要到她家去说呢?

晚生又发起痴来。晚生对勋的那种情愫是一丝一丝地缠进心里的,直到实在缠不进去的时候,晚生就病了,晚生在勋出嫁那天就爱上了她。那天貌若天仙的勋穿着大红嫁衣来到下甸,顿时把整个下甸都给照亮了,那时晚生只是远远地望着勋,勋在晚生的心里不时走进走出。后来就不同了,晚生离勋近了,甚至把勋背在背上走过长长的一段路,甚至形影不离地陪伴勋好几天,晚生已经把勋整个地刻进了心里。他暗暗地拿自己与齐仲澍相比较,觉得齐仲澍除了会背几行诗书外比自己强不了多少。特别是齐仲澍一去就是许多年,把勋一个人孤零零地撇在家里,承受这么多的灾难与不幸,不论有何种理由都不应该被宽恕。如果换成自己就会像孙顺一样爬也要爬到下甸来,死也要死在勋的怀里。可是晚生还是缺乏勇气,晚生宁可把自己折腾出一场大病,也不肯冒犯勋。

晚生在稍晚些的时候推开了勋家的大门。走到院子里晚生就止不住地抖,晚生不得不停住了脚步,他不知道这一步是迈进天堂还是迈进地狱。

勋仍在灯下做着针线,勋已经开始为仲澍做第八双鞋了。勋的脸在灯光下是沉郁的。勋不快乐。眉心有一道深深的皱纹,晚生在门帘外又待了许久。晚生想,勋可以记挂着仲澍,但仲澍是不会回来的。三年五年不回来,十年八年不回来,仲澍就会一辈子不回来?那么女人岂不就是一盏没人添油的灯,熬干了油就只能烧芯子,烧完了芯子那灯就灭了。好好的一个女人就这样把自己熬干了,熬没了?

“不!”晚生突然喊出了声。

勋停下手里的活计问:“是晚生吗?”

晚生低声说:“是我。”

勋说:“进来呀。你在外面干什么呢?”

晚生说:“我不进去,你今天不说让我来干什么我就不进去。”

勋笑了笑,说:“你不进来我怎么跟你说话?”

晚生说:“我听着呢。”

想了想,勋说:“我想给你说个媳妇。手又巧,模样又好……”

晚生又发起抖来。

勋说:“我给你已经留意许久了,那个叫香玉的姑娘,很配你。”

晚生恼了,说:“你还不如把那块银圆给我呢!”

这话把勋说愣了,问:“哪块银圆?”

晚生说:“你觉得这样做挺好是不?早先想给我一块银圆,现在想塞给我一个媳妇,我晚生就是这样贱,让你这样谢承我!”

勋急忙下了炕,一把扯开了门帘。见晚生的一张脸白似纸,身上像是在打摆子。勋被骇住了。勋说:“晚生你这是怎么了?”

晚生抖着牙齿说:“我没想到你会给我说媳妇,要知道是这样我压根就不会来。我现在快要冷死了,我的心和手都快要冻僵了。我只问你一句话,你今天必须回答我!”

勋疑惑地问:“什么话?”

晚生说:“齐仲澍一辈子不回来你就等他一辈子?”

勋说:“不许你这样说他!”

晚生说:“那我就不说了。你转告那个香玉,就说等着让晚生娶她吧。这辈子不行了下辈子再说吧!”

晚生踉踉跄跄地走出了院子,临走也没忘记关好大门。勋一动也没动,勋像被摇动的树木一样觉出一种深深的震撼。那是哪一年的事了?是勋为仲澍做第一双还是第二双鞋子的时候?有一天晚上勋忘了关大门,一个年轻的小伙子在窗外敲着窗棂嘘着声音喊大姐,说要帮勋干些活,说勋闷的时候要陪勋说说话。勋觉得那是一个居心不良的人，所以答应给他一块银圆。只是那个人会是晚生？勋记得那个小伙子说每天都在这里转，每天见勋的大门都是闩得紧紧的。那个人会是晚生？晚生在许多年来是这个样子啊！勋的心里忽然很不好受。她觉得晚生实在是太傻了，晚生苦成那个样子自己却不知道。话又说回来，自己即便知道又能为晚生做些什么呢？

勋焐好了被子以后，又把仲澍的照片拿了出来。仲澍的脸已经让勋感到陌生了，那是撕碎以后又黏合后的痕迹。勋仔细端详，问："仲澍，你告诉我，啥时回来？"

勋把照片放进仲澍的被里，又为仲澍拍松了枕头。

远处传来了一阵激烈的枪炮声，勋惊恐地用双手捂住了耳朵。是荃率领的燕山游击队配合八路军十三团武装夺取了西华镇。荃的六发子弹射进了汪碧云胸膛。荃说第一发是为了姚飞飞，第二发是为了李干，第三发是为了徐朝宗，第四发是为了宋则……

第二天早晨，人们吃惊地发现西华镇的上空飘起了一面红旗。红旗像太阳一样是一种鲜红的颜色。红旗飘动的声音响亮极了。许多人都专程跑去看了，他们都说西华镇的天空与红旗是一个颜色。这世道是不是真的要变了？

十五

仲澍终于拍来了电报。电文很短，但四个字力透纸背：速来沈阳！这个消息使下甸变得喜气洋洋，人们一群一群地往勋的家里拥，纷纷猜测勋这一走是不是还回来。勋含笑说：“会回来的，会回来的。”有人问：“如果仲澍不回来，你还回来吗？”勋认真地回答说：“这里是家，哪里有不回家的人呢？”也有人说下甸离沈阳千里之遥，一路不定要吃多少苦，问勋怕不怕。勋说不怕，只要有仲澍在前边等着，就是找到天边也不怕。勋脸上洋溢的那种幸福感染了许多人。苦日子就要到头了。是呀，再阴的天也有晴的时候，再冷的季节也有暖的时候，再苦的人也有甜的时候。勋这不是找到仲澍了吗？勋从此就要过上好日子了。这不单是勋的希望，也是下甸人的希望，下甸人像看重自己一样看重勋，勋的千里寻夫牵动着下甸所有人的心。

村南那片麦场上聚集了四邻八乡的许多乡亲。场东是一小块土台，上面栽种的黑豆才刚收割过。潮湿的泥土上落着厚厚的一层豆叶。夜里下了些小雨，空气清凉而湿润。一种甜丝丝的气息在空气中弥漫，这是成熟的庄稼的味道。秋天总是让人愉悦的，它能让人有许多憧憬有许多想象。秋天的人群都显得有些生机。他们的脸上有了红润，眼睛有了光泽。他们奔波几十里路来到下甸这块场院，他们想亲眼看看那些曾经伤天害理的人最后落得怎样的下场。上甸、下甸那场遭遇战无人不知无人不晓。那种惨烈人们不用目睹也能想象得到。只可惜汪碧云死了，张绍森跑了，跪在台上的是两个稻草人。但是愤怒的人群还是不肯放过他们。许多块石头扔向他们，许多口唾沫吐向他们。不一会儿的工夫两个稻草人就被砸了个稀巴烂。然后就是那几个活着的人。有南闵庄的南老大，有西华镇的贾三和贾四，哥儿俩是汪碧云的两只狗,汪碧云让他们咬谁他们就咬谁。还有小豆庄的李二茄子,还有韩家窟的韩老五,他们都参与了那场大包围,手上都沾满了无数人的鲜血。他们以为天下从此就是他们的天下了, 没想到短短几个月的时间就斗转星移乾坤大变,他们曾经犯下罪恶的地方也成了他们的断头台。还有上甸的刘寡妇,她是这些人里唯一的女人。过去只知道她和张绍森相好,没想到她还是告密的人。原来是她窃取了情报,才引发了那样一场空前绝后的流血事件。那些牺牲的都是些什么人啊?有特委书记,有县委书记,有游击队队长,他们都是身经百战的人,把日本鬼子赶出了中国。日本人没能动他们一根汗毛,却死在了这样一个女人手里。还有什么好说的,撕烂她!把她的心剜出来喂狗!让她吃枪子太便宜了,应该把她大卸八块!她坐着张绍森的汽车到处招摇的时候哪里想到会有今天……你们的威风呢?你们不可一世混世魔王一样的威风呢?没了,全没了。你们不久就会变成一堆臭肉,没人给你们收尸。乌鸦会向乌云一样扑向你们。瞧啊,那些黑鸟已经闻到气味了,它们大声喧哗着排满了天空,兴奋地唱着稀奇古怪的歌……

荃散了会直接去了家里。荃走在上甸熟悉的土地上心里是一种空落落的感觉。她在人群里没有找到父亲,也没有找到姐姐。人群里有许多上甸、下甸的人,但却没有父亲,也没有姐姐。荃不回上甸就很少想起他们。仗总在打,荃带领队伍冲锋陷阵的时候什么也顾不上。转眼就是五六年的时光过去了。天地变了,荃再也不用在家乡的土地上隐姓埋名。阳光像碎金一样闪着耀眼的光芒。荃不时地和村里人打着招呼,人们亲近而友好地冲她笑,但荃知道他们根本就没有认出自己。荃的头发已经长至肩上,一身得体的灰布军装,膝下打着高高的绑腿。谁又能想到这会是李家二小姐呢?荃跑上了自家的花岗岩石级,又跑过了栽满夹竹桃的庭院,在后院的角落里找到了父亲。父亲在一个板凳上坐着,手里攥着一把泥土。父亲的头发变成了青灰色,脸在秋日的艳阳中有着古怪的神情。父亲无疑是老了,他把玩泥土的样子就像个几岁的幼童。泥土在他的两只手心里翻来覆去,他专注的眼神孤独而又寂寞。荃在父亲的眼前站住了,巨大的身影投向了父亲,父亲的眼前忽然没有了阳光,父亲抬起头来,愣了一会儿,父亲没有说话,却张开了两只手。荃把自己投向了父亲,在父亲的耳边悄悄喊了声:“爸!”

李景阳说:“真的是你吗?真的是我的女儿回来了!我坐在这里刚才还在想,荃也不知道打到哪儿了,她把我这个老头子忘了。她这些年也不捎个口信儿,真怕再也见不到你了。你妈死的时候身边一个人也没有,难道我也到死都见不着你们?”

荃跪下身去,紧紧拥抱着父亲。她不知道说什么才好,不知道怎样才能安慰父亲。不知如何在有限的时间里把积攒了许多年的话全说出来。荃马上就得走,荃不能在家里多耽搁哪怕一分钟。荃松开了手臂,用手指抹着父亲脸上的泪水。荃说:“把姐姐接回来吧,她在那边一个人很苦。”

李景阳摇了摇头。

荃说:“齐仲澍投奔了国民党,他不会回来了。”

李景阳吃惊地看着荃。

荃说:“我没有时间和您详谈了,但这里边的利害您一定要想清楚。以后的天下就是共产党的天下,是人民的天下。齐仲澍现在成了人民的敌人,他这些年不回来就足见他是一个没有情义的人,我们不能再让他连累姐姐,您懂我的意思吗?”

李景阳脸上的困惑让荃发起急来。荃使劲摇着父亲的手,说:“爸,听我一句话,让姐快快搬来吧。别顾忌那些族规家法了,那是算不得数的。这世道马上就要变了,不能让一个毫无情义的人毁了姐姐一辈子。”

勋已经在收拾行装了。

在这之前的每一个日子勋都是忙碌的。算起来仲澍的电报来了有半个月了。勋的心里虽然早就长了翅膀,恨不得一下子就飞到仲澍身边。可看着地里还未长熟的庄稼,勋的心就怎么也飞不起来。勋的二亩薄地种了些玉米和黑豆,勋接到仲澍的信时,毛绿色的豆荚里面裹着的豆粒儿还是一种青嫩的颜色,勋每天都要到地里去,庄稼被勋焦灼的目光烧得日渐黄了叶子。收了秋,勋的心才安稳踏实了。勋把晾干的玉米和黑豆通通收拾好,这才从容地准备远行。勋为自己做了件棉袍。蓝的底色上开着硕白的玉兰花。虽然眼下还穿着单衣,但勋听说去奉天要出山海关,关外下的雪花每朵都有半两重,是一个冷得伸不出舌头的地方。勋特意买了些新棉花,把棉袍缝得扎扎实实。勋计划这件棉袍只有到了奉天才穿,让仲澍看见的是一个干净清爽的勋。八双鞋子齐齐地摆在了柜子里,从一块布片到一针一线,倾注了勋多少感情啊!勋对那些鞋子说,你们待在家里,等我回来，我一定把仲澍带回来。只要见着仲澍的面，勋就有把握让仲澍回来。仲澍在外边已经飘了八年零九个月了，他再没有理由不回家了。

勋刚把被子焐好。把仲澍的照片放进了被子里，外面就响起了敲门声。勋走到了院子里，敲门声仍在继续。勋小心地问："是谁？"没人回答，但嗒嗒的敲击声没有了。夜色一下子显得厚重和僵硬，空气里有了一丝令人震颤的东西。勋的心里就有了一种别样的感觉。她意识到来人是晚生。自从勋解出了晚生得病的另一种意味，勋的那颗心就被抽紧了。晚生不是坏人，勋不能像对待坏人一样对待晚生。勋打定主意不让晚生再走近自己，勋在晚生的身上看见了自己的影子。

当敲门声又一次响起的时候勋把自己靠在了门板上。勋说："晚生，别怨我不给你开门。开了门对谁都没有好处。慢说仲澍有了消息，就是没有消息我也会一生一世等下去。你是知道的，仲澍来电报让我去沈阳，我迟迟不动身是因为要收拾庄稼。仲澍就要回来了，仲澍回来不能没有粮食。我把玉米晾干了，把黑豆簸净了，把家托给了香玉照看。我明天就要走了，一路有多少凶险我都不在乎。晚生我真的不是那种说变就变的女人，我只能对不起你了。香玉真的是好姑娘，我介绍给你当真觉得你和她很般配，你不该那样意气用事。我走的这几个月你要好好想一想，别再做傻人傻事了。听到没？"

李景阳呆住了。女儿近在咫尺，可多像远在天边。他能对女儿说些什么呢？勋不开门，勋如果开门李景阳会把自己宽大的手掌放在勋的肩头。李景阳什么都不用说，只需把手掌往女儿肩头放一放，可是勋不开门，勋想不到门外站着的竟是自己的父亲。李景阳心底的悲哀像夜色一样沉重。荃的那番话让他整夜无眠。他用尽气力才强迫自己来到这里。他不是不心疼女儿，可那是一个怎样的女儿啊！她信准的事没有任何人可以说服她。齐仲澍投靠了国民党。他是聪明人，怎么就投靠了国民党呢？勋对这件事肯定不以为然，她眼里只有丈夫，不会想到这世上还有比丈夫更重要的事。勋就要走了。李景阳听得真真切切的。挡不住勋了。任何力量、任何理由都挡不住勋了。李景阳发现自己又进入了两难的境地，几乎比勋选择婚姻时更不容易。那时李景阳还能发发脾气，还能想办法救勋一条命。可是现在李景阳却连张嘴说话的力气都没有，他帮不了女儿。仲澍的一个电报就能让勋毫不在乎几千里地的凶险，他还有什么可以对女儿说的呢？

李景阳迈着沉重的脚步走了。一股凉气在他的咽喉处撩起了一阵痛痒，剧烈的咳嗽几乎要冲出胸腔。李景阳忍住了。他不想让咳声惊扰勋，既然没有想到门外站着的是父亲，就让勋将错就错吧。

仲澍有了消息总比没有消息好。

勋高兴地听着门外的脚步声越走越远。她想，晚生到底还是明事理的人。从沈阳回来以后，一定要促成晚生和香玉的婚事。

起初，勋走得又快又急，连问路的时候都舍不得停下脚步。她总觉得多走上一步路就能离奉天近些，离仲澍近些。她在天黑时才歇宿。天没亮时就又出发了。勋歇宿的地方总是在农家的柴草垛旁,找一块避风又避人眼目的地方。勋把两只包裹一只枕在头下,一只抱在怀里。勋五天就把一双脚板走烂了,每走一步都剜心似的疼。可沈阳又在哪里呢?山海关又在哪里呢?甭说看不见,想都不好意思去想。勋这才领略了走长路是怎么一回事。这与她事先盘算好的实在是南辕北辙了。勋以为走在找仲澍的路上无论怎样都不会觉得累。勋觉得走上一千里两千里都不是困难的事。哪里想到几天的时间就把一双脚板走烂了。勋每天都吃得很少。开始是舍不得吃,后来是根本吃不下。勋无法把那些干硬冰冷的干粮咽下肚去。勋只得用身子焐。一块干粮焐上几个小时,干粮就像有了体温。路上行人寥寥,晚秋的天空一连几天都是灰暗阴沉的,像一张硕大的没有生气的脸。远处有地方在打仗,枪声也像这天空一样沉闷而绝望。又要死人了。勋想。死人是一件多么容易的事呀！为什么要打仗呢？打仗到底为了什么呢？勋想起了杂牌军的孔营长,想起了在水缸里溺死的孙顺,想起了荃留下的那身血衣和血衣里缝着的一支钢笔。荃那么珍惜它肯定因为它是个秘密。荃守着那样一个秘密却还要去流血……勋搞不懂,勋什么都搞不懂。荃来得匆忙也走得匆忙,荃什么也没来得及对姐姐说。如何处理血衣很让勋为难,勋想埋到地下或干脆在灶里烧掉。勋犹豫了许久,最终没有这样做,勋觉得那样做不吉利。勋在一个午后悄悄来到了大青河边,把血衣放在水里搓了又搓,揉了又揉。勋就在那一刻发现了那支钢笔,那支被密封的钢笔让勋浮想联翩。殷红的血顺着清亮的河水流走了。血衣的颜色变浅了些,但那些血渍无论如何也不能清除掉。勋只得把衣服晾在夜里,天一亮就赶紧收起来。勋把晾干了的血衣和钢笔藏在了柜子的最底层,这才觉得稍稍安了心。勋想,也不知荃怎么就走上了这条路,从小就看着荃是做大事的人,可做大事就一定要流血吗?

掐指算来这是勋的第十一天路程了,勋已经像一个十足的流浪女人了。沿路的人口音里没有了乡音,勋要集中精力才能听清某些字,勋走到一个叫沙河的村庄时时间还早,但村头的一个窝棚引起了她的注意。勋越来越关心自己宿夜的地方。天气越来越冷了,柴草垛旁只能避风却不能御寒,勋渴望能有一片房顶能让她栖身。勋又不敢去村里的人家借宿,勋只是一个单身女人,她怕遇到想象不到的麻烦,看到那个窝棚就再也不想走了。窝棚有窗,有炕,炕上铺着一块草帘子,炕的一角堆着一团茅草。勋把茅草堆到了外边,这样外边有人路过就不会被发现。天气是真的冷了,勋躺在窝棚里还止不住地抖。勋不止一次地想把棉袍盖在身上,忍了又忍,到底没舍得。

忽然有人闯进了窝棚,把勋吓了一跳。勋瞪大眼睛也没看清闯入者是一个怎样的人。那人摸到了土炕,摸到了那团茅草,把茅草胡乱一扒就躺了上去。那人离勋很近,胳膊腿随便一舒展就能碰到勋。幸好那人不动,只是把茅草裹了又裹,他是冷的,勋的每一根神经都抽紧了,她告诉自己别动,应该等那人睡着以后悄悄离开这里。可勋忽然觉得浑身刺痒,口干舌燥,每忍一秒钟都很艰难。勋再也无法控制自己,抓紧了两只包裹突然跳下了土炕,那人发出的一声极其恐怖的叫声倒把勋吓呆了,勋站在那里竟忘了夺路而逃。那人像个动物一样翻到了墙角,发出了一种怪异的声音:“你是人还是鬼?”

勋说:“我是人。”

那人说:“是人你怎么不说话?”

勋说:“你吓着我了。”

那人哭着说:“你都吓死我了。我的魂儿都给你吓没了。”

勋赶紧问:“小妹妹你不是本地人吧?”

那人说:“是本地人谁会住在这里。”

勋又问:“你多大?叫啥名?”

小姑娘负气似的说:“你先告诉我。”

勋叹息地说:“我叫勋,我的家可远了,住在下甸……”

小姑娘吃惊地说:“是不是大青河边的那个?”

勋问:“那你是哪个村的?”

小姑娘边说边凑了过来:“我叫英娘,我是大豆庄的。”

勋问:“挨着小豆庄的那个?”

两人一同凑上去,想看清楚对方。英娘首先嘻嘻笑了,说:“这夜黑的,像锅底一样。我可是看不清你,你看得见我吗?”

勋说:“看不见。”

英娘说:“这一吓一闹觉也没了。说会儿话吧。这地方碰见老乡可不容易。”

勋说:“这么小小的年纪咋跑出来?这么远,你家父母多惦记。”

英娘不说话了。

勋说:“好歹还是睡一觉吧。明早还要赶路呢。”

英娘说:“这下好了,我们可以结伴走了。”

勋问："你往哪里去？"

英娘说："你往哪里去我就往哪里去。"

勋无声地笑了，心说，到底还是个孩子，说话没个准。

英娘果然和勋结了伴。勋要走的方向英娘已经走过了，但英娘执意要陪勋重走。所以两边的景物英娘很熟悉。英娘也是出来找丈夫的。五岁做了人家的童养媳，十二岁圆了房。圆房不久丈夫就失踪了。丈夫大英娘十二岁，和英娘在一起的时候连个话也没有，婆婆对英娘不好，每天都挨打受骂，英娘一生气就跑了出来，发誓找不到丈夫就不回家，英娘只穿了单衣，脚底的鞋子早已走烂了，但英娘人很机灵，看见谁家烟囱冒烟了就跑过去讨口饭吃，十回有九回不落空。有了英娘做伴勋的心里也松快多了。想自己千难万难早晚有个目的地，英娘找人可纯粹是大海捞针。这样找下去什么时候才有个结果呢？

勋没有对英娘讲起自己。虽然她有一肚子话想对人说。可英娘看上去好小，比她的实际年龄显得小，勋觉得英娘听不懂自己的故事。所以勋一路都是听英娘说话。英娘经常说得勋泪水涟涟，自己却无动于衷。英娘一边说一边让勋看自己身上的伤疤，哪里是烫伤的，哪里是打伤的。勋想不到天底下还有那样一种狠毒的女人做婆婆。勋问英娘怎么不回娘家，英娘说娘家也没亲人，爹死了，妈不是亲的，若是亲的她也不会那么早就出来当媳妇。勋说："以后，英娘再挨打就去下甸找我，你在我家想住多久就住多久。"英娘兴奋地说："我们要能马上回去多好。我也不想找人了。找到了他也不一定跟我回去。大姐你呢？"勋说："我得去找，到奉天去找。他人在那里等着我呢。"英娘羡慕地说：

“大姐你命真好，不过我可跟你没法比。”勋笑着问：“为什么？”英娘说：“你长得多好看。我要是长成你的样子丈夫要走才怪！”

这天，勋和英娘踏着薄薄的雪粉刚走了五个时辰，一座巨大的门楼就挡住了视线。勋读出了上面刻着的“山海关”三个字。勋很惊喜，一路尽念叨山海关，真的到了山海关的城下都不知道。勋对英娘说：“我们分手吧。关外很冷，你穿得这样单薄，会冻病的。”英娘说：“我跟着大姐，大姐去沈阳我也去沈阳。”勋说：“沈阳也没有你要找的人，你去那里做什么呢？”英娘掉了眼泪。勋摸出了一块银圆放到了英娘的手心里，说：“这一块送给你，为难的时候用得着。我从沈阳回来会去大豆庄看你。你一定要平平安安地回家去。这样找人不是个办法。他迟早会回去的。世界上哪有不想回家的人呢！”

勋和英娘在山海关的城楼前分了手。英娘倒退着走出几步，然后转身跑了。勋反身出了关。顿时觉得天也寒，风也尖。一颗心都冷得打战战。勋的眼里满是英娘那张瘦瘦的小脸，有了英娘路就不觉得长，心就不觉得苦。有人伴和没人伴到底不一样。

勋在关外寒冷寂寞的路上一走就是好多天。关外比不得关里，关里人烟稠密，走上十里八里就能碰到一个村庄，讨口饭吃或讨碗水喝都很方便。关外就不一样了，有时走上整整一天的路却连个人影儿都看不见。勋真正知道了孤独是怎么一回事。勋踩着自己的影子走路，听着风在空中打呼哨。勋想不通仲澍为什么要让她去沈阳，想不通仲澍为什么不回下甸。大雪已经纷纷扬扬地下了几天了，勋的手、脚、脸都被冻坏了。皮肤糟得像一块洇湿了的纸，稍稍一碰就一块一块地往下掉。后来勋走得失去了知觉。她不知道自己从哪里来，到哪里去。不知道自己为什么要在这冰天雪地里走。勋只是觉得应该走，不停地走。不走就要被冻死饿死。勋走路的样了像是在打摆子，腿与上身是分了家的。勋再也走不动的时候眼前就出现了一片红色。像一堆火，火把冰雪都融化了。勋置身于融化了的冰雪中有一种暖洋洋的感觉。勋想，到家了。可是到家了。除了家哪里有这样温暖的地方呢……

勋醒来的时候发现自己睡在了一个车马店里，身上盖了三床破棉被。屋子里烟熏火燎，无数张怪模怪样的脸在烟雾中若隐若现。勋的心忽地沉了下去。她想，莫非这是阎罗殿？围过来的这些人，那么粗糙丑陋，穿戴像野兽一样令人毛骨悚然。其中的一个人甚至没有鼻子，一张脸平展展得像是画上去的。勋发出了一声惨叫，随即用被子紧紧裹住了头。她在簌簌发抖。勋想，这是阴间还是阳世呢？阴间固然可怕，可这样的阳世又能好到哪里去呢？

忽然有一个女人的声音飘了过来："去，都出去。看把人家吓着了吧？人家好看也不能盯着没完不是？说你呢，没鼻子的家伙，你以为你救了人家就有功了？你那个模样还得把人吓死。还不快把脸别到裤裆里，再待在这里小心眼珠子掉在地上摔八瓣儿，连吃饭的家伙都找不着……"

那些人笑闹着拥了出去。勋的被子被人小心地揭开了，一个穿着长围裙的女人捧着一个兰花大碗说："快起来，喝碗热面汤。"勋什么也顾不得了，挣扎着爬起身，把一大碗热面汤喝了个底朝天。勋连续喝了三碗。肚子里暖和了，身上也有了力气。

屋里的光线很暗,只有一盏马灯在门框上悬挂着。勋问自己怎么睡在这儿,女人说,你命好,遇见了一群牲口贩子。这冰天雪地的路哪是你一个女人家走的,要不是没鼻子的家伙在雪堆里发现你,你早就去见阎王了。

女人问勋要去哪里,勋答沈阳。女人惊呼:“沈阳开战呢。到处都是人马大炮,轰轰隆隆地打得正欢呢!你一个女人家也进得了沈阳城?长了翅膀都不行!”

勋问:“这里离沈阳有多远?”

女人答:“也就半个月的路吧。”

勋一骨碌从炕上爬起来,说:“我这就走,我的丈夫还在等我呢!”

这就是沈阳。

沈阳像勋一样满脸疲惫但却是微笑着的。沈阳也像勋一样历尽磨难才有了脸上盈盈的笑意。到处是彩绸,到处是标语,到处是欢歌笑语的人群。勋置身沈阳才感觉到沈阳的冬天并不是很冷,勋把新棉袍穿在身上的那种感觉真是无法形容。是呀,她终于到沈阳了!她不急着问路,她想多感染些沈阳的喜庆。勋好久没有这样舒心地笑了。沈阳解放了。解放原来是这样喜庆和热闹,勋私下琢磨半天也没弄明白“解放”是怎么个意思,但勋喜欢“解放”!一支队伍过去了。又一支队伍过去了。他们手里的锣鼓家伙敲得威猛,把人的耳朵都快震聋了。勋跟着游行的队伍胡乱走了几条街,这才感到沈阳实在是太大了。各种各样的字号招牌随处可见。勋把仲澍的地址记得牢牢的,勋在走过的地方留神仲澍的地址。勋没有那样的好运气。这里到底不是西华镇,西华镇只有两条街,走个来回就把要找的地方找到了。和奉天相比西华镇小得就像一粒米。可西华镇与下甸相比是多么繁茂多么广大呀！难怪仲澍要让自己来沈阳,难怪仲澍宁肯让自己来沈阳他也不回下甸。仲澍一定是喜欢上沈阳了,在沈阳住久了的人还会把下甸当回事吗？不会了,水往低处流人往高处走。勋一下子就理解了仲澍。外面的天地多大呀！勋的一种信念悄悄动摇了。她想,如果仲澍离不开沈阳她该怎么办呢？她跟下甸的乡亲夸了海口,说仲澍一定会跟她回下甸。那时她的想法有多简单。如果仲澍能回下甸还会让自己来沈阳吗？勋的心里有了一丝不安,仿佛她不回下甸已成定局。她想起了自己辛苦支撑的那个家。勋从嘴边省下的粮食快装满一口缸了。那都是她给仲澍预备下的。还有柜里的那八双鞋子,如果勋一年不回去,粮食里会长满虫子,鞋窝里会有小耗子。香玉再能干也不会想起去晾晒它们。

大营门十九号是一幢气气派派的小楼,楼前的院落洁净而肃穆,不时有穿着军装的人进进出出。勋走到大门口往里张望,一个年纪很轻的人走过来行了一个军礼。问:“老乡,您有什么事吗？”

勋说:“我找人,找一个叫齐仲澍的人。”

小军人愣了一下,说:“您稍等。”转身跑了进去。

勋看着小军人的背影眼睛湿润了。她想,很快就能见到了仲澍了。勋只是有些担心,如果一起出来几个人,年龄相仿,穿戴相同,自己会一眼认出仲澍吗？果真有四五个人一同走了出来，他们都和仲澍的年纪差不多。勋一个一个仔细地瞧，勋很着急，她真的认不出哪一个是仲澍。勋惶惶地站在那里，急出了一身热汗。

“你是齐仲澍的什么人？”一个年长的人和蔼地问。

勋一张嘴说话就带出了哭腔：“我家仲澍他在哪儿呀？”

那些人彼此交换了一下目光。

一个人说：“又是一个寻夫的。”

另一个人说：“我们俘虏他就好了。”

还有一个人摇了摇头：“齐仲澍连老婆都不要了。”

最后这句话勋听懂了。勋把电报拿了出来，大声说：“你们说得不对，是仲澍打电报让我来的！”

年长者走近两步站在了勋的面前，像对一个少不更事的人那样委婉地说道：“你仔细看看，我们和齐仲澍是一样的人吗？齐仲澍是在这里住过，可那是两个月以前的事了。我还可以告诉你，两个月以前齐仲澍就是从这里逃跑的，他的王牌军伤了我们不少人……”

勋冲动地喊：“我要去找他！”

小军人说：“你到哪里去找？你找不到他。他是坐飞机跑的。飞机，知道吗？一眨眼的工夫就是一两千里，这会儿早到台湾了……”

十六

沈阳就是这样一个让勋失望和绝望的地方。那个叫大营门十九号的气派小楼让勋的心流了血。勋看见自己心上流的血像漫天飞舞的雪花一样白。勋用一对失神的双眸去打量夜色中的城市。城市是倒立着的,空中舞动着许多人的腿。城市的夜居然是亮堂堂的,许多只猫眼一样的小太阳发着散乱的光。勋还不知道那就是电灯。勋对外部世界的全部感觉都被寒冷的北风抽走了。雪一片一片下得正急,雪花经常在勋的鼻子上稍做停留,然后化作一滴水点。勋的鼻尖上结了一层冰。勋用手去摸鼻子的时候摸到的却是一握冰坨。勋很想放声笑一笑,勋的笑声招来了一些眼睛。一群流浪汉跑过来团团围住了勋,他们和着勋的笑声跳起了古怪的舞蹈。勋和流浪汉们一起唱起了啦啦啦,啦啦啦。勋的调门最高,勋听见自己的声音像长了翅膀的鸟儿一样飞到了天上。勋的手和脚也舞动起来,那么恣意那么舒展地放松自己。勋觉得沈阳真好,雪夜真好。勋头上的热气一团一团地升腾着,把沈阳的寒冬都给烤暖了。精疲力竭的时候他们把自己通通横放在地上,大张着嘴巴,让雪花一片一片地落进嘴里。雪花甜丝丝的,甚至有一些香气。沈阳的雪真是大得惊人,它们铺天盖地降下来的时候真是漂亮极了美极了。勋的身体感受到了雪花的重量,勋沉醉般地想,天地就是一座巨大而洁白的坟场,这里离死亡很近。死亡原来是这般安详和安宁,只有细若游丝般的一段小曲在耳畔若隐若现,唱的却是"麦子黄黄,娶新嫁娘"。歌者是谁?是仲澍吗?仲澍又是谁?勋忽然感到头痛欲裂,疼痛使勋在雪地上翻滚嘶叫。勋觉得自己快要死了。勋让自己安静了一些,勋想再看一眼沈阳的雪,勋用力睁开了眼睛,见两个雪人就在离自己很近的地方站着,在低声交谈着什么。他们在说些什么呢？勋听不懂，勋一点都听不懂。勋觉得自己是趴在了一个小鬼儿的背上，正在往什么地方赶，勋平心静气地想，这就是去往阴曹地府的路上了，耳旁呼呼掠过了一阵风，勋听见了奈何桥下的水鬼唱着凄清美艳的歌……

汪寒吉与同事张左轮从一个同事家吃酒回来都带了几分酒意。外面雪下得正好，像鹅毛团扇般飘飘舞舞。大朵大朵的雪花像盛开的玉兰一样娇美异常。汪寒吉把围在脸上的围巾向下扯了扯，让一张脸整个露在外面，让雪花不时与脸上的肌肤相碰。一声声凄厉的尖叫撕破厚厚的雪帘传了过来，让他们不约而同地打了个冷战。他们向前方跑去，看见了雪地上横卧着一个人，一个女人。

女人停止了叫喊，但身体在不时地抽搐。

汪寒吉说："我们救救她吧。"

张左轮道："救救她。"

勋转天醒来的时候整个呆了。她的眼珠许久都不转一转。这间陌生的房子堆放着许多书，勋既不问这是什么地方，也不问是谁救了她。有个男人进进出出地在楼道里忙着什么。见勋醒了，走过来轻声问："感觉好些吗？"

勋看见了那双眼睛里充满了和善。勋的眼珠动了一动，一些意识在她的大脑里出现了。但勋开不得口，勋不想开口。勋记得很清楚，她趴在小鬼的背上已经走在去阴曹地府的路上了，是什么原因又让她回到了阳世？她还回到这里做什么！勋的眼角悄悄滚下了一滴泪珠，只一滴。汪寒吉连忙用毛巾擦去，说：

“我们是老乡,我家离下甸不远。你口袋里掉出来一封电报,请原谅我看了内容。”

勋闭紧了眼睛。

汪寒吉说:“是来沈阳找人的,没有找到。对吧?”

勋痛苦地把嘴唇咬出了血。

汪寒吉赶紧说:“不谈这些了。这里也没有什么好东西,我找了两个鸡蛋,煨了碗汤,你起身喝一点。”

勋毫无反应。

汪寒吉又说:“昨天大夫给你瞧过了,他说你身上没有什么大不好,只是需要好好歇一歇,补一补。我们一位伙计去给你买鸡了。沈阳的这个时候鸡难买得很。他一早就出去了,说即使走遍沈阳城也要把鸡买回来。”

勋的心里暖了一下,自己跟人家毕竟素不相识,自己心里有难处,不能给人家心里添堵。勋的嘴角动了一动,汪寒吉忙把碗端了过来,勋没有拒绝。

有人陆陆续续地到汪寒吉的寝室来看勋。他们都是汪的同事或学生。这是一所机械制造学校,张左轮在半天的时间里就搞得全校尽人皆知,他和汪寒吉雪夜救人却救了汪先生的老乡。张左轮把事情讲得绘声绘色,引发了许多人的同情心。那些来看勋的人带来了两只苹果或一盒饼干之类,令勋感动不已。勋慢慢平复了自己。勋审视自己的时候才发现从下甸起身来沈阳那天其实就做了找不到仲澍的打算。勋一直也没有想过要在沈阳久留。勋执意要回下甸的那些想法里边就没有那些因素吗?只是勋一直不敢正视。勋不敢想万一找不到仲澍怎么办。勋一直对仲澍在外边做些什么不甚明了。但潜意识里勋感觉到了仲澍是在打仗。打仗是要死人的，死许多人。勋想到这一点就不寒而栗。但不论怎样，勋必须得活着，因为仲澍还活着。勋得回下甸照应那个家，勋要在家里等仲澍。仲澍没死就好。只要人活着，就总有一天会回来。想通了这一点，勋的心里好受多了。

勋喜欢这个有几分文弱的同乡。他总是细心地为勋做这做那。勋第一天下地，就发现一柄长齿木梳已经预备在那里了。勋每天要吃三次药，白开水总是不凉不烫地凉好。他和张左轮两人都宿在别人的宿舍里，每天却要过来照应无数次。张左轮经常随便地开些玩笑。他说勋的棉袄好看，说那上面的玉兰花就像那一晚飘飘舞舞的大雪。勋羞涩地红了脸。勋在张左轮的笑声里也感受到了几分快乐。汪寒吉总是沉静地注视着勋，在张左轮笑闹的时候他只是推一推鼻梁上的眼镜。汪寒吉推测这个来自家乡的女人一定有不寻常的来历。勋认识字，随便捧起一本书都能读得津津有味。勋还喜欢看汪寒吉的讲义，流露出的那种如饥似渴的神情很令汪寒吉感动。

一晃勋就在这座机械制造学校的宿舍楼里住了十多天。日渐康复的勋已经有些寝食难安了。勋是从来也不情愿打扰别人的人，这一次勋却有些拿不准。勋终日心里慌慌的，不知该说些什么做些什么。勋无数次地提醒自己该走了，但勋最终没有走。勋在等待机会，机会终于来了。

这一天学校里举办舞会。晚饭后，张左轮早早把自己收拾好，又重复在头发上抹了许多油，才笑着对勋说："我能荣幸地请您参加舞会吗？"

勋说:“张先生真会开玩笑，我一个乡下人哪里会跳什么舞？”

张左轮说:“此言差矣。谁不是乡下人?我不是乡下人,汪不是乡下人？”

勋说:“我哪里能跟你们比？你们都是教大学的先生,我连学堂都没上过。”

张左轮问:“那你怎么识的字？”

勋说:“家里请的私塾。”

张左轮说:“吓着我了不是？知道我是怎么读的书吗？我母亲去给有钱人家做奶娘,我的学费是母亲一滴一滴的乳汁换来的。”

勋的目光复杂起来。她没想到快快乐乐的张左轮原来是这样的家世。

张左轮不停地在一面不圆的镜子前前后左右地照着自己，照够了才不耐烦地喊:“汪,你准备好了没有？”

汪寒吉歉意地推了推鼻梁上的眼镜,说:“我不准备去了。”

张左轮大呼小叫道:“你咋不早说！”然后风风火火地就跑了。

勋说:“汪先生你怎么不去呢？”

汪寒吉说:“我们一直也没有机会好好谈谈,我都不知道这些年家乡发生了怎样的事。”

勋沉默了。在勋的沉默中汪寒吉问起了西华镇。勋问,汪先生家里还有什么人,多久没回家了?汪寒吉潦草地说,家里没人了,自己在北平读了十二年书,又在沈阳待了十二年,都想不起家是什么样子了。勋想汪先生也是苦命人,难怪跑这么远的地方找事做。

汪寒吉小心地看着勋的眼睛,问:“你知道有个汪家大院吗?”

勋道:“没了。让炮火炸得就剩下了房岔子。”

两人便无语了。

汪寒吉不敢再问了,他看出勋不想谈汪家。汪寒吉不知道勋有满肚子的话正想对人说。勋对装在肚子里以外的事情通通不感兴趣。

汪寒吉有些慌乱。他正在用一把小刀削苹果。汪的手有些抖,小刀在他的手里不时转来转去。他努力偏过身子,只是把侧影对准勋。他不知道这时的勋眼睛里看到的只是自己长长的往事。那些往事在勋的心里藏得太久了,像石头一样已经长出了褐色的苔藓。勋不是不想对人说,是找不到合适的人。勋不能对晚生说,晚生是弟弟;勋不能对英娘说,英娘是妹妹;勋也不想对村里的姐妹说。勋只想把心里的话说给一个人听,那就是汪先生。勋能把心里的话说出来,就是没白来沈阳。

只是勋不知道怎样开这个头儿。汪先生的苹果迟迟削不好。他放下了苹果,用毛巾擦了擦手,问:“你冷吗?”

勋说:“不冷。”

汪寒吉从床底下的一只皮箱里翻出一条毛毯扔给勋,继续削那个苹果。

勋的故事很长。大青河。上甸。下甸。在河边钓鱼的少年。

私奔。族规家法。装齐仲澍的那只麻袋。杂牌军。苦春。一个接一个苦难的日子。勋要把心里郁积的一切通通说出来。勋丝毫也没有感到难为情。仿佛她面对的是一棵树或一座山。这一直是勋想做而不能做的。勋一直渴望能倾泻心底的那些积郁。无论是苦难还是快乐都能分些出去。勋始终都在找这样一个人。村里人都对勋好,但能懂勋的心的人其实很少,能听懂勋的话的人就更少。勋的心事早就聚成了一个结。如今这个人终于找到了,勋不把他当作恩人,他那么自如那么自然地与勋沟通了气脉。勋苦苦等了仲澍快九年,勋千辛万苦来到了沈阳。长长的日子勋还得一个人去过。把积郁吐出去勋的心里就轻松了。勋就能轻装上路,就有勇气回到下甸,就敢面对今后的那些岁月。勋还有一个更大的愿望在心底隐藏着,她想问一问汪先生,她做错了什么吗?是不是因为她的过错而招来了报应?她需要从汪先生那里讨些什么做支撑。勋从来也没有怀疑过自己,可沈阳让勋把自己原有的信念通通打碎了。

停电了。屋里的黑暗蠢蠢欲动,像水波一样从这里蔓延到那里。勋的声音像大青河的流水一样,没有间隙也没有终止。汪寒吉的那个苹果始终都在他手里拿着,冰冷的感觉从指尖一直延伸到了心里。他没有想起应该把苹果放到桌上,或送到勋的手里。他就任那个苹果像冰一样冰着自己。那些在心中蛰伏太久的东西终于萌动了。汪寒吉明白了,他知道了面前这个女人是谁,她原来是李景阳的女儿。事情怎么会这样巧,他和张左轮雪夜随便救的一个人却是李景阳的女儿。他永远也忘不了那个叫李景阳的地主,威风凛凛地站在厅堂前,一声“送客”把汪家所有的脸面都给剥掉了。在这之前汪寒吉对李家几乎称得上是魂牵梦绕，虽然他没有见过李荃，但有一种无形的力量紧紧攫住了他。没有人敢回汪家，没有人愿意回汪家。汪寒吉的两个嫂嫂都是从州城娶回来的大家闺秀。可是上甸一个小小地主就敢让汪家威风扫地。这是汪寒吉执意要出去求学的主要原因。他一方面想远离汪家，汪家的财富并没有给他带来荣耀。他自始至终没见过李荃的面，但在心底不止一次地描摹过。所以李荃只像影子一样存在他的脑子里，而李景阳苍黑着的面孔却实实在在地立在了他的心里。

他一共去过李家两次。第一次是去求亲，第二次是偶遇同路人。他和安庆素不相识，是在路上闲谈时偶然提起了上甸，提起了李景阳的名字。汪寒吉记得自己年轻时的轻狂和鲁莽，他想跟李家当面道个歉。征得了安庆的同意，他们一同出现在了李景阳面前，让李景阳匪夷所思。

他庆幸自己没有暴露身份。如果勋知道了她娓娓倾诉的对象是汪碧云的儿子，她还会说那些话吗？坐在勋的叙述里真好，汪寒吉有一种彻头彻尾的感动。唉，这个女人，这个冰清玉洁的女人，这个看似虚弱实则棱角分明的女人，李家怎样的骨血才能塑造出这样一个女儿身呢？汪寒吉遗憾地想，如果勋当年遇见的不是齐仲澍而是他汪寒吉，那情形又当如何呢？

灯突然亮了。

汪寒吉为自己的想法红了脸。勋的故事仍在继续着。她讲到了商人刘和，讲到了村南发生的那场遭遇战，鲜血和死亡都在勋的声音里变得舒缓而沉静。荃撕碎了仲澍的照片，同时撕碎的还有勋的一颗心。母亲死了,勋只能在夜深人静的时候在李家的门前坐一坐。那个叫晚生的青年人始终陪伴着她。晚生病了,是因为他知道勋心如磐石。那些破碎不堪的岁月被勋缝补成了一张网,如今这张网网住了汪寒吉。汪寒吉什么都不能说,什么都不敢说,任何一种语言都不适合对眼前的这个女人说。汪寒吉只有沉默。勋在男人的沉默里体味到了那种心绪。于是勋不再问什么。什么都不再问。过去的已经过去了。勋把过去的一切都在沈阳打了一个结。勋满足了。

勋说:“明天一早我就走。”

汪寒吉慌忙站了起来,说:“你怎么走?”

勋坚定地说:“怎么来的怎么走。”

汪寒吉说:“我和左轮已经商量好了,要让你坐火车回家。”

勋平和地看着汪先生,她不知道什么叫火车。

汪寒吉又说:“你如果还是走回去,我和左轮都会不放心。”

勋的眼窝湿润了。她问:“汪先生什么时候回家?”

汪寒吉凄然地说:“现在不知道,将来的事谁又能说得清呢?”

说完这话,汪寒吉苍白的面孔灰暗起来。勋忽然有些可怜这位汪先生。自己好歹还有家可回,汪先生却是无家可归了。

勋临走摸出块银圆悄悄放在了汪先生的枕头底下,勋想给汪先生留下点什么做纪念,想来想去,就只有这块银圆。

勋坐上火车安安稳稳地到了北平。北平像下甸一样令勋感到亲切。出了北平勋照样要问路,但那声音清脆多了响亮多了,一点也没有赶路人的疲惫和沮丧。勋要把这些好情致带到下甸,尽管勋没有找到仲澍,但勋还是过去的勋,沈阳并没有改变她什么。相反,勋把那些年的积郁留在了沈阳,勋又变成了一个崭新的人。

过了通州以后,勋在一个叫段甲岭的路口发现了一个包裹。那包裹忽然动了一下。勋疑惑地打开,吓了一跳,包裹里露出了一张小小的脸,一张沉沉睡着的婴儿的脸!一辆牛车正缓缓地朝这边走。勋迎上前去,说包裹里有个婴孩。赶车人摇摇头,说也许是养不活,也许是私生的,谁知道呢……这种事天底下多了。说完,摇着鞭子悠悠地走了。

勋以一种复杂的心情上路了。冷风抽打着勋的脸,勋却把棉袍脱了包在了包裹外面。勋一阵一阵地心疼,为这么小的孩子就没了父母;勋也一阵一阵地憋闷,为这孩子的来路不明。忽然,勋听见了那孩子的笑声,那笑声很嘹亮。勋连忙把被子掀开了一道缝儿。那孩子一双漆黑的眸子望着勋,像是很懂事的样子。勋情不自禁地笑了。勋的心里忽然荡过一股暖流。望着这小小的娇嫩的脸,勋想起了家里后院的园子里开着五颜六色的花。

就叫忍冬吧,勋对孩子说。

第三部

一

陈怀宇已经是第三次走进陈家大院了。

其实“陈家大院”这个概念并不准确。陈家已不是陈家，大院也早已不能称成其为大院。只是柳树堡的人们习惯这样叫，“陈家大院”才真正是有名无实。院墙早已推倒了，高高的墙基还在，上面生长着许多杂草，公鸡和母鸡经常成群结队地来这里觅食。大院搬进来十几户人家，他们大都姓陈，但与陈家大院并没有嫡亲血缘。只有陈怀义例外，陈怀义住在了堂兄陈怀宇曾经住过的三间正房里，而把自己的那两间歪歪扭扭的小房子腾了出来，让陈怀宇一家三口搬了进去。所以，陈怀宇第三次走进陈家大院实际上是去堂弟陈怀义的家里。陈怀义是村里的核心人物，柳树堡人的吃喝拉撒等事宜都归他管。

陈怀宇前两次来都没有找到陈怀义。陈怀义的媳妇玉珍说他去区里开会了。

陈怀宇想也没想就往回走。玉珍已不再叫他大哥了,话里话外还有些酸溜溜的味道。陈怀宇的心里很难受,这让他无法把自己来找堂弟的目的说出口。陈怀宇佝偻着腰身往外走,眼睛却在寻找着早已踪影皆无的那片园子。那边种蔬菜,这边种玫瑰。那是章若儿的杰作。父亲陈远咿咿呀呀的琴声飘到了漫天云里,陈怀宇忽然觉得他听懂了父亲。陈怀宇很纳闷,年轻时无论怎样用心尽力都听不懂父亲的那把琴,可是忽然就有一段曲目令陈怀宇豁然开朗,陈怀宇感觉到是父亲的琴声启发了他的心智,他甚至在灰蒙蒙的天空中看到了父亲的影像。

陈怀宇当然不知道,他的堂弟陈怀义其实就在后门外边蹲着。他看不见堂弟,堂弟却能看见他。陈怀义是在堂兄走进堂屋的前一两秒钟溜出去的。如果陈怀宇是个有心人,完全可以听见后门那吱扭一声响。可是陈怀宇没听到,他的全部精力都用在了一件事情上,那就是见了堂弟的面如何把心里的话说出口。陈怀宇走出院子的时候陈怀义方站起来活动活动筋骨。

陈怀义的心里很懊丧,免不了对玉珍一通骂。玉珍知道陈怀义骂得毫无道理,她没有还嘴。这本不是玉珍的脾气,可自从陈怀义端了公家那碗饭,整日在柳树堡吆东喝西,玉珍不自觉地就有了敬畏之心。

陈怀义不属于那种觉悟很高的人,在给陈怀宇定成分时,陈怀义觉得充其量也就算个富裕中农。因为那个时候陈怀宇家已经没有多少田产,早就结束了那种衣来伸手、饭来张口的生活。陈家大院早在土改前就搬进来几户人家,那是陈怀宇一户一户上门请来的。他们是村里最贫穷的人,原本没有房屋,或房屋被战火烧掉了。他们诚惶诚恐地住进了陈家大院,原本还惦记着陈怀宇的一份恩情。两年以后中华人民共和国成立了,土改了,房屋通通分到了他们各自的名下,他们才明白日子原来是可以这样过。他们住的原本是自己的房子。如果不是政府告诉他们,他们到死都不会知道。

陈怀义是政府做了许多工作才站出来主事的。比比堂兄看看自己,陈怀义才明白什么叫"阶级",才知道自己和堂兄虽是一个姓氏却隶属于两个"阶级"。堂兄家一晚上用的灯油够自己家点上一年的。这一点也不是夸张。每晚天刚一擦黑,堂兄家的灯是村里亮得最早的。不是一盏两盏,而是十盏八盏,或者比这更多。那些灯都摆放在固定位置,明则全明,熄则全熄。想起许多年前的事,陈怀义就觉得臊得慌。堂兄要纳妾,却要自己钻进深山老林里用三斗麦子去换人。鬼见愁那个地方多凶险,下边就是万丈深渊,有个皮货商就是在那个地方连人带马一起摔下去的。事情虽然过去二十多年了,可现在想起来就觉得是一种硌硬。除了都姓陈,自己又有什么地方能与堂兄画等号呢?

但陈怀义还是有几分怕见陈怀宇,那情景有几分像做错了事怕见父亲的孩子。所以陈怀宇第三次走过来时陈怀义又条件反射般溜了出去。溜出去了心里又不是滋味。等到陈怀宇走进堂屋,陈怀义又挺了挺身板,打开了后门。

陈怀义倒背着双手走了进来,头也不抬地问:"吃了?"陈怀宇答:"吃了。"陈怀宇跟在陈怀义的屁股后头走进了屋里。玉珍勉强地打了个招呼,陈怀义说:“烧壶茶来!”玉珍赶紧走了出去。

陈怀义装了一袋烟,点着了火,偷眼看了一眼陈怀宇,见陈怀宇仍不知所措地站在那里,心里有些不忍,说:“你坐呀!”

陈怀宇把半个屁股搭到了炕沿上。

陈怀义说:“听玉珍说你来找过我。我这阵子忙,也没有过去看你。”

陈怀宇又连忙站起身来。脸上堆满了茫然的笑。

陈怀义摆了摆手,示意陈怀宇坐下,接着说:“要说我们是兄弟,不管社会怎样变,一笔写不出两个陈字来。我是公家人,有些事没办法。你懂我的意思也好。”

陈怀宇不明白陈怀义何出此言,但陈怀义能说出这样的话让他始料不及。看来革命工作就是能锻炼人。陈怀宇高兴地说:“我懂,我懂。”

陈怀义舒心地嘬了一口烟,这才问:“找我有事?”

陈怀宇说:“我想去走几天亲戚,请你准我几天假。”

陈怀义吃惊了一下,说:“走亲戚?去哪儿?”

陈怀宇说:“离此六十里有个地方叫上甸。”

陈怀义说:“你那里有亲戚我怎么不知道?”

陈怀宇说:“是我上学时的一个盟兄弟。”

陈怀义敏感地问:“他是什么成分?”

陈怀宇说:“你记不记得打鬼子的时候这里住过燕山游击队?有一个叫铃铛的人是女扮男装,就是我盟兄的女儿。后来铃铛当了游击队队长。”

陈怀义在炕沿上使劲敲了敲烟袋锅,又往烟嘴里吹了一口气，不满地说：“谁不知道铃铛的大名，你咋把她和你啥盟兄往一起扯？”

陈怀宇着急地说：“这可不是瞎说。不信你就去调查，铃铛住在这里时亲口对我说的。”

陈怀义说：“你真给我出了个难题。甭说六十里，就是十里八里都不行，这是有纪律的，让上边知道就是犯了严重错误——这个时候你干啥要去那么远的地方呢？”

陈怀宇垂泪道：“想盟兄了。”

陈怀义起身在屋里转了几圈磨，他当真感到很为难。如果陈怀宇这一去找点什么麻烦，自己有担不起的责任。可是陈怀义的恻隐之心也很强烈。看看眼下陈怀宇的那个样子，哪里还有当年那个教书先生的影子？陈怀宇不是恶霸，也没有血债，村里人几乎没有人对他另眼相待，可陈怀宇还是战战兢兢。从心里讲陈怀义不相信这位堂兄会借着走亲戚参与什么破坏活动。可是不怕一万就怕万一。区上李区长讲过，有些村的地主富农想方设法躲过人民群众的眼睛，借着上茅房的机会都能干坏事。陈怀宇会这样吗？陈怀义想了又想，问：“是你一个人去还是一家三口都去？”

陈怀宇答：“兆林我们爷儿俩去。”

陈怀义彻底放了心。百灵不去就好。柳树堡的人都知道，陈怀宇舍天舍地都不会舍下百灵。

陈怀义说：“你基本上没有享受富农待遇，是全村老少爷们儿对你的关照。按规定你哪儿都不能去。今天我准给你假，是看在我们兄弟一场的情分上。我知道你现在也不容易，出去散散心也好,不过这件事情可千万别对外人说,传出去是件挺麻烦的事。如果村里的富农都跑来跟我请假,我就是跳进黄河也洗不清了。”

陈怀宇连忙说:“我记下了。”

陈怀宇和百灵都是一宿没睡。两人躺在窄小的土炕上,手牵着手,若干言语都通过手传递过去。许多年过去了,他们执掌相握的姿势一直没有变。握住百灵的那只手陈怀宇心就变得踏实,觉就睡得安稳。百灵的确是那种不多见的好女人,她以平和的心态承受了陈家一次又一次的风雨。百灵甚至不留恋陈家大院,她心甘情愿地搬进了那两间歪歪扭扭的小房子。

村里第一只公鸡司晨的时候百灵已经准备好了早饭。百灵正要喊兆林起床,兆林却穿戴整齐出来了。黑暗中兆林冲母亲笑了一笑,露出了一口光洁的牙齿,“我一宿也没怎么睡,您起来做饭我却不知道。”

百灵亲昵地说:“还像小孩子似的心慌呢。”

兆林说:“是呀, 一想到要见那个铃铛姐姐我就喘不上气来。”

百灵说:“你可要有个大人样,别忘了你是让人家帮忙找事做的。”

兆林连忙点了点头,说:“您放心吧!”

勤务员小马提着垃圾筐去倒垃圾时无意往南看了一眼,远远就看见两个老汉骑着两头毛驴正东张西望。小马没有理会。

垃圾筐里有几张写满字的纸，小马习惯地捡起来逐一看了看，确信那上面没有值得保留的内容，这才把那些纸撕碎，把垃圾筐倒扣在地上。小马提着空筐返回来时，皱起了眉头，大声嚷嚷道："嘿！谁把驴拴到县委大院来了，还一边拴一个，这是什么形象！"陈怀宇抢着说："一头是公驴，一头是母驴，实在没有办法拴在一起。"

小马沉着脸说："也不看清楚，这是拴驴的地方吗？"

李景阳走了过去，站在离小马几步远的地方，问："同志，你说我们把驴拴在哪里好呢？"

小马四下里看了看，当真没有可以拴的地方。这里是旧衙属地，外面曾有过拴马桩，县委搬进来那天，能破坏的都破坏了。小马也不知道把驴拴哪儿好，他只能假装听不见，匆忙走进了一间屋子。

两个老汉难住了，牵着缰绳不知所措。

兆林本来是在稍远的地方站着，这时候只得走过去敲门道："同志，你到底要我们把驴拴到哪里？"

小马在屋里不应声。

兆林当当地使劲敲了通门。

陈怀宇急得喊："兆林，你这是做什么呀？"

陈怀宇想过去阻止兆林，可手里的驴怎么也拉不动。有个人端着大号洋瓷缸子从一间屋子走了出来，离老远就问："老乡，你们有什么事吗？"

李景阳说："是来找我女儿的，她叫李荃。"

小马忽然从屋子里蹿了出来，说："是组织部李部长吗？你们怎么也不早说,我以为又是乡下人来这里看稀罕呢!”

端洋瓷缸子的人说:“你问人家了吗?”

小马脸一红,检讨道:“吕书记,是我错了。”

吕中说:“你个小子, 还在这里傻站着, 还不快把驴接过来。”

小马急忙接过李景阳手中的缰绳,还想去牵陈怀宇手中的毛驴,兆林见状,连忙把驴拉了过去。仍分别拴在门口的那两棵槐树上。估摸吕中听不到了,小马才小声说:“别对吕书记和李部长打小报告,以后有什么事尽管找我,我叫马全礼。”

“我叫陈兆林。”

两人握了握手。吕中回头说:“小马还磨蹭什么,还不快去找些开水?”

几个人来到吕中的屋里,见这位县委书记的办公室异常简朴,有一条三条腿凳子,吕中留给自己坐,三把木板椅用来安顿客人。兆林见状,执意把凳子换了过来。吕中上一眼下一眼打量兆林,见兆林穿一身中山装,合体大方。吕中的喜欢溢于言表。他问:“兆林在哪里做事呀?”

兆林说:“才师范毕业,还没来得及找事做。”

吕中站了起来, 不相信似的重复了句:“才刚师范毕业,还没来得及找事做?”

兆林不知道吕中什么意思,狐疑地点头。

吕中走过去,拍了下兆林的肩膀:“字写得怎么样?像蜘蛛爬不?”

兆林笑了笑,不知如何回答。

李景阳说:“兆林三岁就开始习字,颜体写得最好。”

吕中忙不迭地说:“愿意在这里干不?县委缺一个文书。原先那个文书让我打发了。那字写得我这个大老粗都看不入眼。”

三个人一同站了起来,彼此交换了一下兴奋的眼神。他们原本是想来找李荃帮忙的,没想到还没见着李荃的面,居然就把事情办妥了。陈怀宇高兴地说:“兆林还不快谢谢吕书记?!”

兆林马上鞠躬。

吕中摆了摆手,说:“谢什么。你需要工作,革命工作正好需要有知识的你。这不是两全其美嘛!”

李景阳感慨地说:“我没想到新社会的县太爷是这么个样子。”

吕中风趣地说:“那应该是什么样子?是不是应该捅咕几两银子?”

大家都笑了。

吕中问兆林多大了,兆林答十九岁了。吕中感慨地说,我们的游击队队长二十五岁了,她像你那么大时,都上山打游击了。眼神关切得像个父亲。李景阳忽然有些惶惑,说:“还请吕书记多多关照。”

吕中挥了挥手说:“不多说了。李荃今天下乡去了,不知道几点才能回来。你们来一趟县里不容易,到处走一走,看一看。今天你们就住在招待所。李荃一天不回来等她一天,两天不回来等她两天。”

县城不大,十几分钟就从城东走到了城西。李景阳和陈怀宇都是好些年没来县城了。两人追溯了一下,陈怀宇还是坐牢的时候来过。陈怀宇到了牢里才知道自己的罪名是“通匪”，并附有许多“通匪”罪状。学校从此变成了汪伪政权的一个据点。等到陈怀宇被赎回家时，学校早已面目全非了。

李景阳回忆自己前后两次来县城。第一次是受交通员安庆之命来找回春堂药店的杜老板。那谶语一样的接头暗号李景阳到现在还记得清清楚楚。第二次则是奉姚飞飞之命送三百套棉衣到敬轩斋画店，找一位马老板马先生。李景阳始终也不明白安庆与姚飞飞到底算怎样一种关系。有一次，他与女儿李荃谈起了安庆这个人，李荃却对他一无所知。

县城并没有什么变化，只是街道显得窄了，是行人多了的缘故。李景阳留意到敬轩斋画房那个地方改作了杂货铺，而回春堂药店依然生意兴隆。李景阳进去看了看，来照应的是个女人。她给别人包药，还与李景阳招呼道：“大爷您来了，您买哪味药？”李景阳想了想说：“我想打听一个人。”女人响亮地说：“说吧，您打听哪一位？”李景阳说：“民国二十七年这里有一位杜老板杜先生。”女人说：“我家姓朱，不姓杜。”李景阳说：“我说的是民国二十七年……”女人抿嘴乐了，说：“从打我爷公起就在这里开药房，您说我们什么时候姓杜来着？”

李景阳赶紧走了出来。陈怀宇父子正站在街心一同看着他。李景阳无奈地摇着头说：“不懂，不懂。”

城北有一大片空场，还有半人高的一座土台。土台子靠着北城墙，一棵巨大的柏树像云罗伞盖一样撑在那里。陈怀宇走到这里马上兴奋起来，他大声问：“景阳兄还记得这里不？”

李景阳说：“记得，怎么不记得？那年返校时我们路过这里，这里正在唱戏，上演的剧目是《王二姐思夫》。”

陈怀宇说：“戏演完了却找不着邢大海了，原来他跑到后台看演员卸妆去了。我们取笑了他一路，还给他起了个外号叫王二姐夫……”

兆林“噗”的一声笑了。

陈怀宇和李景阳相互看了一眼，却一同哽住了。

两人把目光投向了土台，上面正热热闹闹地响着开场锣鼓。李景阳看见马飞、张旗、邢大海各舞兵刃激战正酣，看客却只有他和陈怀宇。

陈怀宇忽然老泪纵横。

一朵淡黄色的小花在不远处孤零零地开着，是棵苦麻。苦麻似向日葵一样仰着圆圆的脸，看了让人有一种肃然的感觉。

陈怀宇说：“有件事我早想告诉景阳兄，可一直缺乏勇气。”

李景阳说：“不想说出来的事就不要说。”

陈怀宇说：“不说出来我心里总不安生。你连女儿都送到抗日队伍中去了，你不知道我都做了些什么。”

李景阳心里一动。他解释荃不是他送到抗日队伍中去的，是她偷偷跟着姚飞飞跑的。

“你有个朋友叫徐朝宗？”

“不记得。”

“你仔细想一想，北伐时在机械旅第二团没有一个叫徐朝宗的人？”

李景阳认真地想，还是没能想起来。

陈怀宇说：“你们曾经是好朋友，你和他提到过我，后来他和你一起开的小差。他想让你去省城发展，你却回了上甸。”

李景阳说：“这就不对了。马飞、张旗、邢大海牺牲以后只剩下了我一个人。又一次战斗打响时我一枪没放，可一个很小的孩子在我的面前被人捅死了。我晕了过去。醒来时却连部队也找不着了。我是一个人回来的，哪里有什么同路的朋友呢？”

陈怀宇也糊涂了。莫非是自己记错了？可许多年来这件事一直像个磨盘压在他的心上。当年徐朝宗说过的每一句话都深深地刻在了他的脑子里，他如何能记错呢?！如果徐朝宗不自称是李景阳的朋友，陈怀宇绝对不敢收留他。当时陈怀宇的全部心思就是保住自己的学校，任何一个来路不明的人都不可能靠近它。

李景阳恍然大悟地说：“我记起来了。你说的那个徐朝宗确有其人，他是当年的联合县委书记，在村南的那场遭遇战中牺牲了。我只知道有这样一个人，并没有和他见过面。”

陈怀宇的心忽然变得空落落的。也许是景阳兄不记得这个人了。也许徐朝宗根本就不是李景阳的朋友。但无论如何那已经是过去的事了，徒留下一些伤感且遗憾的回忆。

兆林跳上了土台，两手叉腰站在了土台中央，喊：“爸，伯父，你们也上来呀，这里好宽敞呢！”

陈怀宇立刻说：“走，我们也到台上去站一站，台上与台下的感觉说不定真的不一样。”

李景阳有些踌躇。

陈怀宇拖住了他的胳膊，说：“当初只有邢大海跑去看了女演员。说心里话，我们哪个不是又羡慕又嫉妒呢！一路取笑他也是酸溜溜的，其实都恨不得自己是王二姐夫！”

李景阳终于笑了，说：“我可没有那样想，那是你自己人小鬼大，早早就拐跑了一个章若儿，把我们所有的人都蒙在了鼓里。”

陈怀宇又闷住了。李景阳自觉失言，赶忙说：“还是你自己上去吧，咱们总得有个观众，都上去了谁来做观众呢？”

偌大的空场上只剩下了李景阳一个人。李景阳仰头看着台上的一老一少，忽然对那土台有了几分恐惧，仿佛那土台子上暗藏着什么机关，一脚踏上去就能把人沉到什么地方。

李景阳忽然觉得头晕，一个踉跄险些摔倒。把台上的父子吓了一跳，他们慌忙奔到台下来，李景阳摆了下手，徐徐吐出一口气，说：“演戏的地方……不好。”

李荃深夜才从一个叫响集的地方赶回来。大门开启的声音惊动了许多人。县委书记吕中最先从屋里迎了出来，问：“事情怎么样了？”

李荃沙哑着嗓子说：“结了。”

李荃的身后还跟着两个人。吕中说：“同志们先到我屋里休息一下，我让炊事员把饭菜给你们热一热。”

一个女同志说：“李部长从早晨到现在连口水也没喝。”

李荃说：“小崔，别说没用的。”

三个人走进吕中的屋子，李荃一屁股坐在了地上，背靠着墙。

小崔把椅子搬了过去。李荃摆了摆手，说：“我这样坐着舒服。”

小崔对另外一个人说：“李部长是当年打游击时养成的习惯。”

李荃连着喝了三碗水。

饭菜端了过来，李荃却没吃，她急于汇报情况，“我们一早赶到响集的时候，那些荣军已经在一个叫李福田的人的家里集合了。李福田是三等甲级荣军，参军前就是村里的泼辣人物，基本上是这次事件的幕后操纵者。他们冲击了两次区政府，在问题不能得到解决的情况下才想到县里来。那都是些伤残人，又手无寸铁，因为对形势和政策不太了解，又被少数人利用才起来闹事的。所以我不赞成区里同志的意见，好像只有镇压才是解决问题的办法。那些荣军里有一等功臣和二等功臣，对全国解放做出过重大贡献。现在形势好转了，他们又不能出来工作，生活待遇又没有跟上，心里当然不平衡，有些怨气也是可以理解的。荣军大多是苦出身，本质是好的，对政府提出些要求也不过分，怪只怪我们没有把工作做到家，没有把中央的政策及时宣传、贯彻下去，以致让大多数荣军产生了误会，好像全国一解放，政府就丢下他们不管了。所以问题的关键不是如何整治那些荣军，而是怎样把我们的工作做得更细更好。我已经代表县委、区委对荣军同志做了检讨。我说，以后哪位荣军生活有困难，可以直接找区委，区委解决不了，直接找县委。只要是合理的要求，我们一定及时解决。”

吕中说：“好。我一向也不同意有些同志的意见，动不动就讲是暴动，要镇压，我们镇压的是反革命，不能镇压自己的同志。小崔有没有什么要补充的？”

小崔从口袋里摸出一个小本本，打开放在了桌子上，说：“我们到了李福田家里的时候，那些荣军正要往县城里开拔，李部长劝他们不要去，说县里路途遥远，有些同志的身体吃不消。有什么要求只管讲，我们会向县委甚至中央反映。李福田说，荣军每人每年要三百斤小米和四双鞋袜，没有别的要求。李部长首先应了下来，说荣军如果没有粮食吃县委的同志可以想办法。没有鞋袜穿她可以亲自找人去做。李福田问李部长是什么人，说话这么大的口气。李部长报出了‘铃铛’这个名字，李福田一下子就不吱声了，还有人开始偷偷往外走。场面安静下来，李部长开始讲话。她说荣军是我们县的光荣，是革命的宝贵财富，不管时代怎样变，我们党和政府都不会丢下荣军不管。三百斤小米和四双鞋袜绝不是一个很大的数字，只是我们的政府和人民都还很穷，但政府不会看着你们挨饿，相信你们也不会看着老百姓挨饿。八百斤小米差不多是一家六口的全年口粮，如果你的邻居一天三餐不继，小孩饿得哭个不停，你会不去照应和接济他们吗？话又说回来，过几年形势好转了，老百姓一天三顿吃大米白面，又哪能让你们一天三顿吃小米呢？我看大多数的同志明白这个道理，少数同志不明白是因为我们的工作没有做深入。一会儿县里的同志分别与大家谈谈心，大家有什么困难和建议尽管说。我们解决不了的问题，会逐级向上反映。后来荣军分成了几个组，可那些荣军都不跟我们谈，都坐在院子里等着李部长。其中有一个年龄大的一等功臣都哭了，他说自己没了生产能力，总担心有一天会被饿死，听了李部长的话，他心里总算敞亮了……”

李荃说：“临行之前我对区里的同志讲，荣军不单是响集有，哪个区都有，可是出问题的只有响集。如果以后再发生此类事件，直接追究当地领导的责任。几个荣军都照顾不好，怎么能领导全区那么多人民群众呢？我们有些干部就是官僚作风，出了问题就惊慌失措，好像天塌了一样。就像四双鞋袜的问题，还要等荣军自己提出来？荣军大多没有家眷，政府应该想在前头才对。”

吕中说：“问题这样解决最好，荣军出了问题不是小事，弄不好我们没法儿向党中央交代。”

小崔说：“一个荣军偷偷问我，看着李部长那么年轻，真的是燕山游击队队长铃铛？我说要不信你可以亲口去问问李部长。老兵说那倒不用，早知道游击队队长这么漂亮，我就不去参加野战军了。”

吕中笑了起来。

李荃却皱起了眉头。她对这类话题心生反感。

小崔有些不安地看着李荃，又看了看吕中。吕中赶紧说：“今天的汇报就到这里吧，谢谢你们为县委做的工作。时间已经太晚了，都早点休息吧！”

李荃和小崔一前一后地走了出去。

吕中喊：“李部长。”

李荃站下了。

吕中说：“你的老家来人了。被我安顿在后院的客房里。”

李荃不相信地问：“我父亲？”

吕中说:“还有一个叫陈兆林的小伙子和他父亲。我已经决定让陈兆林留下来工作,你的意见呢?”

李荃说:“书记决定了的事,没有必要问我。”

吕中在黑暗中笑了笑,压低声音说:“我看是个好小伙,有文化,人又帅气,说不定以后能派上大用场。”

李荃扭头走了。

李荃醒来的时候太阳已经升起来了,小崔坐在叠得整整齐齐的床铺上缝袜子。李荃连声喊着“糟了糟了”跳下了床。小崔说:“吕书记特别吩咐你今天的任务是陪家人。”李荃说:“我怎么能因为家里来人就耽误工作呢?”小崔说:“耽误不了。县委总得有人值班,下乡不下乡还不都一样?”

知道和小崔争也无益,李荃也不再说什么。见脸盆里的水是干净的,桌子上有两只碗倒扣在一起,李荃摸了摸,还是温的。回头再看小崔手里的袜子也面熟。李荃走过去一把扯过来说:“我跟你说过多少次了,我们自己的事自己做,你不要老侍候我。我们是同志,又不是主仆。”

小崔说:“你那么小就参加了革命……”

李荃说:“又来了。参加革命怎么了?参加革命就得让人侍候?小小的年纪要把心思放在工作上,别总在那些个人的私事上打算盘。”

小崔委屈地说:“你没为别人做过事?下乡的时候你总是吃苦在前。怎么轮到别人给你做点事你就受不了?同志之间要互相关心互相帮助。这可是毛主席说的。”

李荃说:“那你也不能给我缝袜子。”

小崔说:“看着你一天到晚穿有洞的袜子我心里就难受。”

李荃说:“以后我一定注意不让袜子有洞,有了洞我一定自己补,不过我补也补不好看。”

小崔说:“就是嘛!我补袜子的技术在县委大院可是出了名的。”

李荃想了想,说:“小崔,我们不如这样,以后缝缝补补的事你做,洗洗刷刷的事我做,咱们达成个协议。行不?”

小崔慌忙摆手说:“不行不行。你的工作那么忙,哪里有时间做这种事?你放心,缝缝补补洗洗刷刷的事全不用你管,我全包了。”

“包你个鬼!”李荃把牙缸“砰”地放在了窗台上。

后边的那个小院原来是县衙公署内眷住的地方。灰色的矮墙上爬着碧绿的藤萝。李荃走过去的时候心里并不是很舒展,父亲来了,她想到了姐姐。不久前她回过家里,与父亲进行了一次长谈。中心议题就是关于姐姐李勋。她想帮姐姐一把,并为姐姐寻找一个合适的人选。可是没想到阻力竟来自父亲。父亲无论如何都不同意李荃管这件事。他说荃别去打扰你姐姐了,这样不但帮不了她,反而会害她吃更多的苦。勋不是上甸、下甸的任何一个普通的女人,勋只是勋。不管齐仲澍是生是死都不会让勋改变什么。我们所能做的只是远远看着她,就如我当年远远看着你一样。这话让荃激愤。荃正色说:“你不能拿我和姐姐相比。你不能像姐姐一样不分是非。一个国民党的幽灵将毁掉你的女儿,你能无动于衷吗?”

李景阳无奈地说:“他首先是你姐姐的丈夫。”

李荃说:“就因为他是姐姐的丈夫,我们才更应该帮姐姐一把。为那样一个人守节是可笑的。”

李景阳不说话了。他用疑惑的眼神看着女儿,仿佛一瞬间女儿与他相隔十万八千里。

李荃又说:“我真后悔当初给姐姐去送信。如果没有那封信也许他们就没有机会私奔。”

李景阳陡然睁大了眼睛。李荃惊愕地发现父亲的脸扭动起来,样子非常吓人。李荃没有想到过去了那么多年的事情在父亲的心上仍然是一道不能触摸的伤口。她惶惑地站在那里,不知该对父亲说些什么。

良久,李景阳才平静下来。他摩挲了一把脸,说:“过去的事就不要再提了,现在我唯一的希望就是能在有生之年亲眼看着你有个好归宿。你为革命已经尽力了,该为自己做些打算了。”

一句话说到了李荃的痛处,眼泪倏然而下。她不是一个脆弱的人,但她从来不敢正视她自己。她不能告诉父亲长期盘踞在自己心中的那个人叫宋则。他的血就洒在了村南的那片土地上。那支钢笔曾经像生命一样被她珍视,可因为那场遭遇战的缘故,钢笔失踪了。李荃经常假设如果没有那场遭遇战,革命胜利了,全国解放了,她和宋则会如何。宋则的那句悄声耳语千百遍地轰鸣在她的脑海里:我爱你……

只是,这些话能告诉父亲吗?

李景阳又说:“有些话爸爸可能不该对你讲。可不讲出来我心里不踏实。现在你也是出了名的人了,记住千万不要被虚名所累,要紧的还是踏踏实实地做事做人。齐仲澍纵有天大的不是,却是一个能让你姐姐一心一意等的人。人在高处更要把脚底下的事想清楚。许多道理你比我懂,但我的这些话还不算多余,是吗?”

李荃只得点了点头。但看着父亲苍老的面孔,她什么都不忍再说。

姐姐的事自有姐姐的一条命抵在那里。除此之外谁又能为姐姐做些什么呢?

李荃在那所院子的外边遇见了一个人。那人正在墙边站着,显得心绪不宁。兆林回头时刚好看见李荃。兆林呆住了,脸上顿时红了一片。他张口结舌地站在那里,不知该怎样与李荃打招呼。李荃心里别扭了一下,仿佛走进了一场阴谋。她莫名其妙地想起了吕中的话:“……有文化,人又帅气。说不定以后能派上大用场……”李荃定在那里,越发觉得兆林出现在这里极其可疑。她不给兆林调整思绪的时间,先发制人道:“抹了什么油?头发搞成这个样子!”

兆林的汗都下来了,支吾说:“是……水。”

李荃大步从兆林的面前走了过去,再不肯多说一个字。

兆林情不自禁地摸了摸自己潮湿的头发,懊悔得无地自容。

二

李荃每天都往乡下跑,她没有哪天可以安稳地在机关坐一天。县委的人都说她得了游击综合征,哪天如果不让自己的两只脚飞起来,她都不知道应该干什么。

说这话的人其实是有些刻薄，一般传不到李荃的耳朵里。可那种刻薄的氛围在机关里营造出来了,李荃不觉得,兆林却时时都能感觉到。

兆林忧郁的目光时常追逐着李荃的背影,高大而孤独。李荃总是行色匆匆,饭都是边走边吃。李荃凝重的目光打在哪里都能留下烙印,有时兆林会想,她在想些什么呢?

李荃在西华镇遇到了一个说书人。那天下着小雨,来听鼓书的人站满了一个场院。李荃从那里经过时说书人刚好说了这样一句话:只听姚飞飞大喝一声,跟我来!

李荃挤进了人群。

说书人是一个年老的盲人,鼓点敲得像爆响的机关枪。唱的是:小铃铛,往前冲,前边都是国民党的兵。虾兵蟹将多的是,挡不住我们的大英雄。姚飞飞,大眼睛,双枪一挥八面威风。游击队队长本事大,常胜将军是美名……

这时雨骤然大了起来,众人四散离去。盲人非但没有偃旗息鼓,鼓点反而越来越激越,"……遭遇战,打得凶,胜过天将与天兵。天兵天将三千万,撒豆成兵救英雄。敌人死了无数个,哭爹叫娘喊得凶。哭爹叫娘也没有用,一命呜呼就断了残生……"

场院里只剩下李荃一个人,鼓点终于停止了。

李荃没有说话,可盲人似乎感觉到面前有人。他用手摸了摸,什么也没有摸到。

李荃轻声说:"你唱得不对,那场战斗我们没赢。"

盲人摸到了鼓槌儿，咚的一声，又唱了一曲“刘寡妇坐堂”。

“刘寡妇我坐在堂中央，哭了一声爹，叫了一声娘，还有我那冤家绍森三郎。那一日，我去上甸把亲探，原只想，坐上你的汽车风风光光。我只是，又馋又懒的小娘子，绍森三郎你知端详。缘何说我告了密，我命赴黄泉也冤枉。贱妇死了无足惜，那么多人的性命我难抵偿。千遭恨来万遭怨，为什么，天大的事情让我扛……”

李荃用双手捂住了胸口，一口鲜血喷薄而出。

吕中隔三岔五就让兆林到李荃的屋里坐一坐，有时还提醒兆林带上糖果或点心。吕中像一只好心肠的母鸡，一点也不知道这个差事对兆林来说是多么勉为其难。

谁也不懂吕中的心思，吕中对李荃的那种感情有些像父亲。李荃许多对敌斗争的故事就像民谣一样在乡间流传。吕中认定李荃是一个不会照顾自己的人，打心眼儿里想为李荃做点什么，这种感情甚至比做父亲的更为强烈。

李荃的婚姻问题一直是吕中的一块心病。几个月前，地区的一位负责人老秦找到吕中，要他从中做媒。吕中乐得就像要嫁自己的女儿一样，兴高采烈地对李荃说了这件事，却被李荃冷冷地顶了回来。李荃心中的伤痛容不得任何人提及此类话题。大哥宋则在她的心里长成了一棵树。那间幽暗的地下室催化了她的情感也埋葬了她的情感。往烈士陵园迁墓时她发疯似的要找到宋则的遗骨。这些事吕中不知道。吕中在答复老秦时只说李荃这里定了人选。吕中的想法很简单，老秦年龄大了，腿上又负过伤，又在地委做主要领导，这些都可能是李荃回绝的原因。吕中私下找了几个他认为能和李荃相匹配的人，他们都与家里的老婆离了婚，可奇怪的是他们都不愿意与李荃建立家庭。吕中一下子蒙了，他弄不懂这究竟是怎么回事。吕中确实也想到了自己，对着镜子照了半天，得出的结论是自己根本配不上李荃。

兆林对这一切当然是懵懂的，吕中的每一句话他都当作政治任务去完成。坐在李荃的面前兆林就紧张。兆林试图找到当年在陈家大院两人初次见面时的那种感觉，可无论如何也找不到。兆林不说话脸先红，而李荃紧绷着的一张脸任何情况下都不见松动。李荃的性情变了。兆林想，李荃打了那么多的仗，吃了那么多的苦，见到了那么多的流血牺牲，不变才怪呢！兆林有时会在李荃的寝室发半天呆，李荃看书他也看。李荃发呆他则在旁边注视着她。李荃总是很沉郁，仿佛心里压着一块千斤重的石头。兆林不知道那块石头为什么要压着李荃，一种心疼的感觉能让兆林的鼻子酸酸的。

吕中的心思县委院里无人不知，只是李荃不知道，兆林更不知道。兆林只当这是县委书记交给自己的工作，所以总是把串门儿当作任务来完成。兆林经常在李荃的屋里碰见小崔，小崔喜鹊一样的声音能化解许多尴尬。兆林心生感激，却又觉出了为难。他想他是来陪李荃的，如果陪的对象发生了转变，不就是没完成任务吗？

这是比天都大的事。

夏天的一个晚上小崔敲开了兆林的门，兆林拿着一条湿毛巾正在擦脸,小崔不顾一切地扑到了兆林的怀里。兆林大张着手臂站在那里,把该说的话通通忘记了。小崔的两只手搂住了兆林的脖子,灼热的一张脸拼命往兆林的脸上贴。房门“砰”地被人撞开了,吕中门神祥地站在门口。小崔夺路而逃,兆林却站在那里一动不敢动,人整个都给吓傻了。

吕中一脚踢上了房门,压低声音说:“行啊陈兆林,长本事了。让小崔搂着感觉怪好的,是吧?”

兆林的两只手臂依然大张着,被吕中一把打掉了。“说,你和小崔到底是怎么回事?”

兆林抖抖索索地说:“我也不知道。”

吕中说:“你也不知道?小崔怎么不去搂别人,苍蝇不叮无缝的蛋!”

兆林无话可说了,他用一双惊恐的眼睛看着吕中,猜想着等待自己的结局是什么。

“回你的柳树堡去吧!”兆林被自己心底发出的声音弄得很绝望,他双膝一软,险些栽倒。

吕中踢了兆林一脚,让他站直。吕中说:“县委留下你是因为你肚子里有些墨水,如果用那些墨水玩花花肠子,看我怎么收拾你。”

兆林叫了声“吕书记”,眼泪就出来了。

吕中忽然笑了一下,说:“我知道刚才的事责任不在你,可你也别过不去美人关哪。”

兆林连忙表态:“吕书记放心。”

吕中说:“我就打开天窗说亮话吧。第一次见你我就决定要好好培养你，将来让你和李荃结成美满姻缘。你们两家有交情，你不会嫌弃李荃，对不对？”

兆林把头摇得像拨浪鼓。

吕中的眉毛竖了起来，吼：“你别觉得李荃配不上你！”

兆林红头涨脸地说：“是我配不上她。她哪里都比我强，又是功臣又是领导，我连想都不敢想。”

吕中一把抓住兆林的手，动情地说：“小伙子，你不觉得她是个好人？”

兆林肯定地说：“当然是。”

吕中果断地一挥手：“那你就娶了她！”

小崔哭哭啼啼收拾东西，李荃在一旁站着。她不明白小崔为什么要被调走。小崔什么也不肯说。昨天小崔还是兴高采烈的，晚饭以后，李荃坐在桌前看书，小崔就在一旁梳头发。小崔的头发很长，散开来发梢已经扫着屁股了。小崔的头发梳了很长时间，一面小镜子拿在手里照来照去，嘴里哼着歌，哼得旁若无人。李荃感到很奇怪，这好像不是平时认识的那个小崔。小崔的那种谨慎和低调给李荃留下了太深的印象。后来小崔出去了，回来时李荃就没看见她的脸。小崔连脚也没洗，爬到床上就用被子捂住了头。

小崔去的是全县最偏远的地方，临走哭成了泪人儿。李荃问吕中为什么突然把小崔调走，吕中黑着脸说：“她犯了严重错误。你想知道她犯了什么错误吗？”

李荃没有再说什么。她想，吕中这样做也许有他的道理。李荃的心里很空，小崔在的时候是有些烦人，小崔不在了才觉得烦人的小崔也不可或缺。人是多么奇怪啊！李荃由小崔想到了宋则。被宋则拥在怀里的时候并不觉得怎样珍贵，可永别后的思念却是这样绵长。长长的思念像绒线一样在她的心里缠成了一个团，随时都能触摸得到。

有时她也想，与宋则之间到底算一种什么关系呢？其实她对宋则的情况一无所知，只知道他的原籍在河北的安次，冀东暴动后才辗转来到联合县委。烈士陵园墓碑上的介绍就是这样简略。当时曾经派人到安次专门查找宋则的家人，但因为宋则用的是化名，居然没有查出个结果。宋则就像无名氏一样长眠在那片青山绿水之间。不知他的老母是不是每天都倚窗盼望，不知宋则的魂魄是不是已然回了故乡。

宋则永远地消失了。李荃的目光经常穿越时间和空间的岁月风尘，看见那年春天的宋则。宋则的那只手是温湿的，他在人群中是那么与众不同。他那两只眼睛因青春而明亮，在突围之前曾经沉沉地落在李荃的脸上。李荃看到了，却假装没有看到。他们就这样分了手，那个血腥之夜成了埋葬宋则的坟墓。后来李荃找过交通员老吴，打听什么情况下宋则请他代转的那支钢笔。老吴已经把这件事忘了。他只是惊异地问那支钢笔没转到你的手里吗，李荃只得把问话又重复了一遍，老吴才说："我只记得有钢笔这回事，至于宋则是怎样给我的，我一点都不记得了。当时白色恐怖那样厉害，天天紧张得像要踩着地雷。许多应该记住的事都忘了，更不要说这样的小事了。"

老吴说这话时显得有些糊涂。

秋天来了,是一个少有的丰收年景。兆林在党校学习结束以后,坐着农民拉谷草的大车回了县城。硕大的谷穗沉甸甸地垂挂着,金黄色的谷草像太阳一样有一种温暖的气息。党校建在了离县城四十里的大洼深处,四周都是密不透风的庄稼,一望无际。兆林从来没有见到过这么壮观的庄稼地,像舞台的幕景一样。他们在课余时间经常帮助地里的老乡收拾庄稼。兆林是干得最投入最兴奋的一个。劳作把他的两手磨去了一层皮,兆林却在广袤的庄稼地里感悟到了一种生命意义上的超越与升华。那天他用镰刀割谷草时险些削掉半根手指,被翻开的皮肉和如注的血流吓白了一张脸。老乡赶忙从衣襟上撕下了一块布,包扎了他的伤口。兆林在谷草上坐了下来,那堆血迹在明亮的阳光中鲜艳夺目。兆林在这个时候想起了李荃。忽然有一种说不清的思绪令他无法把握。在这之前李荃从来没有真正走进过他的内心。李荃就像天上的云彩一样缥缈而模糊。疼痛和鲜血第一次让兆林意识到了自己是个男人,第一次怜爱地想起了关于李荃的许多故事。李荃是一个坚强的、不寻常的人。但李荃首先是个女人,而且是遭受过伤痛、流过鲜血的女人。兆林一下子理解了吕中对李荃的百般呵护。哦,生活原来是这样的,兆林想,他与李荃的那种缘分其实早在几年前就已经结下了。那时陈家大院住着的那位女兄长多让兆林自豪和羡慕啊!兆林想,亏得女兄长当时是个扛枪的人,如果是随父亲来走亲访友,说不定真能闹起一场恋爱呢。许多才子佳人的戏不都是这么写的吗?

兆林在午后才走进县委大院。他背着背包抱着脸盆,脸盆里放满了杂七杂八的东西。万物走向成熟的季节兆林回来了。兆林也成熟了,目光显得沉甸甸的。兆林在院子里遇见了小马,小马正在晾衣服。看见兆林,小马远远地跑了过来,精湿的一双手紧紧地握在了兆林的手上。小马说:“我都快认不出你了。你黑了,也瘦了,却更健康了!”

兆林摸了摸自己的脸,嘿嘿笑了。

小马接过兆林的脸盆,边走边问:“学得咋样,进步不小吧?”

兆林说:“当然。长了不少见识。过去只知道有个马克思,可马克思究竟是个怎样的人,他的思想和理论体系是什么,对我们的工作都有哪些指导意义,都两眼一抹黑。这回系统地一学,就像眼前突然打开了一扇窗子。”

小马羡慕地说:“你真幸运。”

兆林拍拍小马的肩膀说:“别着急,你也会有机会的。”

两人一前一后走进了屋子,刚把东西放下,小马就神秘地说:“你不去看看李部长?”

兆林的脸“腾”地红了。

小马赶忙摆了摆手,说:“算我没说。”

兆林在李荃的门外徘徊了好半天,才鼓足勇气敲响了李荃的房门。“李部长在吗?”

李荃应了一声。

兆林轻轻推开了房门,见李荃盘腿坐在床上,一本打开的书还在膝盖上放着。李荃见是兆林,高兴地下床来问:“学习结束了？”

兆林温暖得几乎要落下泪来。

兆林一扭头，突然惊呆了，李荃对面的床上坐着小崔！

兆林战战兢兢地与小崔打了招呼，小崔却像不认识他看都没看他一眼。

李荃不解地问：“你们这是怎么了？”

小崔呼出一口长气，说：“有一回我去党校办事，他装着不认识我。”

李荃笑着说：“兆林不是这样的人呀！”

小崔灵机一动，说：“难道是我看错人了？”

李荃把一杯水端给小崔：“肯定是你认错了。”

小崔说：“我的事还请李部长多帮些忙，我不是想回县委，只是那里离你太远了。我每天都想回到你身边来，我想回来真的不是出于私心，是想和你多学些本领，好干革命工作……”

小崔边说边用手背抹眼睛，可她的眼圈儿并没红。李荃有几分无奈地说：“你的心情我理解。你走了以后我有好长时间不适应。可干部调动不是哪个人说了算的事，我如果能帮你就一定会帮。你年纪还小，在艰苦的地方接受锻炼不是坏事。”

小崔这回才掉下了眼泪，却并没用手背去擦。那颗泪珠在眼睑底下挂着。“我就想离你近一些好，你不知道我在你身上学了多少东西。我崔红英没有别的好，但是我好学。跟着你我会进步得更快。李部长帮帮我吧。”

李荃思忖了一下，说：“当初吕书记为什么调你？”

小崔看了兆林一眼，说：“他说我和你的关系一直搞不好。”

兆林惊讶极了，他没想到小崔竟然当他的面撒谎。

这话却惹恼了李荃。她在地上转了个圈儿，气愤地说：“这个老吕怎么这样武断！他怎么不做调查研究！”

兆林急出了一脑门儿的汗，可他什么也不敢说。

小崔得意地看了兆林一眼，继续说：“我揣摩是吕书记一直看不上我，看不上我的头发，说有摆弄头发的时间干点啥不好。有一次还对我发了脾气，说养俩猫尾巴没有用。”

李荃说：“他怎么能这样讲话，我要在生活会上给他提意见。”

小崔说：“还是别得罪县委书记吧。”

李荃说：“他首先是个共产党员。”

小崔低下头说：“如果他知道这些话是我讲给你听的，不把我流放到更远的地方才怪呢！”

李荃说：“这就是你的不对了。你在认识上必须端正态度，革命工作哪能用‘流放’这样的词？再说吕书记不是那种狭隘的人，他不会在工作中掺杂个人恩怨。”

小崔吐了吐舌头。

李荃又说：“小崔你要记住，不论在哪个岗位上都是为革命工作，为人民工作。挑肥拣瘦的人不会是一个好干部。”

小崔说：“我记下了。”她边翻包裹边说，“我给你做了一副毛皮手套，省得你到冬天再把手冻坏了。”

果真是一副很精致的毛皮手套。里边是雪白的兔毛，外边罩一层酱色的驼绒布，又柔软又暖和。李荃一见就喜欢得不得了，问：“多少钱？”小崔说：“是我自己做的，你说值多少钱？”

李荃高兴地把一只手伸了进去，感慨地说:“我的冻疮啊，可不会再犯了！”

兆林走了出去,他觉得心里非常不舒服。

李荃在生活会上轰了吕中一炮，把吕中气得火都上房了。生活会开成了对抗会,只有李荃和吕中两人在那里嚷。李荃开始还平心静气,虽然言辞犀利一些。随着吕中的嗓门儿升高,李荃也跟着吕中的调门儿升了上去。李荃指责吕中在小崔的问题上犯了官僚主义错误,她说小崔是个好干部,虽然有缺点,但可以批评教育。把她流放到偏远的山乡不利于解决她的思想问题。很不幸李荃也用了“流放”这个词,让吕中暴跳如雷。在这之前会议室里已经没有人了,在两个人的争吵升温以前他们全撤了。当然兆林没有撤,他就在门外站着。他心里很难受,为李荃,也为吕中。他知道他们争吵得没有意义,一切都是因为小崔的几句话,可小崔没有实事求是。

只是,实事求是的话,兆林也说不出。

稍晚一些,兆林去了吕中的屋里。吕中紧锁着眉头坐在一把椅子上,一支“大炮”正在向空中喷云吐雾,屋子里成了一片云海。兆林赶忙打开了窗子,把烟雾散了出去。兆林说:“吕书记,我向您道歉。”

吕中只是“嗯”了一声。

兆林又说:“李荃错怪了您。”

吕中横了兆林一眼,说:“还没一锅里吃饭就向着李荃？”

兆林说:“如果您不反对,我把事情向李荃说清楚。”

吕中说:“说什么说？怎么说？说你和小崔在一起抱着让我

撞上了？别添乱了。”

兆林看着吕中。

吕中叹了口气，说：“小崔多大本事，她居然敢造县委书记的谣。李荃那么聪明的人让她糊弄了，你说我这当书记的冤不冤枉？你回去告诉李荃，就说小崔勾引你，看她是什么态度。”

兆林一动不动。

吕中急了，说：“你倒是去呀！”

兆林利用三四天的时间把办公室的工作理出了头绪。他整天埋头工作，既没有去找李荃，也没有再找吕中。开始两天，兆林看见吕中就提心吊胆，怕他问起那件事。后来兆林自己把事情想通了。假如吕中真的问起，兆林会看着他的眼睛说，没必要告诉李荃。小崔怎么做是她的自由。这件事慢慢过去了，兆林惊喜地看到吕中和李荃之间的关系弥合了。生活又回到了原来的轨道，吕中经常问起兆林和李荃的关系有没有进展，那模样像只好心肠的母鸡。

第一场冬雪降临的时候，地委书记老秦突然来到了燕山脚下这座偏僻的县城。他是来检查粮食统购统销工作的，顺便办一点私事。吕中一眼就看出了老秦心底的“私事”是什么。吕中汇报工作时先后两次被老秦打断，第一次问：“李荃同志没在？”吕中说李荃没管这块工作；第二次老秦又说：“几个月前你就说她定了人选，你诓我。”吕中的汇报进行不下去了，坐在那里瞅老秦。老秦带一点揶揄的口气说：“你瞅着我干什么？县委书记连个媒都保不了，我看你当得也是够吃力的。”

吕中的脸微微有些红，试探着问：“秦书记还没有结婚？”老秦的身子动了动，别过脸去说："你没有做成媒人，我哪里能讨来女人？！"吕中垂下头去，但眼睛里看见的仍然是老秦那张干巴巴的瘦脸。吕中不由得摸了摸自己的脸，想，连我都还有自知之明，老秦怎么就不好好照照镜子呢？僵持了一会儿，老秦说："把李荃同志叫来，我亲自跟她谈。"

吕中赶忙站起来，说："李荃同志不想到地委工作，这是主要原因。"

老秦冷冷地说："是你不想放她走吧？"

吕中不敢再说什么，急急忙忙就往外走。找到李荃就把事情的经过简要地说了一遍，又开玩笑道："你跟了老秦我们全县都沾光。"

李荃说："可惜你没有女儿。"

吕中说："有女儿老秦也不一定看得上。"

李荃说："他不就是想谈谈吗？我去谈好了。"

吕中说："我给你两条指示：一、别伤着自己；二、别得罪领导。"

李荃不耐烦地说："没有你想得那么糟。"

见了面李荃才知道自己低估了老秦。老秦想和李荃单独谈谈，地点选在了李荃的单人宿舍。李荃极不情愿地开了房门，老秦马上歪在了李荃的床上，脸拱到了雪白的被单上。老秦连着两声"关上房门"，李荃都没有动。后来老秦自己亲手把房门关上了。老秦坐回床上，脸颊出现了一抹桃红。他张开了两只手臂，轻声说："你来！"李荃说："您是地委书记，请放尊重些。"老秦说："我们之间犯不上说这些。"李荃说："您是有身份的人，别把荣誉不当回事。"老秦说:"这有什么呀!我没娶,你没嫁,我们自由恋爱谁也管不着。"

李荃气得浑身发抖。她说:"我要结婚了。"

老秦说:"不是还没结吗?"

李荃艰难地说:"快了。"

老秦根本不信,说:"谁?你说说,跟谁?"

兆林忽然从外面跌了进来,一把揽住了李荃的肩。李荃顺从地靠了过去,两人一齐朝外走。

三

一场大雪连续下了一天一宿。第二天早晨,整个县城都被白色淹没了。污浊不堪的街道不见了,青灰色的瓦垄消失得无影无踪。一丝风也没有,白雪铺就的城市安详而静谧。街道上一个行人也没有,这样冷寂的清晨他们只能坐在家里发呆。如果雪下得小一点他们还可以清一清,扫一扫。可眼下这种情景真叫人无计可施。他们只能寄希望于天晴,盼望太阳能把这些雪变成哗哗流水,从窄街陋巷一直流到护城河里去。除此之外,他们还能指望什么呢?可是天气依然没有放晴的迹象,虽然雪已经停了,但干冷的风随之就从西北方向刮了过来,把屋脊上和树枝上的雪吹得沸沸扬扬。

县委大院里却是热火朝天的另一幅景象,各种奇怪的家伙都派上了用场。大家挑的挑,铲的铲,把雪通通运到了东南角的菜地里。那里已经堆起了一座大山。所有人的面颊都被冻得通红，连地委书记老秦都不例外。他不时大声地喊着号子，使得场面不像在铲雪，而是像在抬木头。强劲的北风把老秦干涩的声音吹得七零八落，但老秦毫不气馁，仍然拼劲十足。

老秦昨天从地委出来就没打算要回去，当然他也没想到大雪会把他困在这里。老秦这次是雄心勃勃而来，起因其实很简单。县委副书记张伯勇来地委开会时有意无意地谈起了吕中和李荃。张伯勇的本意是想汇报一些群众对这两个人的看法，可是没容他把话题展开，老秦的心弦就被拨动了。他没想到李荃还没有结婚，这真是一个重大发现。老秦当时就激动得难以自制。遥遥想起了两年前的一些情景。李荃第一次来地委开会时老秦就看上了她。那时老秦刚同乡下的老婆离了婚，对未来的婚姻有着美好的憧憬和想象。老秦曾经主动接触过李荃，只是李荃不知道。李荃不像别的女同志看见地委书记远远地就咧开嘴巴。李荃像个石头人。她不笑的样子越发显得端庄和典雅。这就是燕山游击队队长。燕山游击队队长原来是这个样子。老秦曾想象他和李荃的婚姻是天作之合。只是没想到李荃有了人选，这让老秦好长时间觉得懊丧。

事情就是这样简单。

老秦不了解李荃(除了登在报纸上的英雄事迹)。但并不妨碍老秦爱她。老秦的一片至诚天光可鉴。思念突然像空中飘舞的雪花一样热烈而浪漫。随便找了一个借口，老秦就一路奔驰而来。他一厢情愿地以为李荃也许正在等着他。当老秦踏着没鞋帮子的雪粉出现在县委大院的时候，那种兴奋和喜悦的心情已经到了顶峰。

结局居然是这样的。

结局怎么可能是这样的呢?

老秦甚至有些恶毒地想,李荃会嫌弃他吗?她还想找谁?

老秦随便找人聊了聊,毫不费力地就了解了兆林和李荃之间究竟是怎么回事。老秦见不得有人在他面前演“双簧”,李荃那副冷若冰霜的样子伤透了老秦的心。

吕中不时用眼睛的余光去看老秦。老秦累得一塌糊涂的样子让吕中心里充满了不忍。只是吕中一直也没想好怎样把话递过去。老秦的疲乏和沮丧显而易见。吃早饭时,老秦只吃了半碗米粥。吕中看出了老秦没胃口。可看出了管什么用呢?李荃的脾气,吕中可是知道得一清二楚。她认准的事八匹马都拉不回来。吕中夹在两个人中间很为难。他不得不抱怨老秦,天底下什么样的女人没有,怎么就死心塌地地吊在一棵歪脖树上呢?

吕中正在胡思乱想的时候老秦走了过来。老秦把手里的木锨拄在胸前,说:“真应该把这天过得有意义,难得赶上这么一场大雪。”

吕中说:“是呀,不知道秦书记都有些什么打算?”

老秦说:“地委本来今天有个会,看来我这个书记只得缺席了。李荃呢?”

吕中心里一颤,小声说:“她请了病假……”

老秦说:“又不是让她来铲雪,你紧张什么?”

……那是铃铛上山的第一个冬天,也遭遇了这样大的一场雪。一早从山洞里钻出来,她就被眼前的玉色世界激动得大呼小叫。那个世界才真叫壮观呢！白得那么深厚，那么广袤。哪里还有山的影子。山分明是雪堆就的，雪分明是从地上一直堆到了天上。铃铛兴高采烈，把一只雪团放在了姚飞飞的鼻尖儿上。姚飞飞猛然坐了起来，瞪着一双又大又圆的眼睛说："下雪了？大不大？"姚飞飞一把掀开了盖在身上的破被套，迅速钻出了山洞，面对那样一个世界，姚飞飞许久都没有说一句话。铃铛凑过来问："好看不好看？"

姚飞飞不客气地敲了一下她的脑袋："好看你个鬼！"

铃铛说："请你对我说话客气点。"

姚飞飞冷笑了一声，说："以后你就知道该求谁对你客气了。"

铃铛讨了个没趣，只得一个人钻到了洞外。她本想去山后的那个平台，可怎么也找不到通向平台的那条小路。铃铛不敢乱走，因为小路下面就是万丈悬崖，稍有不慎可能就会血本无归，"血本无归"是游击队队员们挂在嘴边的一句话，主要是形容敌人的，铃铛可不想自己也落个血本无归，连个追悼会都没法儿开。

严峻的生活就是从这场大雪开始的。

铃铛真正领略到的严峻和残酷不是在厮杀的战场上，而是在这美丽的大山里。一场大雪使山里和山外真正隔绝成了两个世界。山外的人进不来，山里的人出不去。日本鬼子也封山，可无论如何也封不出这样一个效果。山上连只鸟儿都很少看到。看见只麻雀都恨不得问问它有关山外的消息。山上的储备原本就很少，饥饿就成了眼前最凶险的敌人。那一年的冬天才真叫难过呀，游击队队员们三五成群地往深山里走，去寻找猎物。打了一只野兔能熬一大锅汤，一只受伤的豹子掉下了悬崖，游击队队员全体出动寻找了整整一天才把那只豹子抬回了大本营。山上没有盐，吃到嘴里的豹子肉有一股土腥气。可就是这股土腥气让生命有了信心和活力。那天姚飞飞问铃铛："后悔不后悔跟我来山上？"铃铛说不后悔，再难再险的时候铃铛也从来没后过悔。仿佛她生下来就是为了到这山上打游击的。"你如果现在在家里，一准是猪肉粉条吃着，小火盆烤着，小皮袄穿着，大小姐当得有滋有味。说不定还有个白脸相公在门外等着。"

姚飞飞的话把大家逗得哈哈大笑。

李荃不经意间湿了眼角。这就是记忆，一切清晰得就像发生在昨天一样。

李荃在会议室的门外就看见了老秦。今天老秦主持会议。会议室里的气氛很热烈，能参加地委书记主持的会，对许多人来说是梦里的事。老秦说了一大堆废话，然后把话锋一转，说："我有两个特别好的消息要报告给大家。第一，省里组织一个巡回报告团，特别邀请我们的战斗英雄李荃同志参加。我特别强调的是，我们整个地区只有李荃同志一个人参加，所以，她代表的是我们地区的两百万人民。"掌声"哗"地响了起来。老秦摆了摆手，又说："还有第二个好消息，听说李荃同志就要结婚了，这更是一桩大喜事嘛。所以我提议，把李荃和陈兆林同志的婚礼安排在今天举行。让我这个地委书记当一当证婚人，也来吃杯喜酒，大家说好不好？"

"哗"的一声，现场炸开了锅。

陈兆林红头涨脸地站了起来,想说什么,欲言又止。李荃眼前突然一片模糊，愤怒像锅里沸腾的水一样随时都可能外溢。可李荃不知道怎样表达自己,她的身体在瑟瑟地发抖,两只握紧的拳头像要迸裂一样疼痛而肿胀。人们纷纷说着各种各样祝福和喜庆的话。可李荃什么也听不到。她一动不动地坐在那里,任耳边的声音像风一样刮来刮去。人们终于四散开了,屋里安静了下来,但李荃感觉到屋里还有人,还有一双眼睛在看着自己。李荃把目光调整了一下。可她看不清那人,她只能等待着对方开口。

“李荃同志,恭喜你。”

是老秦阴冷的声音。

李荃慢慢微笑了,说:“谢谢。”

老秦的脸忽然污涂不堪,无数种复杂的表情在那张干皱的瘦脸上交替出现。李荃忽然觉得她看见了什么,一阵灼痛后眼前出现了灰蒙蒙的视觉。视觉逐渐清晰起来,老秦影人似的在那里晃。李荃站了起来,一眼看见兆林就在外边站着,不放心地往里边张望，李荃招呼道:“兆林快来，你还没有谢过秦书记呢！”

兆林惶惑地走了过来。

李荃啪地推开了一扇窗子,清冷的空气立刻扑面而来。“多好的雪后放晴天气,我们到外边去玩玩雪！”

李荃拉过兆林的一只手,两人手牵着手跑了出去。

新房就安排在李荃的单人宿舍里。把兆林的被子抱过去，一生中重要的事情就完成了。床上床下窗里窗外贴了许多喜字,手巧的同志还剪了窗花,居然把新房闹出了样子。吕中乐得合不拢嘴,两只大手不时搓来搓去。他让炊事员做了一大锅粉蒸肉,还派两个人端着盆子去外面买酒。一切准备就绪,却找不着李荃和兆林。

老秦烦躁地看了看手表,说:“这婚还结不结?”

吕中赶紧说:“结,结。只是不知道他俩跑哪儿去了。”

老秦发火道:“这样大的雪人还能跑丢了?”

李荃和兆林手拉着手一直往城南跑,实在跑不动的时候两人双双摔倒在雪地上。雪地发出了脆裂的一声响,像不堪重负似的呻吟起来。兆林的一只手还在李荃的手里握着。李荃感激这只手。昨晚就是这只手救李荃于危难。兆林仓皇之间伸过来的那只手给了李荃多少安慰呀!昨晚她问过兆林,是谁让你闯进房门的?她想也许是吕中。可兆林却摇了摇头,说昨晚那个时候大家都坐在一起学文件,没有人注意李荃和老秦的事。是兆林自己不放心,借着上厕所的机会拐到了李荃的房门前。兆林哪里敢破门而入呢?后来有那样的举动纯粹是让老秦给气的。李荃在兆林的宿舍一直坐到深夜,才由兆林护送着回到了自己的寝室。事情到这里本来该告一段落了,可谁也不会想到老秦会当众宣布要为李荃和兆林主持婚礼,老秦不相信李荃会嫁给兆林,但却要为他们主持婚礼!兆林把李荃从雪地上拽了起来。李荃的半边脸上沾了许多雪,兆林想用手去拂,手却被李荃攥住了。李荃激动地说:“兆林,我今天说的话永远有效。我这一生不会嫁给任何人,你、老秦,任何人都包括在内,我谁也不嫁。你听懂了吗？”

李荃银白色的面孔突然罩了一团雾气，激愤却使李荃的眼睛变得雪亮。那两道清冷而尖锐的目光投射到了高远的天空中，兆林看见的却是两把闪着辉光的剑影。

“我们走吧。”兆林说，“那边在等着我们呢。”

李荃大声说：“陈兆林，你没回答我！”

兆林举起右手，故意用轻松的语调说：“我今天说的话也永远有效。你一辈子不嫁，我一辈子不娶。老秦走了以后我会当众宣布婚礼无效。”

李荃一下子笑了。李荃笑起来的样子像是能融化漫天冰雪。她用温柔的语调说：“你像个傻瓜一样不开窍。那就是我们两个人的事了，我们为什么要向别人宣布呢？谁也不会知道我们假结婚的事，我们瞒他们一辈子。你说呢？”

兆林惊讶地说：“你是这样想的？”

李荃疑惑地问：“这有什么不对吗？”

兆林赶忙掩饰：“没什么不对。我是吃惊你有这样的想法，太惊世骇俗了。只是我们跟家里怎么交代呢？大伯父，还有我父母那里，是实话实说，还是瞒天过海？”

李荃嘟囔了句：“都瞒。”

远处有人在喊兆林和李荃的名字，声音在雪地里拖着长长的尾音。李荃踏着兆林的脚印往回走，随手抓起一把雪，拍在了自己的脸上。

吕中没有想到仓促举办的婚礼竟也这么热闹。新娘的表现尤其令人满意，平时李荃是个不苟言笑的人，谁都畏她几分，可在婚礼上李荃随和得像是换了个人。有人让兆林点支烟，兆林刚拿起火柴，李荃却说："我来。"李荃划火柴的样子很笨拙，让很多人感到受宠若惊。李荃又给每人都剥了一块糖，包括吕中和老秦。吕中乐得只会笑，真像嫁的是自己的女儿一般。老秦开始是笑着的，典礼是他主持的，并亲手给二位新人戴上了大红花。可后来老秦脸上的笑就被风一丝一丝地抽尽了。婚礼好像不应该是这样的，可不这样又该是怎样的呢？裹在喜庆和热闹的人群里仿佛一切都是身不由己。他后来都不敢看李荃的脸，李荃穿的还是平时的那套衣服，可因为胸前有了朵红花，脸上就显得红彤彤，一种幸福的感觉在眉宇间洋溢。那种幸福难道不是老秦亲手促成的吗？老秦意识到自己也许是头驴子，做的是天底下最蠢的事。

三杯酒下肚，老秦就醉得一塌糊涂。没人在乎老秦的满腹心事，连吕中都把昨天的事忘得一干二净。眼前有酒有肉有新人，谁还把老秦当回事呢？醉了的老秦更不堪入目，大家七手八脚把他扶回了后院的客房，就又回到了酒桌上。每个人都喝了许多酒，新郎新娘也不例外。李荃在这个场合才发现自己原来是海量。她把所有的人都给敬到了桌子底下，最后李荃举着酒杯竟无人可碰。

兆林摇摇晃晃地站起来，说："我敬你一杯。"

李荃做了一个手势，说："小声点，同志们都睡了。"

兆林四下里看了一眼，"都睡了？"

李荃说："明天还要打仗，让同志们多睡一会儿。"

兆林哈哈大笑起来，说："这里不是游击队，你以为你还是游击队队长？”

李荃说：“你说这是什么地方？”

兆林响亮地说：“通州师范呀！”

一条宽布帘搭在了屋子中间的晾衣绳上，房间就隔成了两个世界。熄灯前的一段时间李荃有躺下看书的习惯，她总是看得很专心，像是旁若无人。布帘另一端的兆林却总是心绪不宁，他不时偷偷地去看李荃，李荃朝里侧卧，兆林只能看见半个头影。兆林说：“开着灯我从来睡不着觉。”李荃说：“慢慢习惯就好了。”兆林也想看会儿书，可那些字无论如何落不进眼睛里。兆林很气恼，把书扔到了桌子上。没扔好，书掉在了地上。

李荃掀开布帘看过来。

兆林赶紧说：“我不是故意的，我没有打搅你的意思。”

李荃没有说话，却把电灯关了。兆林心里有些发毛，小心地问：“不看了？”

李荃说：“不看了。”

兆林说：“我们说说话。”

李荃问：“你希望我跟你说些什么？”

兆林一下子来了精神，侧过身来说：“说什么都行，你说什么我都爱听。”

李荃倦怠地说：“我不想说。”

兆林在心底叹了一口气，两只眼睛空空地望着房顶，心里翻涌着一股难言的苦闷和惆怅。总有一些豪言壮语似的东西在他脑海里掠过。可那些豪言壮语帮不了他一点忙。黑夜像巨大的阴冷而潮湿的被子让人无处躲藏。兆林盼着天亮，盼着太阳出来，兆林站在太阳底下可以晾晒自己发霉的心事。兆林好想畅畅快快地对太阳说点什么。允诺那么容易，可实现允诺却是那般艰难。兆林无法破译自己的身体语言，许多千奇百怪的想法无孔不入，像夏日的蚊虫一样既让人瘙痒难忍又让人无计可施。

兆林在极度疲乏中入睡。涨水了，涌动的大青河水淹没了岸上的一切，棉柴是被连根拔起的，它们浮浮游游地跟着水浪走，很快就在旋涡里聚成了一团。口渴的乌鸦站立上去，浪起它也起，浪跌它也跌。翅膀被河水打湿了，乌鸦惊叫着拼命往高空里飞，抖落的七彩水珠在空中弹跳……屋里的空气是一种玫瑰红，雪白的纱帐也染上了玫瑰的色彩。一群头戴花冠的蚂蚁跳着古怪的舞蹈。床上有温热的水，水里有香暖的人，一条大腿沉甸甸地落在了身上，兆林陡然大惊失色：那人是小崔。

淋漓的汗水顺着每一个汗毛孔爬了出来，惊恐和疲乏像两道绳索紧紧捆绑了他。他不明白自己怎么会梦见小崔，那个香暖的人横过来一条玉腿，怎么可能是小崔呢？兆林在黑暗中又沮丧又失望。布帘像一页屏障矗立在那里，布帘又不是一堵墙，它能阻挡什么呢？兆林控制不住自己的欲望，兆林果真下去了。地面冰凉冰凉，兆林不得不用两只脚跟着地。他一把扯开了布帘，却发现李荃的床是空的。兆林疑惑了，这个时候李荃去了哪里呢？

兆林完全清醒了，他慌忙打开了灯，手忙脚乱地穿起衣服，趿拉着鞋子就往外走，刚一打开房门，李荃却一步迈了进来。两人都有些吃惊地望着对方。李荃说："刚半夜，你怎么起来了？"

兆林说:“我正要问你呢,三更半夜你去哪儿了?”

李荃说:“睡不着,一个人到外边走了走。”她把被扯开的那条布帘重新抻好,坐在了自己的床上。李荃说:“睡不着的滋味可真是不好受。我总在想那些年在山上,睁眼闭眼都是山上的那些山洞、丛林,天上飞的是日本人的飞机。还有牺牲的那些战友,他们在我的脑子里排着长队。睡不着,就想。可越想就越睡不着。兆林,你睡不着的时候想些什么?”

兆林有些心虚地没敢言声。

李荃的声音又从布单的上空飘了过来:“你可能还记得姚飞飞,她牺牲那年二十九岁。住在你家那段时间是我们最轻松的日子。我们每天晚上谈的都是与打仗无关的话。我那时年龄小,猜不透姚飞飞的心思,可姚飞飞说过的一些话我永远都不会忘记。她说她希望这仗永远打下去,一直打到她壮烈牺牲的那一天。姚飞飞不止一次地问过我,铃铛,全国一解放,你知道我最想干的事是什么吗?我说嫁人。姚飞飞说,不会有哪个男人肯娶我,我又老又丑。我说,谁不愿娶队长谁就是有眼无珠。姚飞飞说,知道你个小鬼头爱用好话甜哄人,可如果世界上的男人都有眼无珠呢?我说,我们俩一起过。姚飞飞说,到时候你就不这样说了,不定哪个白脸相公把你娶走呢……”

兆林听呆了。

李荃问:“如果姚飞飞活到今天,兆林你肯娶她吗?”

兆林险些落下泪来,他一下子理解了李荃。想起那天在雪地上李荃宣誓似的一席话,兆林百感交集:“你就是因为这个才不愿意结婚?”

李荃缓缓吐出了一个字:不。

生活在一起,兆林才知道李荃的日子是怎么过的。李荃像一个半大孩子一样又粗心又没耐性。如果不是亲眼看见,兆林不会相信李荃这么灵秀的人穿的内衣上却被系了许多小疙瘩。衣裤破了李荃不缝不补,只用线绾上一个小疙瘩了事。这样做的结果是让衣裤没有了原来的形状,穿在身上如何能舒服呢?兆林是偶然发现这一秘密的。李荃换下的衣裤来不及清洗就塞到了床垫下,把床垫顶出了一个大包。兆林打扫房间时给翻了出来,发了半天愣。李荃看见被子底下压着平平展展的衣裤时发了一通火。兆林什么也没说。李荃有些心虚,再换衣裤时就放进抽屉锁起来。兆林平静地说:"你何苦这样做呢?我一个人的是洗,两个人的也是洗。况且两个人的衣服放在一起洗又省水又省肥皂。"

李荃坚持说:"你不必为我做事。"

兆林没有听李荃的话。他逐渐添了些家当,其中有一只煤油炉和一套锅碗瓢盆炊具。因为李荃的胃时好时坏,她又太不会照顾自己,工作一忙就什么都忘了。早上兆林说:"快些去吃饭,晚了饭是凉的。"晚上兆林说:"洗脚要用热水,怎么你总也记不住呢?"李荃像孩子样地连声答,可转脸就又忘记了。有一天,李荃晚上回来直嚷胃里不好受,兆林想起吃饭时她还在和几个基层来的干部谈工作,就问她吃晚饭了没有。李荃想了半天也没搞清楚自己到底是吃了还是没吃。把兆林气得哭笑不得。兆林连忙给她煮了四个荷包蛋,李荃吃得香甜极了。吃完了才想起问兆林哪里来的炉灶。兆林说买了好几天了,每天都在这里放着,只是你看不见。李荃说:“下个月的工资我分一半给你。”兆林说:“我看最好从这个月开始。”李荃痛快地点头答应了,动手就翻自己的床下,把饭票、钱票之类的东西通通放到了桌上。“都给你。”李荃说。兆林笑着说:“你还当真了。”李荃说:“不当真哪行。”兆林问:“你能把所有的事情都当真吗?”李荃警觉地问:“什么意思?”兆林小心地说:“我给父亲写了封信,把我们的事告诉了他。”李荃不说话了,却动手去移兆林的单人床。单人床就像长了腿似的早上移过来晚上移过去,一条床腿已经被拉扯稀松了。李荃没有生气,兆林受了鼓舞,继续说:“我也想给伯父写封信,把事情告诉他,免得他牵挂你。”李荃看了兆林一眼,兆林赶忙说:“当然我这是在和你商量,你如果觉得不合适就算了。”李荃头也没抬,她有些不好意思抬头。李荃说:“你爱怎么办就怎么办,这事跟我没关系。”兆林得寸进尺,说:“我不会告诉伯父我们是假结婚,这事也和你没关系?”

李荃没头没脑地说了句:“我很矛盾。”

兆林坐下身去,等着李荃的下文。

李荃又说:“也不知人家真夫妻是怎样过的。”

“怎样过的都有。”兆林指着两张单人床说,“只是它们离得不那样远。”

“有合适的,兆林你就去找一个吧。”李荃真诚地说,“我这样耽误你实在是不应该。”

兆林深感意外地看着李荃。

李荃说:“我嘴上不说,其实我心里总觉得对不住你。你还小,可我的心已经老了。你每天为我做这做那,我嘴上不乐意,心里却是暖的。你也看见了,我这个人各方面的能力都很差,你这样帮我不是好事,哪天你离开了,我的天就塌了。”

兆林痴痴地说:“我一辈子都不离开你。”

李荃凄惶地说:“我总不能耽误你一辈子吧?”

兆林说:“怎么是你耽误我呢?和你结婚是我自愿的,我情愿照顾你。我们真结婚、假结婚都没有关系,要紧的是不会有像老秦那样的人再欺负你。能和你生活在一起我已经知足了。除非你以后主动离开我。”

李荃伤感地说:“离开你我能到哪儿去?”

兆林故意用轻松的语调说:“还是那句话,这辈子能给铃铛姐姐提鞋我都会感到很荣幸,何况还能亲手端来洗脚水呢?”

李荃偷偷地笑了。她把用作屏障的布帘从被子底下抻了出来,搭到了晾衣绳上。兆林躺到了床上,从布床帘底下看见的是搪瓷盆里李荃两只雪白的脚踝。兆林用被子蒙住了头脸。

李荃问:“睡了?”

兆林瓮声瓮气地回答:“睡了。”

去省委报到之前,李荃去烈士陵园看望那些牺牲的战友。吕中特意批了兆林一天假,安排兆林同李荃一道前往。两人各骑一辆单车上路了。李荃戴的是小崔缝的那副毛皮手套,李荃的手有冻伤,那副毛皮手套帮了大忙。烈士陵园坐落在深山里,被苍松翠柏环抱。一种肃穆的气氛像郁结的云块一样伸手可触。李荃径自走向了姚飞飞的墓,李荃什么也没说就扑到了姚飞飞的墓上。

姚飞飞，河北玉田人，生于一九一八年五月。一九三五年四月加入中国共产党。同年十月，参加了由李子光带领的中共党员在别山大集举行的游行示威，号召抗捐税、不交租、不纳粮、取消高利贷、建立苏维埃政权。一九三六年创建“一文钱”文具店，从事党的秘密活动。一九三八年秋天，冀东暴动失败后转入深山，组建了燕山抗日游击队。

兆林的眼睛湿润了。他依稀记得姚飞飞那圆圆的脸和大大的眼。那时兆林的胆子很小，对枪不敢摸也不敢碰，有一天，姚飞飞出其不意地把枪放进了兆林的手心里，兆林便像受惊的兔子一样逃开了。如今姚飞飞的身躯已经化作了一抔泥土，孤单地在这里听着风声林响。姚飞飞最好的朋友曾经是铃铛，她们形影不离的样子时至今日仍历历在目，令兆林感到李荃心中的伤痛一生都难以愈合。李荃是幸存者，可分明又是不幸的，兆林时常能感觉到战争留给李荃的印迹太深刻也太残酷。李荃总是用尽心力背负着什么，时常忘记了自己是谁。

也许兆林和李荃一生一世就这样过下去了。坐在这样一种肃穆的氛围里兆林想，他永远都不会放弃疼爱和照顾李荃的权利。李荃是个值得疼爱和照顾的女人。只要能够一辈子隔着布帘看着她，就该知足了。

李荃抚摩了许多块墓碑。李荃一日也不曾忘记这些曾和自己并肩战斗过的战友。她忘不了这些人，这些熟识或不熟识的人曾经那么热烈地和自己拥抱和握手，谁也不知道几个小时之后要面对那么惨烈的局面。李荃很长时间都不能原谅自己。因为别人死了而自己却活着。报仇的欲望曾经像秋日的荒草一样漫无际涯，只需一粒火种就能奔腾出冲天烈焰。如今，一切真实的背景都远去了，苍松翠柏下只有一个瘦削的女人在如泣如诉。悲伤像沉重的山峦一样压得人透不过气来。

终于看见了大哥宋则。宋则安眠在陵园的西北角。身后就是一片松林。这里显得冷清、寂寞。大哥一双忧郁的眼睛透过坟墓遥遥地注视着李荃。李荃倚着墓碑坐了下来，瘦削而苍白的双手一寸寸地抚摸着宋则的坟墓。恍惚又是第一次和宋则见面的情景。在那辆人力车上，大哥的手与铃铛的手相握着。大哥的另一只手搂着铃铛的肩。铃铛脏兮兮的小脸倚在大哥的胸前。铃铛心底的话永远不能对大哥宋则说了。李荃匍匐在坟墓上，把一张脸贴了上去。太阳还是过去那个太阳，照耀着生者，也照耀着死者。

兆林走了过来，无声地看着李荃。

李荃说："你不知道这里埋葬的是谁。"

兆林想了想，说："是你不想结婚的理由吗？"

李荃参加的最后一个常委会上讨论选调干部人选，李荃坚定不移地推荐了小崔。因为李荃明天一早就要出发去省城，小崔竟成了唯一一个全体通过的人。李荃的心里有些不是滋味，仿佛是常委们照顾了自己的亲友一般。散会以后已经很晚了。李荃回到了屋里，见兆林已经装好了一个行李包。李荃奇怪地说："我又不是去送礼，你怎么让我带这么多东西？"兆林把行礼包打开，告诉李荃哪些是内衣内裤，哪里是洗漱用具等等。李荃说："过去我出门只带两只脚。"兆林说："天底下哪有你这样粗心的女同志。对了，我还给你买了一包糖果、两盒饼干放了进去。因为报告团肯定是集体行动，不可能随时吃到东西。你的胃不好，千万别饿着自己。"

李荃不以为然："你怎么婆婆妈妈的？"

兆林说："如果你能婆婆妈妈些就好了。"

李荃刚要动手拽兆林的单人床，吕中忽然推门进来了，说："我再打搅一会儿，不妨事吧？"

兆林忙把吕中让到一把椅子上。吕中问："兆林，材料准备齐了？"

兆林说："齐了。"

吕中对李荃说："好好说，甭不好意思。全省就你一个女同志，也是咱全县的光荣呢。明天先送你们到地委，地委还要给你们开欢送会。看见老秦客气点，我们犯不着惹他。"

李荃别过脸去。兆林赶忙说："吕书记说得对。"

吕中没有计较李荃的态度，继续说："到了省委不该说的话不说。老秦这个人是有些差劲，但有些事情说不清楚。"

李荃说："你不用跟我讲这些，我知道自己该怎样做。"

吕中打哈哈道："带这样一个大包一准是兆林的功劳。一次去地委开了十天会，李荃深更半夜到处去买毛巾。"吕中边说边站了起来。

兆林赶忙说："吕书记再坐一会儿吧。"

吕中说:“李荃这一走可要去小半年哪。兆林同志。时间可是宝贵的。”

吕中故意严肃地冲兆林一挤眼,走了出去。

李荃继续拽那张单人床。

兆林说:“明天就要分别了,我们当真不能离得近一些吗?”

李荃迟疑了。

兆林走了过去,轻轻一揽就把李荃拥在了怀里。

李荃红着脸说:“不许你这样,你这样做好没道理。”

四

有一件大事在上甸、下甸同时发生了。两村的交界处筹建了一座学校,上甸和下甸的孩子都在这所学校里读书。学校一共有两个老师,男的叫永顺,女的叫水香。水香是上甸人,永顺是下甸人。于是一些故事不可避免地发生了。水香不愧是新女性,一点也不在乎来自家族的压力和村里的闲言碎语,把一场恋爱搞得热火朝天。村里有了干部,但干部也是老封建。干部曾经来找李景阳,让他站在族长的角度上出马管管这件事。李景阳拒绝了。他说自己已经老了,多说无益。有一天,永顺在去学校的路上失踪了。永顺的母亲每天都到学校里哭哭啼啼,招得上甸、下甸的许多人前来围观。水香知道自己人单势孤,难与族规家法抗衡,就给党中央写信。写给她知道名字的党和国家领导人。水香断定永顺是被囚禁了,生死未卜。但时间一长,必定凶多吉少。水香发出的信很快有了回音。一个月以后,中央来了一个“永顺问题调查小组”。组长姓袁。调查小组的人挨门串户地找人做工作，讲《新婚姻法》，宣传党的政策，终于感动了上甸人，交出了永顺。永顺被关在了一个菜窖里，因为阴暗潮湿和营养不良，出来时双腿已经站不起来了。调查小组没有追究任何人的责任，只是把永顺送到了县里医院治疗，后来又亲自主持了他们的婚礼。

勋终于要大大方方地走娘家了。虽然没人告诉勋应该怎么做，但勋在心里把那些束缚自己的条款通通废掉了。勋从来也没有如此轻松如此愉悦过。新社会了，新社会多么祥和多么亲切！勋满心欢喜地从妇女识字班回来，大声教女儿忍冬自己刚学会的两句话：单丝不成线，独木难成林。勋本来用不着上识字班，她当识字班的老师还差不多。但勋喜欢像学生一样去上课，喜欢像别的妇女描红般一笔一画地写黑板上的字。勋的字当然写得最好看。老师不止一次地表扬勋，并拿勋的练习簿做样板。妇女们只是笑。她们习惯了勋做事比她们强，勋做什么都比她们强。

忍冬已经六岁了，是一个美丽聪颖的小姑娘。忍冬连蹦带跳地远远走在勋的前边，大声重复着刚学会的两句话：单丝不成线，独木难成林。然后又跑回来问勋，啥叫单丝，啥叫独木？啥叫不成线，啥叫难成林？逗得旁边的人笑声不断。回到家门前，忍冬抢过勋手里的钥匙自己开房门上的锁，可黑暗中怎么也不能把钥匙放进锁孔。忍冬只得把钥匙放进勋的手里，说：“妈，你能把钥匙打开吗？”

勋纠正说：“是把锁打开。”

忍冬赶紧说:“对对对,是把锁打开。”

勋进屋点了灯,然后给忍冬洗手洗脚。

勋说:“忍冬乖乖早些睡,明儿一早跟妈妈走亲戚。”

忍冬说:“咱们有亲戚吗?”

勋说:“当然有。我们有小姨在县里做大事,还有姥爷就住在上甸,姥爷可想忍冬呢。”

忍冬问:“那咱们怎么一直没有去过姥爷家呢?”

勋想了想,不知如何回答。

忍冬说:“咱们家真奇怪,都是没有见过的人。”

这话把勋逗笑了。勋问:“忍冬还没见过谁?”

忍冬说:“爸爸呀!就见你一天一天地给他做鞋,却总也不见他回来。”

勋呆住了,她用一只手摸着忍冬的脸,问:“忍冬,你说爸爸还能回来吗?”

忍冬说:“能。爸爸一定能回来,把你做的鞋全穿完。”

忍冬抢着去焐被子。先给爸爸铺好,然后是妈妈的,最后才是自己的一床小被子。忍冬的小脸累得通红,长长的头发通通粘在了两颊上。忍冬不一会儿就沉沉地睡去了,两条小腿蜷缩在胸前,长长的睫毛底下是一溜阴影。勋忽然觉得心里慌慌的,面对手里的活计,怎么也没了做下去的欲望。

勋正在烦闷,外面突然传来拍门声。勋慌得浑身打战,抖动着嘴唇问:“是谁?”

来人发出一阵笑,说:“大姐,你开门。”

门刚一打开,那人搂住了勋。“大姐,我是英娘。你还记得我吗？”

勋错愕，想不起英娘是谁。

“你去沈阳的时候我们在山海关分的手，你给了我一块银圆，我一直也没舍得花。现在还在柜子里藏着呢。”

勋又惊又喜，拉英娘进屋。端起油灯往英娘的脸上照，仍然不放心地问：“你，真是英娘？”

英娘说：“这还有假？当年你还说去大豆庄看我，我左等右等你也没来。我来了你又认不出我。没想到你早就把我忘了。”

勋有些不好意思，握住英娘的一只手说：“忘是没有忘，只是你这样突然出现把我闹蒙了。现在也该有九十点钟了，你怎么现在才来？”

英娘说：“人家擦黑时来过一次，只是你家的房门上着锁。”

勋说：“你在哪里等了这么长时间？”

英娘说：“我家里呀！大姐你还不知道吧，我嫁到下甸来了！”

勋高兴地说：“快告诉我，是谁家？”

英娘说：“大姐，我嫁给晚生啦！”

勋愣住了。晚生是一个太熟悉的名字，什么时候想起心里都有一种异样的感觉，可又分明是许多年不曾想起了。勋感到有些奇怪，这些年一直也没怎么见晚生。

“我和晚生结婚那天就要来看大姐，可晚生说啥也不让我来。我说我和大姐的交情谁也没法儿比。一起睡草垛，一起要饭来着。大姐你去沈阳也没找着人，早知道是这样我跟你做伴就好了。”

“你也不问问我在大豆庄的事。”英娘有些伤感地继续说，“我回来以后被婆婆一顿好打。但我也打了那个老太婆。新社会了，谁怕谁呀！后来她儿子一直不回来，老太婆就慌了，怕我改嫁，总给我做好吃的，还像只老母鹅似的在我耳边咕嘎个不停。我也总算过了几年好日子。要不是工作组来找我，我真想守下去，我可不想再碰见个老妖婆。可工作组的人总说，我又年轻，又没个孩子，往前再走一步才是正理。正巧有人介绍晚生，我就嫁过来了。大姐你去沈阳又没找着人，咋不往前走一步？”

勋叹了口气。

英娘又说：“听说那个人在台湾，台湾是蒋介石待的地方，没好人。”

勋像几年前一样对英娘没有说自己的欲望，只得转了话题，“晚生对你好吗？”

英娘想了想，说：“也好，也不好。”

勋说：“这话听着可真费劲。”

英娘说：“我就是摸不着他的心。”

英娘在炕沿上晃着一条腿，看上去一点也不往心里去。勋不知道英娘在想些什么，只是觉得英娘还是当年的样子，连身量都没变。岁月并没有让英娘变得大一些。勋想，看来英娘永远是山海关前的那个英娘了。

英娘有一句没一句地打听忍冬的情况，这又是勋不愿提及的话题。忍冬已经懂事了，勋不想把忍冬的身世总挂在嘴边。英娘没话说的时候就呆呆地坐着。勋几次想劝她回家都张不开嘴。看情形英娘真的不是一个幸福的女人。把她往晚生面前一放，说不上谁不好，但就是觉得不般配。勋知道晚生的心气儿，英娘显然不是晚生追求的那种人。

一大早，李景阳就看见一只灰色的喜鹊在门楼上跳来跳去。李景阳觉得稀奇，站在院子里看了好半天。微风拂动着他灰白色的头发，他高高地仰着脸，神情就像个孩子。灰喜鹊叽叽喳喳地叫个不停，李景阳想它也许是饿了，颠儿颠儿地跑回屋去抓了一把米，撒得很高的样子给喜鹊看。小米扑簌簌地落在地上，灰喜鹊看见了，却显得无动于衷。太阳已经升到了东房顶，薄薄的一缕光晕投射在那里，斜斜地切下了房子的一角，像一幅画儿似的泾渭分明。

当太阳铺满整个院落的时候，李景阳端了一只铁丝筛子坐在前门槛子上。筛子里装着少许黑豆，李景阳戴着老花镜在太阳底下挑拣黑豆里面的沙砾。黑豆是社里分来的，看上去并非与众不同。富裕中农李得胜刚说了句“这黑豆里有沙”，就遭到了所有人的批判。李景阳有些想不通，有沙就是有沙，怎么就说不得呢？怎么说出来就挨批呢？李景阳把疑问存在了心里，并不摆在脸上。他时刻记着女儿李荃的话，自己是被宽大了的地主，但仍然是地主。李景阳捉沙砾的那只手有些不听使唤，沙砾像水里的鱼一样刁钻。李景阳不觉着起急来，额上冒出了汗，镜片都被汗水打湿了。李景阳只得把眼镜摘了下来。左擦右擦，又放到阳光下面去晒。就在这时候他看见了院子里站着一个花仙子般的女孩。李景阳有些不相信自己的眼睛，重又戴上老花镜，才饶有兴致地问：“你是谁？”

女孩说："姥爷。"

李景阳颤颤巍巍地站起了身。

忍冬又嘹亮地叫了一声："姥爷。"

躲在外边的勋走了进来，跪在了父亲的脚下。父女俩久久彼此凝视，千言万语却不知从何说起。这还是女儿记忆中的父亲吗？父亲那一头油亮的黑发，那一双神采奕奕的眼睛，那一副直直的、永远不会弯曲的身板都到哪里去了呢？李景阳把女儿拉了起来，牵着她的手往院子里走，边走边说："你来得正好，我的眼睛不行了，豆里有沙都看不见。前些日子我还能在太阳底下看见针鼻呢，这眼睛说不行就不行了。"

勋问："荃，她好吗？"

"好，好。"李景阳用衣袖擦了擦眼睛，心满意足地说，"她也结婚了，嫁的是柳树堡你叔父家的孩子。说来也真是缘分，闹日本那年，我专门去陈家议过亲，那时陈家正有难处，兆林又小，我去了却没好意思说出口。谁想到多少年以后荃和兆林还能碰到一起。你说，这不是缘分是什么？"

勋羡慕地说："荃比我强。荃小时候就比我强。"

李景阳告诉女儿，她去沈阳的那些日子，他几乎每天都到村口去转，希望能看见勋和仲澍双双回来的身影。后来他病了，是老宽替他到村口转。后来老宽告诉他，勋没找到姑爷，却捡来一个孩子。

一声瓷器碎裂的脆响把父女俩吓了一跳。勋急步朝发出响声的房间跑去。是在父亲的卧房，忍冬高高地跪在一张桌子上，怀里抱着把鸡毛掸子，两只眼睛瞪圆了看着勋。一只青花瓷瓶在青砖地上被摔得粉碎。

勋用责备的目光看着忍冬。对犯了错误的忍冬，勋从来都是束手无措。勋不会打，也不会骂。勋的万千言语都注进了那一双忧郁而无奈的眼睛。可惜忍冬不懂，一瞬间的不知所措以后就张大嘴巴哭了起来。忍冬总是这样，忍冬的这种先发制人和强词夺理的本领几乎与生俱来。忍冬刺耳的哭叫声震动着勋的耳膜，勋破例没有像过去那样把忍冬抱在怀里千哄万哄。勋看着眼前破碎的那一堆青花瓷器觉得很难过。她蹲下身去，把瓷器一片一片捡在手里。李景阳踉踉跄跄地奔了过来，远远地就伸手去抱桌子上的忍冬，忍冬立刻不哭了，乖巧地喊了一声："姥爷。"

勋给父亲洗了很多东西，院子里拉起的三根绳子上通通晾满了。这期间那一老一少始终坐在一起拍手唱着歌谣。父亲脸上的笑容像阳光一样明媚。勋逐渐开朗起来，竟自哼起了一支小曲，却是"麦子黄黄，娶新嫁娘"。李景阳专注地听了听，问忍冬："你会吗？"

忍冬站起身来，敞开嗓子唱了起来。

中午，勋焖了一锅小米干饭，干饭上蒸的是勋在家里就炖烂的一只母鸡。李景阳爱惜地说："还是只下蛋的鸡吧？"

勋拨弄着旺火说："杀的时候倒是见它肚子里有蛋，可是已经许久不下了。"

李景阳点头道："是只油裆鸡。"

忍冬说："昨天还捡到它下的蛋呢！"

勋笑道："是吗？忍冬说说看，鸡蛋是白母鸡下的还是黑母鸡下的？”

忍冬说：“当然是黑母鸡下的。”

勋说：“可我杀的是只白母鸡呀！”

忍冬想了想，说：“不对，白母鸡要等今天才能下蛋，你如果不杀它，它能把蛋下在锅里。”

勋的脸红了，小小的一个谎言居然叫忍冬戳破了，她有些难为情。勋偷偷看了父亲一眼，父亲哈哈笑了，说：“杀掉下蛋的母鸡是很可惜，可女儿回家总得有见面礼呀。”

英娘几乎每个晚上都到勋家来串门。英娘串门时从不带活计，只带着张嘴。英娘重复地叙说着家里的是是非非，让勋的耳朵起了茧子。起初勋还想劝劝英娘，因为英娘说的话三分在理七分不在理，可勋慢慢发现英娘是一个听不进别人话的人。比如，英娘这样想事情，她认为事情就永远这样了。不管对不对，任何人、任何情形都休想改变她。为了英娘空手串门的事勋就费过很多心思。勋不能不让英娘来，看得出英娘把勋当成了自己的亲姐姐。英娘心里有什么话都愿意对勋说。可英娘与家里人有矛盾，这简直成了勋的一块心病。英娘每晚都出来串门的事肯定会受到家里人的埋怨。谁家愿意娶个媳妇是“鞋底儿光”呢？为此勋嘱咐英娘，明儿再来带些个活计，给公婆、丈夫、小叔、小姑做些什么。英娘絮叨家里针头线脑儿大的是非时，勋并不随声附和，有时还要说上英娘几句。可英娘并不往心里去。勋说的任何话都像耳旁风一样，刮过去就没事了。

勋和英娘不在一个社里干活儿，白天很少碰面。

转眼英娘就嫁过来一年多了。和她同时结婚的一个小媳妇生了大胖小子。英娘着急了，每天三句话不离本行。不管是晚上串门还是白天下地干活，生孩子的事总是嘴边的一个话题。英娘专门去向生孩子最多的妇女讨教，每天在地头歇工的时候都和那个妇女嘀嘀咕咕。就有脸大的妇女和晚生胡乱开些玩笑，说晚生大概有毛病，害得老婆到处跟人讨主意。晚生的脸挂不住了，当着许多人的面打了英娘。晚生平时是很儒雅的一个人，可一旦凶起来，比受伤的老虎还吓人。妇女们一哄而散，男人抱着膀子无动于衷，他们平时都是打惯了女人的，晚生偶尔打一次，实在不足为奇。

别的女人挨打都是白挨，打完了男的没事女的也没事，该干活干活，该做饭做饭，英娘可不是那个脾气。社长分配她去淘粪，英娘把一只老猫踢出去一丈远，头也不回地走了。有人追到了场院外边，见英娘并没有回家，而是一直向北朝大青河堤走去，便慌乱地回来对晚生说："你快去看看吧，她可别一时想不开。"晚生的脸煞白，嘴唇却是乌青乌青的。晚生说："天底下的人都死绝了，她也死不了。"说完，像个老先生一样趴在记工桌上，人萎靡得像晚霜打过的秋草。

晚生不喜欢英娘，从打第一次见面，晚生就不喜欢她。可晚生还是和英娘结了婚。晚生是一个年过三十的人了，不和英娘结婚还能和哪个结婚呢？既然喜欢的人喜欢不来，那么和谁结婚就成了无所谓的事。所以晚生结婚时也没操办，村里的大多数人都不知道。若干年里晚生已经不想那个人了。就像一个大大的疮疤长在心口窝儿上，若不撩起衣服，自己都难得看见。只是没想到英娘和勋竟然有着那么一点牵连。当勋的名字反复出现在英娘的嘴里时，晚生心上的那块疮疤就像遭了阴雨一样又痛又痒。英娘爱串门，父母都有意见，晚生解释说，是勋那里想有个伴儿，父母就不好再说什么。晚饭没咽利落，晚生甚至就催英娘走。晚生也不明白自己为什么要这样做。英娘回来以后脸上总是红扑扑的，因为她走路又快又急。晚生看在眼里，心里总是一涌一涌的。晚生愿意和英娘亲近，英娘的身上有一股不是英娘自己的味道。晚生闭上眼睛，怀里的英娘就换了一个人。英娘当然不知道晚生心里想些什么。当那个虚幻的影子溜没了踪影时，晚生就无论如何也不肯再面对英娘。晚生会离英娘远远的，恨不得在他和英娘之间画条河，把英娘永远隔在河那边。

英娘躺在暖融融的河滩上，五月的阳光照耀着她，清亮的河水在她的脚下流淌得无声无息。英娘顺躺在麦垄里，闻着麦花的清香，不一会儿就睡着了。也就是做了一个梦的工夫，日影就像蝴蝶一样飞走了，天空暗了下来。河边有松柔的沙土，英娘把两只鞋脱了提在手里，光着脚走在沙土上，又自在又舒服。

勋和忍冬娘俩儿正吃晚饭时，英娘一挑门帘进来了。忍冬的一口饼子没咽下肚去就咯咯地笑了。英娘的头发又脏又乱，像个柴草筐，脸上都是汗道道儿。勋惊讶地问："你咋弄成这个样子？"英娘累得连话也懒得说。可看见炕上的饭桌，眼睛就直了。玉米粥英娘吃了一碗又一碗，玉米饼英娘吃了一个又一个。忍冬看出了危险，伸手与英娘抢最后一个，被勋一把拦住了。勋说不够吃一会儿可以再做，家里有粮食，还怕饿着你不成？

饭后，英娘从头到尾讲了被晚生打的事，当然添油加醋了不少。她还把头上的包亮给勋看，把勋吓得一愣一愣的。晚生也会打人，勋可从来没有想到，晚生也会打人！凶神恶煞似的晚生与勋心底曾经感受过的晚生怎么可能是一个人呢？还有，英娘整整一天没有回家了，她在外边东游西逛了整整一个白天，这在勋的心里又是一件了不得的事。英娘靠在被垛上与忍冬玩着一种织绳的游戏，勋忍不住说："英娘，不是大姐撵你走，你和晚生闹生分，待在这里不是个事儿。"

英娘说："我不走，我今天要跟忍冬钻一个被窝。"

勋说："英娘别闹了，大姐跟你说正经的呢。是我送你回家，还是让晚生来接你？"

英娘说："我就住在你这里。"

勋果断地说："不行。你也是有家有业的人了，怎么能随便住在外边呢？大姐这样做是为了你好，做了人家的媳妇，总也得有个做媳妇的样子。"

英娘说："我咋没有做媳妇的样子了？早上起来是我扒灰烧火，人家吃饭我去打狗喂猪，一家上下的眼睛都贼似的盯着我，仿佛我是光吃饭不干活儿。"

勋笑着说："你去打听打听，哪家的媳妇不是这个样子？好了好了，英娘别赌气了。你一天不回家，晚生不定怎样着急呢。"

英娘说："他才不急呢。我知道他从心里看不上我。"

这话从英娘嘴里说出来，让勋感到事情有些严重。勋在堂屋的黑暗中站了几分钟，左右都思量过了，仍觉得英娘住在这里不合适。勋反身进屋，对英娘说："晚生打人是太不应该了，我这就去找他，让他好好来给你赔礼道歉。"

英娘不依，说："大姐，你要是我大姐就别管我的事。你要不是我大姐我这就走。"

勋为难了。

英娘负气地说："亏得咱俩还有这么深的交情呢，通通都是瞎掰，那时说得多好听呀，英娘受气就到我家来住，想住多久就住多久。早就忘了吧，我可是记得真真的呢！"

勋说："英娘你误会了……"

英娘说："我误会不了。直说吧，今晚到底收不收留我？"

勋说："可我……总得告诉你家里一声吧？"

英娘得意地说："那就是你的事儿了。不去更好，要去，我也不拦着。告诉晚生，就说我让野汉子背走了。"

忍冬问："小姨，啥叫野汉子？"

英娘刚要张嘴说什么，勋厉声说："忍冬！小孩子家不许多嘴！"

勋在满天星空底下朝晚生家走去。勋走得有些心不在焉。许多尘封的往事涌上心头。那些记忆中的一切当真曾经发生过吗？勋一遍一遍地问自己。勋有些狐疑。远远看见黑乎乎的井架竖立在那里，勋才心惊肉跳起来。冬日黄昏的一个场景突兀地出现在漆黑的幕布上。面孔清瘦憔悴的晚生袖着双手站在蛋青的天光中，眼神轻飘绝望。勋的脚底踉跄起来。勋第一次设想如果没有仲澍，她和晚生会怎么样。这个问题让勋停住了脚步。勋得想一想。勋得认真想一想。勋从来没有在乎过晚生，可也从来不是不在乎。勋对仲澍超乎寻常的感情把一切都淹没了。于是晚生成了落花流水。晚生只能做落花流水。仲澍是座山，晚生只是山下的一棵树。勋无法把一棵树与一座山相混淆。除非那座山原本就不存在。

那个井架让勋明了了一件事情。有恩于自己的晚生从自己这里得到的却是天大的不幸。

这是一笔无法偿还的债务。

那道柴门让勋久久地不敢开启。勋呆呆地站在黑暗里，望着晚生窗上那一片橘黄色的灯火。

月菊首先发现了勋，从屋里跑了出来。喊："大姐！"

晚生妈用笤帚扫了扫炕，让勋坐下，小心地问："他大姐，这么晚来有事吧？"

勋赶紧说："英娘在我家，我怕你们着急，过来告诉一声。"

晚生妈一下子就哭出了声。说她这一天不着家，我们连晌午饭都没吃，一家人到处去找，也没见个人影儿。晚生到现在还没回来，我们哪里得罪她了，她要这样折磨人。

晚生爸问："英娘说没说啥时回来？"

勋说："明天一早让晚生过去接她回来吧，英娘只是耍孩子脾气，心底里其实没什么。"

晚生妈很响地擤了擤鼻子，说天天盼着晚生娶媳妇，没想到自己的命不好，没有使儿媳妇的命。勋不知说些什么好，呆呆地坐了一会儿，就起身告辞。

勋只顾埋头走路，差一点与人撞在一起。勋一惊，赶忙与那人错开了距离。幽暗的星光下，勋看清了那人是晚生。晚生也认出了勋，却调头就走。勋喊了声："晚生！"晚生迟疑了一下，没有应声,脚下又急又快地拐进了自家的院子。

英娘和忍冬织着线绳儿眼睛就开始打眨板儿。英娘把线绳儿往忍冬脸上一扔,说:“不织了,困死了,我要睡觉了。”英娘起身去抱被子。忍冬说:“这儿没有你的被子。”英娘说:“这几个被子我盖哪个都行。”忍冬重复说:“这里没有你的被子。”英娘指着被垛奇怪地问:“这不正好多出一床吗?”

忍冬指着第一床被子说:“我的。”

指着第二床说:“妈妈的。”

指着第三床说:“爸爸的。”

英娘一下子来了兴致,细细打量着那床桃红色的缎子被,问:“你爸爸的?”

忍冬点了点头。

英娘利索地把三床被子铺好。那床桃红色的缎被令她爱不释手。其实被面儿已经很旧了,那种鲜亮的桃红变成了一种乌蒙蒙的颜色。可摸在手里那种柔滑的感觉是英娘从未体验过的。英娘不脱衣服就要往被子里钻,被忍冬死命拦住了。忍冬说:“这是爸爸的被子,不许小姨盖。”英娘问:“你爸爸在哪儿?”忍冬摇了摇头。英娘说:“我知道,你爸爸在台湾呢!”忍冬说:“你骗人。”英娘说:“我怎么会骗人呢?大家都知道。”

英娘突然发现打开的被子里躺着一张旧照片。照片虽然是碎片拼成的,可照片上的那张脸却是那么清晰和完整,仿佛有一种力量在照片中孕育着,英娘的两只手情不自禁地抖。忍冬显然也没有见过这张照片,她看看照片看看英娘,对英娘变戏法似的行为大惑不解。忍冬问:“这是谁?”英娘激动地说:“傻丫头,这是你爸爸呀!”忍冬趴过去看,对照片上的人感到陌生。英娘激动地说:“这就是你爸爸,那爸爸多英俊呀!”忍冬说:“我爸爸的东西都在柜子里锁着呢。”英娘说:“打开让我看看!”忍冬跳下炕,赤着脚跑过去,一把就把柜上挂着的那把锁拽开了。英娘把照片胡乱一丢也跳了过去。打开了柜盖,柜子里黑洞洞的,什么也看不清楚,英娘的一只手往里一摸,惊讶地叫出了声:“哇,这么多鞋!”

英娘迅速把柜盖拿下来放到一旁,拿出两只鞋子放到忍冬手里,说:“往炕上摆,咱们数数到底有多少。”忍冬也来了兴致,像只大耗子一样一趟一趟往炕上搬运,把鞋子挨着炕沿摆放得整整齐齐。嘴里还不停地数着数儿。两人正数得热闹,外面的大门哗啦一声响,英娘吓了一跳,赶紧命令忍冬:“快往回收!”胡乱抓了几只鞋就往柜里扔。英娘回身的时候,勋已经进来了,勋在一瞬间气得手脚冰凉,她用愤怒的眼神看着英娘,看得英娘发起毛来。英娘尴尬地笑了笑,说:“是忍冬开的锁。”忍冬早就钻进了被窝,把脑袋捂得严严实实。勋把自己靠在了门板上,眼睛紧紧地闭上了。她不想再看见那一堆鞋子,就像她不想看见那些已然流逝的岁月。勋每年做一双鞋放进去,却从不去想那里面究竟有多少双鞋子。那只柜子装满了她的心事。如今柜子轻易就被打开了,感觉就像自己的腹腔被人打开了一般,没有痛感,却难受到了极点。英娘轻手轻脚地把鞋子收回了柜子里,把那只锁挂好,然后蹑手蹑脚地从勋的面前走了出去。勋疲倦地问:“你去哪儿?”英娘小声说:“我回家。”勋舒了一口气,说:

“英娘,你已经闹得阖家不宁了。”

五

孙大方一早就派人把民兵连长吴二振找了来。吴二振还睡在被窝里,一路都长长地打着哈欠。孙大方问:“几点撤的?”吴二振答:“四点。”孙大方又问:“发现啥可疑的迹象没有?”吴二振只答了一个字:“屎。”孙大方就听懂了,闷头想了一会儿,说:“传到上头去了,我们想不办也不行了。”

吴二振简略地汇报了夜里执勤的情况。仍是千篇一律。他们埋伏的地点应是在关帝庙附近,可有两个民兵总打盹,吴二振就提议跳进院子里,在墙角可以猫一觉,有人开门和关门很容易就能知道。这是月亮上来前的事,月亮上来后墙下的暗影就变得单薄了。经验告诉吴二振这里已不再适宜潜伏。于是吴二振抢先一步拉开了门闩,几个民兵大摇大摆地走出去。

几天前,吴二振的老婆十分诡秘地向吴二振报告村里出了特大新闻。那天老婆特意关紧了门窗,特意把孩子打发到院子里去玩,这才跟吴二振说,齐仲澍回来了!吴二振一把就把老婆推开了,说扯淡。要说天上飞的事我不知道,要说下甸每个人嘴里有几颗牙我都一清二楚。女人不服气,不管吴二振听没听,就把她所知道的事情添油加醋地说了一遍。“这么多年都以为齐仲澍有去无还了对不?大家都受骗了!有人亲眼看见齐仲澍每个晚上都住在家里,连被子是啥样的都知道得一清二楚。人家白天在台湾跟美蒋一起吃喝玩乐,夜里就来下甸跟老婆睡觉。”

吴二振讥笑说:“你知道台湾离下甸有多远? 连一点常识都不懂。他齐仲澍再有本事,还能白天待在台湾,夜里住在下甸? ”

女人急了,说:“美蒋特务有多大本事你哪知道,齐仲澍坐的飞机都是隐形的,连望远镜都看不到。你都不知道人家的飞机飞得有多快,从台湾飞到下甸连一个钟头都用不了。”

这话让吴二振感到了兴趣,问:“你是听谁说的? ”

女人卖了一个关子。“没听谁说。这话你知我知就行了,千万别到外边说去。”

吴二振说:“你别忘了我是干啥的。如果真有美蒋特务在下甸潜伏,得让他知道我这个民兵连长的厉害。”

女人做饭去了。吴二振在屋里卷了一支烟,把女人说的话从头到尾想了一遍,觉得玄。但还是抓了一把烟叶放到了衣兜里,找孙大方汇报去了。

孙大方没有听完眉毛就立了起来,仿佛吴二振汇报的不是传言而是确凿无误的事实。孙大方粗大的一只拳头使劲捶自己的膝盖,苍黑的一张面孔上兴奋异常。他当即向吴二振下达了两点指示:一、活捉齐仲澍。二、缴获那架隐形飞机。孙大方严肃地说不管付出多大的代价, 吴二振只能不折不扣地完成任务。“那种隐形飞机我们国家很缺呀! ”孙大方语重心长地说。

吴二振受了感染, 神情也肃穆起来。他又不无担心地问:“如果那隐形飞机根本没来怎么办? ”

孙大方一瞪眼睛,说:“我还能让你造出一个来? ”

潜伏计划就是孙大方和吴二振两人合计的,并向区里做了汇报。区领导表扬了他们,说他们警惕性高。两人回来就到现场进行了实地勘察，布置了实施方案。孙大方指示，齐仲澍一旦出现，要尽可能捉活的。

前三天他们执行任务都很认真。吴二振和手下的几个人一夜一夜地大睁着眼睛，就连一只蝙蝠也不放过。可转眼就是七八天过去了，连齐仲澍的踪影也没看见。所以此刻吴二振坐在孙大方的面前全没了汇报什么的欲望。只希望眼下能有更大的事情发生，好把他们从那场无休止的潜伏中解救出来。

“区里对这件事十分重视。”孙大方说，“特别指示我们一定要加强警戒，不管他是天上飞来的还是地上跑来的，只要目标一出现，就一定要把他擒获。”

“要是根本就没那八宗事呢？”吴二振开始忧心忡忡。

孙大方想了想，说：“这样严重的事不是谁随口就能编出来的。眼下我们这样做有些被动，很明显齐仲澍不会每天都来。与其这样傻等下去倒不如先从内部突破。这样我们也好有个主动权。”

吴二振问：“怎样个突破法？”

孙大方说：“让我想一想。”

吴二振说：“想出来没有？”

孙大方横了吴二振一眼，说：“你当是母鸡下蛋，说来就来？”

晚生在一个下午接连听三个人讲了齐仲澍的事。晚生并不以为意。齐仲澍离家多年，在许多人的心里已经不是人而是鬼了。虽然勋的牵挂和惦念一刻也没有停止过，可这种一厢情愿就能把鬼变成人吗？显然不能。所以晚生听到那些传闻时只是笑了笑，可心底那种凄楚的感觉却像害了胃酸一样分泌着一种奇怪的液体。但这种感觉很快就消失了。晚生已经学会了把握自己，不会像许多年前那样迷失了本性。晚生甚至轻快地吹起了口哨。暮霭像炊烟一样模糊了视线，当一个人脚步匆匆地迎面走来时，晚生喊了一声："满仓。"

满仓打着手势说："我今天有急事，要不就和你杀两盘。"

晚生这才想起有许多个晚上没和满仓坐对面下棋了，不由得就多问了一句："咋这些日子没见着你？"

看得出满仓不想说，但到底熬不住想说些什么的欲望。满仓把晚生拉到僻静处，看了看左右没人，才把这些日子夜里值勤的事告诉了晚生。

晚生惊问："你们埋伏是为了齐仲澍？"

满仓说："他可把我们折腾苦了。"

晚生苦笑着说："这是谁的馊主意。听起来都像没影儿的事，怎么偏就有人信呢？"

满仓说："鬼迷心窍呗。有人想立功想疯了。"

晚生说："你现在干啥去？还去等那隐形飞机？"

满仓把晚上的行动方案一五一十地对晚生说了，说了又觉得不放心，再三叮嘱晚生别告诉别人。孙大方三令五申连父母妻儿都不能说，现在满仓却把事情告诉了晚生。违反纪律的人是没有权利当民兵的，满仓当然很不安。

晚生在几分钟里就把事情想明白了。关于齐仲澍的那些传言乍听觉得耳生，往细里一想晚生就觉得从英娘嘴里听到过。

英娘当然没有说过隐形飞机，但英娘说过台湾，说过齐仲澍盖的那条桃红缎被，说齐仲澍每天就睡在被子里，把晚生吓了一跳。后来英娘才解释说那是张照片。晚生曾经嘱咐英娘，这些话只能在家里说，千万别到外面说去，会惹大事。晚生当时还在想，就英娘那张嘴，天生的有一尺说一丈，让她对什么事守口如瓶，不如要了她的命。晚生忽然变得怒气冲冲，大步往家赶，发现英娘挺着圆滚滚的肚子在井台上站着，非常惹人眼目。晚生不禁有些发呆，心底的一点柔情悄悄萌动了。晚生朝英娘招了招手，英娘小跑着过来了。晚生在一瞬间就有了一个想法，他一把拉住英娘的手，说："跟我出去一趟，咱们串个门儿。"

勋早早地打发忍冬躺下了。忍冬嘴里说着不困不困，还是被勋强行按进了被窝。勋想找些活计干，可心里慌慌的。最近一些日子勋觉得无论干什么都不对劲儿，总觉得浑身上下长着别人的眼睛。勋连走路都不会了，常疑惑不知先迈哪条腿。

忍冬睡着的样子恬静可人。人家都说忍冬长得像勋。有时勋会端着镜子端详自己，思忖捡来的孩子原来竟像自己。这个想法让勋很受鼓舞。勋经常去想将来的事。忍冬长大了，是一个美丽文静的少女，勋会放手让忍冬自己选择对象。勋要把自己的想法通通埋在心里，一丝一毫都不去影响忍冬。可等待忍冬的将来会是什么呢？院子里传来了急促的脚步声，勋顿时慌成一团，颓然瘫坐在炕上。

进来的是晚生。

勋用双手抹了把脸。

晚生小声却是节奏很快地说:“一会儿有人想让你去村北的河套地,你千万别去,去了就说不清楚了。”又大声喊,“英娘,英娘!”

英娘磨磨蹭蹭地走了进来,眉眼也不抬,像一个做错了事的孩子。自从上次从这里走,她还一次没来过。她不知道晚生是到勋这里来串门,在门外英娘还不想进来呢。

晚生搀扶了英娘一把,就让英娘一下子改变了主意。

勋惊喜地喊了一声:“英娘!”

英娘羞答答地喊了一声“大姐”,把双手故意放在起鼓的肚子上。

勋又是一番惊喜,走近了去打量英娘:“你怀孕了?”

英娘幸福地点了点头。

勋高兴地说:“几天不见,英娘长大了好几岁。”

晚生没头没脑地说了:“怀孕的女人最好看。”

勋和英娘都开心地笑了。勋已经好多天没这样开心了。

邻居二婶忽然走了进来,一脸张皇的神情。她过去就抱住了勋的一只手臂,不管三七二十一就往外间拖。勋恼了,说:“二婶这是干什么呀?”

二婶仓促地说:“我有要紧的事对你说,你快跟我到外边走一趟。”

勋看了眼晚生,见晚生摇头,就坚决地用一只手搬住了门框。勋说:“二婶,我哪里也不去,你就别费心了。”

二婶有些不知所措,看了看晚生,又看了看英娘,鹦鹉学舌似的说:“河套里降了一架飞机……”

英娘惊喜地说："飞机？"

勋说："飞机和我有啥关系？"

二婶不说话，只是用蛮力拉勋。

晚生走过去护住了勋，说："二婶，想去您自己去看吧，她有孩子……"

英娘赶紧说："二婶，我跟你去看。"

二婶无奈地看了看英娘，就被英娘拖走了。

晚生想喝住英娘，张了张嘴，却没能发出声音。勋扯了晚生一下，示意晚生追出去，晚生却迟疑了。

英娘一路问这问那，二婶却支支吾吾地前言不搭后语。英娘觉得有趣，拖着二婶的一只胳膊越走越快。二婶是两只小脚，走起路来摇摇晃晃，不一会儿的工夫，二婶就气喘吁吁了。二婶说："我走不动了，你自己去吧。"英娘问："那里当真有飞机？"二婶说："我还能骗你？"说了这话，二婶撇下英娘走了。英娘独自先跑上了河堤。河滩黑黝黝的，被一团一团的雾气笼罩着。英娘觉得自己像是站在了很高的地方，面对着的是汹涌澎湃的大海。英娘是见过海的人，在山海关，英娘专程跑到海边去洗脸，虽然洗过的脸皱巴巴地像长了一层癣，但英娘分明多了见识。英娘什么都不怕，不怕孤单，不怕黑夜，甚至不怕妖魔鬼怪。

可飞机在哪里呢？齐仲澍在哪里呢？英娘毫不犹豫地走下了河堤，为即将找到"忍冬爸"又兴奋又激动。

孙大方与吴二振同时发现了猎物。

在这之前的每一分钟吴二振都感到魂不守舍。他既盼着那个女人来又怕那个女人来，纷乱的思绪像上涨的河水一样吐着红花绿沫。他对自己要做的事一点把握也没有。过去他一直是佩服孙大方的，孙大方有一副好脑子，凡事到他那里都有三五个办法在等着。可是通过这件事吴二振几乎要瞧不起孙大方了，他只能用一个字形容孙大方，屎。臭狗屎。齐仲澍的事本来就是听说的，没事可以当作有事办，办了也可能根本就没事，可投入这样大的力量就是渔网逮蚊子了。吴二振拐弯抹角地想提醒孙大方，孙大方听都懒得听。他是走火入魔了。

参加行动的民兵都是孙大方亲自指派的。孙大方有言在先，只要那个女人在后河套一出现，就证明她与齐仲澍有瓜葛。就可以抓她人搜她家，就能从她嘴里撬出齐仲澍的消息来，就能截获那架隐形飞机……

吴二振战战兢兢地想：如果压根儿就没有飞机这码事呢？

英娘在河滩上走着走着，忽然发现自己转向了。四周都是黑森森的墙，英娘无论怎样努力也辨不出方位。英娘有些紧张，但并不害怕。她想，这片河滩三面是水，还能找不到回家的路？英娘这时才觉出飞机的事也许是二婶说来哄人的。一大片河滩连一点动静都没有，哪里有落过飞机的迹象呢！想到这里英娘已经不再想找什么飞机了，英娘摸索着想往回走，却被什么东西绊倒了。圆圆的一个土包顶住了英娘的胸。英娘猛然意识到了这是坟。这片地里有四十几座坟！英娘一下子就跳了起来。想跑，可摇摇欲坠的肚子怎么也不给劲儿。忽然，周围亮起了许多火把，一种奇怪的声音铺天盖地。火把腾挪、跳动，把天空变成了一团炭火。英娘发出了长长的一声嘶叫，毛发都奓了起来。她像一只受了惊吓的兔子横冲直撞。可英娘还是找不到路，四下里除了坟还是坟。四周的火把越来越近，英娘忽然感到脚下的土地沉了一下，"噗"的一声，英娘整个陷进了一个墓穴里。

六

李荃在省城参加战斗英雄报告团期间认识了眼科大夫黄莺。当时有一位报告团成员正害眼病，黄莺就被临时抽调来和报告团一起行动。黄莺是留学法国的医学博士，个子矮矮的，皮肤带了一点奶油似的黄。李荃猜她顶多不过三十四五岁，一问才知道吓死人了。黄莺都年过五十了，而且是未婚。黄莺也同样不相信李荃曾在深山老林里打过游击。"山上连澡都不能洗，你能过得了那种日子？"

李荃从省城回来才知道父亲的眼睛不行了。父亲手里多了拐杖，试探着才能往前走。李荃把父亲的情况写信告诉了黄莺，问她能不能帮些忙。黄莺很快把电话打到了联合县委，让李荃把父亲送到省人民医院。

李景阳在省城的医院接受了角膜移植手术，留下来陪床的是兆林和小崔。小崔费了许多唇舌才说服李荃让自己来做陪护。小崔说自己心细，手脚又轻，这一点荃和兆林谁也比不了。李荃不得不赞同这一点，虽然兆林一百个不乐意。李景阳是这家医院第一例接受角膜移植的患者。所以手术前和手术后都有大批的人来访。医院也倾注了全部力量，手术小组成员都是黄莺亲自挑选的。李景阳重见光明的时候是一个举国欢庆的日子。彩绸和鲜花装扮了整个广场。手术小组的全体成员特意到广场和李景阳合影留念，他们的身前身后都是穿梭不息的人流。背景是一幅标语：热烈庆祝中华人民共和国成立六周年！每一个字都有两米见方，竖立在广场中心的两根旗杆上。李景阳被眼前丰富的色彩弄花了眼睛。他只是一个劲儿地笑。成群成群的鸽子把蓝天都给染白了。

小崔寸步不离李景阳的左右，让兆林都觉得自己多余。在医院里即使凡事都有护士专门料理，小崔也一刻不闲着，她总是适时地帮助李景阳干这干那。手术那天小崔整宿都没有合眼，她握着李景阳的一只手，从晚上一直坐到天明。

从广场和医护人员分手，李景阳和兆林、小崔径直去了火车站。李景阳精神百倍，大步走在了两个年轻人前边。兆林和小崔并肩而行却没有一句话好说。兆林想，无论怎样说小崔是来给自己帮忙的，这几天也确实把她累得不轻。兆林酝酿了半天才说出个“谢”字，小崔却不领情，硬邦邦地说：“你瞎起什么劲儿，又不是你爸。”一棍子就把兆林打闷了。兆林想，这丫头心眼比绿豆还小，芝麻大的事莫非还要记上一辈子？

小崔跑着去追李景阳。

李景阳在来来往往的行人中发现了一张熟悉的面孔也在看着他。李景阳又惊又喜，张开双臂就迎了过去。“表弟！”“表弟”的脸上却闪过一丝阴影，他有些慌乱地四下看了看，扭身就钻进了一个小胡同。李景阳有些犹疑，莫非自己认错人了？怎么可能呢？自己的眼睛这样亮，记性这样好，怎么会认不准一个人？想到这里，李景阳也朝小胡同里追了进去，接着喊：“表弟！

表弟！安庆！安庆！”前面的人却跑得更快了，一眨眼的工夫就在胡同的尽头消失了。李景阳只得停住了脚步，倒退着一步一步往外走。小崔满脸通红地跑了来，一把抱住了李景阳的胳膊，着急地说：“您怎么跑得这样快，不知道的还以为您是去抓特务呢！”

李景阳不由得看了小崔一眼。

兆林也跑了过来。问：“谁是特务？是不是刚才戴着蓝帽子的那个？”

李景阳问：“兆林你看清楚了？”

兆林说：“圆脸，有点胖。那人看起来好像有点惊慌。”

小崔瞪大眼睛说：“惊慌？他真的是特务？”

李景阳什么也没说，独自向前走去。兆林和小崔一左一右紧紧跟着。走出了好远，李景阳才叹息了一声，回头望了望这座城市。

兆林和小崔彼此望了一眼，都不知道李景阳为什么叹息。

火车一路摇摇晃晃地向前驶去了。小崔不一会儿就睡着了。李景阳小声说：“看把她累的，真是个好姑娘。”

兆林打开了一个包，从里面找出一块小毯子，给小崔盖了上去。

兆林说：“爸，您不歇一歇？”

李景阳摇了摇头。

李景阳的眼睛注视着车窗外，许多熟悉的景物在眼前一一掠过。来的时候他坐的也是这趟火车，可那时他眼前的世界却是灰蒙蒙一片。那个眼角膜多么奇妙啊，那个叫黄莺的女人是多么神奇啊！

只有失而复明的人才知道眼睛是多么宝贵。

只是李景阳的心里有些憋闷，搞不懂刚才发生的那一幕究竟是怎么回事。他把眼睛投到了车窗外。忽然看见远处的天空上飘飞着一只风筝。李景阳看清了风筝的屁股后头拖着的一根银亮的线！

这眼睛，啥都能看清了！

李景阳受了鼓舞，脸上出现了一副古怪的神情。李景阳骄傲地对自己说：你没有看错人！你不可能看错人！那人就是表弟，就是安庆！可是表弟认出了自己吗？李景阳的心里果断地说：认出了！四目相对时他们彼此的目光是熟悉的！生人和熟人的眼睛不一样，熟人的眼睛稍稍一碰就能产生默契！李景阳突然想到了目光相碰时所产生的那一丝颤抖，什么东西被震落了。那是安庆的眼睛！安庆的脸上出现了一片阴影，随之又被惊惶所替代。安庆四下里一张望，扭身就钻进了小胡同，安庆疾步走动的样子是多么可笑！身子大幅度地向前倾斜，两条腿却显得拖拖拉拉。那是安庆的步子迈得太大了，他恨不得一步就迈到胡同的尽头去！安庆害怕了，他害怕的是什么？

李景阳猛然用双手捂住了胸口，身体一阵痉挛。往事像穿起的念珠一下子都显现在眼前。李景阳突然感觉到心如刀绞，他站起身来，雷鸣样地喊了声：“我要下车！”

走进县委大院是午饭前的一段时光。兆林和小崔嗅了嗅鼻子就闻到了一股紧张的气味儿。小马看见他们只来得及点个头就匆匆地跑了。兆林的心一下子紧张起来。他对李景阳说:“爸,这是房门钥匙,您先到屋里休息。”李景阳说:“我不去。”又说:“我要见李荃。”兆林有些焦急地看了小崔一眼,小崔接过了钥匙,用手一推李景阳,说:“走,我送您回房。好像出了什么事,领导们一准在开会。”

李景阳站在那里,一动不动。

会议室的门突然打开了,吕中率先走了出来。看见李景阳,吕中拐过去握了个手,却连最起码的一句问候也忘了。吕中匆匆走了。李荃从会议室出来就奔到了墙角,发出了一阵干呕。兆林紧张地问:“你怎么了?”李荃却没有工夫回答他,而是用命令的口气对父亲说:“您先回家吧,我有时间再去看您。下面出了点事,我和吕书记去看看。”李景阳说:“我有要紧的事情对你说!”李荃上了院子里停着的一辆吉普车,探出头来说:“回头再说!”

孙大方把事情的前因后果跟县里的几位领导做了汇报,边说边用眼睛瞟李荃。孙大方的面孔已经变成了青灰色,额上滚着豆粒大的汗珠。那晚他带着一行人搜查了整个河滩以后一无所获,来到大堤上,才发现有个黑影就在他们身后尾随着。孙大方立刻有了精神。火把一挥,又率先冲了下去。几个民兵一拥而上,就把那个黑影撂倒了。吴二振破口大骂道:“瞎你娘的眼,连老子都认不出!”孙大方问:“你的火把呢?”吴二振说:“熄了。栽了个跟头就找不着了。”孙大方说:“那你也不能掉队呀,别忘了你是指挥员!”吴二振把孙大方拽到了一旁,小声说:“我越想越觉得不对劲儿,人明明就在咱的包围圈里。就是长了翅膀也飞不出去呀!”孙大方说:“她能躲哪儿去?”吴二振:“是不是掉进墓穴了?你忘了,那年李庄有血案,浮尸飘到了上甸,上甸人把他们通通埋在那儿了。”

孙大方一拍大腿:“你咋不早说?”

走到英娘陷落的地方,一个民兵首先发现了一只鞋,一只女人穿的布鞋。

众人七手八脚把人刨了出来,人已经不行了。吴二振和另一个人四只手横托着往大堤上跑,女人一直在流血,女人使那条路变成了一条血路……

“人呢?”

“装棺了。”

“是娘儿俩?”

孙大方点了点头。

吕中“啪”地一拍桌子:“你们俩谁的主意?”

孙大方赶紧说:“是吴二振。他说村里来了隐形飞机,他说国民党齐仲澍住在家里。”

吴二振马上哭了,他想说些什么,可牙齿敲动的频率太快,想说的话一句也说不出来。

吕中狠狠地说:“就你们这熊样还想抓国民党?还想截飞机?你们都是猪脑子?连你们都能截飞机还要解放军干什么?把个女人蒙骗出去就能抓住国民党?齐仲澍没回来,若真回来还能让你们活到现在?早让人丢河里喂王八了!”

李荃问:“谣言到底是从哪里传来的?”

孙大方说："死者英娘生前跟李勋要好，据说她们曾经一起去过沈阳。英娘每天都到李勋家串门。有些话应该是她讲出来的。"

李荃问："齐仲澍真的来到过下甸？"

孙大方偷着看了李荃一眼，没吱声。

李荃轻轻地喝了一声："说！"

孙大方说："有人看见……"

李荃说："谁看见了？"

孙大方说："吴二振老婆！"

吴二振"扑通"一声跪下来，说："我老婆也是听说，她没说她看见！"

李荃厌恶地去看黑乎乎的屋顶。

孙大方小心地说："我们也没想到事情会弄成这样，纯属是个意外事故。"

李荃压抑不住心口的愤怒，提高声音说："什么意外事故！如果上了你们圈套的是李勋不是英娘。如果李勋碰巧没有掉进那个洞，你们是不是也要逼她承认隐形飞机？"

吴二振说："孙大方是这么说的。"

孙大方狠狠瞪了吴二振一眼。

吕中说："你们就待在这里别动。李部长，我们去看看死者家属。"

几个人走到了屋外，吕中小声对李荃说："事情已经明了，很庆幸你姐姐躲过了这一劫。"

李荃说："可那母子俩呢？听说好不容易才怀上孩子。"

吕中说:“不谈那些了。还是谈谈我们面临的问题吧。事情处理起来有些棘手。我觉得此事不宜声张。你说呢?”

李荃颇感意外地看着吕中。

吕中说:“你别用那种眼神看我。我的意思是,错误是我们的干部犯下的,我们再怎么做,损失也无法挽回了。从另一个角度讲,孙大方他们也是好心办了坏事。提高警惕没有错,他们的动机是好的。现在全国的形势就是这样。我们处理不当,会影响群众的积极性。”

李荃激动了,提高声音说:“还不该受责罚?你是不是觉得一个英娘事件不够,还要有第二个、第三个……”

“够了!”吕中不耐烦地打断了李荃,“你别那样固执好不好?你听我把话说完。我知道事情牵扯到你姐姐,如果出事的是你姐,你就知道我怎么整这几个龟孙子了。这次事出意外,我们正好可以敲山震虎,看以后谁还敢欺负她。至于那个英娘,也只有算了。本来没她什么事,谁让她愣往里搅和呢?”

把李荃气得不知道说什么好。她站在那里索性不走了。“吕书记。我们可不可以别把个人感情掺杂进去。出事的是我姐与不是我姐会不一样吗?难道她们不都是我们的阶级姐妹吗?”

“你不用跟我说这些。大道理我比你会讲。李荃,我把心窝子的话掏给你,因为什么你知道。换了别人我会讲这些?”

“可那母子两条性命,就这样白白送掉了?”

“你说怎么办?”

“我们捂盖子的做法不可取!事情既然出了,就应该让全县的广大干部群众都知道,就要引以为戒!”

“你是书记还是我是书记？”吕中急眼了，“这种事说大就大，说小就小。你咋就不明白里面的道理呢？孙大方他们是可恨，可今天处理了他们，日后国民党来到了眼皮子底下都没人帮你！”

吕中转身走了。

晚生家的院子里充满了哀伤的气氛。一口小小的白茬儿棺木停在了院子中心。前面有一只瓦盆。里面的灰烬还是通红的颜色，吕中大步走到了棺木前。腰背直直地鞠了三个躬。有人告诉晚生妈：“这是县里的吕书记。”晚生妈慌忙走了过来，两只手在围裙上蹭来蹭去，吕中说：“老嫂子，家里出了这样的事我们都很难过，县里的主要领导都来了，我们要亲口向您说一声对不起。是我们的工作没有做好，给家里造成了这样大的不幸。责任在我呀！”

晚生挤了过来，说：“吕书记，请您给我们做主，我们人死了不能白死。”

吕中已猜出了此人是谁，还是关切地问：“你是谁？”

“我叫晚生，我是英娘的丈夫。”

吕中审慎地说：“是晚生呀。我知道你很难过，这非常正常，这件事我们一定要深入调查，要相信我们，好不好？”

晚生说：“我们也不想给你们添麻烦，可人命关天的事总得有个说法。旧社会也讲究杀人偿命。”

吕中连着点头：“嗯，说得好。我们这不是给你们送说法来了？刚才我和李部长研究了一路，这件事一定要认真对待。你母亲年龄大了，注意别让她太伤心。人死不能复生，还是及早入土为安吧。”

晚生说:“您还是没有给我们一个说法。”

晚生妈急忙说:“人都死了,还要说法有啥用?书记快到屋里坐,来了半天,还没喝口水!”

吕中说:“老嫂子,您家里有事,我们就不在这里添乱了。以后有事尽管到县里去找我。只要进了县委的门,你就问,大嗓门儿吕中在不在?大家都知道指的是我!”

人群轻声笑了起来,都用崇敬的眼神看吕中。晚生又要说什么,却被妈悄悄扯住了。吕中挥了挥手,一行人走出了晚生家的院子。

李荃是最后一个走出去的。她用力抓了下英娘的棺木。

吕中为了让李荃上那辆吉普车费了半天唇舌,李荃最终没有妥协。李荃从来没有见到过吕中的脸色那么难看。李荃平静地说:“我只是去看看我姐姐,这有什么不对吗?”吕中说:“没有什么不对,可你不能这个时候去看。”李荃说:“这是我的私事,请吕书记高抬贵手。”吕中气急败坏地说:“事情是由你姐姐引起的,现在她倒成了干净人。”李荃说:“她原本就是干净的!”吕中说:“可她是不是齐仲澍的老婆?齐仲澍是不是国民党?如果不是她和齐仲澍藕断丝连能惹出这么大的乱子?”

李荃用尖锐的目光看着吕中,吕中越发怒气冲冲了。“现在不是我要你怎么样,是县委决定不许你现在走亲戚,因为这会引发事端。你实在要去我也不会拦你,但由此引起的一切后果由你自己负责!”

直到吉普车没了踪影，李荃才转过身慢慢往前走。她觉得很疲乏，非常非常累。自从知道自己怀孕，李荃就总有这种感觉。她无法想象整天摆弄婴儿的尿布和奶瓶该是个什么样子。要把那么多的工作都放在一边，要把现有的生活秩序打乱，李荃连想都不愿意去想。可英娘的那口小小的棺木震撼了她。待在那座院子里李荃总也抑制不住一个想法，她想打开棺木看一看，她的想象中那口棺木里沉睡的母亲旁边还有一个正在吃奶的婴儿。这个想法让她起了一身冷汗。

那一刻，李荃清晰地感觉到了自己体内孕育的那个小生命。她情不自禁地把手放在了腹部，保护着他。他们在那个院子里滞留的时间不长。否则李荃一准会夺路而逃。吕中的话令李荃忍无可忍。

李荃敲响了姐姐的房门。许久也没有人应声。

自从知道英娘死了，勋就拒绝见任何人。不管是好心的还是坏心的，不管是知情的还是不知情的，谁也不见。勋把英娘悲惨的死和整个下甸联系起来。不管别人怎么说，勋始终相信是下甸人联起手来害死了英娘。勋彻底蒙了，这是她熟识的那个下甸吗？勋自始至终都被蒙在鼓里。当她豁豁亮亮地站在太阳底下，她看见了什么？她看见了浑身浸满鲜血的英娘以一种奇怪的姿势躺在木板上。英娘的两条腿叉开着，怎么也并不上。英娘的两只胳膊弯曲着，好像随时都要举起来。最让人忘不掉的就是英娘的两只眼，睁得那么大，那么圆，那样一种吃惊和恐怖的神情永远也不会从那张脸上抹掉了。勋连哭都不会了，可除了哭以外勋还能干些什么呢？勋摇摇晃晃地走回家，“吱扭”一声关紧了大门。敲门声一直也没有停止过。人们很想知道此刻的勋在做些什么。她还在给齐仲澍做鞋吗？世界上怎么会有那么不识时务的女人啊。这个怪物似的女人身上有太多的难解之谜。从她与人私奔的那一日起，她的命运之路就注定要长满荆棘。下甸人蓦然发现这许多年来女人从来没为自己感到羞耻过。这个不懂羞耻的女人在若干年里却得到了下甸前所未有的尊重。这到底是下甸人的疏忽还是下甸人的浅薄？

是英娘的死让下甸人擦亮了眼睛，下甸人幸灾乐祸地想看一看这个幸免于难的女人。那母子两条性命是白白为她送掉的，她没有理由把下甸人拒之门外，她没有理由不打开大门！

下甸人气急败坏的敲门声从早上一直持续到午后，两扇大门就像闭紧的一张嘴，连一丝口风也没有，敲门声终于越来越稀疏，越来越沮丧，最后彻底消失了。

李荃没有丧失信心。有节律的敲门声始终传递着这样一个信息：是我。突然一声娇弱的声音在里面问："你是谁呀？"李荃赶忙把一张脸贴到了门缝上，说："是忍冬吗？我是小姨。"房门"哗啦"一声打开了，姐姐浮肿的变了形的脸吓了李荃一跳。这就是姐姐吗？眼前这个憔悴绝望的女人就是李家那个勇敢而美丽的女儿吗？

李荃把姐姐紧紧抱在怀里，说："勋，你受苦了。"

勋说："我以为你永远都不会来了。"

李荃说："一奶同胞，我们是亲姐妹。"

勋终于哭出了声："我还有亲人吗？"

李荃说："有，你有父亲有妹妹，还有那么漂亮的女儿，你怎么会没有亲人呢？”

勋说：“荃，你心里一定看不起我。我不怪你，我连自己也看不起自己。你给家里带来的是荣耀，可我只会连累人。连累了父亲和你还不够。还连累了英娘。英娘多想要一个孩子。我怎么就这样作孽，让好端端的英娘去送死……”

李荃只是不停地抚摩姐姐的头发，她不知自己该说些什么。不知说些什么才能宽慰这个旋涡中的姐姐。她知道自己只是两手空空来的，她这个做大事的妹妹其实帮不了姐姐一点忙。

“姐，我饿了，快去给我做饭！”李荃转移了话题。

吃饭的时候勋只是看着妹妹狼吞虎咽。她坐在那里连筷子也没动一动。李荃知道姐姐在注意她，但她假装不知道。李荃的脸上长了浅色的褐斑，可她自己还不知道。这一切没有逃过姐姐的眼睛。勋的心里暖洋洋地荡开了一片涟漪。勋说：“荃你怀孕了。”李荃咀嚼着满嘴的食物说：“好眼力。”勋说：“荃你一定要生一大群儿女。父母就只生了我们姐妹两个，我们李家的人口总是不兴旺。我又是这个样子，李家不指望你还指望谁呢？你就一个一个生下去，带不了就送到我这里，我和忍冬两个人帮你。”

忍冬的嘴里塞满了饼，使劲点点头。

李荃轻轻叹了口气，说：“工作那么忙，哪有工夫整天生孩子？”

勋闭紧了嘴，她觉出了自己与妹妹之间的差距。

勋收拾碗筷，李荃环顾着空荡荡的大屋子，屋里很整洁，甚至显得过于整洁了。如果没有忍冬,这样一铺大炕上只睡姐姐一个人。姐姐年轻的生命被漫漫长夜一点一点地侵蚀了。断送了姐姐的人是谁?难道不是那个甘冒风险的李荃吗?

李荃再也不能听之任之了。

“姐。”

“有话你就直说吧。”

“当初如果不是我逞强去给你送信，你的生活肯定不是这个样子。”

“荃你错了,我这一生注定只能嫁给他一个人,不管你送不送信,我总会有办法嫁给他。只要我有一口气在,就永远不会放弃这个打算。”

“齐仲澍哪里值得你这样?!”

“荃你不懂。”

“我是不懂。我不懂你到现在怎么还执迷不悟!你人在新社会,可你的思想还停留在旧时代。我出生入死是想解放全人类,可最终却发现原来连自己的姐姐也没能解放!”

“荃你能不能把话说得明白些?”

“姐,离开下甸,离开这个鬼地方吧。下甸除了伤害你还给你带来了什么?你牺牲在这里毫无用处。你不为自己想,也该想一想忍冬,忍冬转眼就大了,你忍心让她为一个从没见过面的人影响一生的前程?”

勋的脸灰了下去,她忽然感觉到浑身发冷,用双手抱住了肩。她古怪地瞥了一眼忍冬,忍冬惊魂未定的样子刺伤了她。勋的呼吸里有了焦苦的味道。她无言地看着妹妹,忽然从心底升起了一个想法。勋一把抓住了妹妹的手，号啕说：“荃，救救忍冬吧！”

李荃问：“你跟我走？”

勋急切地说：“带她走，带她离开这里。忍冬是一个聪明的孩子，不会让你太为难！”

“你想到哪里去了！”荃又气又急地说，“我怎么可能让你一个人孤苦伶仃地留在下甸。要走你和忍冬一起走，远远地离开这里，到外面去过一种崭新的生活。你还年轻，前面的路还长着呢。你死心塌地地留在这里一点意义也没有。下甸不值得你留恋，齐仲澍不值得你留恋，这座破房子不能囚禁你一辈子！”

勋忽然笑了一下。勋的笑让整个房屋都摇晃起来，勋张开两只手臂，像风车似的踉跄着旋转了一圈，说：“你以为我会离开这里？荃你没搞清楚吧，我生也要生在这儿，死也要死在这儿。这是仲澍的家，我不看着谁给看着？仲澍临走的时候就在这里跪着，仲澍说勋，少则三日五日，多则一年半载，我一定会回来，我人不回来鬼也会回来，鬼不回来魂也会回来……”

“够了！”李荃怒气冲冲地说，“一派胡言！齐仲澍的心里如果真的有你他早就回来了！他会让你一个人千里迢迢去沈阳？他会让你含辛茹苦地等上十几年？你把他的那些鬼话当真，可他早就把你忘了！勋，你别傻了，他不会回来了，他不想回来了！”

“不，是他不敢回来！”勋忽然用冷冷的语调说，“我很庆幸他没有回来。你们不放过我，怎么会放过他？仲澍为什么要回来？仲澍回来我也会赶他走，我可不想让他白白来送死……”

“你都胡说些什么呀！”李荃发起急来。

“荃你什么也不用再说了，你改变不了我。既然我们从小就不一样，我们就注定做不了一样的人。荃，你的路你走，我的路我走。我们已经走了这么多年，还在乎继续走下去吗？”

姐妹俩谁都不再说话，屋里沉静得有些怪异。勋掀开柜盖，拿出了叠得整整齐齐的一套衣服，上面放着一支钢笔。李荃一下哭出了声，衣服是遭遇战那年她丢在这里的，钢笔是大哥宋则的。

屋里的门帘忽然高高掀了起来，姐妹俩同时一回头，见父亲高大的身躯巨人样地堵在了门口。李景阳一把抓住了李荃的手，十万火急地说：“走，快跟我走！”

七

晚饭以后，兆林去了吕中的屋子。吕中背对着兆林坐在木椅上，看也没看一眼兆林。兆林看不见吕中的脸，但看见一股烟柱从吕中的头发梢上缓缓上升。兆林叫了一声“吕书记”，吕中“腾”地站了起来，说：“李荃她不给我面子！”

兆林想笑一笑，可吕中的那张脸把他骇住了。吕中脸上的每一道皱纹都绷开了，两撇眉毛耷拉下来，沉沉地压住了一双眼睛。吕中的眼睛原本就不大，现在只剩下了一条缝，冷飕飕地冒着寒气。

“李荃她不给我面子！”吕中点着兆林的脑袋说，“平心而论，我吕中对你们不薄。在你们面前我像一个县委书记吗？我不像！谁都知道我对李荃好，只有她自己不知道！我为你们的事操碎了心，可你们对我如何呢？哼，连一点面子都不给我！”

兆林知道吕中是为李荃留在下甸的事生气。他倒了一杯水递给吕中，被吕中随手打翻了。兆林小心地说：“我替李荃赔个不是，行不？”

吕中挥着手臂说：“不行！”

兆林说：“李荃的脾气您也知道，只是有些犟，其实她的心底没什么。您跟她生气才是不值得。”

吕中说：“这么说是我无中生有了？”

兆林赶忙说：“您知道我不是这个意思。”

吕中说：“我什么也不知道！我就知道你跟李荃一样不把我这个县委书记放在眼里！”

兆林无言地看着吕中。

吕中摆了摆手，说：“你走吧，我不想看见你。”

兆林的脸唰地红了。

吕中大声说：“还站在这里干什么？快走！快走！”

兆林火炭儿一样的身体融入夜色就变得冰冷。他使劲睁大眼睛，望着瓦蓝的星空，让那一汪泪水从眼睛表面渗了下去。他想，李荃把吕中得罪了，多不应该啊！兆林推开房门时吓了一跳，有个人披了件自己的外衣面朝里边坐着。兆林以为是李荃回来了，一看外衣底边露出的辫梢，就知道不是。“小崔，”兆林说，“你怎么会在这里？”小崔头也不回地说：“叫我崔红英。”兆林奇怪地说：“大家不都这么叫你吗？”小崔说：“你例外。”兆林有些不知所措。小崔忽然转过身来，歪着头看着兆林，问：“陈兆林，我能问你一个问题吗？”

兆林点点头：“问吧。”

小崔说：“你说说看，什么是爱情？”

兆林哪有心情探讨这个，摇头说：“不知道。”

小崔夸张地睁大了眼睛，“你是结过婚的人了，难道不知道什么是爱情？”

兆林没搭腔。

小崔站了起来，在兆林的眼前晃来晃去，说：“我真的怀疑你根本就没有爱情。”

兆林发出一声笑。

小崔说：“你以为买只母鸡熬一碗鸡汤就是爱情？你以为倒盆洗脚水、补几个补丁就是爱情？爱情没有这样俗气和现实。如果爱情可以这样下定义，就是对爱情的亵渎和污辱。”

兆林说：“你说爱情应该是个什么样子？你还没有过爱情，你怎么知道熬碗鸡汤、端一盆洗脚水就不是爱情？”

小崔说：“我妈给我爸熬了一辈子鸡汤，端了一辈子洗脚水，可他们之间从来没有爱情。”

兆林说：“没有爱情怎么会有你？”

小崔的眉毛立了起来，眼睛瞪圆了看兆林，说：“下流！”

兆林冷冷地说：“你可以骂人，但我说的是实话。”

小崔激动地说：“你该骂！从那天开始我就知道你是个不折不扣的伪君子！你一脚踩两只船，却在关键时刻抛弃了我。你热热闹闹当新郎，我凄凄凉凉地在那么偏远的山乡！你知道那些日子我是怎么过来的，我不止一次想上吊！”

兆林吃惊地说:“小崔,这种话可不敢乱说,我们之间是怎么回事你比我更清楚!”

小崔扬着眉毛说:“我当然清楚。如果没有李荃,事情就不会是这个样子。你敢说你那天跟我拥抱一点也没动情吗?那时你就应该跟吕中说清楚,而不是让我一个人背黑锅!”

兆林为难地说:“你这样说话不讲道理。”

小崔骄傲地说:“我为什么要讲道理?背着勾引你的恶名我讲什么道理!你对不起我,李荃也对不起我!”

兆林说:“你调回来是李荃在常委会上提的名。”

小崔说:“没有她我照样能回来!”

兆林的身上起了冷汗,他从来没遇到过这么难缠的女人。小崔忽然笑了笑,笑得有些轻薄,她站起身来,一步一步地朝兆林走去。小崔佯装解外衣的纽扣,狎昵说:“我再勾引你一回?”

兆林一张脸气得通红,猛地背转过身去。

小崔咯咯咯地笑弯了腰。“怎么就把你吓成这个样子。你以为小崔真要嫁你?”

小崔一甩辫子:“逗你玩!”

李景阳拉着女儿李荃的手一直走到了村南,在一片收割过的庄稼地里停了下来。李荃不再追问父亲为什么要来这里。这里有一块土台,土台上曾经跪着刘寡妇等一些恶人,那些恶人在这片浸透烈士鲜血的土地上被执行了枪决。人群潮水似的拥,愤怒的声讨声此起彼伏。黏稠的空气里有一丝令人心寒的东西,让李荃的身心都随之一抖。无边无涯的黑暗难道不像那个血腥之夜吗？枪弹声密集得就像铺地的厚毡子，见缝插针无孔不入。黎明突然就降临了，淡青色的天光被鲜血涂抹成了一片血红，横七竖八的尸体排满了身后的土地。姚飞飞捂着受伤的腹部打出了最后一发子弹。太阳在李荃的身后弹跳着，早晨的风把惨烈和凶险的气息吹到了四面八方……

李景阳站在高高的土台上忽然有些拿不定主意，他不知道该怎样向女儿开这个口。这是一个太沉重太复杂太残酷的话题，李景阳生怕自己一张嘴就把面前的整个世界都给毁掉。可是李景阳能够就此沉默吗？显然不能，他无法把看到的和想到的一切通通埋入心底，他不能不对女儿说，他心底那个最大的结已经沉沉地压了他多年。他几乎没有哪天不在想。那趟省城真是没有白去。那个眼角膜手术真是没有白做。“表弟”安庆的夺路而逃把一切疑点都连缀成了一条线。李景阳顺着这条线看见了十几年前的安庆正神色匆匆地向自己走来。安庆穿了一件深灰色的长衫，戴一顶玄色礼帽，鼻梁上分外突出地多了一副眼镜。李景阳惊喜地和安庆拥抱了。他原来想安庆也许再也不会来了，因为上次安庆与汪家三公子上门时李景阳怠慢了他。没承想安庆不但来了，还带来了一个重要信息：冀东地区的一个重要会议要在这里召开。这里三面环水，是一个隐蔽的祥瑞之地，鬼子清乡都不来这里。李景阳感动得落下了泪，为了终于弄清安庆的身份，也为了这份巨大的信任，李景阳终日悬着的那颗心沉沉地落了下去。那天李景阳执意要留安庆吃饭，安庆不肯，安庆嘴上说没有时间，却又在李景阳的陪同下在村里转了个够。安庆还特意到大青河边看了看水，那一年的春水真是大得惊人。安庆离去时是顺着河堤走的，悠悠地晃着他的旅行箱，堤上的树木很快吞没了他的身影。李景阳把目光放到前面的拐弯处等候安庆，安庆却一直没有在李景阳的视野中出现。

安庆再也没有消息。李景阳甚至不知道他是死了还是活着，不知道村南的那场遭遇战是不是也牺牲了一个叫安庆的人，如果安庆没有牺牲，会不会再来看望他的“表兄”？

李景阳一直在等候着。

安庆张皇地拐进小胡同的样子惊着了李景阳。苦涩的回忆像一把利刃割裂着他的神经，他无法再平和自己的心绪，无法再漠视内心的伤痛。他一直不相信那个已然定性的刘寡妇会是一个告密者，因为刘寡妇根本无密可告。那天刘寡妇来到上甸纯属巧合。她只是一个命贱的女人，却不是一个阴险的女人。

李荃听着父亲的语无伦次。安庆这个名字她不止一次听父亲提起过。李荃不知道安庆是何人，安庆是一个过于神秘的人，新中国成立最初的一两年里，李荃外出开会还曾打听，可安庆失踪得那么彻底，就像这个世界原本就没有这样一个人！那个在李家后院养伤的人是谁？那个想去回春堂药店接头的人是谁？那个操纵“四一八”大规模会议的人到底是谁？李荃一屁股坐在了泥土上，耳旁突然响起了说书人的那段《刘寡妇坐堂》：刘寡妇我坐在堂中央，哭了一声爹，叫了一声娘，还有我那冤家绍森三郎。那一日，我去上甸把亲探，原只想，坐上你的汽车风风光光。我只是，又馋又懒的小娘子，绍森三郎你知端详。缘何说我告了密，我命赴黄泉也冤枉。贱妇死了无足惜，那么多人的性命我难抵偿。千遭恨来万遭怨，为什么，天大的事情让我扛……

清风送来了大青河水汩汩的流淌声，送来了一支木笛的呜咽声。野菊花的香气四处蔓延，可那香气显得怪异和阴冷。红泥土壤攥在手里是一种异样的感觉，分明有血汁从手指缝间渗了出去。那是李干的血、徐朝宗的血、姚飞飞的血、宋则的血，还有无数个熟识和不熟识人的血。纪念碑上刻着他们的姓名，可他们却把鲜血洒在了这片土壤，这片土壤尤其显得肥沃和丰厚。李荃相信，如果真的有在天之灵，他们一定在天空俯瞰着这片土地。在流尽了最后一滴血的地方，目睹了一个个的恶人被就地正法。他们也看到了刘寡妇，那个妖冶的脸搽得和猴屁股一样的风骚女人，是因为她的出卖才导致了那样一场空前绝后的流血吗？李荃看见了浮在空中的每个魂魄都在缓缓摇头。其实摇头的只是李荃自己。

李荃追在吕中的屁股后头说："吕书记，我要和你汇报一些情况。"

吕中说："我不听。"又说，"你眼里根本就没有我这个县委书记，你用不着和我汇报什么。"

李荃停住了脚步，大声喝道："吕中！"

吕中迈向前边的一条腿情不自禁地缩了回来，回头冷眼看着李荃。

李荃说："对我有意见你可以当面提出来，请你不要这样阴阳怪气。"

吕中斜了李荃一眼，见李荃一双又大又黑的眼睛紧紧盯着自己。吕中说："你是不是觉得我这个县委书记不够格？"

李荃说:“我没想到大嗓门儿的吕中竟这样小心眼儿。”

吕中哗地放出了一声笑,震得房檐下的燕子扑棱扑棱地飞走了。吕中怒气冲冲地说:“扯淡!别以为打了几年仗就谁都可以教训,要说革命老子比谁扛枪的时间都长!”

李荃皱了下眉头,目光陡然从吕中的脸上移开了。早晨的阳光洒在了树上,枝叶僵成了一幅剪影。许多人都贴着门窗听着吕中和李荃在吵嚷,兆林也不例外。但谁都不肯出来站到院子里。吕中的脾气一旦发起来从来就不是雨过天晴。李荃叹了口气,说:“我真的有重要的事情和你商量。我们个人之间的矛盾别影响工作好不好?”

吕中点燃了一支烟,像是没有听见李荃说的话。

李荃说:“上甸村南发生的那场遭遇战虽然过去了多年,可有一个疑团始终没有解开。当初结案是出于迫不得已,真正的原因并没有调查清楚。现在终于有了新的线索,一个叫安庆的京东特委交通员露出了尾巴。”

李荃把从父亲那听来的情况详细做了汇报,并尽可能翔实地讲述了安庆前后三次去上甸的情景。吕中一直都听得不耐烦,李荃话音未落,他便问:“你打算怎么办?”

李荃说:“我建议抓紧时间向地委、省委汇报。揭开‘四一八’的疑团是大事,清理我们队伍中的敌人也刻不容缓。如果安庆真是国民党特务,那么他的背后肯定会有更高级别的人打进了我们的内部。我们早一点抓获他不但可以告慰先烈的在天之灵,还能使我们的事业少蒙受损失。”

吕中问:“你有什么理由认定安庆是国民党特务,就凭他看见你父亲以后逃进小胡同？”

李荃说：“我相信我父亲……”

吕中提高声音说：“可我不相信！特务都是诡计多端。如果他走上前来热情地和你父亲打招呼，倒真可能是特务，可他调头就跑，一点也不怕别人怀疑，这样的人会是特务吗？”

吕中的话明显带着情绪。

李荃耐心地说：“我们假设安庆不是特务，他不想与熟人说话完全可以做出视而不见的样子。可他转身就跑，足见他心里恐慌。假设安庆是特务，他一方面也许潜藏得很深，即使见到熟人也不露蛛丝马迹。另一方面，他也许已然成了惊弓之鸟，稍有风吹草动，就会慌不择路。我们可以无中生有，可对这样一个重大嫌疑人却知情不报……”

吕中敏感地说：“你是在影射下甸那件事？”

李荃说：“我说话向来实事求是。”

吕中把手里的烟卷碾碎，狠狠摔在地上，说：“你说谁是特务谁就是特务？明天我看见你也转身就跑，你是不是也把我当成特务？”

李荃气愤地说：“你怎么可以这样说话！”

吕中说：“不把我这个县委书记放在眼里也可以，你可以不当我的下属！还是那句话，我吕中对你不薄！于公于私我都对得起你！”

吕中一脚踢飞了那个烟头，昂然而去。

小崔从家里拿来了两个黏豆包，用手绢包得整整齐齐，像提着一只小包裹。小崔贴着门缝轻轻地喊：“吕书记，吕书记，我妈蒸的黏豆包还热乎着呢，您吃一点好吗？”吕中打开了房门，拧着眉毛说：“我不吃，你拿回去吧。”小崔不由分说就挤进了屋里，把手绢包裹放到桌子上，边解扣边说：“这一院的人就数您最累，您不吃饭可要伤身体。”吕中叹了一口气，坐到床上，抬眼望着屋顶。小崔热乎乎的黏豆包就送到了嘴边。吕中躲闪着说：“我说过了我不吃。”小崔说：“这可要问问黏豆包同意不同意。”吕中只得接了过来，咬了一口。本来就有些饥肠辘辘，黏豆包扑鼻的香气立刻就征服了他。三口两口吞下一个，就遗憾地想这黏豆包委实太小了。小崔好像吕中肚里的蛔虫，变戏法般又变出来一个大些的包裹，是屉布包成的，里边有十多个，吕中咧了咧嘴，说：“真是个鬼丫头。”小崔得意地说：“人家怕县委书记不给面子。”这话击中了吕中，他冷冷地说：“我的面子值几个钱。”小崔说：“我妈说过去衙门里的老爷都讲究几晕几素七碟八碗，现在的老爷可好，连个黏豆包都吃不着！”

吕中终于咧开了大嘴。

小崔说：“吕书记一高兴我心里的那块天就算晴了，你的脸一阴，这个院子就要下雨。”

小崔把手绢和屉布叠起来，一溜烟地跑了。

兆林从老乡家里买了只母鸡，李荃对那只母鸡非常反感。她批评兆林不该这样婆婆妈妈，应该把心思多用在工作上。李荃心情不好，兆林什么也没说。下班以后他还是把鸡杀了，熬了锅鸡汤。李荃的身体越来越差，一张脸憔悴得不成样子。李荃端着鸡汤却没胃口喝，她问兆林：“你说什么工作最难？”兆林说当然是你在山上打游击的时候。李荃说：“山上的日子只是艰苦，现在的工作才是真难。”

兆林小心地说：“吕书记年记大了，又是主要领导，你该礼让他三分。何况吕书记又是那样一个好面子的人，你不该让他当众下不来台。我们一起去给吕书记道个歉，工作上有分歧是工作上的事，我们不能因为工作影响私人感情。”

“私人感情！”李荃气愤地呼出一口长气，“你怎么跟吕中一模一样！同志之间讲的是志同道合，什么时候学会了个人主义那一套！吕中总说对我不薄，难道他应该厚此薄彼吗？”

兆林无声地走出了屋子，在屋檐下站了很久。李荃就是这个样子，谁也不能说她不对。就是因为这个样子她才让人担心，这种担心还没法儿去说。

李荃一个人去了省城。下了火车以后就开始留意身边的行人，她希望发现父亲描绘的那个叫安庆的人的脸，明明知道安庆就是撞进自己的眼里也未必认得出，可情不自禁地还是瞪大了眼睛寻找。她暗暗埋怨父亲。当初安庆在后院住了三个月，父亲竟然瞒过了家里所有的人。如果那时李荃能够认识他，说不定也能像父亲一样随便就可以碰到。李荃直接去了省委机关，她和一位朱副省长很熟，朱副省长也在京东特委工作过，那还是抗日战争初期的事。如果朱副省长不在，还可以找一个姓毛的厅长。这都是李荃在参加战斗英雄报告团期间认识的。

进了省府接待处，接待员是一个不认识的小伙子，不待李荃说明身份，接待员就早早地伸出手：“认识，认识，我听过您的报告。”李荃说想见朱副省长，小伙子略一皱眉头，说朱副省长去北京开会了，还要四五天才能回来。毛厅长呢？李荃紧接着问。小伙子说毛厅长去另一个城市任职了，现在的厅长姓范，问李荃见不见。见李荃有些犹豫，小伙子说："其实您有什么事也可以对我们说，我们负责转达给省长。"李荃说："我的事有些特殊，又很紧迫，不会被耽搁吧？"小伙子说："不会不会，别说您是战斗英雄，您就是一个普通老百姓找到这来，您的事我们也不会不管。"李荃受了鼓舞，这才从头到尾把事情讲了一遍，小伙子头也不抬地一直在做笔录。李荃的声音吸引了其他人，大家团团围住了她。李荃讲了那场遭遇战，鲜血和牺牲让那些年轻人的眼里有了泪光。太可惜了，那可是黎明前的黑暗啊！李荃问小伙子事情最终会怎样，小伙子就说："全城大搜捕，或全国大搜捕。说不定还会惊动党中央。毕竟这件事情太重大了，一定会搞个水落石出。"话从小伙子嘴里出来有些轻飘飘，可李荃已经没别的办法了。

李荃回到县里正好是早晨上班时间。坐了一夜的火车，一张脸油汪汪的。李荃进了县委大院正好碰上吕中，吕中看也没看一眼就从李荃的面前走了过去。李荃喊了声："吕书记。"吕中边走边说："特务抓到了？"这话不需要李荃回答。李荃回到自己的屋里，那盆鸡汤兆林还给她留着。她用手去摸，居然是热的。李荃什么也顾不得，端起鸡汤喝了个痛快。兆林连连说："慢点，慢点。"李荃都没有听见，一盆鸡汤喝完了，李荃才奇怪地问："什么慢点？"

兆林叹了一口气。

新栽的毛白杨眨眼就圆了叶子。麦苗拔节了，抽穗了。滚烫的风吹过以后，变成了通体金黄。玉米苗歪歪斜斜地长起来了，身后跟着暑期的太阳。李荃在这样的日子里做了母亲，做得很无奈。省里那边迟迟没有消息，李荃接二连三地写信查问，结果都是石沉大海。李荃这边的调查却有了些眉目。她挺着七八个月的身孕在乡下找到了经营“回春堂”药店的人。经过反复做工作才证实了一九四六年秋天药店莫名其妙多了一个杜老板，杜老板手下还有三个人，每天都在店里店外冒充顾客，这些人来得神秘走得也神秘。来时只用枪口顶住了药店老板的后腰，要求在这里入伙，老板哆哆嗦嗦地答应了。走时却没与任何人打招呼。李荃几乎每天都是在等待中度过，那种忧焚和焦虑简直要把她压垮。冬天来了又走了。春天来了又走了。李荃只等来了一个瓜熟蒂落的女婴，长得像一只红虾米。李荃愤怒得几乎不想做母亲，她无法忍受那个叫安庆的人整天逍遥自在，而自己却一日一日地躺在床上。怀孕和生产让李荃的许多想法落了空。她想再去一趟省城，她想跑遍天底下找到那位汪家的三公子，亲口问问他与安庆到底是什么关系。她还想去找当时京东特委的其他负责人。她想即使依靠自己的力量也要把事情搞清楚。她没有一滴奶水，孩子饿得终日哭号。出院以后兆林费了许多唇舌才说服她回了柳树堡。兆林是想让李荃换换环境，把心上压着的那些石头卸下去。李荃躺在窄窄的土炕上夜不能寐，望着女儿小小的皱皱的脸，她忽然有了一些想法，她现在不是一身轻了吗？她没有奶水，孩子不需要她。她正休产假，工作也可以不予考虑。利用这段时间她正好可以实现自己的想法。李荃在兆林走了以后才轻声细语地把心思告诉了婆婆。她知道婆婆是一个宽厚和通达的人，还知道婆婆对自己一准是百依百顺。李荃款款诉说的时候婆婆一直在微笑,李荃相信自己已经说服了这个也被称作妈妈的女人。

“你工作上的事我什么也不懂。可你把女人生孩子看得太简单了。”百灵把烫好晾干的尿布一一叠放整齐,用一种专注的神情看着李荃,说:“女人的身上有一百根骨头,生育前一百个骨缝儿都是关着的。生育后一百个骨缝都开了。这时的女人比花骨朵儿都娇贵,甭说风吹雨淋,就是让外人多看两眼,说不定就会有闪失。”百灵一一列举了村里那些落了月子病的女人,听得李荃心都凉了。李荃想偷偷走掉也做不到。百灵终日在炕梢上坐着,给孩子缝了单衣缝棉衣。夜里就睡在那儿,李荃翻个身她都知道。

坐月子的滋味也是苦辣酸甜。陈怀宇从集镇上买了一只奶羊,彻底解决了孩子的吃奶问题。孩子一天比一天胖了起来,每天都蒙头大睡,省了许多心。可百灵的那套行为规范李荃很难遵从。屋里热得像火炉,百灵却不许打开窗户,还要李荃盖棉被子。李荃身上的汗都快流成一条河了,百灵那里确连一点通融的余地也没有,这还不是最难忍受的,百灵说月子里的人不能刷牙,不能洗脚,不能出去大小便,不能看书,不能写字。脑袋连事都不要想,否则将来要落下头痛病。把李荃气得连饭都不吃了。她说吃饭要用牙齿,累坏了牙齿不也是一辈子的事?

百灵说女人坐月子是一辈子唯一享福的几天日子。李荃却觉得这日子比蹲监狱还难熬。李荃利用“绝食”换来了洗脚和刷牙的权利,其他方面却是无论怎样斗争也争取不来了。暑热和焦躁折腾得李荃头昏眼花。她暗暗发誓以后再也不做什么月子了。姐姐居然要她生一大群儿女，李荃边生气边想，这一回就够刻骨铭心的了。谁一生中重复犯同一种错误呢？除非是驴子！

一场又一场的雨帮了李荃的忙。天气骤然凉快了，李荃的心里也敞亮了许多。孩子长得很快，十几天的工夫眉眼就变得舒展了。陈怀宇整天抱着一本《康熙字典》给孙女起名，选来选去也没选中合适的。这天天黑得早，一大块云彩锅底样地扣在天上。忽然一个闪电把屋角旮旯都照亮了。陈怀宇马上有了灵感，抚在门框上说："孩子就叫陈芒吧，光芒的芒！"

李荃还是提前几天归了队。百灵百般阻挠都没起作用。李荃实在是给憋疯了。李荃挽着一个包裹上了路。兴奋和欢喜的心情真是难以形容。荃一口气就走到了县城。累是累了些，可这样舒畅的心情早已与身体疲乏抵消了。李荃发现自己的房门敞开着，走进去一看，又怀疑自己走错了。两张单人床是分开的，屋里的景物也很陌生。小崔端着一脸盆水走了进来，热情得有些不自然："回来了？我们都很想你。"李荃说："小崔你住在这里？"

小崔说："是呀！"

李荃问："兆林呢？"

小崔说："他调半壁山去了。"

"半壁山"这几个字从小崔嘴里出来有些怪味，那是她过去待过的地方。

李荃收拾停当就去见吕中，吕中的热情很虚假："知道你得提前回来。我都等了你一上午了。"

李荃说："我真想马上就工作，这一阵子闲坏了。"

吕中摆着手说："不忙不忙。"

吕中拉李荃在一把椅子上坐下，头也不抬地说："地委团校有个两年的脱产学习机会，县委决定派你去。有什么困难你提出来，我想办法给你解决。"

李荃深感意外，说："我的那摊工作怎么办？"

吕中说："小崔已经接手了，干得还相当不错呢。"

李荃无言地看着吕中。

吕中又说："组织上已经给你办好了一切手续，如果可能，你今天就可以去报到。"

李荃从吕中屋里出来正好碰见小崔，小崔堆了一脸的笑问李荃："什么事这么高兴？"

李荃不解地说："我高兴了吗？"

上团校的第一堂课李荃像小学生一样规规矩矩坐直了身子。李荃没有想到来讲第一堂课的人居然是老秦。老秦头发黑亮，气色好得就像刚出油锅的螃蟹。只是脸上的肉还是不多，皱纹像是凿子刻上去的。当有人介绍说这是地委秦书记时，掌声像放鞭炮一样热烈。老秦略带沙哑的嗓音有些折磨人，最起码李荃听起来是这样。李荃很难集中精力听老秦讲些什么，乱七八糟的思绪一个劲儿往脑子里钻。一会儿是医院的产床，一会儿是女儿哇啦哇啦的哭声。一会儿这一切又都消失了，只有安庆模模糊糊的身形幽灵般地荡来荡去。李荃想到这里就很气愤，不明白大家为什么对这样一件重要的事情无动于衷。

老秦高亢的声音忽然抓住了李荃。老秦说："……已经猖狂到了何种程度！我说，查一查！查查他们祖宗八代都是干什么的！同志们，不但吓了我一跳，也会吓你们一跳！一个隐瞒了地主出身，一个父亲参加过还乡团！可这样的人居然混到我们的队伍中来了……”

李荃的目光无处停留，她把目光移到了窗外，窗外有一棵榆树生着肥厚的叶子，上面有许多只蝉在一起嘶鸣。李荃想看看那些蝉藏在什么地方，可无论怎样努力，却只闻其声而不见其踪影。

隐蔽原来是一件非常容易的事啊！

八

五月是山花开得最绚丽的时候，县委书记吕中要到半壁山检查工作。陪同吕中一同前往的有部长崔红英和主任马全礼。吕中有许多年没到半壁山去了，最起码从陈兆林到那里主持工作以后就再也没去过。所以吕中的决定有些出乎所有人的意料，县委书记要去半壁山，这到底是什么意思呢？

吕中与李荃和陈兆林的心结，没有谁比小崔更清楚，也没有谁比小崔更清楚吕中的心结是个死结。陈兆林来县里开会，吕中从不正眼瞧他，他和李荃带给吕中的伤害总是明白无误地写在那张脸上。吕中是那种见了棺材也不落泪的人，所以小崔有理由相信这个心结永远也不会解开。尤其是李荃再也不会回到联合县委了，她在地委团校只待了三个月，就挣得了一顶“反革命”的帽子，从那里直接去了劳改农场。吕中听到这个消息时发出了一声冷笑，送了李荃四个字：自作自受。

吕中这几年的日子不好过。这几年的天光不好，不是闹蝗虫就是闹水灾，大片的土地绝产绝收。吕中懂得“民以食为天”的道理，便在根治水患上下功夫。成绩是有的，但吕中所犯的政治错误也难以忽视。先是他用错了人，他起用的一个水利顾问背景复杂得令人咋舌，直到外埠的一个专案组来寻根求源才使吕中大梦初醒。然后便是始料未及的“逃荒”事件。一个叫龙岗的千余人村庄在一个月黑之夜倾巢而动直扑临县，吓得人家一个电话直接告到了地委。吕中的许多心血都付诸东流，他成了一个最不称职的县委书记。

五月的半壁山给了吕中一份意外的惊喜。半壁山不仅缺粮，而且缺水。山里人的日子是山外人难以想象的艰难，可陈兆林却在那个地方修建了一座水库，恩泽周围的十几个村庄。这个消息让吕中那根被灾荒磨钝的神经受到了鼓舞，他决心到半壁山来看看。

陈兆林带领一班人早早迎了出来。陈兆林黑了，也瘦了。除了方面大耳，不变的地方委实不多。吕中像不认识似的打量陈兆林，然后才草草握了握手。一行人来到了拦水大坝，那片水域就在蓝天白云底下掩映着，绿得纯净，绿得彻底。活脱脱就是一颗翡翠珠子，从半壁山上滚落下来。吕中让陈兆林汇报一下情况，陈兆林说：“我第一天来这里时把洗过脸的水倒掉了，想再打些水洗脚。可管理员说，我的水用完了。我说我没用完呢，我的脚还没洗。可管理员说，我把明天的水给了你，你明天还洗不洗脸？不到山里不知道啥叫缺水。这里过去是一条沙河道，夏天也是一条河的样子，可过了雨季就不行了，老百姓吃水得到七八里以外的山坳里去挑。这一去一回流的汗也能装满一只水桶。”

吕中点了点头，说：“这几年的教训是深刻的，我们要引以为戒。”

掌声噼啪噼啪响了起来，是半壁山的人在起劲鼓掌。吕中不耐烦地摆了摆手，冷不丁问了句：“李荃还没消息？”

一阵山风让兆林哽住了。兆林的目光在县委书记的脸上跳了一下，就落进了那一湖碧水里。吕中沿着堤坝大步走了，所有的人都跟上了他的脚步。陈兆林脚步迟疑地走了几步，停下了。

吕中已经走到了水库对岸，他朝兆林这边看了一眼，回头对小崔说：“过去劝劝他，我提李荃没别的意思。”

小崔说：“我懂。”

兆林的那颗心已经磨砺得如同石头与钢钎一样坚硬。水库修了三年，兆林就在山上待了整整三年。在山上蠕动的人群里，兆林很少想到自己是谁。他一遍一遍地问自己，建这道大坝的目的是什么？是因为半壁山缺水。自己在山上一锤一锤地打石头又为了什么？是因为乡亲们都在山上。他们每天都吃些野菜团或萝卜叶子熬的粥，却摇摇晃晃地举着几十磅重的大锤，一块一块的石头就是这样从大山的身上撬下来的。歇息的时候兆林会把目光投到山外，牵挂和思念像藤蔓一样绵长和曲折。父母、妻儿，还有那座名叫柳树堡的村庄。李荃的事曾经在全省搞得沸沸扬扬。她在团校只待了三个月，就阴谋组建了一个“五人特别小组”，专门窃取党内高级领导的情报。全地区一半以上的领导干部都上了他们的黑名单。因为这些人都离过一次婚或几次婚，她们把这些情况通通反映到了省委，并危言耸听地说党的干部已经蜕化变质了。这个“五人特别小组”中有三个人都是被遗弃的对象。事情很快就被定了性。她们被隔离审查以后都被团校开除，去了一个名叫刀子营的劳改农场。那里是大片大片的盐碱滩，什么也不长。

兆林不知道刚性的李荃如何活过那些岁月。但有一点可以肯定：李荃不会反党。李荃骨子里的那种忠诚任何人不能比。谁都可以说一套做一套。谁都可以冠冕堂皇地为自己寻找理由。只有李荃不会。李荃的心肝是水晶做成的，谁看不见李荃那颗忠诚的心只能说明谁的眼睛有问题。

李荃错就错在说了别人想说而没有说的话，做了别人想做而不愿做的事。李荃伤害了太多的人而自己却浑然不觉。就是这样一个李荃被兆林背负着，兆林除了每天上山打石头，又能说些什么做些什么呢？

小崔在山脚下采了许多野花，有些味道很难闻。小崔很喜欢采花时的那种感觉，自己就像十几岁的小姑娘。小崔试着让自己的脚步轻盈起来，像个小姑娘那样蹦蹦跳跳。可试了几次都没有成功。小崔习惯了那种庄重而稳健的脚步，步子迈得不大不小。大了显得侉气，小了显得毛躁。小崔的脚步是经过正确分析和反复演练得来的。小崔不是李荃，什么事都讲究个恰到好处。想起流逝的时光，小崔就感到非常郁闷。一些期待落空了。虽然不是所有的希望都落了空，可仍觉得落空的就是自己的全部和所有。小崔觉得生活欠了自己太多,因为总也没有一个现成的爱人等在那里,接受小崔的爱。

一晃,小崔就成了老姑娘。

小崔仍然时时能想起兆林。小崔爱过兆林,虽然那些爱只是肤浅的,容易随风飘逝的。小崔不是可以刻骨铭心的女人,更多的时候是游移在爱与不爱之间。但那场初恋还是留下了一些可供回味的东西。尤其是兆林和李荃的结合,潜意识里小崔会觉得兆林是被权势抢走的,虽然她比谁都明白根本不是那么回事。有时她也认真地想,如果当时她与李荃的位置调个个儿,事情会是这样一个结局吗?吕中会因为这样一件理应发生的事而把她发配到偏远的山乡吗?小崔在心底有许多愤愤不平的想法,她在乎李荃。虽然眼下小崔也当了部长,甚至比当年李荃的权力还要大。但却没有一个人像兆林爱护、体贴李荃那样爱护和体贴小崔。小崔哀叹自己命苦。当年还有兆林那样的人让自己动动心思,现在那些人都成了别人的丈夫。

小崔向兆林走过去时心底产生了一种异样的感觉。兆林站在那里,仿佛就是专门等待小崔的,小崔的两根长辫子一前一后在大腿上摆动,小崔不时看一眼自己倒映在水里的身影,小崔依然年轻,微笑起来还相当迷人。许多女人不懂什么叫迷人,但小崔懂。小崔之所以能把两根大辫子保存到现在就是因为喜欢这样一种美感。女干部大都是短头发,留短发则更像一个女干部。小崔比谁都更明白这一点。可小崔更看中的是女人自身,任何情况下都破坏不了小崔心中的女性意识。小崔的衣着总是很得体,补丁都打得别具一格。小崔悲哀的是周围的男人女人都意识不到自己的煞费苦心，他们通通都像柴火堆里钻出来的刺猬。

李荃是个傻子，小崔常常这样对自己说。她拒绝老秦的事不会没有后果。她怎么想得出拒绝地委书记呢？李荃不懂得计较自己也不懂得计较别人，这种人迟早是会吃亏的。即使她不去团校，不遇到“五人特别小组”的问题，肯定也还有其他问题等着她。这样想开去，小崔就觉得心情舒畅。她没有做过对不起李荃的事。相反，她帮过李荃。她给李荃缝过袜子、洗过衣服、做过毛皮手套，那是多好的一副毛皮手套呀！

兆林的样子让小崔隐隐有些遗憾。这不是她熟悉的那个兆林。小崔熟悉的兆林是一个温文尔雅的人，有一双白皙而修长的手。小崔与兆林在一起是最轻松最放松的时刻，她不用伪装自己，甚至可以把自己的伪装剥开给兆林看。从那以后她再也没有遇到这样可以信赖的人，也就再也没有放松和轻松的时刻。

小崔把一大把山花递到了兆林的面前，心里却在想山花与兆林怎么那么不相配。兆林没有必要把自己搞得那么狼狈，他完全可以倒背着手在山上山下走。衬领雪白，一双手依然白皙。他只做些自己应该做的事就够了。李荃没在兆林身边，就是在兆林身边她也教不会兆林这些，因为李荃自己就不会。小崔就不同了。小崔的许多人生经验，兆林都可以学习和借鉴。小崔的心里忽然充满了柔情，此刻的兆林是多么需要她呀！

小崔让山花坚硬的部位去碰兆林的脸，兆林闪开了。

小崔说：“你面前有机会了。”

兆林看着小崔。

小崔说:“吕书记哪里都不去,二十几个公社偏偏跑到半壁山,兆林,你的运气来了。”

兆林苦笑着摇了摇头。

小崔说:“我知道这几年难为你了,当年我在这里只待了几个月,人就剩下了半条命。兆林,你一定要抓住机会,你不能在半壁山待一辈子。”

兆林说:“你不了解我。”

小崔直视着兆林:“你敢说我不了解你?”

兆林说:“你不了解我。你不知道我愿意待在半壁山。你不知道半壁山的乡亲们有多好,当年他们宁肯自己饿着肚子也要保证游击队的给养。日本人在这里烧杀了无数次,前后有几百名乡亲遇难。可半壁山没有一个人当汉奸。有一次,游击队刚从这里撤走日本人就来了。一个七岁的孩子正在树上掏鸟窝,日本人看准了孩子知道游击队的行踪,哄骗、毒打都没能让孩子开口。日本人就用刺刀削掉了他的一只耳朵,又削掉了他的一只耳朵……”

小崔轻轻笑道:“给我上课呢?”

兆林的眼里已经含了泪水。

小崔马上收住笑容,郑重说:“兆林,我懂你。”

兆林的脸落上了一片云影。他用牙齿咬住了一片花瓣,舌尖一翻就卷进了嘴里。一抹桃红在兆林的唇边残留着,小崔的心一动。

吕中与陈兆林在山坡上的老栗树底下进行了一次长谈。这次谈话吕中已经酝酿很久了。最近他的身体出了点毛病，他偷偷到医院查了查，医生说是肝病。

医生说不是很大的问题，但吕中总有一种不祥的感觉。因为这种感觉，吕中觉得自己应该见一个人，李荃，或者陈兆林。李荃的事是铁板一块，想见她一面也难。而陈兆林就在自己的身边，什么时候想见他都是轻而易举的事。

这件事一拖再拖。吕中最后下定决心不是半壁山的水库修好了，而是因为自己的肝病重了。

他们要费些周折才能让气氛祥和，才能让陈兆林觉得自己面对的不是县委书记，所以吕中刻意不去兆林的办公室。吕中离兆林很近，近到不时能拍一拍兆林的肩。他们回忆了初次见面的一些情景，吕中喜欢兆林，喜欢到为了他和李荃不惜得罪地委书记。你到天底下问一问，有这样二百五的县委书记吗？兆林笑了笑，说没有。

话题到这里是轻松的，吕中也明白。可话题不会到此为止，他还有更想说的话。“兆林，我知道你和李荃恨我。如果不是我让李荃去团校，李荃很可能没有这场劫。可我今天想说的是，这件事不能光怪我。去团校的那么多人，怎么就那五个人被打成了反党分子？李荃也没有遭丈夫遗弃，她怎么能蹚这个浑水？你说这个问题能反映吗？李荃也是枪林弹雨冲杀过来的，政治上这么幼稚，哪能不犯错误？”

吕中还说了很多话，渐渐地他和兆林的距离又远了。在这期间兆林没有说一句话，吕中忽觉肝部一阵剧痛，他用拳头顶住了。

送走了吕中，兆林拖着疲倦的身躯向鬼头崖方向攀登。鬼头崖曾经是游击队的大本营，烟火熏黑的山洞使人怀疑时至今日仍有人在这里埋锅造饭。兆林一有空闲就会到这里走走，当年游击队队员们遗落的东西比比皆是。兆林站在鬼头崖上就能看见李荃，李荃裹在风里云里。李荃的气息就在风里云里弥漫。兆林站在鬼头崖上眼前就会出现幻觉，天空会变得赤红，是火也是血的颜色。李荃横刀立马冲杀在血与火的胶合中，像极了电影中的女主角。可现实生活中的李荃与女主角的境遇却相去甚远。兆林怎么也想不明白，李荃去地委团校只三个月，如何就能变成反党分子？仿佛那里原本就张开着一张网，随时准备捕李荃这只麻雀。外面风云的变幻，兆林知之甚少。兆林每天睁开眼睛看见的都是黑黝黝的大山和大山上黑黝黝的丛林。兆林有时会想，如果当年来半壁山的不是自己而是李荃，那情景又当如何呢？兆林把种种解不开的疑团通通带到鬼头崖，一颗心都被山风吹皱了。

兆林站在鬼头崖最高峰的一块大石头上，对着沉沉落下去的一轮红日大声喊：李——荃——

小崔一剪刀就把一根长辫子剪了去。又是一剪刀，另一根长辫子也“扑噜”落在了地上。散开的发股生气全无地像一条僵死的蛇，看上去让人有一种心悸的感觉。小崔双手托腮慢慢凑近了一面镜子，一张陌生的脸在镜子里面一闪又消失了，小崔不敢相信那个披头散发的女人会是自己。直直的一绺头发斜斜地遮住了小半边脸，看上去像一个受气的小媳妇。小崔万般心疼地捂住脸。她剪头发原只是要赌一口气，可这口气的代价委实太大了。

她下决心剪掉那两根具有象征意义的辫子。除了因为头发并没有给她带来好运，还因为她突然发现自己不年轻了。那样一种沧桑感呼之即来却挥之不去，让小崔体会到了一种悲凉的意味。从半壁山回来，她想起了很多往事，最后一个与兆林独处的夜晚尤其不能释怀。小崔扮作一个浅薄和轻浮的女人挑逗和轻辱了兆林。她想，兆林也许因此而瞧不起自己。兆林与李荃谈不上有感情，但兆林不会喜欢放荡的女人。兆林不会想到小崔之所以那样做是因为不甘心。那么现在的小崔又如何能够甘心呢？如果说小崔的第一次失败是因为人微言轻，那么现在的小崔有理由相信自己举足轻重。陈兆林，小崔不是非要嫁你不可，实在是因为你的缘故使小崔的心上有了失败和耻辱的印记。小崔还不该讨个公道吗？

天气骤然热了起来，白花花的太阳终日在头顶上悬挂着。整个春天大家都在抗旱，好不容易熬到了伏天，盼着老天能下场透雨，以解燃眉之急。可伏天并没有给人带来好消息。没有风声也没有云影，世界安静得没有任何关于水的消息。小崔在那样一个大旱之年的深夜为自己缝嫁衣。小崔缝嫁衣的行为有些荒唐和不可理喻，但小崔自有其情调与心境。她几乎每天都给兆林写一封信，那些信的去处是一只枕套。她一点也不想把信寄给兆林。她不想给他拒绝的时间和理由。小崔写信的时候是冷静和安详的，她细细剖析了兆林，也细细剖析了自己。虽然生活已经绕了一个大圈子,她仍然相信自己与兆林能走到一起。

小崔的嫁衣其实就是一件连衣睡裙。乳白的底色上盛开着鲜艳的桃花。这本是做旗袍的一块料子,旗袍是穿不出去了,但睡裙总是可以穿的吧?小崔的心情像睡裙一样清丽而又美艳。睡裙缝完了的一天,小崔轻易地就在常委会上晕倒了。人们手忙脚乱地要送她去医院,小崔徐徐吐出一口气:“我太累了……”

这就是小崔。

小崔避开所有人的眼目来到了半壁山,半壁山被太阳下山后的巨大阴影笼罩着,蓊郁的树木越发绿得灼人眼目。太阳下山以后空气就变得清凉,山林都显得鬼气与神秘。小崔喜欢这种情致,半壁山的一切都令小崔心旷神怡。小崔在一棵巨大的山毛榉树下休息,看着天空一丝丝地变暗了。一群一群的云雀归巢了,炊烟从角角落落的山洼里冒了出来,犹豫地升入了空中。这一切都令小崔生出了几许感动。小崔在这个时候想起了李荃,想起了与李荃在一起工作时的种种经历和感受。小崔这时才发现自己在乎兆林的同时更在乎的其实是李荃。如果没有李荃介入兆林的生活,小崔和兆林之间能否发生故事真的是一件很难预料的事。

一丝淡淡的不快攫住了小崔。小崔这时才发现自己一直生活在李荃的阴影里。与李荃相处的几年,李荃和李荃的影响都是巨大的。谁都可以没有感觉,小崔却在这种力量中扭曲了。即使已经时过境迁,李荃和李荃的行为都已不在眼前,小崔聚集在心底的一些情绪和意识并没有随着时间的推移而烟消云散。这时的小崔才发现自己原来坐在了一个制高点上,四下里都是黑黝黝的石头与丛林。小崔居高临下的目光里充满了嘲弄与自信。她大步离开了那棵山毛榉,月白色的身影很快隐没在暮气沉沉的夜色里。

兆林很晚才从一个叫梨树沟的山村赶回来。他拐到食堂先找了一口吃的。借着马灯微弱的光亮,兆林看见锅盖上面的瓷盆里放着一只巨大的玉米饼子和几根大葱。那玉米饼子大得实在有些惊人。兆林拿起来看了看,并把自己的手掌贴上去量了量。饼子竖起来时像一面墙,兆林三下五除二就把饼子和大葱全部装进了肚子里,又饱饱地灌了半瓢凉水,这才熄了马灯,关了食堂的门。夜色已经有些沉重了,一只山雀凄厉的叫声惊出了兆林一身鸡皮疙瘩。那是一只倒霉的山雀,兆林想,一准是窝里盘着一条蛇呢。声音让这世界显得灵动和鲜活,即便是一声濒临死亡的悲惨的啼叫，也足以把这厚重的黑暗划出一缕白痕,让密封般的宇宙轻浅地舒一口气。兆林这时发现了自己的窗上有灯光。那像蜻蜓羽翼般薄薄的光晕在窗上跳跃着,若有若无,若无若有。不很真实,但又绝不是幻觉。兆林的心里有些紧张,他想起了山里许多神怪传说。难道真的会有一位女子坐在我的床上?那一定是只雪狐狸。兆林不由得发出了一阵笑。他大步流星走进了屋里,但还是被眼前的情景吓出了一身冷汗。

房间里真的有女人。一个年轻的女人。一个与山里女人完全不同的山外女人。女人面向墙壁坐着,后背上是星星点点的桃花。齐肩的头发墨黑墨黑的,看不见颈,也看不见脸。兆林真的相信这就是雪狐狸。兆林战战兢兢地有些兴奋,他随手就抄起了一根木棒，想试探地捅一下。那人却咯咯咯地笑起来，一张脸缓缓转了过来，兆林惊讶地说："小崔！"

小崔端端正正地在兆林的床上坐好，盘着腿。小崔热切地问兆林有没有发现自己有什么变化，兆林回答说没有。小崔不满地说："我把头发剪了，你总看得见吧？"

兆林没有说什么。

小崔又说："你不知道我多舍不得。过去吕中那么不喜欢我的头发，我都没剪。现在吕中不管我了，我反而有了决心。真心疼啊，仿佛剪掉的不是头发，而是身体上的一个器官。你说奇怪不奇怪，我养头发是不是养出了毛病？"

小崔的语音轻轻的，柔柔的。眼睛并不看兆林，而是随意在空中变换着角度。眼神像两只调皮的山雀，从这里蹦到那里。小崔让空气有了温馨浪漫的情调和感觉，她相信置身其中的人会不由自主地滑进温柔的旋涡。

兆林很想问一句："你来这里是专程讨论头发问题的吗？"想了又想，到底没有问出口。兆林有些忐忑不安，猜不透这位崔红英部长因何而来。小崔剪了头发并不重要，重要的是小崔穿了一件那么鲜艳的衣裙。这衣裙与眼前的一切多么不相宜！

小崔又说："吕中有一次跟我谈心时说，我对得起天对得起地，独独对不起你和陈兆林。吕中那样一条汉子竟红了眼圈。我说，小崔不怪你，兆林也不会怪你，吕中显得非常伤感。若不是亲眼得见，你简直想不出吕中也有脆弱的一面。那时我就想，人是多么奇怪啊，你轰轰烈烈给人办好事，其实种下的却是祸根。归根结底是因为目光太短浅了，学不会审时度势。就可怜了我们这些小人物，像玩偶一样被人抻来扯去，连婚姻这等私事都要听凭人家的安排。仿佛我们生来就是别人手心里的一枚棋子，连一点个人意志都没有。”

小崔又说了很多很多话，小崔逐渐发现自己说的那些话对兆林一点作用也不起。兆林始终像木桩那样站着，无论小崔说什么，他都全无反应。小崔陡然懊丧起来，沉默了一会儿，悄声说：“是不是决心不开口说话？”

兆林说：“好像没有我说话的地方。”

小崔莞尔一笑，故作惊讶地说：“是吗？我是不是像老太婆一样嘴碎？兆林你快告诉我，我这个样子是不是很讨厌？”

小崔的声音忽然变得热烈而又丰富，仿佛隐含了太多的快乐。她下了床，一阵风似的从兆林的眼前掠过，出乎意料地拥抱了兆林。

近在咫尺的是小崔似笑非笑的脸和似笑非笑的眼。小崔和小崔的气息迎面扑来，让兆林感到了一阵眩晕。小崔低低地喊了声：“兆林。”

兆林却想起了百变狐狸。

兆林果断地推开了小崔，大步朝外走去。

小崔冷冷地说：“李荃永远都不会回来了。”

兆林停住了脚步。

小崔缓和了一下语气，说：“你爱她吗？”

兆林头也不回地说：“这种话心里知道就行了，没有必要说出来。”

小崔坚定地说：“我知道你不爱她。”

兆林迟疑了一下，扭过头来说："你不知道的是——我也不爱你。"

小崔破口骂道："浑蛋！"

兆林点了点头。说："这种话听起来舒服多了。"

吕中的肝病最终把他撂倒了。他躺在医院的病床上做了两点指示：一、陈兆林同志调离半壁山，具体工作另行安排。二、李荃无论何时回来，联合县委都要负责接收。吕中不知道他的指示已经很难被贯彻执行了，外边有一种如火如荼的力量把原有的秩序捣毁了。这种力量吕中很快就感觉到了，那是一天深夜，一群红卫兵闯进医院，把正在接受治疗的吕中抢走了。抢到了吕中就意味着夺了联合县委的权。那些人架着吕中来到了县城中心的鼓楼上，向另一派人炫耀自己的战果。

吕中没有活着从鼓楼上走下来。

第四部

一

那个像只红虾米,取名陈芒的女孩便是我。

关于我的身世,我一定叙述得无法再详尽了。那样遥远的一点血脉经过若干年的培植和养护才成就了我的女儿之躯。我险些就与这个世界擦肩而过。你想,假如祖父不是娶了一个叫百灵的女人,他的儿子就不会是我的父亲。我的母亲无论嫁给任何一个男人,她的女儿都不可能是我。可我在许多年里却恨那个叫李荃的女人,恨她生了我。记得刚出生时奶奶说我面如银盆、眉如朗月,将来一定有个好前程。我不但听见了,而且听懂了。那种良好的感觉维持我长到五岁,五岁以后就不行了。首先我认识到镜子里的陈芒离奶奶说的那个形象相差太远,然后我又意识到了镜子里的自己其实就是一个丑八怪。肤色又黄又黑，脖子细，脑袋大，眉毛稀疏，眼睛像两枚钉子，盯在谁的身上仿佛能把谁的衣服打出洞来。我恨李荃把我生成这个样子，可我却不知道李荃是谁。我的手里只有李荃的一张照片，她的身旁有一棵树，她也像一棵树那样面无表情。那么，她也就是一棵树吧。那棵树在我出生一个月的时候就走了，从此再也没有回来。她先是去团校上学，三个月后被打成反党分子，然后去农场改造。许多年里我从来不叫她妈妈，我像奶奶一样叫她李荃。想对她说话的时候我就把照片放在膝盖上，我说："李荃，昨晚又放电影了，你咋还不回来呢？"

我想李荃的时候就是在村里放电影之前或之后。消息是广播喇叭里喊出来的，喇叭里说："全体社员请注意，今天晚上有电影！"这个时候爷爷只会哆嗦。只要村里的高音喇叭一响，也不管传出的声音与他有关没关，爷爷只会哆嗦。大睁着一双浊黄的眼睛，眼神满是凄凉、无助。你能指望这样一个爷爷把你驮在背上去看电影吗？显然不行。我只好扯着奶奶去。奶奶也不愿意去人多的地方，但因了我的缘故，奶奶只得去。爸爸一直工作在那个叫半壁山的地方，他这次来与下次来的距离足以使我忘记他。所以我只有奶奶。电影散场了，人们都走了我不走。只有这个时候我才能看见整块银幕。放映员把电影银幕从半空中放下来，卷成一个卷放到毛驴车上，他们走了我才走。

家里一天到晚静悄悄。爷爷几乎不开口说话，奶奶说话时用尽气力，发出的声音却很小，那个样子非常可笑。家里的前院有一块影壁，上面有爷爷亲手书写的一个"福"字。有一天早晨，来了一群人把影壁推倒了。尘土飘满了院子，一只耗子甚至忘了回窝,呛得往我家脸盆里跳。当时我正在窗户底下站着,拿着歪把瓢给一棵指甲花浇水,被眼前的情景惊得目瞪口呆。奶奶在灶前烧火,一动没动。爷爷站在一片日光里,下颌上的一缕涎水挂在那里,蛛网一样地晃来晃去。有个人嫌爷爷碍事推了他一把,爷爷像面人一样摔倒了。爷爷摔倒了却没摔掉脸上茫然的笑。烟尘渐渐消散了,阳光倒比原先明亮了些。那些人走了,我忽然觉得我应该干点什么。我追出了院子,尖着嗓子喊了声:"胡忠勇!"为首的胡忠勇听见了,回头朝我看了一眼。我竭尽全力连瓢带水泼了出去,当然泼得不够远,胡忠勇等人没有任何表示扭头走了。

水瓢摔出了口子,还能用,只是歪把儿不见了。

我把土筐从墙角拖出来,对爷爷说:"爷爷,我们干活儿吧。"

这一年的冬天来得早。地里的麦草刚刚出齐,一场罕见的霜冻就悄没声地裹挟了柳树堡。小北风下来了,没完没了地刮。天忽阴忽晴,招来了一场大雪。那雪下得可真邪行,把大青河垫高了足有一尺。人们好生纳闷,不是还没封河吗?怎么雪倒把河填满了?最想探个究竟的还是那些孩子,他们三五成群地来到河边。在雪里掏开了一个洞,河水结冰了。用石头砸上去,冰面是坚硬的咚咚声。孩子们呜哇一声喊,争先恐后往河中心跑。雪实在是太厚了,走在河面上与走在地上根本没有什么不同。开始大家还小心翼翼,脚下传来了打雷一样的隆隆声,吓得想逃、想跳。但到底逃也不敢跳也不敢,而是跷起脚尖弓起腰背战战兢兢地站在那里，唯恐身体的重量落在脚上。惊惧过后便是欢呼和雀跃。无数只雪团飞向天空，亮晶晶的雪粉银饰样地耀眼。然后便是追逐，翻滚。惊也忘了险也忘了。世界忽然变得纯粹，干干净净的河面上，只有孩子们的欢闹声像鸟儿一样扑棱扑棱飞到了天上。

惨剧就是在那一刻发生了。

没有目击者。一个最小的孩子被雪团追逐着往岸上跑，等他回过头来，才发现冰雪的世界里只剩下他一个人，他撒腿就往大堤上跑，孩子在堤上时碰见了一个大人。大人对孩子一个人从河边走上来感到匪夷所思。通往河面的小路上踩出了拉拉杂杂的脚印。大人顺着脚印一望，一片淡青色的河水映着偌大一片蓝天和白云。大人倒吸了一口冷气，惊问："他们呢？"

孩子指着河水说："落下去了。"

一个月以后，柳树堡仍没从绝望和悲痛的阴影里走出来。他们一共损失了六个孩子，是清一色的男孩，最大的十二岁，最小的九岁。最初的疯狂急风暴雨般地过去了，但绵绵沉痛却如溃烂的伤口一样久久都难以愈合。夜深人静的时候经常会爆出一两声瘆人的哭号，让听见的人起冷汗。积雪融化了，真正的冬天却开始了。大青河冻起了青凌凌的一层冰，捉鱼的人要用铁锤和钢钻才能凿开冰眼。冰面上围着冰眼堆起了一圈碎冰屑，像金属的碎片一样亮闪闪。冰面上再也见不到一个孩子的身影，孩子最多只在河边站一站，连用脚触一触冰面也不敢。

死里逃生的那个孩子是陈芒的堂弟，陈怀义最小的孙子。

事情过了许久才又被重新提起。那时陈怀义刚被剃了阴阳头，瘦骨嶙峋的胸膛上打着红油漆的“×”。下身穿着肥大棉裤，黑腻腻的白围腰下边是一条皱巴巴的红腰带。那年是陈怀义的本命年，陈怀义早早就把红腰带系在了腰上。但该来的凶险还是不可阻挡。陈怀义在柳树堡当家主事多年，已经像一棵大树一样枝繁叶茂。谁也想不到会有那样大的一股风把这棵大树连根拔起。一切权力、一切荣耀眨眼之间就从身上剥掉了，陈怀义还原成了一个真实的人，真的在滴水成冰的季节裸着臂膀。

平心而论，陈怀义一直是谨谨慎慎做人做事。没有多少被打倒的理由。但陈怀义是那种一打就倒的人，足见他也在可打之列。

回头再去看初冬的柳树堡，皑皑白雪覆盖下的一切都显得居心叵测。那时陈怀义还穿着干部服，面对六具硬邦邦的尸体假惺惺地掉了几滴眼泪。“把他们埋在一处吧。”陈怀义说。于是一个大墓穴里埋了六具小小的遗体。谁都想到了陈怀义这样做的目的是为了省下几巴掌土地。可柳树堡的土地真的需要这几个小人儿合葬吗？如果这里面也有他的孙子，会是这样一个结局吗？思路在这里展开了，人们的眼睛变得明亮。顺着这条思路，柳树堡的村民领悟到了孩子们的生与死都绝非偶然，分明有一双看不见的大手在幕后操纵。否则，死里逃生的怎么可能是一个最小的孩子！思路在这里戛然而止，几乎让所有失去孩子的父母憋住了一口气。一千种可能一万种可能都是存在的，不可能的仅是有一个孩子活着回来了，而那个孩子却不是自己的。

柳树堡就像被浇了开水的蚁穴一样突然间变得没有方位

和理由。所有的人都拥到了街上，每一张嘴都做唾沫飞溅状，但具体说些什么却没有任何一个人能听清楚。天地之间充满了这样一种激烈却模糊的语音，让树上的鸟儿惊恐万状。它们不停地从这棵树上飞到另一棵树上，焦虑而紧迫地交换着一个信息：就要有灾难降临了，人类已经知道了，而鸟类还蒙在鼓里……

人群中忽然站出一个人，振臂高呼道："打死陈怀义！""血债要用血来偿！"人群安静了三五秒钟，然后发出了排山倒海般的一声吼："打死他！打死他……"

胡忠勇这才惊慌失措起来。他原是想把陈怀义打翻在地，让他永世不得翻身，却并不想要他的性命。如今这个目的已经达到了，事情再发展下去，超出了他的承受范围。胡忠勇也是柳树堡人，正在县里读高中。两派势力打得难解难分时，胡忠勇率领他的"独立团"回到了柳树堡。其实"独立团"只有胡忠勇一个人。胡忠勇意识到自己在县里不会大有作为，这才有了回家的打算。胡忠勇对陈怀义素无好感，事实上，他对所有握有大大小小权力的人都无好感。他在村里网罗了五六个人，几乎没怎么动心思，就把陈怀义打倒了。

可眼下的局面却无从收场。胡忠勇心惊胆战地把陈怀义从批斗会的会场劫走了。来参加会的人还没弄清楚怎么回事，眼前忽然没了攻击对象。胡忠勇对陈怀义说："你快回家吧，回去了就别出来，躲一阵子再说。"陈怀义像只亡命的兔子一样跑远了。

必须转移斗争的大方向。胡忠勇在心底盘算着。

正是午饭前的时光,家家户户却没有动炊的迹象。冬日散淡的阳光迷迷糊糊照耀着，于委顿和苍白之中强打着几分精神。黄褐色的土地一望无际,风轻易就吹起了陈年衰草。历史在这一瞬间停下了钟摆,让一个女人朝柳树堡的方向走来。身后广袤的土地成了一道布景,女人苍白的脸、大而黑的眼,都成了这块幕布上最有神采的东西。

女人自己却不觉得。她的脚步很沉,瘦弱的身躯仿佛无力承受这一身臃肿的棉衣。隐隐传来了一些喊叫声,这个世界到处都不缺少这样一种赤裸裸的声音,它总像钢锯一样切割着你的神经。

打倒(或)打死……谁?

……那天不知是几月几号(真应该记住那个日子)。有人要来视察。这里原来是一片一望无际的盐碱地,却长出了平展展的黑豆和高粱。视察人员一高兴就在这里吃了饭。席间觉得上菜的厨子眼熟,再往深里一想,就猛地一拍大腿:“丁彪！”丁彪抖手站住了。视察人员又跟了句:“你没死?”丁彪说:“我没死。”视察人员又问:“陵园里埋着的那个丁彪是谁？”丁彪说:“也是我。”

又解释道:“领导和同志们都在‘四一八’遭遇战中牺牲了,我一个警卫队队长,没脸活呀……”

丁彪丢了手里的盘碗,呜呜哭了。

一顿饭没怎么吃就收场了。原联合县委副书记杨庆森把所有的人都打发了,屋里只剩下了他和丁彪两个人。当年杨庆森没有去上甸参加那个大规模的会议，当得知出事的消息时，他曾经与十三团前去救援。但他们晚到了一步，看到的仅是自己同志的尸骨。那以后杨庆森就调出了联合县，但那样一幕惨剧若干年来从没有使他忘怀。

当年的警卫队队长竟成了这样一个地方的火头军。杨庆森不满地说："丁彪，你跟我走。"

丁彪说："我不走。"

杨庆森说："当年的事不是你的错。"

丁彪哭着说："可我的心里不好受。我留在这里还能照应一个人，我跟着首长走能做个啥呢？"

杨庆森警觉地问："你照顾谁？谁用你照顾？"

丁彪止住泪说："首长知道，也认识。"

杨庆森盯着他问："谁？"

丁彪答："铃铛。"

李荃一点也没想到那个每天格外照应自己的人会是丁彪。那样一张善意的脸，那样一双温情的眼，总能让李荃感受到一种宽慰和鼓舞。李荃只道那是一个好心人，大概看自己体弱多病的缘故，饭菜总比给别人的要多些。他从不正眼看任何人，但李荃的那只饭盆递进去，丁彪马上就有了分别。李荃还接到过治跌打损伤的药，那是藏在饭盒底下的。还接到过一斤红糖。那是多么珍贵的一斤红糖呀！李荃从没道过一个"谢"字，怕给别人添麻烦，但却牢牢地记住了那张脸。那张脸并没有唤起李荃什么记忆，李荃猜测这也许是一个知道自己的人，哪里想得到竟会是曾经并肩战斗过的战友呢？杨庆森问丁彪和李荃有什么要求，只要是他能够办到的。丁彪抢着说要求只有一个，那就是救救李荃。李荃的身体这么差，再熬几年，恐怕命就没了。杨庆森面露难色。他转而又问李荃，李荃说如果能找到安庆这个人，揭开"四一八"遭遇战之谜她死也瞑目了。一席话说得两个男人泪如雨下。杨庆森为难地说这两个要求实现起来都难，为历史翻案的事谁都没有勇气去做。李荃说，找到汪寒吉总可以吧，一九四六年的春天他和安庆一同到过上甸。杨庆森说，那样一个非常时期找到他又能说明什么呢？李荃沉默了。杨庆森安慰说："等着吧，事情会有真相大白的那一天。"

杨庆森对丁彪说："我可以带走你，但我带不走李荃。李荃的事不是哪一个人能够决定的。我唯一能做的事就是帮她暂时离开这里。李荃，你身体哪里不好？哦，胃，还有心脏。我可以搞到一张你不适宜留在这里的证明。李荃，很抱歉我只能帮你这些。"

杨庆森又一次专程来看李荃，说："李荃，坚强些。"

陈芒从老远就看见路上走过来一个奇怪的女人。说她奇怪，是因为她和村里的女人不一样。陈芒有个愿望，她要和这个不认识的女人说句话，所有认识陈芒的人都是不屑于和陈芒说话的。当然这是指村里的人。因此陈芒喜欢陌生人。陈芒远远就迎了上去，眼睛盯着女人的脸。直到女人在很近的距离看见了她，陈芒才歪着脑袋问："你是谁呀？"

李荃没有说话。她现在虚弱得连说话的力气也没有。她绕过陈芒，蹒跚着朝那所宅院走去。

陈芒生气了。她从来没有遇到过这样不讲道理的陌生人。看那奇怪的女人也许要去自己的家里，陈芒抢先跑到了门口，张开双臂挡住了去路。陈芒生硬地问："你到底是谁？"

李荃停住了脚步，疲乏地注视着这个丑模丑样的小女孩。

陈芒转身跑进了院子，喊："奶奶，外边有一个奇怪的人！"

百灵听见外面的动静早已走了出来，她愣了片刻，就呼天抢地地奔过来："李荃……"

百灵的身后跟着陈怀宇，他抖着手站在那里，老泪纵横。

李荃问："陈芒呢？"

百灵慌忙喊："陈芒！陈芒！"

陈芒旋风样地跑进屋里，"咣当"关上了房门。

我与母亲的第一次见面就这样失败了。失败的是我，也是她。我们失去了抱头痛哭的机会，这种机会就再也没有了。那时我就想，她不愿意我是她的女儿。她心目中的女儿不是我这个样子。我又想，我情愿妈妈是你这个样子吗？瞧她长得比竹竿还瘦，一只手连拿筷子的力气也没有。她还背着恶名，许多年连家都不敢回，她有多体面！她喊我的时候我就逃得远远的。在她睡熟的时候我才在离她稍远的地方坐一坐。她团团缩缩躺在那儿，身上盖着那条奶奶的紫花棉被。这个时候我就特别想和她说句什么，只要她听不见，我什么都愿意说。其实我还是愿意有妈妈的，哪怕妈妈是她这个样子。妈妈没有力气不怕，我有，我能帮妈妈做许多事。可我心底的这些话不知怎么被她听见了。她忽然睁了一下眼睛，说："我在哪儿？"她不知道自己在哪儿，她怎么能不知道自己在哪儿呢？我想，她是不愿意自己在家里，不愿意我是她的女儿！

我一下子就从她身边逃开了！

柳树堡从来也没有像现在这样热闹过。大喇叭一天到晚喊个不休，批斗会一个挨着一个。接生的杨老太太已经七老八十了，也撅着屁股在台上站着。杨老太太的头发已经剪成了“飞机式”，像耗子啃的一样长短不齐。她猫腰撅腚的样子一定非常不好受，不时侧过身子去瞅胡忠勇。台下的人看得真真的，只是胡忠勇一点也没感觉。大概实在是忍无可忍了，在胡忠勇讲话的空隙杨老太太直起了腰，用她那惯有的粗门大嗓说：“三毛头你给我一口水喝吧。”台下哄的一声笑。“三毛头”是胡忠勇的小名儿。胡忠勇朝杨老太太挥了挥拳头，杨老太太大大咧咧地说：“拉倒吧！你吓唬谁呀。你妈生你的时候难产，要不是我你小子早就没命了。”众人又大笑了起来，可那笑声就像被刀切断了般戛然而止。只见脸色气得铁青的胡忠勇一步蹿到了前台，一脚就把杨老太太踹趴下了。杨老太太没哭也没闹，躺在台上装死。直到大会开完了，人走净了，杨老太太才爬了起来，拍打拍打身上的土，回家了。

队里的那座老钟敲了又敲，可却没有一个人去上工。队长索性一直敲了下去。一下比一下紧急，一下比一下不耐烦。最后“当”地发出了一声巨响，钟声消失了，队长回屋睡大觉去了。就在这时高音喇叭里忽然传出了胡忠勇的声音，他喊李荃到大队来一趟，说上边来了最新指示。

这是李荃回来的第五天。她踏踏实实地睡了几天好觉，睡得家里人都惶恐不安起来。家里到底是另外一个世界，有暖洋洋的炕，有干干净净的铺盖，还有对她的关切和爱护。当年她那么想逃离，心就像长了翅膀一样。外面也的确有一个广阔的天空吸引着她，她总有使不完的劲儿、干不完的事。后来她的翅膀折断了。看不见鲜血，也看不见伤口，但那种疼痛却足以使她致命。那是怎样的一些岁月啊，她从不回过头去想，不是因为她的神经承受不了，而是不愿意相信那曾经发生的一切都是真的。

她从不对自己失望，那是因为她对这个世界还抱有希望。

她是被母亲误会的女儿。但这不会成为她背弃母亲的理由。

柳树堡的事她知道了一些。她没有想到，在这样偏远的乡村也有一种叫作“革命”的势力在疯狂生长。李荃不知道这种“革命”的成分是什么，它与许多年前那个跟在姚飞飞屁股后面的小姑娘所理解的“革命”是同一概念吗？

胡忠勇的声音让陈家陷入了一片惊恐。百灵连声说：“又有祸事了，又有祸事了。”陈怀宇则抖得连话都说不出。连陈芒都有些紧张地跑来跑去，她不时跑到街上去张望，又跑回来传递消息。她当然不主动和李荃说话，她所有想说的话都藏在了那双眼睛里。李荃沉默地梳理了头发，镜子里的自己有了几分精神。这几天睡得好吃得也好，百灵杀了家里唯一的一只母鸡，鸡汤全都喝到了李荃的肚子里。

大队院子里挤着许多人，他们都是胡忠勇独立团的人。李荃站稳了脚跟，沉沉地说：“我是李荃。”

所有的头都在这一瞬间扭了过来，那么多陌生的眼睛一起盯着李荃。大家有些惊奇地看着她，她与柳树堡的人不一样。

那个冬日的上午有一种特别的感觉。说不上冷，也说不上暖。心底却有一块毛茸茸的地方长满了草。那种不安没有任何一种语言可以形容。李荃走了以后我拉着奶奶也来到了大队部，我亲眼看见她走进了那间屋子，我还想亲眼看见她从那座房子里走出来。高高的一堵人墙阻隔了我们的视野，但阻隔不了的是院子里随处飘落的声音。声音在空间里穿行，碰得树枝沙沙地响。那些人居然说陈家杀人了。李荃说，我当然杀过人，杀过日本鬼子，杀过国民党。我杀人的时候你们在干什么？胡忠勇说，我们没有说你杀人，而是三十多年前，陈家有一个女人死得不明！对，就是三十多年前的事，你能说清楚吗？李荃似乎被那种嚣张的语气压住了，许久没有说话。胡忠勇继续说，你别以为陈家杀了人就没人知道，别忘了胡安是我爷爷，他在陈家当了一辈子家奴！

奶奶"咕咚"一声倒在了地上。我大喊大叫道："奶奶死了！"

胡忠勇轻而易举地牵出了一段陈年旧事。

当时惊呆的不只是李荃，还有在场的许多人。甚至包括胡忠勇自己。本来胡忠勇只想找李荃一点麻烦，李荃的声名和影响都让他心存芥蒂。他想见识一下李荃是个什么样的人，便谎称上边有最高指示。胡忠勇在一个窗洞里看见了李荃，身量那么高，形容那么坚毅。李荃裹挟着一股凉气站在了屋门口，凛然说:“李荃来了!”

胡忠勇手脚都凉了,他没有想到李荃是这个样子。李荃的出现让他喉头发紧,他竟好半天没有吐出一个字。一屋子的人都奇怪地看着他,扎着短辫的朱小凤甚至用手指捅了捅他。胡忠勇使劲咽了口唾沫,紧张地思索着他能向李荃说些什么。陈家,当然还是陈家。那个显赫的陈家大院曾经发生过许多故事。那些故事都让胡忠勇着迷。印象最深的当然还是三十几年前的那段往事。一位太太死了。为什么?是因为失宠。太太可是好太太,她和老爷一样都是洋学生。当这些话翻来覆去在爷爷嘴里出现时,胡忠勇曾经问过爷爷:“会不会有人谋害太太?”爷爷只是摇了摇头。胡安那个时候已经老眼昏花了,他只是像任何一个老人那样喜欢讲述一些自己知道的往事。“太太死的那天老爷正好生了少爷。陈家当时那个乱啊……”胡忠勇当时还是个少年,而且是一个很有心计、很会思索的少年。他想,也许有人对太太投毒,否则死亡与出生怎么能撞在一起?胡安看不见孙子眼里的疑惑像罂粟一样美丽与邪恶。他的生命快要走到尽头了,除了源源不断地陈述往事,他对这个世界已经没有认知、没有感悟了。

就是这样一道闪电照亮了胡忠勇,胡忠勇骄傲地举起了他的瘦拳头,几乎是对所有的人宣布:“陈家杀过人!”

胡忠勇走近了李荃,用那种尽可能张扬的声音说:“三十几年前,陈家有个人死得不明不白!谁都不知道是怎么回事!也许李荃能讲清楚!到底谁是杀人凶手!”

又一个群众运动的高潮被制造出来。村里出现了许多胳膊上戴着“独立团”红袖章的人。红袖章是一种象征。表明他们服从于胡忠勇的领导,加入了胡忠勇所领导的队伍中来了。六个孩子的事很快就被人们忘记了。他们只是落进了水里,那时才是初冬,河里的冰还没有冻结实。大青河哪年不淹死一两个孩子？与三十几年前的旧事相比,六个孩子的事显得那么没有韵味,没有嚼头。村里的老人都还记得那个叫章若儿的女人。记得章若儿走进陈家大院那天是整个柳树堡的节日。大家争睹章若儿的芳容。多么淑慧,多么美丽的陈家少奶奶。原来却是一个屈死鬼,在地下饮恨了这么多年！有人主张快把陈家老少抓起来,免得他们畏罪逃跑。可胡忠勇说,柳树堡现在已经成了天罗地网,连猫儿狗儿都休想逃出去。胡忠勇大规模地发动别人去查证此事,自己却坐在大队部里喝朱小凤熬的鸡汤。朱小凤是一个简单却又多情的姑娘,她加入“独立团”的那天就爱上了胡忠勇。

几天的查证工作当然没有结果。这是胡忠勇意料之中的。村里的老人都被找烦了,他们知道的就是那么多。当年也没听说章若儿是被谋害致死,如今隔了三十几年的路再往回看,就连影子也看不到了。调查的人都很失望,可胡忠勇自有办法让他们重新鼓荡起希望。他想起章若儿曾经住过的大房子现在住着陈怀义一家,那是村里最好的房子,当年陈怀义留给了自己。胡忠勇亲自带领人来到了当年的陈家大院,把一所大房子拆得稀里哗啦。还当真找出了陈家用过的一些旧物,包括女人用的银顶针和穿手镯用的几粒翡翠珠子。虽然这对谋害人命案没有任何帮助,可仍让所有参与的人感到兴奋。陈怀义的家人在一旁哭的哭,号的号。参与这种活动远比看戏热闹。

胡忠勇又迎来了一个大获全胜的日子。柳树堡人的每一根神经都被调动起来了。胡忠勇走到大街上,所有的人都主动与他说话。人们佩服这个明显发育不良的年轻人,那么瘦小枯干的一副身板儿,却蕴含着能量和智慧!人们还记得他最初回到柳树堡时的情形,那只是一个半大孩子,穿一身上浅下深的绿军装,褂子大得遮住了屁股。胳膊上的红袖标宽有一尺,使“独立团”那三个字有一种通天扯地的感觉。他一个人在柳树堡的大街上来回走,像一个得了魔怔的人。后来他从这家出入那家,所有的人都没有对他表示出热情。只有朱小凤除外。朱小凤亲手给他擀了碗片汤,并在胡忠勇吃片汤的时候,把妈妈的红围腰改成了红袖标。为此,朱小凤挨了妈妈好几下笤帚疙瘩。这在柳树堡被传为笑谈。可朱小凤是一个不怕人笑的女子,她每天气宇轩昂地傍着胡忠勇干这干那,从不避嫌。整整一个季节转换了,柳树堡发生了太多的事。柳树堡人像是被吹鼓的气球一样轻盈而饱满,不时从这里弹到那里。他们拆掉了陈怀义的大房子,那是多么坚不可摧、令人钦慕和景仰的一座建筑啊!村里的老人听他们的父亲说过,当年陈老太爷为造这座房子花费了怎样的心血和代价。每一块砖、每一片瓦、每一根木头都经过了千挑万选。房子的每个角落还放了镇宅之物,既避刀兵又避水火。如今那里却成了一片废墟,白天母鸡在上面觅食,夜晚蟋蟀的叫声就像泛滥的河水。全村的蟋蟀肯定都跑到了这里。这一切就发生在柳树堡人的眼皮子底下,没人想起问一问为什么,只有激动、振奋、高兴。摧毁一座建筑并不意味着什么,但它让柳树堡人看见了眼前腾跃的一片图景。生活原来可以这么缤纷而有色彩,可以这样热闹与喧哗。那种沉寂与贫乏的日子过得实在是太久了,现在终于有了痛快淋漓的爆发。人们捣毁那样一座建筑就像捣毁一个猫窝狗窝一样。起初是有些下不去手,后来就习以为常了。干到最后,人们甚至忘记了捣毁这样一座建筑的目的是什么。发现了银顶针,又发现了翡翠珠子,似乎还应该有更动人的发现,直到把墙基翻了个底朝天,事实证明没有了。

胡忠勇正儿八经地召开了村民大会,对前一段工作进行总结,对后一段工作进行部署。胡忠勇俨然成了柳树堡的当家人,说话的声音里充满了自命不凡。他一边说话一边摆弄着那些玲珑剔透的翡翠珠子,他真是喜欢得不得了。胡忠勇说,那件谋杀案时至今日仍无进展,怎么办?胡忠勇站了起来,大声宣布:有办法!我要告诉大家,事情马上就要大白于天下!明天我们将实施最后一个方案,把章若儿的坟刨开,让死者告诉我们她是怎么死的!

会场疯狂了。又一个激动人心的时刻来到了。难道可以翻掉三十几年的岁月,亲眼看一看这个女人?听说女人的棺木就有三寸厚,听说女人陪葬的东西装满了一箩筐。更可能的是也许女人还活着,她在地下不过睡了一个大觉,当棺木打开时,她会从里面一骨碌爬起来。没有人不知道章若儿这个女人。没有人不关心章若儿这个女人。没有人不愿意参与挖坟掘墓。那将是一个载入史册的时刻,失去一次机会就意味着失去一生的机会。

“当然我们无意为她报仇雪恨。”胡忠勇一边搓着手里的翡翠珠子一边幽幽地说，“她是谁？她是地主的老婆，是一个享尽了荣华富贵的女人。我们之所以要把她的死因搞清楚，说穿了还是为了揭露地主阶级的丑恶本质。这可不是一般的扒坟掘墓，这是斗争！”

天很快就黑了，人们意犹未尽地四散而去。胡忠勇前脚进了大队部，朱小凤后脚就跟了进去，掩了房门。胡忠勇说：“你咋还不回家？”朱小凤说：“今天的会开得很成功。”胡忠勇大声说：“我问你咋还不回家？”

朱小凤同样大声说：“我说今天的会开得很成功！”

胡忠勇不理她了，低着头搓那几粒翡翠珠子。屋里暗得已经看不清朱小凤的脸，但那几粒翡翠珠子却幽幽地泛着绿光。朱小凤挨了过来，两只胳膊放到了胡忠勇的肩上。朱小凤说：“我妈问我们什么时候结婚。”差点没把胡忠勇吓死，胡忠勇跳了起来，一掌就把朱小凤推出好几步远。胡忠勇厉声说：“我什么时候说过要和你结婚？你如果再到处造谣我就对你不客气了！我们只是战友，根本不会是夫妻！”

朱小凤却笑了，也斜着眼睛说：“是不是夫妻还不是我们两个说了算？我妈起初也不愿意，怕你不妥靠。可我对她说，我已经怀了你的孩子……”

胡忠勇冷笑道：“朱小凤，你那点心眼别跟我使了。你的心思我懂，可就是天底下的女人都死绝了，我也不会跟你结婚。”

朱小凤张开嘴巴要哭，最终没有哭出来。朱小凤刚强地说：“反正我怀了你的孩子。不管你跟不跟我结婚，我都怀了你的孩子。我早就想好了,孩子只要生下来,男的就叫胡小男,女的就叫胡玉女。他们反正管你叫爸,你答应不答应也是这么回事。”

胡忠勇不相信:“你不会怀我的孩子,我们没有男女关系。”

朱小凤理直气壮地说:“我们每天挨得那样近,怎么能不怀孩子?”

这是一个让胡忠勇信服的理由。胡忠勇几乎要急哭了,说:“都是你挨我挨得近,我从来也没挨过你。你怀孩子根本不关我的事。朱小凤,我一点也不想跟你结婚!”

朱小凤怜爱地拉胡忠勇坐下,拍着他的脸说:“别着急,事情总会有办法的。你看你一急头就出汗,证明你身体还是有点虚。还想喝鸡汤吗?”

胡忠勇从朱小凤的手下逃开了。他胆战心惊地说:“你别再挨着我,挨着我恐怕要怀双胞胎!”

朱小凤迷人地一笑:“我还愿意怀双胞胎呢!”

胡忠勇终于胆怯地摸了摸朱小凤的肚子,那里果真有个硬块,坚硬无比。胡忠勇心烦意乱地说:“先别告诉别人……对你妈就说……忙过了这段再说。”

朱小凤幸福地点了点头。

陈怀宇已经好几天没有进食了。自从他知道有人要在章若儿之死上做文章,知道自己又被卷进了一个事件的旋涡,陈怀宇本来就很脆弱的那根神经终于崩溃了。李荃不知费了多少唇舌,说他们不过是无中生有,不过是借无中生有达到个人目的。只要有人挑起事端,在冠冕堂皇的说辞下,准会有一个并不冠冕堂皇的情由存在着。所以，怕没有用。该来的总是要来。但一切都会过去。冬天来了以后会有一个叫作春天的季节在后面。只要我们的那颗心坚强，就不愁等不来那一天。陈怀宇听不明白。李荃救不了他。谁都救不了他。他的恐惧已经到了极限。他的心每天都在哭泣。陈怀宇那颗懦弱的灵魂总是在火里煎着。

一生就是这样短暂而又仓促吗？陈怀宇抬起了自己的一只手，看了手心又看手背。手其实没有什么好看的，既无生气，又不灵动。灰色的指甲上面出现了凹槽，像雨天地面上的水洼。只是没有水。怎么没像水洼一样积些水呢？陈怀宇遗憾地想。水就是一面镜子，能照出自己的影像。原来那里都是尘埃，历史的尘埃飘飘舞舞。你是谁？你如何是你？你曾经活着走过那些岁月吗？雪地上怎么没有留下你的脚印？无法证明你曾经走来，就无法证明你已经走了，弥留的这一刻你只能到达这里。凹槽，水洼，尘埃。没有人证明你曾经活着。也不会有人证明你已经死了。尘埃，水洼，凹槽。父亲陈远的声音从漫天云里飘了过来：若儿，让怀宇纳个小儿吧！

陈怀宇忽然坐了起来，把百灵和李荃吓了一跳。百灵惊慌地问："你这是怎么啦？"

胡忠勇几乎是一宿没睡。

天似亮非亮时，瞌睡像舞动的萤火虫一样嗡嗡向他袭来。胡忠勇只打了一个盹，便梦见一个毛茸茸的怪物扑面向他压来。胡忠勇翻身一滚，人便像木头一样横着落在了地上。冰冷的感觉一寸一寸地侵入他的肌肤。他不想动。他的内裤湿了。他有些难过地想，我的内裤怎么会湿呢？刚才还是好好的，也就睡了几分钟，怎么会尿床呢？尿床的现实是胡忠勇无法接受的。他懊恼地想，是那个毛茸茸的怪物吓着我了。我原来那么不禁吓。胡忠勇想到了朱小凤。只要睁开眼睛，第一时间准是朱小凤。他搞不懂这是怎么了，自己一直也没有亲近朱小凤的愿望，朱小凤怎么就怀了孩子呢？胡忠勇被这个问题搞得心力交瘁。他一点也不想和朱小凤生孩子，他情愿去死，也不想和朱小凤生孩子。胡忠勇哆哆嗦嗦地脱掉内裤，团成一团，丢到了床底下。这才爬上床去，把被子披到身上，又伸手去枕头底下，把那几粒翡翠珠子抓到了手里。

翡翠珠子给了他不少的安慰。他从来也没有见过这些玲珑剔透的小东西，但直觉告诉他，这绝不是坏东西。窗纸渐渐有些发白了，一些想法慢慢地从发白的窗纸上洇了出来。胡忠勇兴奋地自言自语说：我可以走呀！远远地离开柳树堡！离开朱小凤！刨开这座坟，这里也没有什么干头了。但愿里面有成串的翡翠珠子……

院子里有了脚步声。胡忠勇连忙出了被窝。还没等他穿好衣服，有人“啪啪”来敲房门。朱小凤在外面扯着嗓子喊：“起没起来？我妈给你熬了参汤，趁热喝了吧！”

胡忠勇三步并做两步开了房门，见朱小凤的手里果然捧着一只瓦盆。胡忠勇疑惑地问：“你家有……参？”

朱小凤笑得直不起腰来，说：“是白薯。我家白薯留到现在跟人参差不多了。”

胡忠勇一点也不想喝朱小凤的白薯汤，无奈肚子饿得咕咕直叫。心一横，他就把那罐白薯汤喝了。

朱小凤的肚子明显比昨天大了许多，胡忠勇只朝那里看了一眼，就哇地吐了。

黑压压的人群朝村西拥去。这是一场多么奇怪的热闹啊！人群有些肃穆也有些兴奋，他们含蓄地表达着自己此时的感受。胡忠勇走在队伍的最前边，穿的还是那身上浅下深的绿军装，红袖标上大大的“独立团”三个字通天扯地。他的脚步有些威严，看着身后一街筒子的队伍，心想，我比三军司令也差不了多少。可他眼角的余光一瞥见朱小凤，那些良好的感觉马上就溜没了踪影。朱小凤在心满意足地笑，双手不时摸一摸腹部，她斜视胡忠勇的样子显得狡黠，只是胡忠勇看不懂。胡忠勇什么都看不懂。胡忠勇的心里塞满了厌恶、诅咒与焦焚，他那么迫切地想逃离这里。

人群忽然不再往前走了，胡忠勇也情不自禁地停了脚步。他张皇地左右望去，这才发现自己形单影只站在了一个坡面上。光秃秃的灌木丛在坡上坡下胡乱生长着。灌木丛上落着几只呆鸟。他朝众人挥了挥手，人群一阵骚动，却没有谁向前走。胡忠勇有些纳闷，不由得顺着众人的目光望去，前边几步远的地方就是那座坟茔，坟前站着一个穿黑衣的老人。他与胡忠勇只有几步之隔。胡忠勇有些认不准他是谁。形象变了，神态也变了。总是媚笑着的一双眼睛睁得圆溜溜的，看着像鬼。胡忠勇故作威严地喊了声：“陈怀宇！你来这里干什么？”感觉中陈怀宇应该瘫倒在地。应该灰头土脸。应该闭上他那双睁得圆溜溜的眼。可陈怀宇一动没动。胡忠勇不由得怒从心头起，他上前一把抓住了陈怀宇的衣领。他抓得有些费力,他比陈怀宇至少要矮一头。陈怀宇像一棵树,一棵没有根基的树戳在那里。胡忠勇抓住他衣领的一刹那,陈怀宇失去了平衡随着迎面扑来。胡忠勇的身体感觉到了陈怀宇身体的重量,同时感受到的还有陈怀宇死气沉沉、生气全无的一张脸上游走的最后一丝活人的气息。胡忠勇发出了一声毛骨悚然的号叫,两人同时摔倒了。

二

李景阳在太阳底下做了一个梦,梦见一个穿绸衫的男人远远向他走来。那人脱帽致意道:"李先生一向可好?"李景阳不敢答话也不敢还礼,他想,先把这个人的身份搞清楚再说。李景阳的袖筒里藏着一支手枪,他出其不意地就把枪筒顶了上去。那人哈哈大笑道:"表兄,不认识我了?"李景阳说:"我从来没有见过你。"那人说:"我是安庆,表兄不记得安庆这个人了?"李景阳深感意外地注视着面前这张脸,惶惑地摇头道:"你不是安庆,安庆不是你这个样子。"那人感慨地说:"表兄真是老了。安庆不来的时候你想安庆,安庆来了你又不认识他。"说完,晃着行李箱悠悠地走了。李景阳的手里依然端着那支枪,他苦苦思索道:安庆怎么不是原来那个人了呢?

一所宅院早已被翻了个底朝天,许多被称为东西的杂物都被人拿走了。一些线装书在庭院里被烧掉了,纸灰像老鼠一样被风刮得满院子跑。一堆碎了的瓷器残片躺在花岗岩的石级上,在日光底下闪着清冷幽亮的光泽。那是一只古瓶,老得无法说清它的年岁。李景阳记得另一只在多年前就被人打碎了，打碎的人是忍冬。一只藤箱被人抬走了，因为李景阳无论如何也找不到开藤箱的那把钥匙。藤箱的箱壁上有两块心形的银饰，上面有古朴神秘的象形花纹。李景阳只记得这只藤箱曾伴他外出求学，至于里面装了什么东西，却连一点印象也没有。藤箱上蒙满了灰尘。凌乱的指痕像一幅写意图画一样耐人寻味。

院子里安静了下来。只有阳光的气息温暖而恬淡。一只鸟儿衔着羽毛飞过去了，在阳光中留下了一小片阴影。李景阳许久都没有动一动，意识时而模糊时而明白，李景阳推算出了这天是四月十八日。这个数字让李景阳心悸了一下，然后便出现了穿绸衫的男人，这个自称安庆的男人在李景阳的枪口底下晃着行李箱悠悠地走了。李景阳百思不得其解，这个安庆与原来的那个安庆怎么不是同一个人呢？

李景阳从地上爬了起来，活动活动身子。背上的骨头有些疼，但总归不碍事。他蹒跚着朝一把锄头走了过去。摸了摸，又放下了。他拿起了一把铁锨扛在肩上，往后院走。后院里长满了杂草，灰败的杂草被李景阳垛成了一个草垛，草垛倚着如今居住着耗子的那间储藏室。储藏室的柱子上曾经绑过一个叫齐仲澍的人，他在一个漆黑的夜晚曾叫李景阳“岳父”。李景阳至今仍记得当时心头那一暖。李景阳没有儿子，甚至没有近房子侄。来自陌生青年男子那一声称呼时至今日仍令他觉得温馨，虽然这个叫齐仲澍的人最终要贻误女儿一生。

李景阳把园子拾掇得干干净净，心里又舒畅又感动。他觉得再也没有比拾掇园子更重要更紧迫的事了。接下来就要深翻土地了，四月的阳光真好，它温和的秉性会让阴封了多年的土地感到亲切与怡然。然后就是播种，然后便是绿茸茸的新苗。许多柔弱与坚韧的生命都会破土而出，它们将在主人希望与爱抚的目光中长大，成为某种象征与佐证。李景阳的心飞得很高，动作却十分缓慢。李景阳在四月的阳光底下一锨一锨地翻着泥土，对风尘往事都有了更从容更恬淡的想法。他想他没有权利怀疑安庆，他没有理由。即使安庆看见自己以后仓皇而逃，自己还是没有理由。土地里有许多细如牛毛的根须，铁锨切下去发出了一些断裂的脆响。这里是葡萄藤。那里是洋百合。那里是有着庞大家族的金银花，它们每年能开千朵万朵。它们的香气总像浓厚的云雾一样能把植物园挤满。铁锨到这里却挖不下去了，李景阳抹了抹脸上淋漓的汗水，使足力气一蹬，“咔嚓”一声。再一蹬，还是“咔嚓”一声。李景阳小心地清理了地面的浮土，用力把一个土块端了上来。李景阳愣住了，那土块沉甸甸的，重得有些不同凡响。泥土剥落的地方露出了深褐色的油纸，油纸被铁锨切出了一个断面。李景阳抖手丢了铁锨，人整个僵住了。一股阴冷的暗流冻住了血管里活的血。李景阳忍不住要打摆子，热汗变成了冷汗。李景阳费力地想，这到底是怎么回事呢？当年千找万找找不着的东西怎么又突然出现了呢？岁月整整跨越了二十几个年头在这样一个不寻常的日子凝固了。李景阳打开了纸包，子弹、勃朗宁手枪。印象中的一切都没有变化。手枪有些乌蒙蒙的，李景阳用手一抹，枪体就漆黑油亮了。真是一支好枪。这样好的枪当年肯定也是冯品一的心爱之物，可他却留给了一个毫不相干的人。

这个土匪！

他拿起手枪和子弹回房了，留下了那片油纸孤零零地躺在深翻过的土地上。还有那把桃形铁锨，还有一大半没有深翻过的土地，都目睹了李景阳突然像年轻了十岁似的神采奕奕。一株年轻的桃树突然长出了一串花苞，像血滴一样浓艳触目。那是一棵处女树，是墙外偶然飞进的一颗桃核孕育的。去年这个时候它就已然有了舒展的枝条，只是一直没有人注意到。

忍冬从地里收工回来遇见了三崽。忍冬已然十六岁了，读过三年书，脸庞比指甲花都要鲜艳。三崽打量了一下忍冬，说，你的裤兜怎么那样鼓，像装着两个大棒槌？忍冬红着脸说，不用你管。三崽说，我当然不管，但我可以喊别人来管。忍冬剜了三崽一眼，说："你可别以为我好欺负，我连兔子都敢活着剥皮！"三崽说："我又不是兔子，我怕啥？"忍冬马上眼泪汪汪起来，三崽急道："吓着你了？我是跟你闹着玩的，你不用害怕。"

忍冬的眼泪马上憋回去了，她本来也不是真流泪。三崽平时是护着忍冬的，忍冬干活落后都是三崽帮忙。但忍冬像别人一样不大看得上三崽，三崽家的孩子比猪崽子都多。

"今天王金刚吃了这样长的一根蚯蚓。"三崽用拇指和食指比画，"他与孙侉子打赌，吃一条蚯蚓给五分钱。"

忍冬问："他吃了？"

三崽说："吃了。可孙侉子没有钱，两人在地里打了起来，都挂了彩。孙侉子也要吃蚯蚓，他说王金刚甭想占便宜，又吃肉又得钱。"

忍冬哈哈笑了。

三崽说："还有更好笑的事呢，我晚上再讲给你听，你出来吗？我在河堤上等你。"

忍冬红了脸，啐道："等你个长虫姥姥吧，我可没空到那儿去。"

三崽的小眼睛一眨一眨地看着忍冬，模样有些可怜。他抖着声音说："你到底去不去？忍冬，我想你。"

忍冬头也不回地走了。

忍冬回到家里，勋已经把饭做好了。她在屋角找到一只簸箕，从衣兜里哗哗往外掏玉米。玉米是她在仓库里偷偷装进口袋里的。勋冷冷地看着她，说："忍冬，我那么多的话都白说了，你就一句也没听进去？"

忍冬说："又不是我一个人这样做。"

勋严厉地说："我不管别人，我只管你！别人怎么做是他们的事，我的女儿不许长三只手！"

忍冬说："我已经长了，你给我剁去吧。"

"我们家不缺那几颗粮食。"勋缓了缓语气，"忍冬，你还小，有些事情你不懂。我们家多那几颗粮食少那几颗粮食会有分别吗？可这对于你来说不一样。如果你不好的名声传出去，日后就没法做人了。"

忍冬笑了，说："我们都活到了这份儿上，还谈什么做人不做人。我们自己拿自己当人，可人家拿我们当什么？猪狗都不如。"

勋说："不准你这样作践自己！别人当我们是什么都不要紧，要紧的是我们得自己当自己是人！当初我不养猫儿狗儿，我养了你。家里再苦再难我都不让你饿肚子,你咋能不当自己是人?！”

忍冬说:“可我总受人欺负,什么脏活累活都让我去干,妈是不是也跟我一样?我除了偷几把粮食还能做什么?”

勋扭身回了屋里,摸黑躺在炕上。她总也说服不了忍冬,忍冬总有那么多的理由让自己不被说服。忍冬的样子让勋非常难受。她打小就按照自己做人的规矩一点一滴地教育忍冬,可忍冬仍是自己想长什么样子就长什么样子,根本与勋的期待南辕北辙。

忍冬点亮了油灯,呆呆地看了会儿灯火,说:“妈你别生气了,以后我不这样了。”

勋说:“忍冬,我不相信你说的话。这样的话你已经说过多少次了。”

忍冬不耐烦地说:“那你还要我怎么样?”

勋说:“我要你明白做人的道理!就是饿死,我们也绝不吃偷来的粮食!”

忍冬不再说什么,她很烦。匆匆吃了口饭,就走到了院子里。心里隐隐有事,却又不愿意去想那件事是什么。突然,一个黑影闯进了房门,吓了忍冬一跳。忍冬惊问:“你是谁?”

那人不答,径直往屋里闯。

忍冬“哗”地把一根扁担握在手里,高声问:“你到底是谁?”

那人似乎有些透不过气,站在那里大口大口地喘。

勋端着油灯从屋里出来,见靠在门边的一张脸瘦弱清癯,勋失声叫道:“汪先生,你是汪先生?”

汪寒吉跌跌撞撞奔到上甸的村头时天已经黑了。他是趁着看守他的人不注意,从西华镇逃出来的。更早,西华镇革委会的人找到了沈阳机械制造学校,指认大汉奸汪碧云的儿子在这里潜伏着。于是全校一片哗然。谁也没想到温文尔雅的汪先生会有那样一个家庭背景,他在学校隐藏了这么多年却没露出蛛丝马迹。汪寒吉被押回了西华镇。他每天都在想如何逃跑。他逃跑的目的地就是下甸,他只想到下甸看一眼那个叫李勋的女人,把她遗落的东西还给她。那是一块银圆,当年它落在汪寒吉的枕头底下,汪寒吉始终保存着它。把这块银圆还给主人,这一生的事情就都有了了结。他走到了上甸,这才知道自己心中还有另一个愿望潜伏着,那就是想看一眼李景阳。这种感觉神秘而又古怪,在汪寒吉黑暗空洞的内心荡起了一片涟漪。其实他知道李家与汪家毫无瓜葛,李景阳对汪家的仇视与厌恶溢于言表。但他对李景阳有着无边的崇敬与感激,当年李景阳威风凛凛地站在厅堂前,一声"送客"把汪家所有的脸面都给送掉了,让年少气盛的汪寒吉第一次知道了羞辱是怎么回事。知道了汪家的权势和财势再大也有不能为或不可为的事。汪寒吉没有走两个哥哥的路,他们都从州城府县娶来了大家小姐,过着锦衣玉食的生活。汪寒吉却毅然走出了汪家大院到外边求学。时隔多年,汪寒吉仍然觉得是李景阳的那一声喝改变了自己。虽然求亲不成,但他在千里之外救了李家大女儿。所以,他觉得有充足的理由来看李景阳,他们完全可以像老朋友那样坐下来,心平气和地谈谈往事。

也许这只是奢望。也许李景阳还会像当年那样把自己轰出门来。这有什么要紧呢?汪寒吉自言自语说,轰一次与轰两次没有什么不同,我走就是了。他挡不住我看他一眼,尽管我的眼镜碎裂成了花瓣,我还是能看清他。

汪寒吉在上甸的土地上走得深一脚浅一脚,在记忆中寻找那座熟悉的门楼。

他与李景阳在李家大门口不期而遇。

李景阳给大门上了锁才发现自己并没有带钥匙。李景阳自言自语道:家里有什么怕偷的呢?该拿的拿走了,不该拿的也拿走了,只剩下了这所空宅院,我还给它加锁干什么?李景阳徒劳地拽了拽锁头,铁将军无动于衷。李景阳继续自言自语,好像我这一去就再不回来似的。李景阳把一个毛巾包揣进怀里,轻松地下了石级。一抬头,见有一双亮闪闪的镜片正在打量自己。凭感觉他认定来人不是村里人。"你找谁?"回答李景阳的是一种气喘吁吁的声音。李景阳吓了一跳,马上想起了在太阳底下做的那个梦。梦中一个穿绸衫的男人远远朝自己走来。李景阳抻长脖子去打量,面前站着的是男人却没有穿绸衫,他显然不是自己想找的那个人。

他没有想起此人就是汪寒吉。汪寒吉在一九四六年的春天曾经与安庆同来下甸,这也是李景阳的一块心病。

如果他能认出面前的这个人,他会把天大的事情都放在一边。

可惜他没有认出,他边打量着这个人边从他的身边走了过去。

汪寒吉有些紧张，说："我能去您家里喝口水吗？"

李景阳说："你要是早一分钟来也许行，现在连我也进不去了。我说不定要去女儿家里借宿了。"

汪寒吉马上兴奋了，大声说："你说的是李勋？"

李景阳疑惑地问："你怎么知道？"

汪寒吉说："我们是在沈阳认识的，她是我的老朋友！"

李景阳摇了摇头。沈阳之行是女儿心上的一道伤口。女儿从来不说，李景阳也从来不问。

"她不在我这里，你如果想找她可以直接去下甸。"李景阳有几分抱歉地说，"那条小路一直往西走，过一道河床……"

话没说完，李景阳匆匆地走了。

李景阳这一路走得荡气回肠，就像英雄赴死一般。李景阳的心里鼓荡起一种毫无理由的热忱与自信。"你是一个有觉悟的地主。"他想起了姚飞飞曾经说过的一句话，嘴角不由得嵌出一丝笑意。李景阳永远是有觉悟的。他对自己说。任何一个地主也不会在这个时候光明磊落地去交一支枪，他们只能把它扔进河里，或更深地埋入地下。他们缺少的不仅仅是勇气，还有觉悟。也许这会带来意想不到的灾难，但灾难改变不了李景阳。李景阳做事遵循的永远是自然法则，任何人、任何处境都休想改变他。

李景阳来到了大队部，推开了一扇门，对一屋子的烟气腾腾说："我找到了一支枪。"

一屋子的人脸都还木着，他们正在开一个相对重要的会议。一个村干部家的水缸里有一只死耗子，大家正在帮他分析是不是有人投毒。因为最近报纸上披露了这方面的消息。

“我找到了一支枪。”李景阳重复说。

他打开了毛巾包，把一支乌亮的手枪放到了众人的眼皮子底下。“是在我家园子里找到的，它在地下躺了二十六年了。”

一屋子超乎寻常的宁静让李景阳有几分尴尬，这让他的许多想法落了空。他再也想不起还有什么话好说，就从屋里退了出来。

屋里忽然有人大声喊：“抓住他，别让他跑了！”

汪寒吉胆怯而局促地挨着炕沿坐了下来。勋旋风般地在屋里忙来忙去，一只茶缸擦了又擦，洗了又洗，然后端来满满一缸子红糖水。汪寒吉却不伸手接，镜片后的一双眼睛一眨不眨地看着李勋，出其不意说：“这里安全吗？”勋情不自禁地抖了一下，缸子里的水溢了出来。汪寒吉又问：“刚才那个姑娘是谁？”勋说：“我女儿。”汪寒吉又问：“她去哪儿了？”勋喊了两声“忍冬”，却没人回答。随口说她可能去看姥爷了。汪寒吉仔细想了想忍冬的姥爷是谁，忽然一拍巴掌，说：“是李景阳，他没在家。”勋惊讶地问：“您认识我父亲？”汪寒吉的脸上掠过几分得意，他压低声音说：“她会去告密吗？”勋不知如何回答。汪寒吉得意地说：“我是偷着跑出来的，他们谁也不知道我在下甸有朋友。”汪寒吉拉起一只裤管，一条腿上有大面积的擦伤。他笑么悠悠地说：“他们找不到我。”汪寒吉这才接过缸子喝了一通水，重复说：“他们谁也找不到我。”

勋跌在一只方凳上，一瞬间手脚冰凉。

这不是她认识的那个汪先生。除了鼻梁上的那副眼镜,哪还有当年同乡加恩人的影子呢?勋看着眼前这个有几分怪异的人,脑子里划过了长长短短的一些岁月,捕捉到了那座叫沈阳的古老城市。那是短暂却永恒的奉天城,灰扑扑的城市只住着两个人:快乐的张左轮和沉默寡言的汪寒吉。他们往来穿梭的身影像镜框里的照片一样伸手可及。勋记得发生在那间小屋里的所有故事。一把长齿木梳,一碗鸡汤,一只白光光的母鸡。甚至张左轮所有的玩笑。他说勋的棉袍好看,说那上面的玉兰花就像那一晚飘舞的大雪。但勋更喜欢那个有几分文弱的同乡。勋把心底的话像长长的流水一样倾泻出来。勋终于找到了一个能听自己说话的人。汪先生就在对面坐着,削一只苹果。勋把心底的积郁倾吐干净才有勇气回到下甸,才敢面对身后那长长的日子。这一切都历历在目,模糊的只是汪先生这个人。除了那副眼镜,勋只记得汪先生的苍白与文弱。而那种苍白与文弱却又与面前坐着的人大相径庭。

勋有些手足无措,说:“我都不敢认您了,您是什么时候回来的?”

汪寒吉不答,他像只警觉的兔子一样支棱起耳朵。听见脚步声从门口滑了过去,汪寒吉才松弛了,伸手摸进怀里,许久,手里有了一方手帕。展开,里面有一块银圆。

勋站了起来。

汪寒吉问:“还记得它吗?”

勋当然记得。当年她把银圆放在了汪先生的枕头底下。

“我知道一定是你遗落的,所以这些年我一直保存着,几次失而复得。我应该称呼你什么?称呼你什么都不重要,重要的是我在活着的时候把银圆交给你。你知道我是不想回家乡的人,但为了银圆的缘故,我回来了……你看看还是不是当年那块?这些年我一直带在身上,从没敢乱丢乱放过。如果没有这块银圆,我就是从你家门前过也不敢进来看你,我没有理由。现在不同了,我终于保存到了这一天,你快接过去,否则我真担心它什么时候从我的手缝里溜走。那样我活也活不踏实,死也死不痛快。”

勋赶忙说:“汪先生,那不是我丢下的,是我故意放在您的枕头底下的。我没有别的意思,只是想做个念想。没想到它给您添了麻烦。汪先生,您听清我的话了吗?”

汪寒吉直愣愣地望着勋,好半天才说:“我想到了也许是你放在那里的,可你临走没有告诉我,我也没法证实这确实不是你丢下的。所以只能按照你丢下的进行处理。你不能说我这样理解问题是在进行诡辩,事实是我无法理解你为什么要留下一块银圆,你留下一块银圆到底是为了什么?”

汪先生的这种表达方式让勋听起来都感到费力。她极力想找到当年在沈阳时的那种感觉,那时勋是会说也会听的。可眼下,勋怎么觉得听也不会、说也不会了呢?汪寒吉以极快的速度把银圆收进怀里,又推了推鼻梁上的眼镜。这个动作让勋感觉到了熟稔。勋说:“汪先生,你跑了这么远的路,一定饿了。我这就去给你做饭。”

汪寒吉说:“我不吃。我想对你说的话还没说完呢。”

勋说:“我一边做,你一边说。我们谁也不耽搁谁。”

汪寒吉断然说:“不行。我反对各行其是。”

勋无话可说了。

汪寒吉缓缓吐出了一口气,说:“你不知道我是谁。”

勋说:“你是汪先生。”

“可你不知道我是汪碧云的儿子。在沈阳,谁也不知道我的父亲是一个叫汪碧云的人。并非是我想隐瞒什么,而是我真的想与汪家脱离关系。我不喜欢我父亲,不喜欢汪家大院,不喜欢大院里的是是非非。汪碧云是我父亲,你吃惊吗?”

勋摇了摇头。

汪寒吉说:“可我知道李荃是你妹妹,我还知道她把六发子弹射进了我父亲的身体。这都不是我想对你说的。我今天想对你说的只是,我是汪碧云的儿子,你后悔把银圆送给我吗?”

勋大声说:“我不认识汪碧云,我只认识沈阳的汪先生。如果不是他在大雪里救了我,我肯定不会活着回到下甸!”

“你不在乎谁是我父亲?”

“不在乎。”

“可他们在乎。我知道他们所有的人都在乎。我无论走到哪里,都有人说,瞧呀,汪碧云的儿子。他们像对待一条狗一样让我在筐子里钻进钻出……我受不了,我真的受不了。我不止一次地想,当初我怎么没从火车上跳下去呢?想来想去归根到底还是因为那块银圆。现在我终于搞清楚了一个基本事实,银圆不但是你的,你还把它当作纪念留给了我。这样说来我从沈阳回来是对的。我没从火车上跳下来也是对的。这块银圆就是我的命,你能想象我与它相依为命的样子吗?”

汪寒吉的脸上有了一抹潮红,碎镜片后的两只眼睛像星星一样闪着光辉。他轻柔地问:“你后悔把银圆送给我吗?”

勋摇了摇头。

汪寒吉直直地走了过来,站在了离勋很近的地方,轻柔地说:“勋,我该走了,我在这里耽搁得太久了。”说完,风一样旋了出去。

勋绝望地喊了一声“汪先生”,汪寒吉没再回头。夜色很快就把他的身影吞没了。

歇工时,人们吆五喝六地相约到大青河里喝水。没有人招呼勋,勋在一处小渠沟边坐了下来。也有些口渴,如果有人招呼勋,勋会非常愿意和那些女人一起跑这段路。即使不喝水,即使这段路很长,跑一趟也许比干大半天活还累,勋还是想跑一跑,和那些叽叽喳喳的女人。只是没人招呼勋。她们愿意把勋甩在一边,看着她孤零零的样子,她们就能表现出开心快活。勾肩搭背地去,勾肩搭背地回。去解手,或去邻村的地里做一些不好的事。她们说话总是故作神秘,放出的笑却是经过夸张的。她们忘不了在适当的时候飞快地睃勋一眼。勋望着天,天上有云,或眺望远处的原野。勋寂寞的样子永远是一种衬托,能让人有无穷的回味。

男人在地头下棋,玩的是一种“瞅燕子”的游戏。如果谁输了棋,就要让赢家拧耳朵。什么时候天空有大雁飞过,赢家才肯罢手。他们同样不肯与勋讲话,勋曾经是鲜活得令人渴慕的女人,当然这是指过去。如今许多年过去了,勋已经成了一具活的木乃伊,既无色彩又无滋味。他们心安理得地把最厚实的那垅草给勋留着,把最厚实的那垄麦给勋留着。他们懒洋洋地伸着懒腰,说一些与天气和庄稼全无关系的话。他们学会了敷衍,一把锄拉得老长,锄没锄掉的草都被浮土掩上了。收割时,他们丝毫不心疼成熟的庄稼,为了能偷一会儿懒,他们能把成筐的玉米倒进沟里。他们成年侍候庄稼,却越来越不像庄稼人。勋从怀里掏出活计,是一只鞋底。鞋底是忍冬的。忍冬已经到了学做活的年龄,但忍冬不做,忍冬连针线都不摸,让勋无计可施。勋仍然每年给仲澍做一双鞋,勋已经没有什么期待了,做鞋就是习惯。勋把习惯一直保留着,只是不敢拿到大庭广众之下来,女人的讥笑让勋受不了。这里离大青河不远,那条翠绿的河堤像一条巨龙匍匐着。勋不时往那边看一眼,那边有女人在嬉笑打闹。勋知道她们跑这趟路并不完全是为了喝水,喝水不过是个由头和借口。她们有许多节目要在那里上演,不响收场锣鼓她们就不会回来。

可今天只回来了一个叫秀枝的女人。秀枝有些驼背,因为走得急,所以有些上气不接下气。秀枝对那些男人说,你们快去看看,河里淹死人了。秀枝又喘了一会儿气说,淹死的是个男人。男人们一个一个站了起来,象征性地拍打屁股上的土,不约而同地走了。秀枝看了看勋,勋马上友好地看秀枝。勋以为秀枝会坐下来歇歇脚,秀枝的驼背总使她比正常人的体力消耗要大些。但秀枝跟在男人的屁股后头走了,勋才明白秀枝是专门来叫那些男人去看热闹的。秀枝在队里不起眼,人有些窝囊。谁对她都没有好言语。秀枝便不放过任何机会巴结和逢迎别人。秀枝的丈夫叫大崽,底下还有三四五六崽,下面还有。只是没人耐烦去叫。秀枝的婆婆除了生孩子什么也不愿意做,也做不过来,索性就什么也不做。所以他们家人身上没有明显的季节变化。

都快夏天了,那些崽子还穿着棉袄。数九隆冬的季节他们东一家西一家去找人家不穿的旧鞋。这样的人家肯定不会有人尊重,所以秀枝无论怎样巴结逢迎依然被人瞧不起。秀枝跟在男人的后面走远了,驼着背,小跑着才能跟上男人的脚步,这使她越发像一个受气的小媳妇。

勋心不在焉扎了手,食指上冒出了一个血骨朵儿。勋呆呆地看了会儿,让一个土块吮走了。土地上有了潮湿的一块斑点,看上去一点也不像血痕。勋痴痴地想,土地原来不在乎人的血,人的血改变不了土地的颜色。这个结论让勋觉得不甘心,便遥遥去想血把土地染得鲜红的日子。是村南的那场遭遇战,血曾经像大青河的河水一样四处漫延。是怀有四个月身孕的英娘,英娘把村路变成了一条血路。如今那些鲜血又在哪里呢?连一点痕迹也找不到了,血都化作了泥土。人最终也要化作泥土。人与泥土的关系原来这样近。仿佛不是土地养活了人,而是人自己养活了自己。随便抓一把泥土,就会有先人的精血与骨殖。想通了这一点,就觉得死人也不再是令人悲伤的事,男人和女人都可以去看热闹。死人不像演一场杂耍又像什么?

一个人影投到了勋的身上。勋扭头一看,咧嘴笑了。“是你呀,怎么悄没声地就来了?”

晚生在勋的对面坐了下来。晚生说:“我知道你一准没去看热闹。”

勋随口说:“我不想看。”

晚生说:“还是不看的好。也不知死了几天了,到处都是怪味儿。”

勋问:“你看见了?”

晚生说:“我只远远看了一眼,没有走过去。我们队里的几个女人把死人拽了上来,死者不是庄稼人,戴着眼镜。”

勋简单地“哦”了声。

晚生又说:“不知死者是哪里的人,也许是河东的,不过也说不准。没听说有谁来找,看来不是三里五村的。”

勋点了点头。

晚生又说:“那人掉下来一块手绢,他们说包着的是一块银圆。我没过去看,我是认识银圆的。”

勋的脸忽然变灰了。晚生小心地说:“你还记得银圆的事?当年你给我我没要,你给了英娘一块,英娘宝贝一样保存着……后来给她放进了棺材里……”

勋仰脸看着天,努力不让眼泪流出来。她已经知道了那人是谁。勋的心里果然没有痛苦、悲伤的感觉,只是有些空,比天底下的那片空间还空旷寂寥。勋没有告诉晚生自己心中的那种感觉,她不想说。

晚生更加小心地问:“你父亲的事……你知道了?”

勋淡淡地“唔”了声。

晚生说:“我找上甸的人打听过,他们倒没有太为难他。只是到县里……就不好说了。”

勋说:“我总是欠你的。”

晚生说:“我可没这样想过。”

勋说:“也欠别人的。那一年去沈阳,我差点就在雪地里冻死了,是汪先生救了我。”

晚生笑道:“人活这一辈子，总有帮别人和被别人帮的时候。有些人只记得帮过别人,比如我。有些人只记得被别人帮过,比如你。”

勋看了晚生一眼,说:“你什么时候学会讲笑话了？”

晚生说:“我还学会了好多本领呢,只是没机会亮给你看。”

勋说:“晚生你真的换了一个人一样。”

晚生看着勋,有些不忍地说:“你要是能变一变就好了。”

勋收工回来看见忍冬正往门外送三崽。三崽走得有些慌忙,差一点撞着勋。勋狐疑地说:“三崽到咱家来干啥？”忍冬说:“他来能有啥事?路过找口水喝。”忍冬背对着母亲,勋没有看见她的一脸潮红。勋动手准备做饭,忍冬扭身去了屋里。隔着门帘,忍冬说:“妈你知道大青河里淹死人的事吗？听说死人身上掉下一块银圆,谁也不要,被二队的孙侉子宝贝样地捡走了。孙侉子说这玩意儿将来能值不少钱。大家都笑孙侉子,说他想钱想疯了。”

勋也走进了屋里,见忍冬的衣服错扣了一粒扣子。勋走过去帮着整理过来,勋说:“干半天活儿,也没人笑话你？”忍冬有一些不自然,腰一弓,就从勋的眼皮底下滑走了。忍冬说:“妈你歇着,我做饭。”勋感到了诧异的幸福,想了想,说:“我出去串个门,饭熟了甭等我。”忍冬应了一声,其实她根本没听清勋说些啥。

忍冬端起一面小镜子,镜子里的忍冬满脸羞怯,娇憨可人。忍冬从来没有见到自己这么美丽过。她缓缓解开了上衣的纽扣,镜子里出现了比葱段还白的胸和像冷面馒头一样娇小的乳,一粒红豆不偏不倚点在那里,翘翘的,说不出的怜爱和欢喜模样。

忍冬把镜子贴在了脸上。

勋顺着河堤一直走,她要去看一眼汪先生。那座臃肿而庞大的坟是在人们的哄笑中堆起来的,就像闹着玩一样。

坟顶上站着一只白鸟。

白鸟长着四四方方的头,羽翼张开着。勋在稍远的地方停住了脚步,问:“汪先生,是你吗?”

白鸟“嘎”地发出一声长叫,振翅飞了起来。

勋把一束野菊花放在了坟前,那是她一路采来的。勋说:“汪先生,我能为你做的只有这些了。我知道我应该备一座棺木,把你体体面面地安葬,可我实在没这个能力。我知道汪先生在这里没有亲人,以后我会经常来看你。那块银圆被人捡走了,捡走了也好。如果没有银圆,汪先生可能不会还乡,不会来下甸,也就不会葬身在这里。这都是我的错。我愧疚得不行。汪先生你就安心上路吧,日后我们还有机会见面的,我从沈阳回来以后的事,还没来得及说给你听呢……”

那只白鸟始终在坟的上空盘旋,此刻发出了一声长嘶,钻到云天里去了。勋发出来了一声大喊:“汪先生,你走好哟……”

三

李景阳不记得已经是多少次叙述这支枪的来龙去脉了。

他从一九四〇年的早春开始谈起,上甸、下甸青黄不接的季节进驻了一支杂牌部队。那支队伍有人有枪有车有马,穿杂色衣服说各种方言。司令姓冯,名品一,有山东、山西混合口音。

有四名姨太太,南腔北调声音各异……

李景阳的声音越来越沙哑,也越来越空洞。像是在读程式化和概念化的一篇讲稿,激情与思想在沙哑空洞的叙述中滴水不进。一种绝望和幻灭的感觉包围了他,使他对重复产生了深深的厌倦与隔膜。有一个声音突然发出了询问:你一次一次地叙述能够说清楚的到底是什么?

李景阳的声音戛然而止。

他茫然地注视着那道污迹斑驳的墙,和墙上开的那只小得不能再小的窗。狭小的空间像一只魔方,吞噬了他已经明显佝偻的腰身。他不知这声音从何而来,是来自天上还是来自地下。但这声音震撼了他。加剧了他原有的绝望与幻灭、厌倦与隔膜。他突然憎恶自己这张嘴,千篇一律的重复不都是从自己这张嘴里发出来的吗?

你能够说清的到底是什么?

李景阳的嘴巴停住,思想和意识也停住了。许多意识和感觉像惊涛拍岸一样轰然一跃,然后消失得无影无踪。李景阳水淋淋地坐在那里,眼前灰蒙蒙地出现了一片雾,一个鬼怪精灵就在云雾缭绕中若隐若现。精灵有一张显而易见的大嘴巴,源源不断冒出古怪而颇具嘲讽意味的微笑。李景阳读懂了那微笑:你一次一次地叙述能够说清楚的到底是什么?

李景阳的喉结滚动了一下。

他用一只大手掩住了口,对自己仍然发出声音感到愤怒。他灰白的脸孔涨成了青紫的颜色,呼吸短暂且急促。

老郭睁开了眼睛。

李景阳不知道,他一次一次的述说根本没人在听。老郭与他隔窗而坐,他只能看见老郭的半边侧脸。老郭垂着头,袖着手,下巴抵在交叠在一起的腕子上。李景阳看不见老郭在干什么,老郭匍匐的桌子上摆着纸和笔。笔插在了一只墨水瓶里,一沓白纸上密密麻麻写满了字。这还是李景阳第一次交代时的笔录,之后老郭再没有多加一个字。但笔和墨水以及那摞白纸每天依然摆放在那里,老郭在李景阳沙哑而空洞的述说中打瞌睡。这已成了习惯。李景阳的声音有一种特别的催眠作用,老郭总能在李景阳的声音消失的一刹那醒转过来。老郭问:“你怎么不说了?”

李景阳摇了摇头。

老郭说:“你不是一直说得兴兴头头的吗?我以为你得说到黑夜出来太阳、白天出来月亮呢。早这样明智该多好,瞎话编得再热闹也过不了关。李景阳,你再不说实话我可没法交差了。说吧,那支枪是怎么回事?”

李景阳仍是摇头。

老郭说:“我是一个很有耐性的人,你就是这样说上一百天,我也可以陪着你。但有一点你必须搞明白,第一百〇一天你还是混不过去。这样拖下去对你一点好处也没有,你想想看你都多大年纪了?再熬上几天你就是想说实话也没力气了。不是我咒你,要想活着从这里出去就必须把事情交代清楚。那是一支枪,不是砖头、瓦块,你那些瞎话骗不了任何人。说吧,枪是从什么途径搞到手的?你拿着枪到底想干什么?”

李景阳摇摇晃晃地站了起来。

老郭热切地说："我知道你迟早是会说实话的。你不知道我是谁，但我知道你。当年李庄的人被日本人放了木排，是你发动全村人把尸首掩埋了。后来那个账本转到了李庄，我父亲是序号一：……赤膊，胸上有毛，脐上五指左右有一朱砂痣。不见私处，想是失于东洋人之手……"

李景阳"哇"地喷出了一口血，血把半面墙壁都给染红了。

勋亲眼看到了忍冬和三崽那不堪入目的一幕。

没有什么比让勋看到这一幕更残忍和更残酷。那是河边的一块蒿草地，几步远的地方就是大青河。太阳光无遮无拦地洒在河滩上，连一片影子也没有。忍冬就是在又白又亮的太阳底下破碎得体无完肤。三崽在人们出现的一刹那跃进了水里，只剩下忍冬标本样地跪伏在草地上，赤裸的身体在微风里簌簌地抖。勋呼号着扑向女儿，想用自己的身体把女儿包裹严实。女儿曾经是勋所有的希望和寄托，如今却被碎成了粉末。大青河水仍然无声无息地流淌着，又大又白的太阳仍然地老天荒地照耀着。什么都没有改变，改变的只有忍冬，和成片倒伏的蒿草。它们青绿色的躯体沾染了点点鲜红，像风把一树梅花吹落了。只是它们不应该飘落在蒿草地里，蒿草的气味是那么难闻。难道风没有告诉你，难道河水没有告诉你？

勋不恨女儿，勋恨自己。忍冬这一段的变化很多，可是勋始终没往心里去。忍冬还小，还没有到让人不放心的年龄。所以忍冬和三崽的事，勋连一点影子也没察觉。可队里的人仿佛都知道，三崽的嫂子秀枝甚至主动来和勋套近乎，当然是在没有第三者在场的情况下。有一次秀枝甚至提到了三崽，说些什么勋却一句也没听进去。勋看不惯秀枝鬼鬼祟祟的样子。天哪，原来有许多机会可以洞悉女儿的事，却都被自己轻易放过了。

懊悔与痛恨像锋利的匕首割裂着勋的神经。勋一千次地设想如果自己不粗心大意事情会怎么样。忍冬不是一个让人省心的孩子，打小淘起来就花样翻新。只是勋从来也没有想到女儿会在这样小的年纪出这样的事。虽然一千个设想也于事无补，但勋情愿这样自欺欺人。忍冬还是白璧无瑕的忍冬，河滩和河滩上的蒿草只是场噩梦。逃离噩梦有一个最简便的办法，那就是闭上眼睛。

勋一连睡了好几天。

勋还没来得及想以后的事，三崽妈却找上门来了。这个生了数不清多少孩子的女人有着宽大的腹部，这使她的后背像一扇门板。三崽妈是一个又懒散又邋遢的女人，她的衣服上只有一枚扣子，而且被污渍改变了颜色。她大模大样坐在勋家的炕沿："忍冬呢？"

勋羞得无地自容，但愤怒也像火一样顷刻就烧着了她的全身。不管忍冬如何罪不可赦，三崽最少也有一半的责任。是他欺辱了忍冬，是他把那么深重的灾难平白无故地送给了她们母女。三崽却能一逃了之，他一个猛子扎出去十几米远，把全部耻辱都丢给了忍冬一个人。勋气得浑身发抖，却一句话也说不出来。

三崽妈欠了欠屁股，让自己坐得更舒服。三崽妈说："听秀枝说了忍冬和三崽的事，慌得我连饭都咽不下去。我没想到忍冬那么俊的闺女能看上我家三崽。你知道我家孩子多，哪个我都没正眼瞅过。这回让忍冬一提醒,我才好好看看我儿子,三崽真的是一个俊小伙子呢。”

三崽妈呵呵笑出了声。

“大妹子,要我说你也别愁眉不展。事情出了,丑是丑了点,说出去有些不好听,可想一想还不都是那么回事,谁笑话谁呀。要我说咱们两家也算门当户对。我们家人多,你们家人少。我们家没问题,你们家有问题。谁都嫌你们,可我们不嫌。忍冬要是嫁过来,我要拿她当亲闺女!”

门帘忽然被一把扯掉了,忍冬凛然地出现在门口,大喝道:“闭上你的臭嘴!我死也不会嫁给你们家的人!”

三崽妈吃惊地说:“你和三崽……都做那种事了……”

忍冬脸色煞白,但丝毫也不回避,反而挑衅地说:“那又怎么样?你以为我会嫁到猪窝里?”

三崽妈冷冷地说:“你都快要有小猪了。”

忍冬“哇”的一声叫了出来,扑过去打三崽妈。三崽妈的半边脸顷刻出现了几道指甲痕。她像球一样在炕上滚,忍冬张牙舞爪往她身上扑,被勋死死抱住了。

三崽妈惊慌失措地跑了。

三崽家动员了所有的亲友来给忍冬提亲。人们起哄般地一串串一排排往勋家里走。可往往不等开口就让忍冬骂了回去。忍冬骂起人来可谓前无古人后无来者,谁也没想到忍冬的本领如此高强,竟骂得威风八面。谁也不敢站下来和忍冬对骂,看意思忍冬不但敢大打出手还敢以命相拼。忍冬的气势镇住了所有的人，人们甚至讪讪地对勋笑，或言不由衷地送勋几句安慰的话。

这样一个忍冬是勋全然不能接受的。勋想不透除了嫁三崽忍冬还有什么路可走。勋无论如何想不到自己一手带大的女儿竟是这样一个人。

灯火把忍冬的影子拉得很长，也隐去了忍冬的俊眉俊眼。忍冬在这个时候才有了真的恐惧。她不想嫁人，尤其不想嫁三崽。与三崽的交往不过是一场游戏，忍冬从没想过这与嫁人有什么关联。三崽也从不提醒忍冬。他们在一起的时候什么也不说，只有小小的欢愉在两人胸间鼓荡着。所以当事情急转直下以一副狰狞的面孔出现时，忍冬就成了拼命三郎。忍冬不惧怕任何人，但忍冬惧怕母亲。勋的任何一个眼神，任何一个具有象征意味的动作都会让忍冬心惊肉跳。忍冬的两只眼睛牢牢盯住母亲，许多古怪的想法走马灯似的在脑海里出现。勋终于忙完所有的活计，在炕上坐了下来。习惯地去摸纸笸箩，那里面有一只刚刚粘好的鞋底。记不清是仲澍的多少双鞋子了，上面还光滑得没有一个针脚。忍冬突然拿起一枚针在自己的脸上乱扎，忍冬的脸上立刻出现了许多朵血骨朵儿。忍冬一脸坚毅，一脸怆然。忍冬说："妈，我们一直活得没面子，你怎么还把面子看得那样重?! 我跟三崽那样别人瞧不起我，我不跟三崽那样别人也瞧不起我，我犯不犯错误根本没有区别。我活着不做三崽家的人，死也不做三崽家的鬼。除了这件事我什么都听你的，你如果现在让我去死，我马上就去。"

勋把忍冬手里的针抢了过来。

忍冬脸上针眼还在往外冒血，忍冬随便抹了一把，脑袋就成了血葫芦。

勋像打摆子一样浑身发抖。她不知该对忍冬说些什么做些什么。她把那只鞋底抱在怀里,心里却在说:“让我去死,让我去死吧。”

忍冬看着母亲,忽然变得若无其事起来。忍冬说:“我可以嫁给三崽,但我有个条件。”

勋毫无表情地说:“说吧。”

忍冬说:“你如果答应,我明天就可以嫁给他。如果不答应……”

勋说:“我答应。”

忍冬说:“你还不知道我的条件呢。”

勋说:“我连女儿都豁出去了,还有什么条件不能答应?”

忍冬出其不意地说:“我要你做的所有鞋子做嫁妆。”她飞快地又说了句:“你知道我不会做鞋。”

勋痛苦地望着女儿。

忍冬陡然有了信心,说:“要死要活的话我现在宣布不作数。只要你肯把鞋子送给我做嫁妆,我明天就可以嫁给他!”

看着女儿,勋点头:“好吧。”

这本是权宜之计,忍冬第二天早晨对勋说:“我还可以一辈子不嫁人,然后像你一样捡个孩子。”

勋吃惊地说:“你是听谁说的?”

我和李荃之间的故事足以写一本书。自从第一次见面我们失去了抱头痛哭的机会,我们之间的关系就再也没有融洽过。

我从来也不敢看她的眼睛，她的眼睛能够刺伤我。她的眼睛又大又黑，里面有我丑巴巴的脸。她不喜欢我。我能感觉她不喜欢我。当然我也不喜欢她。她从来不与我们在一张桌子上吃饭，总是端着饭碗回她自己的房里。她也从来不对谁笑一笑，那个样子总像别人欠她几百吊钱。村里又来放电影的了，我能指望她把我背到背上或扛到肩上吗？指望不上。有电影的晚上和没有电影的晚上对于她来说没有什么不同，她照例早早回房，照例要在灯下久久地读书。我不知道她为什么会对电影没有兴趣，那么好看的电影，她怎么就不想看呢？

李荃没来之前都是奶奶陪我去看电影，李荃来了以后我就谁也不让陪了。放下饭碗我一个人蔫溜。电影没开演之前我一直都在中心位置，电影开演以后我就被挤出来了。我在人群中窜来窜去，不时被那个推一把被这个搡一把。我不在乎。我在乎的是我总也不能把电影看完整。这个时候我就特别恨李荃，恨她不像当妈的。电影散场了我也不走，非要等她或奶奶来找我。有一天，我躺在银幕后边睡着了，电影散场了我却不知道。李荃把我背回了家。我刚有了一点幸福的感觉，她竟然给了我一巴掌，说以后不许我再去看电影。

我能听她的？

她与奶奶的争吵也越来越频繁，我坚定不移地站在奶奶一边。奶奶如果说这个东西是红的，哪怕明明是绿的，我也说是红的。我用这种办法气李荃，用这种办法告诉她，她是这个家里不受欢迎的人。奶奶每天都去队里劳动，奶奶不去劳动就没有工分，没有工分我们家就分不来粮食。奶奶劳动回来要做饭，晚上要在灯下给我缝补衣裤。奶奶的眼已经花了，有时许久都纫不上针。我悄悄对奶奶说："让李荃缝。"奶奶长长地叹一口气，并不接我的话。我特别希望李荃此刻能接过奶奶手里的针线，让奶奶高兴。李荃的眼里却什么也没有。她就趴在灯下读她的书，那本书叫《列宁全集》。

我把她的书偷偷撕下几页放在灶里烧了。我知道这样做是不好的事，所以做的时候缩手缩脚，事情被李荃发现了，她拿着笤帚疙瘩满院子追打我。奶奶气得要死，用身子紧紧护着我，说要打你就打我吧！李荃，你别打陈芒，你打我！奶奶哭我也哭，李荃则像狮子似的叫，一张脸白得吓人，上面是豆粒大冰冷的汗水。三个人的战争很快就结束了，因为奶奶要忙着下地，因为李荃耗尽了力气。她摇摇晃晃往屋里走，那样子随时都可能摔倒。看着她的样子我想，我一点也不心疼她，她摔倒了也是活该，我不会过去扶她！

可我心疼奶奶。我要学着给奶奶做饭了。先抱柴火烧火，然后把玉米面里放上水，搅成糊状，准备贴饼子。我已经留意很多次了，奶奶怎么做，先做什么后做什么，我都在心里记下了。只是我个子矮，隔着锅台够不到锅，我在脚底下放了一个板凳，这样我的个子就增高了不少。可我猫腰的时候板凳被蹬翻了，我的上半身整个扑进了锅里。锅底的水已经翻开了，我的手和胳膊立刻被烫掉了两层皮。虽然疼得忍无可忍，可我没有叫。因为奶奶还没回来。李荃后来发现我的两只胳膊红肿得像擀面杖，惊问我是怎么弄的，我没有回答，甚至看都没看她一眼。李荃拉着我去找赤脚医生，这一路我都没跟她说句话。

我从来也没叫过李荃“妈妈”，李荃也对此耿耿于怀。有时她会沉着脸问我，你管我叫什么？我不回答她。有时奶奶让我喊她吃饭，我说，李荃吃饭了。李荃恼怒地看我，我装作看不见，兴高采烈地一个人跑了。

李荃说我该上学了。可村里的学校都停课了，想上学也没地方去。李荃说她教我。这简直是笑话，我怎么可能跟她学呢？其实字我已经认识好多了，都是跟爷爷学的。院子里有块青石板，没事的时候我就和爷爷坐在板凳上，在青石板上学写字。我是喜欢认字和写字的，但不喜欢跟李荃学。李荃什么时候想教我，我就跟她大吵大闹，闹得李荃性起，她就会伸手打我，然后我就杀猪似的叫。我叫的声音恐怖极了，自己听上去都会起鸡皮疙瘩。奶奶听不得我的叫声，就劝李荃别教我了。于是矛盾迅速转移了，李荃把全部愤怒都发泄给了奶奶。她语速很快地说奶奶这样教育不好孩子，说我那样不懂事都是奶奶惯的。奶奶仰脸望着李荃，哆嗦着嘴唇说，这就是你想对我说的话？你把一个月大的孩子扔在家里，一走就是好多年，你知道那些年我们是怎么过来的？奶奶一边说一边哭，一边哭一边说，我在旁边推波助澜。我从来也没见过奶奶这样长篇大论说过话，也从来没有这样伤心过。李荃终于支撑不住了，她的样子像是要晕倒。她扶着墙走回了自己的屋里，奶奶又哭了许久，最后一口气憋过去了。我以为奶奶死了，把一瓢凉水泼在了奶奶脸上，奶奶才缓上来。

这招是跟电影上学的。

我给父亲写了一封信，我在信里说，爸爸，你快回来吧，你再不回来奶奶就要死了。我当真很恐惧，害怕奶奶像爷爷一样走掉，如果真的是那样，我和李荃的日子就没法过了。这是我第一次写信，知道写信皮儿，却不知道贴邮票。而是从鸡窝里找了三根鸡毛，粘在了信皮儿上。父亲居然很快就收到了这封信，他在一个深夜匆匆赶了回来。我和奶奶都欢喜得不知道说什么好。奶奶在锅上做饭，我给奶奶烧火。父亲和李荃则回到了他们的屋里。没有一刻钟，李荃就像枪弹一样射了出来，一脚就把我踢翻了。我的头撞到了灶台上，血从撞破的地方流了出来。李荃说，你人小胆子倒比天都大，居然敢写“鸡毛信”，你知道“鸡毛信”是干什么用的？如果是战争年月，你知道这样做要闯多大祸！她居然逼着父亲立刻赶回去，说这里不需要你，你应该在自己的工作岗位上！奶奶好说歹说才让父亲吃了一口饭，饭没咽利落李荃就逼着父亲快走。我一辈子都忘不了父亲的眼神，父亲想和奶奶说句话，想问我脸上的伤疼不疼。可李荃的歇斯底里让父亲把所有的话都咽进了肚里。父亲走了。夜很黑，父亲的身影很快就不见了。奶奶在黑暗中站了许久，她回到炕上时我已经睡着了。

第二天早晨，李荃打开了堂屋的门，见院子里的墙上、树上到处写满了白粉笔字：打倒李荃！打倒李荃！打倒李荃！李荃惶惑地站在院子里，无数个“打倒李荃”像风车一样旋转起来，李荃一头栽倒了。

一辆马车缓缓驶出了柳树堡。马蹄声和车轱辘的吱扭声吸引了很多早起的人。寨子缝儿里露出了一张张青黄色的脸，还有许多披头散发的女人。他们注视马车的目光显得呆滞而沉默。他们看清了赶车人是陈怀义,看不清的是车里躺着的女人。虽然看不清楚,但大多数人都想到了那人是李荃。李荃出事的消息一个早上就传遍了整个村庄。

柳树堡人还没有从尴尬与难堪的境遇里走出来。他们在一个黄毛小儿的操纵下扒掉了那么坚实的一幢大房子。他们倾巢而动要刨坟掘墓,结果却是死的死、伤的伤、疯的疯、傻的傻。再也没有什么事情能让柳树堡人打起精神。队里的那口老钟已经许久不敲了,但人们相约去了地里。汪洋大海一样的野草都快把庄稼淹没了。

马车拐上了通往县城的石子路。一轮太阳从天的尽头跳了出来。陈怀义极不熟练地晃着鞭杆,长长的鞭梢经常无缘无故地缠绕在上面,有时还能绾成一个结。辕马瘦得只剩下个窄屁股,长着两块斑疮。一只绿头苍蝇一路相跟着,但总也没有占到便宜。剧烈的颠簸和摇晃硌痛了李荃,李荃睁开了眼睛,蓝天白云在转,鸟影树影在转。疼痛让李荃深深地皱着眉头。她很想知道自己伤在哪里,赶车的老乡是谁。可李荃动不得。姚飞飞的声音从漫天云里飘了出来:我们一开始就掉进了敌人的包围圈。一开始……包围圈……一开始……

陈怀义从车上跳了下来,双手搬动了车闸。辕马使足力气挣了一下,车轮纹丝没动。

陈怀义说:“李荃,你醒了?你哪儿不舒服?”

李荃抱歉地说:“我受伤了。”

陈怀义表示理解地点头。“你那颗心受伤了。”

李荃问："我们这是去哪儿？"

陈怀义说："我送你去医院。"

李荃怔住了。

陈怀义试探着说："陈芒还小……小孩子闹着玩的事，你不必当真。"

李荃皱了皱眉头，沉沉地闭上了眼睛。

马车咯噔咯噔地又上路了。陈怀义坐在车辕上，自说自话："李荃，这些日子我想明白了许多事，村里一宗宗一件件出了这样多的事，乍一想有些蹊跷，串起来一看，就觉得事情是非出不可。我的房子被人一扒到底，可我保住了孙子。我保住了孙子，还不该让人扒掉房子吗？村里淹死了六个孩子，再过十年，那可是六个房梁样的小伙子。即使这件事不牵扯到我孙子，他们想出气找谁？还得来找我。我在柳树堡当家主事了这么多年，没做下坏事，可也没做多少好事，做的净是些没用的事。要不是这样一场折腾，我还不能好好想一想呢。胡忠勇付出了代价，老哥陈怀宇也付出了代价。胡忠勇是现报，陈怀宇的债却欠了三十多年了。所以我说，这个社会欠着李荃的呢。李荃迟早有一天是会离开柳树堡的，那时候柳树堡想留她都留不住。"

李荃无力地笑了一下，她对陈怀义的一番说道感到新奇。

陈怀义又说："一早我去队里赶牲口，队长问我干啥去。我说，送李荃上医院。李荃可是功臣，要是毁在咱柳树堡，咱可没法儿向国家交代。队长说，你不知道李荃是啥人？我说，知道。打过鬼子，杀过汉奸。我点着队长的脑袋说，为人别看一时一事，要高瞻远瞩。你以为李荃现在栽了就一辈子爬不起来？队长要给我派个车把式，我说，免了。我还摆弄不了哑巴牲口？它们可不像人那么没良心。

“陈芒和她奶奶吓坏了，也想来。我说，你们去了能干啥？哭哭啼啼的，倒给我添乱。李荃不会有什么大病，吉人自有天相。可她应该到医院好好查一查，她瘦成这样不是好事。”

陈怀义絮絮叨叨说了一路。有些话李荃听到了，有些根本没听到。一闭上眼睛，李荃就觉得自己受伤了，仿佛是被人刚刚从硝烟未散的战场上抬下来。姚飞飞的声音一遍一遍地传入耳鼓：我们一开始就掉进了敌人的包围圈。一开始……包围圈……一开始……

李荃在医院的一间阳光充足的病房一住就是许多天。这里安静得似乎与世隔绝。每天唯一能看到的就是一个白衣小护士，个子小小的，瘦瘦的。举着一个白瓷托盘，悄悄地来，悄悄地走。她从不说话，也不笑，但目光是友善的。李荃也从不说任何话，她每天除了例行公事一样地吃药打针，其余的时候就是静静地望着窗外。窗外生长着一片绿色的植物，它们牵牵扯扯地从这里攀缘到那里，肥厚碧绿的叶子散发着黏稠的气息。她想，李荃是脆弱的，脆弱得能让自己的女儿打倒。李荃突然觉得有点喜欢这个女儿，她突然觉得自己想见到她！

李荃为这个念头落了泪。一种凄清孤独的感觉油然而生，李荃痛痛快快地哭了一场。

护士告诉李荃，说院长想见她。李荃问院长是谁，护士不肯说。

李荃走出病房就走进了另外一个世界，灼人的炎热已初露端倪，空气里似乎冒着轻烟。甬路两侧的墙壁似乎是纸糊成的，墨黑的字体被雨水冲刷得只剩下了一些遗迹。但类似一种硝烟的味道仍隐隐可闻，措辞尖锐和火药味极浓的一些断章华句仍清晰可辨。

李荃停住了脚步，她注意到了某张“大字报”的边缘有一个署名：崔红英。

崔红英……是谁？

真的是小崔。小崔来这所医院任书记兼院长不过三个月。她很感谢上天给她送来了李荃，她调动一切手段把李荃照顾得非常好。她甚至对陈怀义这样说：“请柳树堡的人民放心，我们一定照顾好战斗英雄。”

陈怀义心满意足地走了。

小崔居高临下地看着李荃，许多年来她一直渴望有这样一个机会，与李荃站成对面，居高临下地看着她。

这一天终于来了。

小崔笑着说：“李荃，我总能为你提供服务，你有何感想？”

李荃说：“你怎么做了这里的院长，你又不懂医术。”

“懂医道的人肯定当不了院长，你信不信？”

李荃说：“这种话你以前从不肯说出来。”

小崔说：“我想你会羞于见人，看来是我多虑了。”

李荃说：“我从不做见不得人的事。”

“怎么还是那个脾气。”小崔说，“李荃，你应该说声谢谢。我用最好的大夫、最好的药品给你治疗，任何像你这样的人也不会享受这种待遇。”

“说吧，我怎么谢你？”

“我喜欢看你精精神神的，我们好做对手。”

“我们做过对手吗？”

“你女儿真可爱，她居然会写‘打倒李荃’。”

李荃的心抽搐了一下，忽然面白如纸。

小崔说：“你女儿都和你过不去，我没想到你做人如此失败。”

李荃喝道：“你到底想说什么？！”

小崔有些伤感，说：“李荃，这些年我没有哪天能够忘记你，你说奇怪不奇怪，随便一个时候我的脑子里都会冒出一个叫李荃的女人。所以我活得一点也不轻松。我总想哪一天我能和李荃狭路相逢，把彼此的恩怨了结。”

李荃说：“我们有恩怨吗？我怎么不知道？”

小崔说：“你怎么不知道？当年上团校的原本是我，可我找到吕中说，李荃越来越不把你放在眼里，她凡事都想拆你的台，早晚有一天她会取代你当上县委书记。”

李荃说：“我上团校是组织决定的，此事与任何个人无关。”

小崔终于耐不住性儿了，提高声音说：“傻瓜才会说出这样的话！我告诉你是因为我的缘故你才上了团校！你如果不上团校就会是另外一种命运！”

李荃的微笑看上去有些无可奈何。“小崔，我已经说过了此事与你无关，你何必非要揽这个责任。我不知道你到底想从中得到什么。如果你想向我展示你自己，那么我告诉你小崔，你赢了。”

小崔忽然有些怒不可遏。她说:“当年我给你洗过衣服、缝过袜子、做过毛皮手套!”

李荃说:“我没有要求你去做。”

小崔说:“所以你欠了我一笔账。”小崔指着脸盆里一堆脏东西说:“你把这些给我洗干净,我们之间所有的账都清了。”

李荃理直气壮地走了过去,见所有属于女人的污秽都在盆里。一股难闻的气味直冲鼻孔。

李荃端起脸盆走了出去。

小崔想说什么却欲言又止。

李荃一扬手,脸盆连同污秽咣咣当当摔了出去。

李荃裹挟在一种腥臭的感觉中,头也不回地走了。

李景阳在那个万人瞩目的戏台上如同一片树叶轻轻飘落。

许多人都听到了那碎裂的一声钝响,鲜血呈放射状喷溅,像正午的阳光一样刺人眼目。这是城北的那座戏台,许多年前他和陈怀宇、陈兆林父子进城时曾到过这里。那时偌大的操场上只有李景阳一个人,陈家父子像戏里的人物一样在台上到处走。那天李景阳看到了某种凶险,仿佛戏台上暗藏着什么机关。如今李景阳也做了戏里人物。台下是人山人海的一片狂潮,无数只拳头像旗杆一样齐刷刷地举起。没有人知道李景阳在那一刻都想了些什么。他站在戏台的一角,左顾右盼的样子不像在受审。他神情焦急地打量整个会场,试图看清所有人的眉目。李景阳坠下台去时反剪着双手,这使他的形体看上去非常可笑。事隔多年,许多人都还记得在某一年的某一天在城北的戏台上有个人坠台而死。至于死者是什么人,却很少有人知道。

李景阳的遗体不知去向。后来在所能查到的极有限的资料中,在李景阳后面的栏目里注着如下两个字:孤寡。

又是一段岁月被掩埋了。被掩埋的总是各种各样的岁月。

四

有的故事已经结束了,有的故事刚刚开始。

许多年后的某一天,我背着奶奶的骨灰独自一个人去了蘑菇岭。那一年我做了一个小手术,医生从我的腰部取出了一个足有半两重的多余之物。它不是良性的,但事后大夫告诉我它也不是恶性的。它恰到好处地生长在皮下脂肪里,孤零零地与周围的一切组织隔绝。这件事情不值得一提。值得一提的是这家医院的斜对面坐落着一片四合院,前排带一片菜地的四合院里住的是李荃和我的父亲。那是个休息日,李荃不知道为什么走到医院里来了。她先是碰到了宋大河,宋大河就是我的丈夫,是她亲自从全厂一千八百多名职工中挑选出来的。她问宋大河来医院做什么,住院部的大夫毕恭毕敬地告诉她说陈芒要出院了。好险,多亏发现得及时,否则……李荃抬手就给了宋大河一记耳光,然后就泪眼滂沱地站在了我面前。我从没见过李荃哭过,但我也没被李荃的眼泪吓倒。李荃顿足捶胸地问我和宋大河为什么不告诉她,这里离她家只要五分钟的路,女儿得了这种病她却连影子也不知道。宋大河被吓傻了,站在一旁哭叽叽地。我轻描淡写地说,告诉你有什么用?你又不是大夫。李荃依然是不依不饶的样子,可却没了对象。当时我不知道她打了宋大河,如果我知道她打了宋大河的耳光,说什么也不会回她的家。

你一定觉得我讲的故事无头无尾,事实是在周围的一片喝喊声中我已经不能再讲下去了,他们一起说,你讲的故事太长了,谁有那么大的耐性听啊。说老实话,从小读过的砖头样厚的书也不知道有多少本,写一本砖头样厚的书是我许多年来的一个愿望。如果这个愿望在我的蘑菇岭之行以后实现说不定是可行的。可惜这样一个动因被我推迟了很多年。很多年后的今天砖头厚的书已经让人望而生畏了,我不得不采取一个办法叫"截取",留下了一大堆不大不小的悬念。但有些事情我必须告诉你。比如,李荃利用手中的职权操纵了我的婚姻,又企图操纵大姨李勋的婚姻,终因操纵失败反目成仇。李荃发现宋大河只是一个"没用的人",是在我结婚三年以后。那时人们还视离婚如洪水猛兽,李荃就痛心疾首地对我说,如果可能,她同意我与宋大河离婚。能不能离是一回事,李荃同不同意离是另一回事。那时我的逆反心理比天高比海深。我再也不能容忍李荃对我的任何一件事情指手画脚。出院以后我只在李荃的家里住了一天,虽然菜园里的新鲜蔬菜让我着迷,但宋大河的拘谨和李荃的傲岸都让我受不了。我提出回家时几乎要把李荃气疯了,她不明白她每天要给我做三顿饭怎么仍然喂不熟我。可父亲已经在默默地为我收拾东西了。他把各类青菜装满了一个篮子。我和宋大河走出了很远,依然听得见李荃和父亲在无休无止地争吵。

路上,宋大河委屈地对我说:"你妈打了我一记耳光。"

我问,什么时候?

宋大河把详细情况说了，还捂着腮帮子说:“你妈咋能这样？”

我很想告诉宋大河这些话你应该去对李荃说。但我知道宋大河没有这个胆量。

宋大河已经不是劳模了。卸了妆的宋大河什么也不是。

但年轻时的宋大河却风光无限,因为全厂一千八百多名职工集体参加了他的婚礼。那种规模什么时候想起来都是一种荣耀和震撼。

我把奶奶的骨灰带到了蘑菇岭。这一路的周折自不细说。在山下的车马店里,奶奶的骨灰差一点被贼人偷走,只因黄绫面的包裹实在是太诱人了。我不知道贼人的祖先是否偷过祖父的雪青马,但有这一类的遐想实在并不过分。我在车马店里还结识了一个叫小光头的男孩,他显著的特点就是一路走一路撒尿。我跟他打听兴隆客栈,他摇头。我又打听“鬼见愁”,小光头狐疑了,他说上面连一个人影都没有,你到那里去干啥？我不想解释。潜意识里我希望小光头送我一程,但我的希望落了空。

关于奶奶的故事我不可能更详尽地告诉你。因为许多事情我根本无从把握。何况父亲再三再四地嘱咐我,有关奶奶千古的事不要妄加推测和渲染，任何一个话题都有可能带来伤害。奶奶的忌日与我的蘑菇岭之行整整相隔了十八年。这其中的必然和偶然因素实在是太多了,我无法一一说明。值得指出的是,如果不是这次死里逃生,我仍不会下决心一个人去蘑菇岭。

奶奶的骨灰一直放在李荃家的储藏室里。奶奶临死有遗嘱，要回蘑菇岭。当我拿起抹布轻轻擦拭上面的灰尘时，父亲老泪纵横。

我不知道父亲此刻都想起了什么。我看见李荃把头扭向了一边。李荃与奶奶的结织成了蛛网，任何一个网眼儿都有说不完的故事。

只是我不能告诉你。这也是父亲再三再四叮嘱的。

我找到了那间小茅屋。我从来没有到过蘑菇岭，但我知道这必是奶奶居住过的地方。在奶奶的叙述中它比金殿还要辉煌。这里离太阳很近，伸手就能扯下一片云絮。我不知道奶奶的祖先为什么要选择这里定居，山鹰飞到这里也要累折一双翅膀。如今我单人徒步地来了，带着血淋淋的一副脚板，抱着曾经十八岁的美丽奶奶和劫后余生的一种侥幸与怪诞，来了。茅屋早已坍塌了，只有半面山墙还在崖壁上斜倚着。山风吹来时，它竟愈晃愈烈。我被这一景象惊得目瞪口呆，不知这愈晃愈烈的山墙若干年里何以不倒。当我醒悟山墙的这边该是奶奶的闺房时，我眼含热泪开启了那道柴扉。里面"轰"的一声响，数不清多少动物被我惊扰了。密不透风的烟尘令我无法呼吸。我磕磕绊绊地摸了过去，把奶奶的骨灰放到了一块石头上。

我甚至在旁边了坐了坐，像当年十八岁的奶奶一样。

转眼又是许多年过去了。

我想写一本书的愿望在这许多年里聚成了一块铁疙瘩，沉沉地压在了我的心上。宋大河经常嘲笑我，说我为一本书成了魔怔。宋大河自打不当劳模心态就有些变，他把嘲笑我当成了家常便饭。我不理他，宋大河说什么都改变不了我。但真的坐下来写却很难。我坐不住。我狂躁得就像掉在陷阱里的狼，想起书里的人物我就想大叫大嚷。那些人，那些与我血肉相连的人，那些被风尘岁月淹没了的人，都是我心里永远的痛。我无法面对那样多的人，那样多的事。其实归根结底，我无法面对李荃，那个我从小到大都不肯叫她妈妈的人。一件突发的事情改变了我。一天深夜，父亲突然打来了电话，他在那边流着眼泪说，陈芒，你妈妈犯了心脏病，刚被急救中心的车拉走。我没有跟她一起走是因为我想给你打个电话。你能来看看她吗？父亲在那边泣不成声，我赶忙说，我去。放下电话我在黑暗里坐了一分钟。我心疼了一下，又疼了一下。我意识到我的心疼是因为父亲，是父亲的眼泪让我心疼了。我急忙赶到了医院，父亲已经先我一步到了那里。父亲紧紧攥住了我的手，说李荃她正昏迷着，但她知道你来看她了，我们都很想你。父亲的话说得我泪眼滂沱，父亲又说，孩子，谢谢你。

我从来没有这样近距离地端详过李荃。李荃老了，病着，但李荃仍不失为一个美丽的女人。我从很小的时候就嫉妒她的美丽，恨她没有把美丽传给我。我在很多年里都认为是因为我的不美丽李荃才不喜欢我。李荃在选定宋大河做我的丈夫时我一百个不乐意。宋大河的劳模是像傻子一样卖力气换来的。别人连轴干三十六小时，他就要干七十二小时。有时人累得吐血也要在班组争第一。我说我不嫁给宋大河，我看不上他。李荃说，也不看看自己长什么样，有你挑三拣四的？就是因为李荃这句话我与宋大河结婚了。结婚那天我连双新袜子都没买，虽然全厂的人都参加了我们的婚礼,可我却一点也高兴不起来。

李荃昏迷了四十八小时后,终于把眼睛睁开了。在这四十八小时中又发生了一点别的事,我去给李荃倒尿时居然在隔壁的病房里看见了大姨。大姨也是夜里来住院的,只是比李荃晚了二十四小时。我没有告诉李荃大姨就住在隔壁,也没有告诉大姨隔壁住着李荃。她们那次反目成仇都说了很绝情的话。那是我婚后不久的事,李荃领着一个老头来到了我的家,在这之前大姨已经先一步到了,我甚至不知道大姨是李荃派车接来的。老头坐下后就说自己中年丧偶,子女单过,如果有可能,他愿意跟大姨去乡下。把大姨气得浑身哆嗦。大姨质问李荃为什么要骗她,不是说陈芒这里有活计吗?李荃说,我是想让你离开那个国民党,晚年也好有个归宿。连我都听出来了,李荃这样说话有些过分。都多少年过去了,李荃干吗还提那件让大姨伤心的事呢?大姨的眼里蓄满了泪水。大姨说,李荃,我不会连累你。即使你是我唯一的亲人我也不会连累你。李荃说,你无儿无女又没工资,你说你指望谁?大姨气得说不出话来。我说,大姨还有我。李荃抬手就给了我一巴掌,说,那你指望谁,你还不是指望我?!哭着号着让我给你找工作的事忘了?

那时李荃是我们这座城市的主宰,她说的话就是金科玉律。她已经习惯了自己的话就是金科玉律,所以大姨的事令她非常恼火。她更恼火的是我帮大姨说了话,她觉得我帮大姨说话就是为了气她。

我曾经在大姨家住过好长一段时间,是父亲骑车送我去的。我至今还记得那条冻得硬邦邦的路,长得没有尽头。父亲在路上对我说，李荃身体不好，照顾不了我。可我却觉得他们是在变相把我送人。在这之前我没见过大姨，可我却非常愿意去大姨家，去大姨家就可以离开李荃。别人再不好，也比李荃强。这就是我当时的想法。

可大姨好得出乎我的意料。她给我做新鞋子、新衣服，穿上新衣服的我像表姐忍冬一样美丽。大姨给我做好吃的、好玩的，大姨做什么都做得那么好。大姨心里多烦看见我脸上永远是笑的。有一天我问她，大姨，我是你生的吗？大姨说，傻孩子，你不是。我说，可是我愿意你是我妈妈。我能叫你一声妈妈吗？大姨一把把我搂在了怀里，她说，愿意叫你就叫吧。我叫了，是在心里叫的。我想，我妈妈是那个样子，我有什么理由管那么好的大姨叫妈妈呢？

我在大姨家住了三个月，那是三个月幸福的日子。父亲去接我时我藏在房门后不愿出来，我真的愿意永远跟大姨过下去，假如大姨肯收留我的话。

我在医院里陪护了很多天，一半时间在李荃这里，一半时间在大姨那里。我曾经与父亲商量过，要不要把她们住院的事告诉彼此，父亲想了又想，还是摇了摇头。大姨住院期间表姐忍冬一直没来过。她有一次出河工时认识了邻县的一个小伙子，便跟人家走了，从此便与大姨断了来往。大姨真的是一个命苦的女人，命苦得都不知道让人说些什么好。

大姨是一个叫晚生的人送来的。病房里的其他人都以为晚生是大姨的老伴，但我知道他不是。晚生穿了一件旧的军大衣，夜里就睡在外边的排椅上。大姨病情稳定以后让他回家,他说什么也不肯。有一天早晨,大夫查床时他还没有起来,有人注意到了他的脸红得像鸡冠子。我找来一支体温表,一试体温,吓了一跳。我执意要他住院,可他却趁我不注意的时候逃了。大姨的病情忽然又加重了,我知道她是在为那个叫晚生的人担心。那天夜里,我陪了她一宿。大姨跟我讲了一宿她跟晚生的事。大姨虚弱的一句话要分几段说,可她说起晚生,一夜都没合眼。

天蒙蒙亮时,我的瞌睡来了。我瞌睡来的时候,大姨悄悄地走了。大姨的后事都是我一手操办的,一点世俗的繁文缛节都没有。我一个人把她送到了火化厂,亲眼看着她的魂魄变成了一缕青烟。我自始至终没有掉一滴眼泪,我的心像大姨的心一样安静。

大姨的一生走完了。

说起来就像是在编故事。我安葬大姨后的第三天,统战部的人找到医院来了。他们问,你是不是有亲戚在台湾?我回答说没有。他们说,你肯定有,只是你现在不知道。他们说起台湾的那位老先生,是一个混得很不如意的人。看到大陆的物价低,反复申请要留下来。我们不准备接收他。统战部的人说,他年纪大了,重新适应新生活很难。一旦他想再回去,我们谁都帮不了他。统战部的人在那里说,我就在这里听。统战部的人还说,他说他和县委书记李荃是亲戚,我们这里就一个书记叫李荃吧?我已经知道了他们说的那个人是齐仲澍,可我还是告诉他们说,我没有亲戚在台湾,真的没有。

这件事我不但没有告诉李荃,甚至没告诉我的父亲。统战部的人走了,我就把这件事忘了。只是他们后来又找到了我,说要转交我一包东西。我一再推辞,可他们说,你给我们推荐一个人,谁适合接收这包东西?这就把我难住了。我只得把东西接了过来,打开看了看,是许多封写好却没发出的信。统战部的人说,老先生去了趟下甸,回来带了只大木箱,据说里面都是鞋子,他要把它们全部带到台湾。那个人应该是你……大姨吧?我说是我大姨。统战部的人说,这就对了,你大姨死了,她又无儿无女,你说这些东西不给你给谁?

他们对我已经有些不满了。

我抽时间去了趟大姨的墓地,把那些写给大姨的信在大姨的墓前烧了。我一封也不想看,一封也不想保留。我一边烧一边说大姨你自己看吧,看了说不定你会感到安慰。

我还说,大姨,我知道你为啥走得那么匆忙,你不想见那个人。

那些信每一封都厚得不可思议,需要我用树枝挑开它们,以便燃烧得更充分。我觉得只有这样大姨才能看得完整。信都是用毛笔写成的,不时有一两个字跳进我的眼里。我已经有了一种欲望,想从头到尾读哪怕一封信。可惜欲望来得太迟了,那些信已经走在通往阴间的路上了。

事隔不久,我就后悔得恨不得一头撞死。我为什么不看看齐仲澍都写了些什么?!

那场病让李荃改变了不少。开始还不觉得什么,后来我发现李荃的虚弱不是因为病的缘故,是她身上的那种气势没了。

李荃的目光经常平和地看着我，让我产生一种错觉。有时候我甚至要问自己她是谁，李荃已经让我感到陌生了。

有一天，房间里就剩下了我们两个人。李荃说，陈芒，你能不能坐得离我近一些？当然可以。我坐了过去。李荃握住了我的一只手，看着我的眼睛说，陈芒，我要送你一件礼物。我知道我不应该拒绝李荃，可习惯让我说出了那句话，我不要。李荃皱了皱眉头，并没有在乎我说什么。李荃说，我知道你想写一本书，你写书就躲不开那场遭遇战，在遭遇战中牺牲的一位烈士送了我一支笔，是一支德国产的金笔。你写书的时候就用它吧，它能帮你。

李荃把笔放到了我的手心里，让我的情感轰然一声发出了巨响。除了宋大河，我没对任何人说过我要写书的事。李荃是从哪里得到的消息？李荃给我讲了这支笔的来龙去脉，毫不隐讳她对宋则的那种感情。后来这支笔裹在血衣里被大姨收藏，大姨宝贝似的保存着。那么多年过去了，这仍然是一支得心应手的笔，你试一试就知道了。李荃说。

那支笔真的让我平静了，让我坐了下来。让我能够面对李荃和李荃身后的那些岁月。我用这支笔写了第一行字，随后又写了第二行。李荃每天都有电话问我，有没有什么进展？我说是的。我只能说是的。李荃说，关于那场遭遇战我还没有仔细跟你讲，你什么时候能写到那里？

我把书桌搬到了上甸，那里紧挨着那座烈士陵园。我每天晨起或黄昏都要到园子里走。守园子的是一个姓郭的老人，就愿意跟我谈那场遭遇战。他说那些人如果不牺牲，准会有人在中央当干部。他还把若干年研究的成果拿给我看，是一个写得密密麻麻的小本子，那上面没有一个字我能看得懂。老人说，那场遭遇战早就盖棺定论了，可我一直对结论有看法。当年联合县委的一个同志在开会之前肚子疼，临时请来了一个大夫。按常理，应该会议开完以后才能放他走，可那时他们太麻痹了，提前就让他走了。他会不会是个告密者？还有另外一个人我就不提他的姓名了，也是一个声名显赫的人。开会的前一夜他住在了相好的家里，相好的哥哥就是国民党，是不是他无意间泄了密？老人还有许多看法，让我听起来新鲜。比如，他说姚飞飞是一个男身的女人，如果当年她没有牺牲，铃铛肯定会嫁给她。我问他，这样说有什么根据？老人说，他当过游击队的交通员，这就是根据！

我问他是否知道安庆这个人，“四一八”会议是通过他安排到下甸的。

老人仰脸想了半天，说牺牲的和没牺牲的都有案可查，基本上可以断定没有这样一个人。

我不想再说什么了。也许安庆只是一个代号，转过脸去，他就叫了别的名字。

老人说他还有另外一些研究成果从来没对任何人说过，他问我想不想听，我说，有时间我会来听的。

其实已经不重要了。我是说“四一八”遭遇战的谜底是什么已经不重要了。我知道民间有许多版本流传着，这样和那样的说法，这样或那样的看法，林林总总。尤其是二十世纪八十年代的中期，有一本关于联合县革命史的书，让许多人吵得脸红脖子粗。这个人说事情是这样的，那个说事情是那样的。找到第三个人证实这件事，结果又出现了新的说法。这就是历史。历史也许就应该是这个样子。历史就是岁月风尘，谁能对历史一锤定音呢？如今，一代人的路走完了，经历过那场遭遇战的幸存者除了李荃都已作古，那么对“四一八”遭遇战感兴趣的除了看园子的老人还能有谁呢？

不重要了。一切都不重要了。

你不能想象以我的功底能写出一本怎样的书。那些年的煎熬有如生活在炼狱里，常觉得一颗心变得又薄又脆。若干年里又有许多故事发生和发展了，我目睹了悲剧、喜剧、正剧、平常剧，它们一幕一幕在我的亲人们身上上演。以后有机会我会说给你听，但眼下我只能留些悬念给你。天气越来越冷了，百合花的叶子在一片一片地凋零。我拿起笔来写下第一行文字时也是这个季节，我穿着长两只耳朵的兔毛鞋，腰上围着一条毛毯，怀里揣着一个电热宝，把一行又一行生动或不生动的文字落在纸上，然后再敲到电脑里。这个时候我与李荃早已冰释前嫌，历史把一切是非恩怨通通淹没了。我们像极了一对母女，非常像。床上安睡着我的儿子，李荃不时走过去掩一掩被角，然后坐回沙发里，笨手笨脚地打一件毛衣。这件毛衣我是准备收藏的，肯定是李荃一生中唯一的一件手工织物，除了收藏我也许别无选择。但我喜欢看李荃打毛衣的样子，戴一副老花眼镜，银亮的发丝在灯光的辉映下有着金属的光泽。这个时候我总能想起大姨。大姨多灾多难的一生仿佛是前世注定的，有时我会突发奇想：当年李荃撕碎了齐仲澍的照片会不会也撕碎了大姨的一生呢？

我知道我不该这样想。

但我确实忍不住。

我和李荃之间从来也不能心平气和地谈大姨，即使大姨已经作古，即使大姨做的那些鞋子早已跟随齐仲澍漂洋过海去了台湾，那些亦真亦幻的往事早已像隔年的落叶一样不知去向，但大姨仍是一道不能触摸的伤口。有时我和李荃半天半天地孤坐着，什么也不说。但我们能从彼此的眼神中触摸到心底的那个结。触摸得到，但说不得。大姨至死都不能得到李荃的理解，李荃对姐姐的哀和恨都到了登峰造极的地步。过去我是站在大姨一边的，现在我终于从那种旋涡中走了出来，能够客观公允地回头去看她们两姐妹走过的路。使我悲观的是，她们留给我的感觉除了痛心疾首仍是痛心疾首。

不说也罢。

又一个秋天的背景远去了。

我在寒食节的黄昏买了许多冥币，分别捎给我远在天国的祖父、祖母、外祖父、外祖母。那样一堆庞大的火光吸引了许多过路人。他们围绕在火光的周围，火光把一张脸又一张脸映得通红。后来火光变成了暗红色的一堆炭火，风轻轻旋起了它们，那些暗红色的炭火就跟随着风走了。这时我才发现我还什么也没有说。我心里准备了许多话，但有那些人围着我，我却一句也不好意思说。一句也不好意思说。但那些话都装在了我的心里，它们能被风带到天国吗？